JANET CLARK

INGENIUM

Du kannst nicht entkommen

JANET CLARK

INGENIUM

Du kannst nicht entkommen

cbj

Dieses Buch ist auch als E-Book erhältlich.

MIX
Papier aus verantwortungsvollen Quellen
FSC® C083411

Verlagsgruppe Random House FSC® N001967

1. Auflage 2019

Umschlagkonzeption: Carolin Liepins, München
unter Verwendung eines Fotos von © Shutterstock
(GarryKillian, Aleksei Derin)
MP · Herstellung: UK
Satz: Uhl + Massopust, Aalen
Druck: CPI books GmbH, Leck
ISBN 978-3-570-16552-2
Printed in Germany

www.cbj-verlag.de

Für Matthias.
Danke für deine
Freundschaft
☺

Wer sagt, dass er sein Leben voll im Griff hat, lügt.
Manche Dinge kannst du nicht im Griff haben.
Du siehst sie nicht kommen,
du kannst dich nicht darauf vorbereiten.
Du bist ihnen einfach ausgeliefert.

Luke, 5. Mai

5. Mai
Sonntag

»Steh endlich still!« Detective Reid drehte sich genervt zu ihm um.

Luke versteifte sich, den Blick starr auf den Bildschirm gerichtet. Was er darauf sah, wirkte wie ein verlassenes Einkaufszentrum irgendwo an der Peripherie der Stadt. Die Fenster des Gebäudes waren mit Pappe notdürftig zugeklebt, die Wände mit Graffiti besprüht. Lukes Beine kribbelten. Das Bild wackelte, dann kam der Einsatzleiter ins Bild.

»Ausschwärmen!« Sein Befehl war kaum mehr als ein abgehacktes Flüstern, seine Armbewegung zerbarst in tausend Pixel, das Bild rauschte und wurde schwarz.

Übelkeit stieg in Luke hoch.

»*Verdammt!*« Detective Reid tippte nervös auf ihrer Tastatur, dann kam das Bild stückweise zurück.

Luke versuchte die flackernden Farbkleckse des Livestreams zu deuten. *Sie finden dich, Jeanie, sie bringen dich nach Hause.* Seine Hände krallten sich in seine Oberschenkel. *Halte durch, Jeanie.*

Das Bild wurde klarer, ein leerer Parkplatz, von Unkraut und Gras überwuchert. Fünf Gestalten in voller Montur des San Francisco Police-Departments näherten sich dem einzigen Auto, das dort parkte. Ein weißer Sprinter. Luke hielt den Atem an.

Einer der Polizisten machte ein Zeichen.

»Geräusche im Innenraum«, meldete der Einsatzleiter.

Detective Reid wandte sich erneut Luke zu. »Erkennst du das Auto?«

Luke nickte. Ihm wurde so schlagartig schlecht, als sei die Frage ein Boxhieb in den Magen gewesen. Dies war das Auto, in dem Jeanie entführt worden war. Das Kribbeln in seinen Beinen wurde unerträglich. *Er* sollte dort draußen sein und nicht kilometerweit entfernt in einer Millionärsvilla auf den Livestream starren.

Detective Reid drückte den Knopf ihres Funkgeräts. »Gesuchte Person vermutlich im Zielobjekt. Zugriff.«

Der Einsatzleiter winkte die anderen auf ihre Positionen. Dann ging alles sehr schnell: der Sprinter war umstellt, der Einsatzleiter riss die Tür des Laderaums auf.

Heftiger schwarzer Rauch quoll aus dem Inneren. Es knallte. Eine Stichflamme schoss aus der Tür. Die Beamten warfen sich zur Seite, es krachte, der Sprinter wurde ein Stück in die Luft geschleudert, die Scheiben barsten – und dann stand das ganze Auto in hellen Flammen.

»Jeanie!«, schrie Luke. *»Nein!«* Er zitterte, sein Körper, seine Hände, seine Lippen.

Eine Hand griff nach seiner.

»Luke …«

Er schüttelte die Hand ab. Wie von Sinnen stürmte er durch das Wohnzimmer, den Flur, die Haustür, hinaus in die Nacht. Er kam keine zehn Meter, bis sein Magen endgültig rebellierte. Ruckartig drehte er sich zur Seite und übergab sich auf den makellos manikürten Grünstreifen.

Irgendwann ließ das Würgen nach. Keuchend stand er über den Rasen gebeugt, der Rücken rund, die Hände auf die Oberschenkel gestützt.

»Luke!«, rief Develine von der Haustür her mit besorgter Stimme.

Er wusste, was sie ihm sagen wollte. Dass es nicht seine Schuld sei. Aber das stimmte nicht. Er *hätte* Jeanie retten können. Hätte sie retten *müssen*.

Instinktiv lief Luke los. Als würden seine Beine unabhängig von seinem Kopf entscheiden, was zu tun war. Die Schritte waren schnell und lang, seine Beine würden ihn überall hintragen, über Stunden, über Tage, schneller als je ein Mensch gelaufen war. Aber – wohin er auch laufen würde, wie sollte er seiner eigenen Schuld entkommen?

Jeanie erschien vor seinem inneren Auge. Sie lächelte ihn an. Mit ihrem schüchternen, zaghaften Lächeln und den großen, dunklen, wunderschönen Augen, die auf Anhieb seine so perfekte Fassade durchschaut hatten.

Lukes Schritte hallten durch die nachtleere Allee, zu schnell, um von einem normalen Läufer zu stammen, zu schnell, um keine Aufmerksamkeit zu erregen. Doch es war ihm egal.

Es war ihm alles egal.

Nur sie nicht.

Das Mädchen, dessen Namen er vor drei Tagen noch nicht einmal gekannt hatte.

Jeanie.

2. Mai
Donnerstag

Luke

Luke lief.

Was nichts Besonderes war. Laufen gehörte zu seinem Leben wie atmen. Oder essen. So ziemlich dem Einzigen, was er noch lieber tat als laufen. Allerdings würde er vor der Schule keine Zeit mehr dazu haben, wenn dieser merkwürdige Riesenarzt ihn nicht bald vom Laufband ließ.

Er sah auf die Anzeige. Siebenunddreißig Minuten. Und das nur für ein EKG! Dreißig Minuten hatte es geheißen, Routinecheck, nüchtern, am besten vor der Schule, nur kurz prüfen, ob er wieder okay war.

Völlig unnötig – es ging ihm bestens.

Noch besser ginge es ihm allerdings, wenn er endlich etwas zwischen die Zähne bekommen würde, anstatt sein Tempo stupide der Geschwindigkeit eines dämlichen Laufbandes anzupassen. Seine Uhr piepte. *Verdammt!* Er verpasste noch den Ausflug ins Amen-Research-Center!

»Sind wir bald fertig?«, fragte Luke so freundlich, wie es ihm mit leerem Magen möglich war, und drehte sich im Lauf zu Dr. Simon Leigh. Zu spät bemerkte er seinen Fehler. Er trat auf die Kante des Laufbands, geriet aus dem Rhythmus und ruderte hektisch mit den Armen, während das Laufband ihn unerbittlich nach hinten zog.

»Pass auf!« Mit einem Satz war Dr. Leigh bei ihm, das Klemmbrett flog aus seiner Hand, er packte Lukes Oberarm, lupfte ihn in die Höhe und stellte ihn behutsam auf das immer noch laufende Band zurück. Sogleich verfiel Luke wieder in seinen Rhythmus, zumindest die Beine, sein Herz dagegen pochte mindestens doppelt so schnell wie zuvor.

»Auf dem Laufband immer nach vorne sehen.« Dr. Leigh bückte sich nach seinem Klemmbrett und strich ein verknicktes Blatt glatt. Luke schielte zu ihm. Der Arzt war groß, sehr groß, und dazu kräftig gebaut. Aber dass er ihn mit einer Hand heben konnte – das ... das war unglaublich. Vierundachtzig Kilo! Mit einer Hand!

»Nach vorne sehen«, wiederholte Dr. Leigh, ohne seine Notizen zu unterbrechen.

Ertappt richtete Luke seinen Blick nach vorne und rieb sich verstohlen den pochenden Arm. Dr. Leighs Riesenpranken passten eher zu Hulk als zu einem Arzt.

»So.« Dr. Leigh stellte sich direkt vor das Laufband, das Klemmbrett mit der unteren Kante an den Bauch gepresst, den Stift gezückt, die wachen, blauen Augen inquisitorisch auf ihn gerichtet.

»Bin ich fertig?«

»Gleich.« Dr. Leigh machte eine Notiz. »Ein paar Fragen noch.«

Luke unterdrückte ein Augenrollen. Musste das sein? Langsam wurde die Zeit knapp und er hatte wirklich Hunger.

»Du weißt, wo du hier bist?«

»Im *Institut für Human Intelligence Technologies* in San Francisco.«

»Und du weißt, warum du hier bist?«

In letzter Sekunde kniff Luke seine sich verdrehenden

Augen zu. Was waren das für dämliche Fragen? »Um zu testen, ob ich wieder fit bin.«

Dr. Leigh kritzelte etwas auf den Block. »Und hältst du dich für fit?«

Luke zeigte mit dem Daumen nach oben. »Ging mir nie besser.«

»Obwohl du nach deinem letzten Wettkampf zusammengebrochen bist?« Dr. Leigh blätterte ein paar Seiten zurück. »Vor … zwei Wochen.«

»Ich hatte zu wenig getrunken.« Luke tat seinen Zusammenbruch mit einer Handbewegung lächelnd ab. »Das war Pech.«

Dr. Leigh nickte. »Pech. Hmm.« Er notierte etwas, dann hob er erneut den Kopf. »Zwei Tage im Koma klingt nach ziemlich großem Pech, wenn du mich fragst.«

»Ich habe meine Lektion gelernt«, beschwichtigte Luke, »in Zukunft passe ich besser auf.«

»Aha.« Wieder nickte Dr. Leigh. »Wie oft läufst du?«

»Jeden Tag.«

»Wie schnell?«

Warum wollte dieser Riesenarzt das so genau wissen? Die Stimme seines Vaters erklang wie eine Warnsirene in Lukes Kopf. *Wie schnell du wirklich läufst, geht nur uns was an.* Warum hatte Dad ihn dann ausgerechnet hierher geschickt? »Keine Ahnung. Ich messe das nicht.«

Dr. Leigh sah erstaunt hoch. »Tatsächlich? Ein zukünftiger Profi wie du misst nicht, wie schnell er läuft?«

»Wozu? Ich gewinne sowieso.« Sein Magen knurrte. »War's das?«

Dr. Leigh hob eine Braue. »Findest du das nicht … ungewöhnlich?«

»Ich habe einfach nur -«

»Premiumgene.« Dr. Leigh nickte wissend. »Durch und durch afrikanischer Stammbaum, seit Jahrhunderten darauf trainiert, sich schnell in der Natur zu bewegen, ohne die degenerativen Einflüsse der industriellen Revolution.« Er lächelte. »Dein Vater hat mir eine Lehrstunde über die überlegenen Gene der O'Giadis erteilt.«

Diesmal rollten seine Augen, bevor Luke es verhindern konnte.

»Ja, so habe ich mich bei dem Vortrag deines Vaters auch gefühlt«, sagte Dr. Leigh grinsend. »Ich musste mich allerdings auch fragen, warum dann dein Bruder noch nie einen Sportwettbewerb gewonnen hat. Oder deine Schwester …«

»Ich habe einfach ein besonderes Talent«, sagte Luke schnell.

»Ja, das hast du.« Dr. Leigh lächelte aufmunternd. »Trotzdem sollten wir sicherstellen, dass dein Talent nicht auf Kosten deiner Gesundheit geht.«

Luke rang sich ein Lächeln ab. »Mir geht es gut.«

»Du warst zwei Tage im Koma.« Dr. Leigh zog einen Strich auf dem Block. »Dein Körper ist anderer Ansicht.«

Luke passte seinen Schritt dem kontinuierlich sinkenden Tempo des Laufbands an. War das so? Warum fühlte er sich dann so fit und unbesiegbar wie immer?

Dr. Leigh ging zu seinem Schreibtisch, zog die Tastatur heran und tippte. An der Wand flammte ein Bild auf.

»Das ist dein EKG.« Dr. Leigh wanderte zu dem hauchdünnen Wandbildschirm und zeigte mit einem Stift auf die wunderbar gleichmäßigen Kurven. Der einzige, sehr deutliche Ausschlag musste sein Fastabsturz gewesen sein. »Fällt dir etwas auf?«

»Sieht super aus.« Lukes Daumen ging nach oben.

»Hmm.« Dr. Leighs Stift wanderte zu der unteren Zahlenreihe. »Pulsrate konstant minimal über Ruhepuls, Laufgeschwindigkeit 20km/h, 25km/h, 30km/h, in der Spitze 37km/h, nur hier ein leichter Anstieg.«

Luke grinste. »Sag ich doch, sieht super aus.«

»Nein, das sieht aus, als wäre das Gerät kaputt.« Dr. Leigh schüttelte den Kopf. »Was immer deinen Körper dazu bringt, über diese Distanz so eine Leistung zu absolvieren, das ist nicht normal.«

»Ich habe eben -«

»Nein, Luke«, unterbrach ihn Dr. Leigh, »das ist kein Talent und du hast auch keine Premiumgene. Das ist eine Fehlfunktion. Es kann nicht sein, dass ein Mensch derartig schnell rennt und sich dabei unterhalten kann, ohne je nach Luft zu schnappen, ohne zu schwitzen und ohne dass sein Puls deutlich ansteigt. Das sind nämlich Schutzfunktionen. Warnzeichen, *bevor* du dich überanstrengst und umkippst.«

Luke starrte ihn mit offenem Mund an. *Fehlfunktion?!* Versuchte Dr. Leigh ihm gerade zu sagen, dass er *nicht normal* war?

»Wenn du so weitermachst, rennst du dich zu Tode.« Dr. Leigh lächelte nicht mehr. »Deine einzige Chance ist, mit uns zusammenzuarbeiten.«

Zu Tode … Dr. Leighs Worte knallten wie Pistolenschüsse durch Lukes Kopf.

Nein.

Nein! Nein! Dieser Monsterarzt irrt sich!

Mir geht es gut. Das EKG ist bestens. Sein Blick blieb an dem Logo unterhalb des EKGs hängen.

HIT.

Institut für Human Intelligence Technologies.

Schon beim Betreten des Instituts hatte er ein schlechtes Gefühl gehabt. Alles so neu. Steril. Sicherheitskontrollen am Eingang, helle, breite Gänge mit moderner Kunst und metallicblauen Türen, allesamt verschlossen. Keine geschäftigen Ärzte und Krankenschwestern und durch die Gänge schlurfenden Patienten, keine Schilder, die den Weg zur richtigen Station wiesen. Weil das *HIT* keine Klinik war und Dr. Hulk kein normaler Arzt.

Luke überlief es eiskalt.

Institut.

Human Technologies.

Zusammenarbeiten.

Die waren nicht an seiner Gesundheit interessiert. Die wollten ihm nur Angst machen, um sein besonderes Talent zu entschlüsseln! Ihn als Versuchsobjekt zu missbrauchen!

Blitzartig drehte Luke sich um, sprang vom Laufband und stürzte aus Dr. Leighs Behandlungszimmer.

Durch den hellen Gang, die Treppe hinunter. Er hörte Dr. Leigh rufen, rannte durch die Sicherheitsschleuse, zu schnell für den Sicherheitsbeamten, der ihm nachschrie, er solle stehen bleiben, zu schnell für den Wachmann neben der Tür, dessen Fingerspitzen noch sein Shirt streiften und dann ins Leere griffen.

Luke rannte weiter, durch die eilig-müden Morgenmenschen, begleitet von *Heys* und *Pass-doch-Aufs*, und stoppte erst, als er an der Bushaltestelle Matt sah.

»Hi, Matt.«

»Luke…« Matt sah ihn überrascht an. »Seit wann nimmst du den 21-er?«

»Mein Dad hat mich in der Nähe abgesetzt.« Luke versuchte sein Schullächeln aufzusetzen, freundlich und zugleich unverbindlich, ohne aber arrogant zu wirken. Doch er schaffte es nicht, zu laut schallten die Worte *rennst du dich zu Tode* in seinem Kopf. Hastig drehte er sich von Matt weg und ging zum Fahrplan.

»Acht Uhr siebenunddreißig«, rief Matt hinterher. »Der Bus kommt in ziemlich genau einer Minute. Gutes Timing.«

Luke nickte und versuchte Dr. Leighs Worte aus seinem Kopf zu verbannen. Er rang sich ein Lächeln ab, nicht das perfekte à la *Ich liebe alle meine Fans*, aber zumindest ein unverbindliches, und kehrte zu Matt zurück. »Warst du schon mal im Amen-Research-Center?«

»Ne, aber ich habe darüber gelesen. Der gesamddekomblexdescenters …«

Matts Worte verschwammen zu einem Brei, egal wie sehr Luke sich anstrengte, sie auseinanderzuhalten. Dann schrumpfte Matt plötzlich vor seinen Augen, nur kurz, bevor er sich explosionsartig ausbreitete und mit dem Bus verschmolz, der gerade auf die Haltestelle zufuhr. Matts Gesicht zerfloss in dem Gelb des Busses, die Nase saß schief, dann saß sie gar nicht mehr und alles zerbarst in tausende Lichtpunkte, die wie auf Kommando in tiefstes Schwarz zerfielen.

Jeanie

Fröstelnd zog Jeanie ihren sonnengelben Poncho fester um die Schultern. Der Wind. Das war das Schlimmste an San Francisco. Dieses permanente Störgeräusch, das die feinen Töne der Natur verzerrte, an manchen Tagen sogar verschlang. Und kalt war er obendrein. Eiskalt. Zumindest im Vergleich zu Phoenix. Sie blinzelte in den Himmel, zögerte.

Es war riskant, so früh die Deckung zu verlassen.

Aber es war auch kalt.

Und hatte Tante Mitra nicht erst gestern gesagt, sie solle mehr riskieren? Sie wagte einen Blick um die Ecke und trat dann unauffällig aus dem Schatten der Hecke in die Sonne. *Nur kurz aufwärmen.*

Die Sonnenstrahlen legten sich warm und wohlig auf ihr Gesicht, drangen durch den Poncho und vertrieben das Frösteln. Das war schon viel besser. Außerdem … es hätte schlimmer kommen können. Alaska zum Beispiel. Wobei … dort gab es Schnee und Schnee war die Krönung der Natur – filigran und wunderschön und trotzdem gewaltig. Sie stellte sich die zarten Eiskristalle vor, das unglaublich feine Sirren, wenn sie zu Boden fielen.

»Uhhh! Guckt mal, wen wir hier haben!«

Der Stoß kam so plötzlich, dass Jeanie nach vorne stolperte. Erschrocken zog sie den Kopf zwischen ihre Schultern. So ein Mist! Warum hatte sie Alexa und ihr Gefolge nicht gehört?

Ihre Hand tastete hinter ihr rechtes Ohr, zu dem winzigen Gerät, das unter den dichten, schwarzen Haaren versteckt war. Sie hatte vergessen umzuschalten! Hastig drückte sie zweimal den Regler, schon stürmten tausende Geräusche auf sie ein.

»Unsere indische Proll-Prinzessin.« Beths Lachen schmerzte in Jeanies Ohren. Sie drückte den Regler erneut, die Geräusche um sie herum reduzierten sich auf einen erträglichen Pegel.

»Unser Moppelchen«, tönte Julia und schwenkte ein Croissant vor Jeanies Nase herum. »Das hättest du jetzt gerne, nicht?« Sie biss hinein. »Le-cker, aber du hattest sicher schon vier oder fünf davon zum Frühstück.«

Jeanie zog ihren Poncho so eng um die Schultern, als könnte sie darin verschwinden.

»Soll in Indien ja ein Statussymbol sein, das Hüftfett.« Julia blies ihre Wangen zu Hamsterbäckchen auf.

Jeanie presste die Lippen zusammen. Nicht reagieren. Die drei wollten sie mit diesem Unsinn nur provozieren. Sie konzentrierte sich auf die Fernstraße vier Blöcke weiter. Die Stimmen der Mädchen traten in den Hintergrund und verklangen in dem Schwirren der Autos. Jeanie lauschte dem Schwirren, holte es näher, trennte das tiefe Brummen der Lastwagen von dem Schnurren der Sechszylinder und dem hektischen Stampfen der Vierzylinder und stellte sich die dazugehörigen Fahrzeuge und ihre Insassen vor.

Da spürte sie Hände.

Mit einem Schlag war sie zurück auf dem Bordstein,

hinter sich die Hecke, vor ihr Alexa, die an ihrem Poncho zerrte.

»Wer will sehen, was unsere Proll-Prinzessin so unter ihren Wallekleidern versteckt?«

Begeisterte Pfiffe von Julia und Beth, die Jeanie wie Messerstiche ins Ohr fuhren. Sie wehrte Alexas Hände ab, doch das Mädchen war kräftiger, und mit Beth und Julia als deren Verstärkung hatte Jeanie keine Chance gegen sie.

»Schluss jetzt!« Mit einem Mal stand eine Frau neben Alexa und packte ihren Arm. »Lass sofort das Mädchen los.«

»Was denn?«, maulte Alexa, gab jedoch Jeanies Poncho frei. »Kann ich doch nichts dafür, wenn sie fett ist.«

»Fett?« Die Frau lachte auf. »Nur weil sie nicht so ein Hungerhaken ist wie du? Was ist dein Problem? Bist du neidisch, weil sie tausendmal hübscher ist als ihr drei zusammen?«

»Ha! *Hübsch?* Die?« Alexa schnappte nach Luft.

Die Frau wandte sich an Jeanie. »Lass dir nichts einreden. Du bist wunderschön. Und *die* da«, sie drehte sich zu den dreien, »sind einfach neidisch. Und jetzt … ABFLUG.« Das letzte Wort sprach sie mit einer so geballten Autorität, dass Jeanie unwillkürlich zusammenzuckte, Alexa und ihr Gefolge sich jedoch tatsächlich um die Ecke trollten.

»D … Danke«, flüsterte Jeanie. »Ihr Telefon vibriert.«

Die Frau sah Jeanie überrascht an, kramte dann in ihrer Tasche und zog ihr Handy hervor. »Hallo?«, rief sie und entfernte sich ein paar Schritte.

Jeanie sah ihr nach und zog mit zittrigen Fingern den Poncho wie einen Schutzmantel um sich.

So wollte sie sein.

Jemand, der sich niemals einschüchtern ließ und immer

die richtigen Worte fand. Oder, noch besser, so wie das Mädchen mit den blauen Haaren aus ihrem Physikkurs. *Develine*. Mit Develine würde Alexa sich niemals anlegen.

»… genau. Wenn die alte Schnepfe weg ist«, hörte sie da Julia flüstern. Jeanie erstarrte. Mit *Schnepfe* meinten sie sicher ihre Retterin. Was heckten sie nun wieder aus? Sie zoomte sich in die geflüsterte Unterhaltung ihrer Angreiferinnen, die sich in die Querstraße zurückgezogen haben mussten. »Ich kenn die Alte. Die steigt immer an der Elften aus.«

»Gut.« Das war Alexa. »Im Bus machen wir Prolli fertig. Und ich weiß auch schon wie.« Rascheln. Kichern.

»Du willst sie mit den Puschelhandschellen an die Sitzstange ketten?« Beth prustete los. »Alexa, du bist einfach genial!«

Jeanie rührte sich nicht. Wie gelähmt sah sie zu der Frau, die noch immer telefonierte, sah wie der Bus sich näherte, blinkte und auf die Haltestelle zurollte. Sollte sie den Bus sausen lassen? Zu spät kommen? Dann verpasste sie den Schulbus zum *Amen Research Center* und würde ihr Referat nicht halten können. Das Kichern kam näher, die Mädchen drängelten um die Ecke und gingen auf sie zu.

Sie saß in der Falle.

Mal wieder.

Develine

»Develine! Du verpasst den Bus!«

In aller Seelenruhe zog Develine ihren Lidstrich fertig, tupfte den blauen Lidschatten nach und verlieh dem Ganzen mit High-Volume-Wimperntusche einen Hauch Dramatik. Sie wandte sich dem zweiten Auge zu, hörte das Poltern auf der Treppe und antwortete, genau in dem Moment, als ihre Mutter die Badezimmertür aufriss.

»Ich hab's im Griff, Mom.«

»Und wann frühstückst du?«

»Wenn mein rechtes Auge so aussieht wie mein linkes.«

Ihre Mutter stieß einen tiefen Seufzer aus. »Du machst mich wahnsinnig, weißt du das?«

Develine legte grinsend den Lidstrichstift auf die Ablage und blies sich eine blaue Haarsträhne aus dem Gesicht. »Ich hab dich auch lieb.«

»Das wird dir nicht helfen, wenn dein Physikkurs ohne dich ins *Amen Research Center* fährt. Komm jetzt, zackizacki. Ich pack dir dein Brot ein.«

Develine warf ihrer Mutter einen Luftkuss zu, den diese jedoch nicht mehr sehen konnte, da sie bereits die schmale Treppe zurück nach unten eilte.

Als das zweite Auge fertig war, legte sie noch bronzefarbenen Lippenstift auf und folgte ihrer Mutter ins Erdgeschoss.

»Hier. Jacke. Brot. Rucksack.« Ihre Mutter reichte ihr die Gegenstände in genau dieser Reihenfolge und öffnete die Tür. »Und jetzt raus mit dir!«

Einen Arm zum Abschied hochgestreckt, die Finger lässig zum *V* geformt, lief Develine die Eingangstreppe hinunter, durch den verwilderten Vorgarten und das angerostete, immer halb offen stehende Türchen hinaus auf die Straße.

Was für ein herrlicher Morgen. Sonne, genau die Brise Wind, die es brauchte, um das Meersalz in der Luft zu spüren, und dank Moms Hektik zwei Minuten extra Zeit, um ausnahmsweise mal entspannt den Bus zu erwischen. Sie warf Rucksack und Brotdose in die Luft, schlüpfte zackzack in ihre Jacke und fing Rucksack und Brotdose in aller Ruhe wieder auf.

Ein Pfiff ließ sie ihren Kopf zum Nachbargarten drehen. War Roseanne etwa schon auf? Wieder pfiff es. Develine sah zu Roseannes Haustür. Tatsächlich stand sie einen Spalt offen, und auch wenn Roseanne selbst nicht zu sehen war, so tauchte immerhin deren Hand durch den Spalt auf und winkte sie zu sich. »Dev!«

Develine zögerte. Der Bus… allerdings – noch lag sie gut in der Zeit. Sie stieß das Gartentürchen auf, obwohl sie wusste, dass es keine gute Idee war, vor allem falls ihre Mutter gerade aus dem Küchenfenster sah… Geduckt lief Develine durch den Vorgarten und hastete die Treppe hinauf. Die Tür öffnete sich kurz, Roseannes Hand schoss vor, zerrte sie ins Haus und warf sofort die Tür ins Schloss zurück.

»He!« Develine rieb ihr Handgelenk. »Was ist das denn für eine Agententaktik?«

Roseanne legte den Finger an die Lippen. »Riesenstory«, flüsterte sie und malte ein *W* für Whistleblowing in die Luft. »Komm, das glaubst du mir nie!«

»Später, okay?« Develine legte die Hand auf die Türklinke. Sie hätte gar nicht erst auf Roseannes Rufen reagieren sollen! »Ich muss zum Bus.«

»Vergiss den Bus. Ich fahr dich.« Roseanne zog sie mit sich, die Treppe hoch und in ihr Arbeitszimmer. Es sah aus, wie zu ihren Zeiten als Journalistin. Der Schreibtisch war übersät mit eng bedruckten Papieren und Zeitungsartikeln, auf dem Boden lagen offene Ordner und zerknüllte Blätter. Sie sah hinter den Schreibtisch und unter das Sofa. »Leila! Ts, ts, komm zu Rosie!«

»Roseanne!«, drängte Develine. »Ich hab's ausnahmsweise *echt* eilig.«

»Gleich.« Sie verließ das Arbeitszimmer und winkte Develine mit sich. »Das *musst* du gesehen haben.«

Develine folgte ihr über den Flur ins Schlafzimmer. Das Bett ungemacht, der Sessel wie immer überhäuft mit Klamotten. Roseanne kniete sich auf den Boden und sah unter das Bett. »Leila! Komm!«, lockte sie mit ungewöhnlich heller Stimme.

»Hast du etwa ein *Haustier*?«, fragte Develine ungläubig. Ihre chaotische Freundin und ein Haustier, das passte zusammen wie Hai und Surfer.

»Pffft! Haustier?« Roseanne bedachte Develine mit einem irritierten Blick. »Das ist viiiiiel besser.« Sie gab ein schmatzendes Geräusch von sich und wartete. Schüttelte dann verärgert den Kopf. »Wo steckt es jetzt wieder? Ich werde noch irre.«

»Sorry.« Develine klopfte auf den Zeiger ihrer Uhr. Selbst

wenn Roseanne sie fuhr – langsam wurde es knapp. »Wir müssen echt los. Wenn ich den Ausflug verpasse, krieg ich richtig fetten Ärger.«

Roseanne seufzte. »Okay. Dann keine Vorführung. Ich erzähl dir alles auf dem Weg. Das ist mein Durchbruch, garantiert.«

Polternd liefen sie die Treppe hinunter, Roseanne angelte sich einen Schlüssel von der Kommode, da läutete das Telefon. »Ich wimmle den nur kurz ab.« Sie hechtete zum Telefon, hob ab. »Hallo?… Kann ich dich… Verdammt. Warte.« Die Stirn in Falten, legte sie die Hand über die Muschel und warf Develine den Schlüssel zu. »Fahr selbst. Ich brauch das Auto heute nicht.«

Develine fing den Schlüssel. Er sah anders aus als der Schlüssel, den Roseanne normalerweise benutzte. Sie formte ein lautloses *Danke* und wandte sich zum Gehen.

»Halt, Dev!«, rief ihr Roseanne hinterher. »Es ist der graue Honda. Mein Auto ist in der Reparatur.«

Develine hob den Daumen und eilte zur Tür hinaus. Sie sah auf die Uhr. Na super. Sie hätte einfach zum Bus weitergehen sollen. Eine winzige Fehlentscheidung und schon wurde aus Entspannt-zum-Bus echter Stress: Jetzt durfte absolut nichts mehr schiefgehen, wenn sie für den Ausflug nach Mountain View noch rechtzeitig kommen wollte. Also: kein Stau, keine rote Ampel, Parkplatz direkt vor der Tür. Theoretisch, denn praktisch wusste sie nicht einmal, in welches Auto sie einsteigen sollte.

Sie drückte auf den Schlüssel. Gegenüber blinkte ein Auto auf. Ein SUV. Er sah aus wie neu. Und teuer.

Kaum war sie eingestiegen, leuchtete das Cockpit auf. Es war anders als die Autos, die sie bisher gefahren war, mehr

Knöpfe und Regler, als irgendjemand brauchen könnte, die Touchscreenbedienung auf dem schulheftgroßen Display nicht mit eingerechnet.

»Guten Morgen«, schreckte eine sanfte Stimme sie auf. »Wo soll es heute hingehen?«

Ein Avatar mit kurzen, schwarzen Haaren und Chauffeursmütze lächelte sie vom Display aus an.

»Abgefahren«, murmelte Develine und kämpfte gegen den Impuls, wieder auszusteigen. Das Auto war in Roseannes Namen geliehen, und falls Roseanne sie nicht explizit als zweite Fahrerin genannt hatte – was sie mit Sicherheit verneinen konnte –, durfte sie dieses Auto nicht fahren. Und wenn sie es dennoch tat, war sie nicht versichert und Roseanne und sie würden bei einer Kontrolle beide fetten Ärger bekommen.

Nur… Sie *musste* diesen Bus erreichen. Und war nicht ihr gemeinsames Motto: *No risk, no fun*?

Sie drückte den Start-Knopf. »*Gateway High*, alleraller-schnellste Route«, sagte sie zu dem Avatar, obwohl sie den Weg genau kannte.

Der Motor surrte geschmeidig. Sie setzte den Blinker und fuhr los, ohne zu ahnen, dass sie gerade die zweite Fehlentscheidung an diesem sonnigen Morgen getroffen hatte.

Nur war diese nicht winzig, sondern monumental.

Jeanie

»Du hast genau das Richtige getan, mein Herz.« Tante Mitras Stimme floss samtweich und warm durch Jeanies Kopf. »Mit der freundlichen Dame auszusteigen und den nächsten Bus zu nehmen, war eine kluge Entscheidung. Und wenn du zu spät kommst, dann ist das halt so. Ich rufe in der Schule an und entschuldige dich vorsichtshalber.«

»Danke, Mitra.« Jeanie steckte das Handy weg und lehnte sich im Sitz zurück. Der Bus war halb leer, kein einziger Schüler darin. Ein eindeutiges Indiz, dass sie den Trip nach Mountain View abschreiben konnte. Ihre Augen füllten sich mit Tränen. Sie hatte sich wirklich darauf gefreut.

Als sie von Phoenix zu Tante Mitra gezogen war, hatte sie so sehr gehofft, hier einen Neustart hinzulegen. Ohne jenen Schutzkokon, den ihre Eltern um sie gesponnen hatten. Pustekuchen. Es hatte genau zwei Schulstunden gedauert, bis Alexa sich auf sie eingeschossen hatte. Weil sie ihre Frage überhört hatte. Dabei hatte sie die Frage sehr wohl gehört. Sie hatte nur *zu viele* Fragen gehört, Alexas Frage und daneben die Fragen all der anderen in der Mensa, und sie war zu nervös gewesen, um aus den vielen Fragen die richtige herauszukristallisieren. Aber das konnte sie ja nicht sagen. Wenn die anderen wüssten, dass sie jede ihrer geflüsterten

Unterhaltungen mühelos durch verschlossene Türen belauschen konnte, würde sie noch mehr gemobbt werden.

Jeanie versenkte ihr Kinn in dem Poncho. Dabei wollte sie das doch gar nicht alles hören! Im Gegenteil, es war schrecklich, andauernd Dinge wahrnehmen zu müssen, die überhaupt nicht für sie bestimmt waren, und es war anstrengend, andauernd sortieren zu müssen, was man ausblenden musste und was man unbedingt hören sollte. Niemand würde das wollen, vielleicht mal für zwei Tage, aber doch nicht immer!

Der Bus bog in die Straße ein, die zum *HIT* führte. Sie ließ ihren Blick über die inzwischen so vertrauten, bunten Fassaden schweifen, an denen sie zweimal die Woche vorbeifuhr, um ihre Termine im Institut für Human Intelligence Technologies wahrzunehmen.

Nur noch zwei Monate. Dann war sie bereit für die OP, wegen der sie extra nach San Francisco gezogen war. Dann würde sie endlich, endlich von ihrem schrecklichen Hörfehler befreit werden. Sie würde endlich ein normales Mädchen sein, das sich normal verhalten, normal unterhalten, normale Freundschaften schließen konnte. Sie würde endlich, endlich, endlich ein ganz normales Leben führen.

Sie hörte den Blinker, der Bus zog in die Haltebucht und zwei Jungen stiegen ein. Das war … Luke! Und Matt! Aus ihrem Physikkurs! Und beide wollten zum *Amen Research Center*! Auch wenn sie es ihr nicht direkt gesagt hatten – sie hatten noch nie etwas direkt zu ihr gesagt –, so hatten sie sich doch mit anderen darüber unterhalten. Jeanie atmete auf. Nun waren sie schon zu dritt. Vielleicht würde der Schulbus ja doch warten.

Sollte sie ihnen zuwinken? *Und wenn sie dich nicht er-*

kennen, weil sie dich in den zwei Monaten seit deiner Ankunft noch nicht wahrgenommen haben? Sie hob zaghaft die Hand, doch Matt und Luke hatten sich bereits in die dritte Bank hinter dem Fahrer gesetzt, ohne die geringste Notiz von ihr genommen zu haben. Natürlich. Was hatte sie erwartet. Sie spürte Hitze in ihre Wangen steigen und machte sich klein und unsichtbar in ihrem Sitz. Ihr Gehör aber fokussierte sie auf Matt und Luke, als würde sie einen Peilsender einstellen. *Entschuldigt, aber das muss jetzt sein.*

»Und was hat sie gesagt?«, fragte Luke.

»Dass sie Frau Witkowski Bescheid gibt und du am besten nach Hause fahren und dich ausruhen sollst und ich den Geschichtskurs besuchen soll.« Matt steckte sein Handy in den Rucksack.

»Musste das sein? Ich habe keinen Bock, dass die jetzt einen Aufstand machen und meinen Vater anrufen.« Lukes Stimme klang anders als sonst. Schwächer, trotz der Aufregung, die darin vibrierte. »Mir geht's wieder gut.«

»Ja, weil ich dich eben aufgefangen habe, bevor dein Sturkopf einen Krater in den Bordstein schlagen konnte. Bist du nicht vor zwei Wochen schon mal zusammengeklappt?«

»Nur 'ne Wachstumsstörung. Nicht schlimm.«

Nicht schlimm? Jeanie beugte sich vor. Seine Stimme sagte etwas vollkommen Anderes. Es war ein feines Tremolo der Angst, das sich plötzlich durch seine Worte zog.

»Wachstumsstörung?« Matt lachte auf. »Hältst du mich für blöde? Jeder, der ein medizinisches Kompendium gelesen hat, weiß, dass du keine Wachstumsstörung hast.«

»Ein medizinisches *WAS*?« Luke wandte sich zu Matt und schüttelte den Kopf. »Du bist echt schräg, weißt du das?«

»Warum? Weil ich mich für Medizin interessiere? Oder

weil ich deinen Blutzucker mit Nüssen statt Schokolade hochgeschossen habe?« Matts Stimme stieg einen Viertelton nach oben. *Deutlicher Anflug von Ärger.* »Wie wär's, wenn du einfach froh bist, dass ich wusste, was zu tun war, anstatt mich dumm von der Seite anzuquatschen.«

»Sorry, Kumpel.« Luke streckte ihm die Hand hin. »Danke, dass du dich gekümmert hast. Und ... das mit dem *schräg* habe ich nicht so gemeint. Du bist schwer in Ordnung. War ein echter Scheißmorgen.«

»Passt schon.« Matt schlug ein. »Lass es einfach anschauen, okay?«

»Aye, aye, Doc.«

Betroffen starrte Jeanie auf Lukes Hinterkopf. Sein *Aye, aye, Doc* war ein klares *vergiss es* gewesen. Er hatte nicht vor, es anschauen zu lassen. Ihre Kehle wurde eng. Und wenn er wirklich ein schlimmes Problem hatte und es immer schlimmer wurde, weil er es nicht wahrhaben wollte? Sie schluckte. Das durfte nicht sein. Nicht, weil Luke der große, umschwärmte Sportstar der Schule war. Sondern weil Lukes Lächeln wie ein Sonnenstrahl die ganze Schule erwärmte. Weil er immer und für alle ein freundliches Wort übrighatte. Na ja, nicht ganz alle, aber für alle, die ihn ansprachen ...

Da stand Luke auf. »Wir sind da.«

Jeanie sah aus dem Fenster. Vor ihnen erschien das Schulgebäude der *Gateway High*. Kein einziger Schüler war vor dem Gebäude aus Beton und Glas zu sehen, natürlich nicht, der Unterricht hatte bereits angefangen.

Der Bus hielt und sie eilte zum Ausstieg. Matt ging bereits Richtung Sammelplatz, doch Luke stand an der Tür und wartete auf sie.

»Na, schau an, wir sind nicht die Einzigen, die zu spät

kommen.« Er lächelte sie an. »Du bist die Neue, nicht wahr?«

Jeanie war kurz vor der Schnappatmung.

Ja, bin ich.

Es war nicht sooo schwer, diese drei Worte zu sagen! Doch nicht eine Silbe kam über ihre Lippen. Gerade, dass sie ein schwaches Nicken zustande brachte.

»Ich bin Luke, freut mich.« Er hielt ihr die Hand hin.

Jeanie nahm sie, spürte, wie ihre Hand zitterte, wie sein Händedruck warm und beruhigend durch sie hindurchfloss, und plötzlich verstand sie, warum all die Mädchen *wirklich* für ihn schwärmten. Nicht weil *er* der große Star war, sondern weil er *ihnen* das Gefühl gab, etwas Besonderes zu sein. Er sah sie an, und plötzlich veränderte sich etwas.

Mit einmal stand nicht Luke, der Sport-Star vor ihr, sondern ein ganz anderer Mensch. Ein Mensch wie sie selbst, verletzlich und einsam. Am liebsten hätte sie ihn in den Arm genommen, so wie Tante Mitra sie an sich drückte, wenn sie von der Schule nach Hause kam und Mitra mit einem Blick erkannte, dass sie mal wieder einen *dieser* Tage gehabt hatte.

»Ich bin Jeanie«, stieß sie hervor, sich plötzlich bewusst, dass sie ihn schon viel zu lange anstarrte. Er brach den Augenkontakt ab, ließ hastig ihre Hand los, räusperte sich gleichzeitig und mit einmal stand wieder Luke, der unbekümmerte Star vor ihr.

»Mal sehen, ob die anderen auf uns gewartet haben.« Luke zwinkerte ihr zu und folgte Matt. Krampfhaft versuchte sie mit Luke Schritt zu halten und verfiel in ihren peinlich hoppeligen Laufschritt. Ausgerechnet neben Luke! Falls er je vorgehabt hatte, sich ein zweites Mal mit ihr zu befassen, dann würde er es sich spätestens jetzt anders überlegen. Sie bogen um die Ecke und sahen Matt. Und den leeren Platz.

Matt zuckte die Achseln. »Sieht ganz nach Geschichtskurs aus.«

»Sorry, Matt. Das ist meine Schuld.« Luke schien es ehrlich leidzutun.

»Ach, ist nur 'n Schulausflug.« Matt grinste. »Ob wir jetzt oder in einer halben Stunde oder gar nicht in Geschichte auftauchen… wen interessiert's? Wer geht mit mir 'nen Frappuccino trinken?« Er sah zu Luke. Zu Jeanie.

Sie glaubte sich verhört zu haben. Forderte Matt sie gerade dazu auf, die Schule zu schwänzen? Sie hatte noch nie in ihrem Leben auch nur eine Minute unentschuldigt gefehlt. Nie! Andererseits… ein Frappuccino mit Matt und Luke? Wann würde sie je einen besseren Grund bekommen, um zu schwänzen? Und… überhaupt, Mitra hatte schließlich gesagt, sie solle mal was riskieren. Sie würde ihre Entscheidung sicher gutheißen. »Ich«, rief Jeanie aufgeregt.

»Geschichte? Bei der Witkowski?« Luke zog eine Grimasse. »Da fragst du noch?«

In dem Moment vernahm Jeanie ein Auto mit deutlich überhöhter Geschwindigkeit auf die Schule zurasen. Sie sah zur Einfahrt, schon preschte ein grauer SUV krachend über die Bodenschwellen und hielt mit quietschenden Reifen an dem Busparkplatz. Die Scheibe fuhr herunter und das Mädchen mit den blauen Haaren steckte den Kopf heraus.

»He!«, rief sie. »Luke! Matt! Mädchen mit dem Sonnenponcho! Habt ihr auch den Bus verpasst?« Sie grinste und winkte sie zu sich. »Expresszustellung nach Mountain View gefällig?«

Sie sahen sich gegenseitig an. Als müssten sie erst die Optionen abwägen: Frappuccino oder Ausflug.

»Klar, klingt gut«, sagte Luke schließlich.

»Bye-bye, Frappuccino«, seufzte Matt und zog die Mundwinkel nach unten, doch Jeanie hörte den Jux in seiner Stimme. Er hielt ihr die Tür des Fonds auf. Als würde sie ganz selbstverständlich dazugehören. Jeanies Brust wurde ganz warm und weit vor Glück und sie vertrieb die mahnende Stimme, dass dies viel zu gut war, um lange währen zu können.

Develine

»Und du?«, richtete Develine sich an Jeanie, »warum warst du nicht pünktlich?«

»Ich … habe den Bus verpasst«, sage Jeanie schüchtern.

Develine suchte Jeanies große, schwarze Augen im Rückspiegel. Das Mädchen mit den auffälligen Augen und der schwarzen Haarmähne sah genauso schüchtern aus wie sie klang. »Echt? Du wirkst auf mich nicht wie jemand, der einfach so einen Bus verpasst. Ich hätte dich eher zu der Kategorie *zehn Minuten zu früh* gezählt.«

»Fünf bis sieben«, hauchte Jeanie.

Develine sah, wie Jeanie errötete, und grinste. »Du wärst der Traum meiner Mutter.«

»Wieso?«, fragte Luke. »Passt du deiner Mutter nicht?«

»Doch, klar«, wiegelte Develine ab, »aber manchmal geht ihr meine Einstellung zur Pünktlichkeit ziemlich auf die Nerven.«

»Wie ist denn deine Einstellung?«, fragte Matt nach.

»Entspannt.« Develine lachte. »Zu entspannt, laut Frau Witkowski. Die hat mich voll auf dem Kieker, weil ich ein paar Mal zu spät gekommen bin.«

»Du meinst *immer*«, warf Luke ein. »Das ist der Running Gag in dem Kurs.«

Develine gab Gas und wechselte auf die Überholspur. »Irgendjemand muss ja für ein bisschen Spaß in dem Trauerkurs sorgen.« Sie wandte sich wieder an Jeanie. »Schöner Name, übrigens. *Jea-nie.*«

»Danke«, sagte Jeanie und klang ehrlich überrascht. »Develine ist aber auch schön … und …« Sie stockte, als überlege sie, ob sie den nächsten Teil des Satzes laut aussprechen sollte. »Sehr … ungewöhnlich.«

»Das kannst du laut sagen.« Develine kicherte. »Develine war eine von Dads Comicfiguren: die Geliebte des Teufels – trickreich, stark und«, sie legte einen dramatischen Bariton in ihre Stimme, »ganz – schön – bööööse.«

»O-kay. Jetzt wird mir einiges klar.« Nun lachte auch Luke. Endlich. So bedrückt hatte Develine ihn noch nie erlebt und dabei war gerade seine zuverlässig gute Laune das, was sie an ihm so sehr mochte. »Ich heiße nach Lukas, dem Evangelisten. Schätze, unsere Eltern haben unterschiedliche Erwartungen an uns.«

»Erwartungen? Meine Eltern?« Develine kicherte erneut. »Die erwarten höchstens, dass sie mal wieder auf mich warten müssen. Apropos warten – da vorne ist der Bus!« Sie drückte das Gaspedal durch.

»Achtung! Sie überschreiten die zulässige Höchstgeschwindigkeit«, meldete sich prompt der Chauffeursmützen-Avatar.

Develine blieb auf dem Gaspedal. Die Geschwindigkeitsanzeige schnellte weiter nach oben, sie war nun sehr deutlich über dem Tempolimit. Teuer-deutlich – wenn sie erwischt würden. Aber wie wahrscheinlich war das schon im Stoßverkehr?

»Wenn du so weiterfährst, sind wir *vor* den anderen da.«

Matt streckte seinen Kopf nach vorne. »Laut Navi brauchen wir noch zwanzig Minuten. Die Führung beginnt in fünfunddreißig. Wegen mir musst du keinen Strafzettel riskieren.«

»Wo bleibt da der Spaß?« Sie legte noch mehr an Tempo zu. »Stellt euch die Gesichter vor, wenn wir als Empfangskomitee aufmarschieren.«

»Hat was«, nickte Luke. »Ich übernehme die Hälfte vom Strafzettel.«

»Na dann …« Siegessicher zog Develine an dem Bus vorbei und blieb auf der linken Spur. »Schauen wir mal, was die Karre hergibt!«

Doch kaum hatte sie den Bus überholt, verlor der Honda an Geschwindigkeit. Sie drückte das Gaspedal durch. Checkte die Tankfüllung. Dreiviertelvoll. Verflucht! Was war hier los?

Plötzlich wechselte der Honda auf die rechte Spur.

»Doch die Hosen voll?«, scherzte Luke.

»Ich bin das nicht!« Develine drückte so fest auf das Pedal, als wolle sie es durch den Unterboden schieben.

»Ne. Klar.« Luke grinste.

»Wirklich!« Wieder wechselte das Auto die Fahrspur, diesmal auf den Verzögerungsstreifen zur Ausfahrt, viel zu früh, nach Mountain View waren es noch fast 20 Kilometer. Develine lenkte dagegen, doch das Auto reagierte nicht. Es verringerte das Tempo, nahm die Ausfahrt und reihte sich in die Linksabbieger nach Loma Mar ein. Es war verrückt!

»He!« Luke sah sie stirnrunzelnd an. »Was soll das? Warum fährst du raus? Das ist die falsche Richtung!«

»Ich bin das nicht!« Sie bremste. Gab Gas. Bremste. Lenkte. Blinkte. Das Auto reagierte nicht. Es fuhr einfach weiter, auf die Bundesstraße, Richtung Loma Mar. Da verschwand die Landkarte vom Display, es leuchtete einmal blau auf und wurde dann schwarz.

»Wie, du bist das nicht?«, mischte Matt sich von hinten ein. Sein Kopf erschien zwischen den Vordersitzen. »Was meinst du damit?«

Develine ließ das Lenkrad los, hielt beide Hände in die Luft und zog ihren Gasfuß so weit hoch, dass er auf dem Fahrersitz ruhte. »Ich. Bin. Das. Nicht.«

»Das ist nicht witzig!«, fuhr Luke sie an. »Leg sofort die Hände wieder ans Lenkrad!«

»Wozu?« Sie fasste das Lenkrad und vollführte absurd heftige Lenkbewegungen, die das Auto in Sekundenschnelle von der Fahrbahn hätten abbringen müssen. »Das Auto macht, was es will.«

Da wurde es langsamer – obwohl kein Auto vor ihnen fuhr, keine Ampel, keine Abbiegung in Sichtweite war. Es bremste ab, ab, ab. Doch es kam nicht zum Stehen, sondern fuhr plötzlich wieder weiter.

»Scheiße! Develine!« Lukes Stimme überschlug sich fast. »Hör auf damit! Ich weiß doch, das ist einer deiner abgefahrenen Tricks.«

»Ist es nicht!«

»Ist es doch!« Luke klopfte das Armaturenbrett ab. »Was ist hier eingebaut? Eine Fernbedienung? Eine versteckte Kamera?«

»Was weiß denn ich?« Develine schlug auf das Lenkrad ein. »Scheißkarre!«

»Ich sag's dir«, Luke schnaubte, »wenn sich das als mieser Scherz rausstellt, bist du für mich erledigt.«

»Es ist kein Scherz«, sagte Jeanie schüchtern. »Develine

hat genauso viel Angst wie du. Sie weiß nicht, was los ist, und sie ist beunruhigt.«

Totale Stille breitete sich im Auto aus. Dann wandten sich alle an Jeanie.

»Woher weißt du das?«, fragte Develine stirnrunzelnd.

»Ich höre es. Tut … tut mir leid, wenn ich das nicht hätte sagen dürfen …« Jeanie errötete.

»Nein, nein, natürlich darfst du!« Develine drehte sich nun ganz nach hinten, um Jeanie besser zu sehen. »Aber wie kannst du das *hören*?«

»Die Angst verändert deine Stimme.«

»Hast du sonst noch was gehört?«, fragte Matt, seinen Blick wieder auf das Armaturenbrett gerichtet.

»Als Develine den Bus überholt hat, hat es geklickt, so wie …« Jeanie machte eine Pause. »… eine Zentralverriegelung? Und seitdem surrt es.«

»Zentralverriegelung?« Sofort zerrte Luke an dem Türgriff. »Scheiße! Die verdammte Tür geht nicht auf!« Er hämmerte dagegen, presste den Fensteröffner. Nichts. »Was soll das? Ich will hier raus!«

»Luke!«, rief Develine und boxte hart gegen seinen Arm. »Halt jetzt die Klappe, sonst knock ich dich aus.«

Luke glotzte sie an. Ungläubig. Er öffnete den Mund, doch Develine fixierte seinen Blick, hob warnend den Finger und legte ihn dann an ihre Lippen. Luke schloss den Mund und rieb seinen sichtlich schmerzenden Arm. Vielleicht hätte sie weniger hart zuschlagen sollen.

»Okay«, sagte Develine und wählte bewusst einen besonders gelassenen Tonfall. »Können wir bitte alle die Ruhe bewahren?« Sie wandte sich an Jeanie. »Hast du noch etwas gehört?«

Jeanie legte den Kopf schief. Lauschte. »Nein. Euch. Das Surren. Das Klicken. Ein sehr feines, hohes Klirren, den Motor. Aber ich höre viel zu wenig. Da müsste viel mehr sein.« Sie schüttelte den Kopf und zeigte auf die sich verändernde Landschaft, die Bäume, die Hügel, die Weide mit den Schafen. »Ich sehe die Schafe, aber höre sie nicht. Das ist seltsam.«

Seltsam? Develine betrachtete Jeanie mit unverhohlener Neugier. Seltsam war nur, wenn man durch ein geschlossenes Autofenster Schafe hörte, die fünfzig Meter neben einer Straße friedlich weideten.

»Seit wann hast du das Auto?«, fragte Matt.

»Ist das meiner Nachbarin«, sagte Develine. »Sie hat es mir geliehen, damit ich zur Schule fahren kann.«

»Du fährst aber nicht zur Schule«, warf Matt ein. »Kann es sein, dass ihr Auto eine Fernsteuerung eingebaut hat und sie es gerade zurückbeordert?«

Develine zögerte. Bei Roseanne war so ziemlich alles möglich. Sie tat den ganzen Tag nichts anderes, als Dingen hinterherzujagen, die normale Menschen sich nicht einmal vorstellen konnten. Und dieses Auto war technisch so hochgerüstet, dass eine Fernsteuerung nicht abwegig wäre. »Schon … aber, wenn sie das tut, warum schickt sie uns dann nach Loma Mar?«

»Kannst du sie nicht anrufen?«

»Natürlich! Moment.« Develine schnallte sich ab, fischte ihr Handy aus der Hosentasche und wählte Roseannes Nummer. Es klingelte, klingelte, klingelte. »Geht nicht ran.«

Matt streckte seine Hand vor. »Kann ich mal dein Handy haben?«

Sie gab es ihm. Es war absurd. Sie saßen in einem offenbar

ferngesteuerten, technisch hochgerüsteten Auto, das sie gerade in das unberührte, wilde Naturschutzgebiet zwischen Meer und San Francisco entführte.

ENTFÜHRT!

Auf so eine abgedrehte Story würde nicht mal ihr Vater kommen. Und seine Stories waren immer abgedreht. Develine spürte die Angst in ihrer Kehle und atmete sie weg. Sie brauchte einen klaren Kopf – und Angst blockierte.

»Das Signal ist gestört.« Matt reichte ihr das Handy zurück und wandte sich an Jeanie. »Vielleicht ist der hohe Ton, den du hörst, das Störsignal. Es liegt normalerweise außerhalb des menschlichen Gehörs. Welchen Frequenzbereich kannst du hören?«

»Acht Hertz bis hundertzwanzigtausend«, sage Jeanie so leise, als schäme sie sich dafür.

»Du kannst Infra- *und* Ultraschall hören?«, fragte Matt ungläubig.

»Können wir das nicht alle?«, fragte Luke.

»Nein.« Matt schüttelte vehement den Kopf. »Alles was unter sechzehn Hertz ist, also Infraschall, nehmen wir höchstens als Vibration wahr, und was über sechzehn- bis zwanzigtausend liegt, gar nicht. Das hören nur bestimmte Tiere, zum Beispiel Fledermäuse.«

Develine musterte Jeanie neugierig. »Wie ist das so? Nervig oder cool?«

»Beides.« Jeanie lächelte entschuldigend. »Ich habe mir das nicht ausgesucht.«

»Ich würde mir das *sofort* aussuchen.« Develine legte ihre Hände wie Trichter an die Ohren. Besser hören als eine Fledermaus, wie großartig war das denn?! »Kannst du auch durch Türen lauschen? So wie Supergirl?«

»Na ja, schon … aber eben jetzt gerade nicht.«

Wieder begann das Auto unerklärliche Brems- und Beschleunigungsmanöver hinzulegen. Develine sah, wie Jeanie sich verkrampfte und Matt aufmerksam die Geschwindigkeitsanzeige verfolgte, als wolle er ein Muster ausmachen, nach dem das Auto seine Bremsmanöver ausrichtete.

»Sorry, Dev«, sagte da Luke. »Ich habe vorhin die Kontrolle verloren. Ist echt ein Scheißtag heute.«

»Haben wir alle mal.« Develine hielt ihm die Hand hin, er klatschte ab.

»Vielleicht ist es eine Fehlfunktion.« Matt zeigte auf den Tachometer. »Die Geschwindigkeit stimmt nicht mit den zurückgelegten Kilometern überein.«

»Wie meinst du das?«, fragte Luke.

»Nach den letzten beiden Schildern, die wir passiert haben, sind wir sieben Kilometer gefahren. In acht Minuten. Dann hätten wir uns mit 52 km/h bewegen müssen, wir sind aber langsamer und bremsen immer wieder ab und beschleunigen. Laut Tacho haben wir nur 5,3 Kilometer zurückgelegt.«

»Und das hast du mal eben so ausgerechnet?«, fragte Luke ehrfürchtig.

»Ein einfacher Dreisatz. Kannst du auch.« Matt wuschelte sich mit der Hand über den Hinterkopf. »Wenn also der Tacho nicht die richtige Geschwindigkeit anzeigt, liegt es dann nicht nahe, dass alles im Auto gerade eine Fehlfunktion hat?«

»Möglich.« Develine starrte auf den Tacho. *Ein einfacher Dreisatz.* Klar. *Sie* wäre nur überhaupt nie auf die Idee gekommen, die Geschwindigkeit mit den Straßenschildern und der Zeit abzugleichen.

»Seit wann fährt deine Freundin denn das Auto?«, fragte Matt. »Hat es eine Art Selbstfahrmodus? Hatte sie schon mal Probleme damit?«

»Es ist nicht ihr Auto. Das ist ein Leihwagen, weil ihrer in der Werkstatt ist.«

»Okay …« Matt strich sich nachdenklich über den Nasenrücken. »Neue Situation.«

»Scheiße, Leute, wirklich neue Situation!« Es rumpelte, Luke zeigte auf die Straße vor ihnen, die keine mehr war, zu der Felswand, auf die sie mit unverminderter Geschwindigkeit zufuhren. Develine trat die Bremse bis zum Anschlag durch, riss das Lenkrad nach links, nach rechts, zog die Handbremse.

»*Verdammt!*«

Die Felswand kam immer näher, sie ließ das Lenkrad los, zerrte am Türgriff, rammte den Ellenbogen ins Fenster.

Es gab kein Entrinnen.

Da rüttelte Luke an ihrem Arm. »Dev! Schnall dich an!«

Hektisch griff Develine nach dem Gurt, zu hektisch, er blockierte. Luke griff über sie und zog den Gurt über Develines Körper. Das Klicken ging in dem Schrei unter, der aus ihrer aller Münder gemeinsam zu kommen schien, und mit jedem Meter anschwoll, den die Felswand auf sie zukam.

Zehn Meter, neun, acht, sieben, sechs …

Matt

Matt schloss die Augen und öffnete sie erneut. Es blieb schwarz.

»Luke? Jeanie? Matt?«, rief Develine. »Alles okay?«

»Yep«, sagte Luke.

»Ja.« Jeanies Hand tastete nach seiner. »Matt?«

»Alles okay.« Dabei war *nicht* alles okay. Ganz und gar nicht. Sie waren durch die Felswand durchgeglitten, anstatt dagegenzuknallen, und das war zwar sehr viel besser als ein Aufprall, aber auch verdammt beängstigend.

Ein Licht flammte auf. Lukes Handylampe. Er richtete sie auf Develine, dann nach hinten. »Leute«, sagte Luke, der Lichtkegel seiner Lampe so zittrig wie seine Stimme, »sind wir gerade durch eine Felswand gerauscht?«

»Sind wir.« Develine versuchte die Scheinwerfer einzuschalten, doch es blieb dunkel. Dann angelte sie ihr Handy aus der Getränkehalterung und schaltete ihre Lampe ebenfalls an. »Echt abgefahrene Scheiße.« Sie leuchtete aus dem Fenster. Doch egal wohin sie den Kegel richtete, es blieb schwarz.

»Du meinst … wir sind jetzt *in* dem Hügel?«, fragte Jeanie entsetzt. Matt drückte ihre Hand anstelle einer Antwort – denn er hatte noch keine.

»Sieht so aus.« Develine leuchtete nach hinten. »Hast du eine Erklärung, Matt? Du bist doch einer, der immer alles weiß.«

»Passe.« Was sie gerade erlebt hatten, konnte nicht real stattgefunden haben. Es musste eine andere Erklärung geben. Aber welche? Matt rüttelte an der Tür, doch sie war verschlossen. »Hörst du das Surren noch?«, wandte er sich an Jeanie.

»Ich höre ein Surren, aber es klingt anders. Viel höher.«

»Ist das gut oder schlecht?« Luke drehte sich ebenfalls nach hinten, leuchtete sich selbst dabei gespenstisch schräg von unten an.

Plötzlich machte es Klick in Matts Kopf. Gespenst. Horrorfilm. Spezialeffekte.

»Ich hab's!«, rief er. »Wir sind nicht durch eine Felswand gefahren. Wir sind durch etwas gefahren, das *aussah* wie eine Felswand.«

»Natürlich!«, stimmte Develine zu. »Matt, du bist genial!« Sie leuchtete erneut nach draußen. »Eine Projektion. Die Felswand hat eine Öffnung, aber man sieht die Öffnung nicht, weil ein Trugbild davor projiziert wird. Wie bei einem Spezialeffekt!«

»Exakt. Und das heißt, wir sind nicht in einem Fels, sondern an einem Ort, an dem es garantiert einen Ausgang gibt.«

»Kling gut.« Luke richtete seinen Lichtstrahl auf den Türgriff. »Zuerst müssen wir aber aus dem Auto rauskommen.«

»Nein!«, rief Matt. »Zuerst müssen wir überlegen, warum wir hier sind und was uns da draußen erwarten könnte. Wenn wir lebend hier rauskommen wollen, müssen wir unseren Kidnappern einen Schritt voraus sein, und dazu müssen wir sie erst mal verstehen.« Er drückte Jeanies Hand.

»Jeanie, kannst du dir einen Grund vorstellen, warum dich jemand entführen wollen würde?«

Jeanie zuckte merklich zusammen. »Mein Vater ist reich. Sehr reich«, setzte sie leise nach, als sei es ihr unangenehm.

»Reich genug für eine Lösegelderpressung?«

»Das ist sein größter Albtraum.«

»Und was ist mit deinem Supergehör? Wer weiß davon?«, fragte Luke.

»Nur meine Familie und meine Ärzte.« Jeanie zögerte. »Ich erzähle das nie jemandem.«

»Echt?«, fragte Develine erstaunt. »Dabei ist das doch ein Knaller.«

Matt presste die Lippen zusammen. Er wusste genau, warum Jeanie niemandem von ihrer besonderen Fähigkeit erzählte. »Jemand könnte also an dir interessiert sein.«

»Ja«, hauchte sie und presste Matts Hand so fest, dass es schmerzte.

»Develine?«, fragte Matt.

»Bei uns verdient nur meine Mom ganz gut, also *reich* sind wir sicher nicht. Und ein besonderes Talent habe ich auch nicht.« Sie machte eine kurze Pause. »Ich kann gut zeichnen. Und ich gehe bestimmten Leuten ziemlich auf den Keks. Aber dafür wird keiner 'ne Menge Kohle bezahlen, oder?«

»Luke?«, fragte Matt. »Wie sieht es bei dir aus?«

»Mau. Mein Dad jobbt mal hier, mal da, meine Mom kassiert im Supermarkt.«

»Kannst du was Besonderes? Was ist mit deinem Sport?« Matt spürte, wie Luke zögerte. »Kann es sein, dass es ein Konkurrent auf dich abgesehen hat? Was ist mit Sponsoren- oder Preisgeldern?«

»Das sind Peanuts. Ich bin ja kein Footballprofi …«

»Still!«, rief Jeanie da. Alle wandten sich ihr zu und starrten sie erwartungsvoll an. »Da war wieder das Klicken. Ich glaube die Verriegelung.«

Luke leuchtete zur Tür und griff nach dem Hebel. Ruckartig zog er daran. Tatsächlich! Die Tür öffnete sich.

»Halt!«, rief Matt. »Wenn der Entführer die Türverriegelung öffnet, verfolgt er einen Plan. Die wollen, dass wir aussteigen, also sollten wir uns gut überlegen, ob das sinnvoll ist, solange wir nicht wissen, was uns dort erwartet.«

Hastig zog Luke die Tür wieder zu. »Was schlägst du vor?«

»Wir machen erst mal ein Fenster einen Spalt auf und Jeanie versucht zu hören, was sich da draußen abspielt.« Er tastete nach dem Fensterheber und bediente ihn. Das Fenster glitt ein Stück herunter, Jeanie beugte sich zu dem Spalt und lauschte.

»Ich höre ein Zischen. Und Stadtbrummen …«

»*Stadt*brummen?«, rief Develine aus. »Wie krass sind deine Ohren? Wir sind in Loma Mar!«

»Psst. Ich versuche das Brummen in seine Bestandteile zu zerlegen.«

Im Auto herrschte absolute Stille. Matt vernahm nicht einmal die Atemzüge der anderen, geschweige denn irgendein Geräusch von draußen.

»Tut mir leid, es wird einfach nicht klar«, sagte Jeanie.

Lukes Fenster fuhr herunter. »Machen wir alle unsere Fenster auf. Vielleicht hörst du dann mehr.«

Gleichzeitig öffneten Matt und Develine ihre Fenster. Matt erwartete, dass kühle Luft ins Auto strömen würde, doch sie war schal.

»Das Zischen ist jetzt noch deutlicher.« Jeanie streckte ihren Kopf ganz aus dem Fenster. »Ah… Klimaanlage.«

»Ist das dieses Zischen?«, fragte Matt.

»Nein. Eine Klimaanlage gurgelt und hat ein sehr tiefes, eindeutiges Brummen.«

Luke streckte ebenfalls seinen Kopf aus dem Fenster. »Ich höre gar nichts.«

»Klimaanlage?« Develine trommelte mit dem Finger auf das Lenkrad. »Was ist das hier für ein Ort? Wer baut eine Klimaanlage in einen Hügel in einem Naturreservat? Hier darf *gar nicht* gebaut werden.«

»Geheimdienst? Die dürfen alles.« Luke zog seinen Kopf zurück ins Auto und gähnte.

»Warum sollte uns der Geheimdienst entführen? Und welcher?« Jeanie gähnte ebenfalls.

»Schon mal von *Black Ops* gehört?«, gab Luke zurück.

»Ja, wenn überhaupt, Black Ops«, stimmte Develine zu, »aber Jeanie hat recht: Warum sollten die uns entführen?«

»Black Ops?« Matt schüttelte den Kopf. »Eine verdeckte Operation in einem Hügel im Naturschutzgebiet? Das ist so absurd, das würde nicht mal Hollywood als Filmstoff durchgehen lassen.«

Wieder gähnte Luke und diesmal steckte er zuerst Develine und dann auch Matt an. Matt hielt die Hand vor den Mund. Er fühlte sich mit einem Mal wirklich müde. War das der Schreck? Oder… der Gedanke durchfuhr ihn wie ein Stromstoß.

»Jeanie, kann es sein, dass dieses Zischen… Jeanie?!« Matt berührte sie an der Schulter. »Jeanie?«

Jeanie reagierte nicht. »Dev, Luke! Mit Jeanie stimmt was nicht!«

»W… wa…s?«, stammelte Develine mühsam, Luke reagierte gar nicht.

»Macht die Fenster zu!« Matt drückte panisch auf seinen Fensterheber, beugte sich über Jeanie, zerrte ihren Kopf ins Autor zurück und suchte nach dem Fensterheber auf ihrer Seite. »Develine! Mach dein Fenster zu! Das Zischen ist Gas!«

»W…« Develines Kopf sackte auf das Lenkrad. Lukes Oberkörper rutschte zur Seite, sein Kopf fiel zwischen Develines Rücken und ihren Sitz. *Verdammt, Verdammt. Verdammt.* Matt zwängte sich über Luke nach vorne, tastete nach der Tür und spürte bereits, wie sein Kopf schwerer und schwerer wurde. *Verdammter Scheiß,* dachte er noch, dann dachte er nichts mehr.

Develine

Aufwachen!

Die Stimme in Develines Kopf drängte sich durch ihre lähmende Müdigkeit. Mit aller Anstrengung öffnete sie die Augen. *Was… ?* Überrascht sah sie auf eine schmutziggraue Wand. Davor standen Container. Rostrot. Gelb. Blau. Was waren das für Container? Und – *wo* war sie?

Langsam drehte sie den schmerzenden Kopf. Noch mehr Container. Und Kisten.

Was zum Henker mache ich in einer Lagerhalle? Mühsam setzte sie sich auf und ließ ihren Blick durch die Halle schweifen. Sie war groß, sicher dreihundert Quadratmeter, an der einen Seite zwei Reihen mit Containern, an der anderen vier, fünf, nein sechs Reihen mit auf Paletten gestapelten Holzkisten in verschiedenen Größen. In der Mitte freier Platz, ein Gabelstapler, ein mindestens drei Meter langer, schmutziger Tisch. Was wurde hier verladen? Sie zog sich an der Kiste hinter ihr hoch, erstaunt, wie wackelig ihre Beine waren und wie schwach ihre Arme. Was war nur mit ihr los? Dann endlich stand sie. Develine atmete bewusst ein und aus und wartete darauf, dass der Kreisel in ihrem Kopf endlich stoppte. Da fiel ihr Blick hinter die Kiste.

»Luke!« Sie stieß sich von der Kiste ab, nur um im nächsten Moment wieder an ihr Halt zu suchen. Angestrengt hangelte sie sich an ihr entlang und ließ sich neben Luke auf dem Boden nieder. »Luke! Wach auf!« Sie schüttelte ihn. »Luke!«

Mühsam öffnete er ein Auge und schloss es sogleich wieder. Sie schüttelte ihn fester. »Wach auf!«

Diesmal öffnete er beide Augen, so langsam, dass Develine ihn am liebsten noch mal geschüttelt hätte.

»Luke! Wo sind wir?«

Seine Augen wanderten von einer Seite zur anderen und Develine sah, dass er mit dem Ort ebenso wenig anfangen konnte wie sie selbst. Er drehte seinen Kopf, eindeutig zu schnell, und fluchte.

»Ich weiß. Dir ist schwummrig. Geht vorbei.« Develine reichte ihm die Hand und zog ihn in eine aufrechte Position.

»Mist.« Er massierte seine Stirn. »Ist es schon wieder passiert?«

»Wieder? Was?«, fragte Develine verwirrt.

»Bin ich noch mal umgekippt?«

»Keine Ahnung. Falls ja, dann sind wir zusammen umgekippt.«

Diesmal sah Luke sie verwirrt an. Dann runzelte er die Stirn. »Wo sind wir?«, fragte er schließlich.

»Keine Ahnung.« Develine zeigte auf die Container. »Sieht aus wie eine Lagerhalle. Nur, was machen wir hier?«

Er zuckte fragend die Schultern. »Wie spät ist es?«

Develine zog ihr Handy aus der Hosentasche. »Kurz nach zwei. Wir müssten in der Schule sein.«

Luke schüttelte den Kopf. »Schule? Weiß nicht … war heute nicht was Besonderes?«

»Sicher kein Containerlagerbesuch mit Blackout«, sagte

Develine trocken. Sie checkte ihr Handy. »Führung durchs *Amen Research Center.*« Sie hielt ihr Handy über den Kopf und schwenkte es. »Na super. Kein Signal.«

Luke sah sich erneut um. »Sieht nicht gerade nach einem Prestigeinstitut aus.«

»Kannst du laut sagen.« Develines Blick folgte seinem und verharrte auf der geschlossenen Tür. »Und wo sind die anderen von dem Ausflug?«

»Ich bin hier …«, ertönte eine helle Stimme.

Wie elektrisiert drehte sich Develine in die Richtung, aus der die Stimme kam. Hinter einer Holzkiste tauchte ein schwarzer Schopf auf, gefolgt von einem sonnengelben Poncho. Develine hastete zu der Kiste. Das Mädchen dahinter war die neue Schülerin, deren riesige, dunkle Augen sie an japanische Mangafiguren erinnerten. Sie hatte sie noch nie reden gehört, nicht mal in ihrem Physikkurs.

»Das ist Jeanie!«, rief Luke.

Develine reichte Jeanie die Hand und zog sie hoch. »Ich bin Develine. Weißt du, wie wir hierhergekommen sind?«

»Ich …« Jeanies Knie knickten ein, kaum dass sie stand. Luke fing sie auf.

»Langsam.« Er legte einen Arm um ihre Hüfte und stützte sie. »Wach erst mal ganz auf.«

»Wo sind wir?«, fragte Jeanie, ihre Riesenaugen suchten ängstlich die Halle ab.

»Wissen wir auch nicht.«

»Lasst uns die Fliege machen.« Luke ging mit Jeanie im Schlepptau auf die Tür zu. »Ich glaube nicht, dass wir hier sein sollten.«

Develine folgte ihnen, doch in ihr regte sich Zweifel. Auch wenn Luke recht hatte, übersah er gerade ein wichtiges Detail: *Sie alle drei waren bewusstlos und ohne Orientierung hier gelandet.*

Mit einem Satz überholte sie Luke und Jeanie und stellte sich ihnen in den Weg. »Stopp. Irgendwas hier ist megafaul. Ich glaube nicht, dass wir einfach so rausmarschieren sollten.« Develine machte eine Kopfbewegung zur Tür. »Ich check die Lage und du bleibst mit Jeanie in Deckung, falls es Ärger gibt.«

»*Ärger*?«, fragte Jeanie und sah angespannt zur Tür. »Sollten wir nicht lieber die Polizei rufen? Vielleicht wurden wir entführt?«

»Hast du ein Signal?«

Jeanie prüfte ihr Handy und schüttelte den Kopf.

Entschlossen ging Develine weiter, den Blick starr auf die Tür gerichtet, die Arme in Kampfstellung vor dem Körper.

»Halt! Develine!«, rief Jeanie plötzlich, die Stimme leise, aber schrill. »Da kommt jemand!«

Mitten in der Bewegung hielt Develine inne. Sie lauschte auf Schritte und Stimmen, doch außer Jeanies leisem Getrappel hörte sie nichts. »Bist du sicher?«

»Zwei Männer«, beharrte Jeanie, die jetzt neben ihr stand. Sie zeigte zur rechten Wand. »Sie kommen von Westen und sind etwa 50 Meter entfernt.« Sie legte den Kopf leicht nach rechts. »Sie gehen direkt auf die Halle zu, der eine zieht sein linkes Bein nach. Nur minimal, aber es macht ihn langsamer.«

Develine glotzte sie ungläubig an. *Fünfzig Meter?* Sie neigte ihren Kopf ebenfalls nach rechts, aber sie hörte absolut nichts. »Wie …«

Jeanie hob die Hand, als wolle sie Develine auffordern, still zu bleiben. »Sie sollen die Lieferung überprüfen.«

»Und wenn wir die Lieferung sind?« Luke schluckte.

Hektisch sah er sich nach einem Versteck um. »Los, hier lang!« Er zog Jeanie mit sich und duckte sich hinter einer Holzkiste.

Develine ging neben ihm in die Hocke. »Meinst du nicht, dass die hinter den Kisten suchen?«

»Hast du eine bessere Idee?«

Develine zeigte zu dem größten der Container, einem blauen, verbeulten Eisenkoloss mit einer abgewetzten, russischen Aufschrift. »Wir steigen aufs Dach. Sie werden unten suchen, nicht oben.«

»Stimmt«, sage Luke, »aber wie sollen wir da hoch?«

»*Da … hoch*?«, stotterte Jeanie.

»Kinderspiel.« Develine lief zu dem Gabelstapler. »Schnell!«

Sie schwang sich in das Führerhäuschen und startete den nahezu lautlosen Elektromotor. »Jeder auf eine der Gabeln. Hopp!«

Jeanie zögerte, betrachtete zweifelnd das Fahrzeug, doch Luke packte sie an der Hand. »Du schaffst es.«

Er stellte sich auf die rechte Gabel, Jeanie stieg zaghaft auf die linke. Er streckte den Arm aus. »Gib mir die Hand und halte dich mit der anderen an der Stange fest.«

Develine fuhr los, es ruckelte kurz. Jeanie gab einen erschrockenen Laut von sich, klammerte sich dann an der Stange und Luke fest. Vor dem Container drückte Develine den Hebel nach vorne und beobachtete, wie Luke und Develine vom Boden abhoben und bis fast auf Höhe des Containerdachs gefahren wurden.

»Luke, du musst jetzt aufs Dach klettern und dann Jeanie helfen«, rief Develine mit gedämpfter Stimme. »Jeanie, wie weit sind die Wachleute entfernt?«

»Etwa 15 Meter.«

Luke hievte sich aufs Dach hoch, kniete sich an den Rand und streckte seine Hände nach Jeanie aus. »Ich zieh dich hoch!«

Jeanie zögerte.

»Jeanie!«, raunte Develine. »Mach!«

»Ich… kann nicht!«

»Doch. Du kannst.« Luke lächelte Jeanie aufmunternd an. »Wir kriegen das hin. Halt dich an meinen Unteramen fest.«

Tatsächlich griff Jeanie nach Lukes Armen und stieß sich von dem Gabelstapler ab. Blitzschnell fasste Luke nach, packte sie unter den Achseln und zog sie zu sich hoch. »Ich hab dich.«

Erleichtert fuhr Devline zwei Meter zurück, weit genug, um ihr Versteck nicht zu verraten, und schaltete den Gabelstapler aus. Sie schwang sich auf dessen Dach, sprang von dort zur linken Gabel. Der Gabelstapler wackelte heftig unter dem plötzlichen Gewicht und neigte sich dann gefährlich nach links. Jeanie schrie leise auf.

Ruhig verlagerte Develine ihr Gewicht. Sie spürte die Unwucht des schweren Gefährts und setzte behutsam den Gegendruck ein. Jede unbedachte Bewegung würde den Stapler kippen lassen.

In letzter Sekunde stellte sich das Gefährt wieder fest auf den Boden. Sie atmete tief ein und ging vorsichtig in die Knie. Dort zählte sie bis zwei, schnellte in die Höhe und sprang auf das Dach des Containers. Geschmeidig wie eine Katze landete sie leise auf Händen und Füßen.

»Respekt«, flüsterte Luke, während Jeanie sie mit offenem Mund ungläubig anstarrte.

Develine wandte sich an Jeanie. »Wo sind sie?«

»Äh …« Jeanie schüttelte den Kopf, als müsse sie erst ihre Gedanken ordnen. »Am Tor.«

In dem Moment hörte auch Develine die Wachmänner. »Mann, die Lieferung muss weiter. Wie lange dauert es noch, bis du das Schloss aufhast?«

»Mach's doch selbst! Dein Gemecker geht mir so was von auf den Sack.« Der Mann gab ein grunzendes Geräusch von sich. »Als ob's so eilig wäre …«

»Is' es«, konterte der andere. »Der Chef will diese Sonderlieferung nicht auf dem Gelände haben. Ist ihm zu heiß.«

Develine erstarrte. … *nicht auf dem Gelände haben … zu heiß …*, meinte er damit sie? Selbst wenn nicht, sie waren hier auf keinen Fall willkommen. Sie stupste Luke und Jeanie an. »Schnell! Nach hinten und dann flach auf den Bauch. Aber leise! Verstanden?«

Jeanie und Luke liefen los. Develine kniete sich auf das Dach, die Hände fest gegen das Metall gepresst. Ihr bis in die letzte Faser angespannter Körper absorbierte die Schwingungen der anderen und dämpfte ihre Laufgeräusche. Kaum waren sie verebbt, schnellte sie hoch und lief auf der seildünnen, nach oben gezogenen Seitenkante lautlos zum hinteren Ende. Dort legte sie sich neben die anderen flach auf das Dach. Ihre Muskeln zitterten, ihr Atem war schnell und flach, aber zumindest hatten die Wachmänner sie nicht gehört. Sie stritten noch immer.

Develine wagte einen Blick über den Rand. *Verdammt!* In letzter Sekunde unterdrückte sie einen Aufschrei.

Hinter dem Container lag Matt!

Waren hier etwa noch mehr von ihnen?

»Matt!«, rief sie so leise wie möglich. »Matt! Wach auf! Du musst dich verstecken!«

In dem Moment zupfte Jeanie an ihrem Ärmel. »Sie haben das Schloss auf«, sagte sie fast tonlos.

Develine presste ihren Kopf gegen das Dach. Sie hörte die Tür quietschen, schwere, behäbige Schritte die Halle betreten. Es gab nur eine Möglichkeit, um Matt noch zu helfen. Mit einem Satz war sie in der Hocke, umfasste die Kante des Containers und sprang.

Matt

Verstecken?

Was? Warum?

Matt öffnete seine Augen und war mit einem Schlag wach. Über ihm segelte Develine durch die Luft und landete nur wenige Zentimeter neben ihm. Der Aufprall dröhnte in seinem Kopf, doch bevor er sie fragen konnte, ob sie irre geworden war, legte sie ihren Finger an die Lippen und zeigte mit der anderen Hand nach links. Sein Blick folgte ihrer ausgestreckten Hand. Kisten, ein Tisch, Container … Plötzlich zog sich sein Herz vor Schreck zusammen.

Verdammter Mist! Wie kamen sie in O'Dearys Lagerhalle? In Sekundenschnelle schossen Bildschnipsel durch seinen Kopf. Das selbstfahrende Auto, Jeanie, Luke, Develine, die falsche Felswand, das Gas. Steckte O'Deary dahinter? Hatte er sie entführt und von Loma Mar hierhergebracht? Nur: warum sie? O'Deary war bekannt für Drogengeschäfte, manchmal Wetten, oft Hehlerei. Aber nicht für Entführung.

Da packte Develine seine Hand und zog ihn hoch. Sie brachte ihre Lippen an sein Ohr. »Wir müssen uns verstecken«, hauchte sie kaum hörbar. »Kannst du laufen?«

Er nickte.

»Was für eine Sonderlieferung?«, ertönte eine auffällig

tiefe Stimme und er begriff, warum Develine nach links gezeigt hatte. Von dort kamen O'Dearys Männer!

»Irgendwelche Kids«, antwortete ein anderer Mann mit starkem irischen Akzent. »Wir sollen sie loswerden, am besten, bevor sie aufwachen und Ärger machen. Das heißt, nicht alle, eines der Mädchen soll in den blauen Container.«

»Und du weißt, welches?«, fragte der Mann mit der tiefen Stimme.

»Das mit den schwarzen Haaren.«, sagte der Mann mit dem Akzent. »Mehr weiß ich auch nicht.«

Matt erstarrte. Er packte Develines Hand, spürte ihr Zittern und brachte seine Lippen an ihr Ohr. »Wo ist Jeanie?«, fragte er fast lautlos.

Sie runzelte kurz die Stirn, als wundere sie sich über die Frage, dann wandte sie den Blick nach oben. Matt verstand.

Jeanie war auf dem Containerdach, von dem Develine heruntergesprungen war. Gut. Falls sie nicht die Leiter hatten stehen lassen, mit der sie dort hinaufgeklettert sein mussten, war es nicht das schlechteste Versteck.

»Und wo sind diese Kids?«, fragte die tiefe Stimme. Die Schritte kamen die Halle entlang, mal schneller, mal langsamer, mal stoppten sie, offenbar, um hinter Kisten oder Container zu sehen. Matts Herz klopfte immer heftiger. Sie mussten schleunigst hier weg. Bevor O'Dearys Männer sie fanden. Denn die würden nicht lange fackeln, um aus ihnen Jeanies Versteck rauszuprügeln. Dass sie das besonders gut konnten, war allgemein bekannt.

Er lauschte den Schritten und versuchte abzuschätzen, wie weit sie noch entfernt waren.

»Irgendwo hier müssen sie sein«, sagte der Mann mit dem Akzent.

»Irgendwo«, äffte der andere ihn nach. »Bist du bescheuert? Du musst doch wissen, wo genau du was abholen sollst, bevor du losgehst!«

»Ich dachte nicht, dass sich die Kids in Luft auflösen.« Es krachte, als trete jemand gegen Metall. Matt spürte eine schwache Vibration. Die Männer waren vor dem blauen Container, an dessen Ende sie standen. Wenn einer von ihnen links und der andere rechts den Container umrundete, saßen sie in der Falle. Es krachte erneut. Matt stupste Develine an und zeigte nach rechts. Sie nickte, dann sprinteten sie los, zur zweiten Containerreihe, und drückten sich dort an die Rückseite.

»Mann!«, stöhnte die tiefe Stimme. »Ich lauf doch jetzt nicht stundenlang die Gänge hier ab! Geh zum Chef und frag, wo die sind. Vielleicht hat sie jemand in einen der Container gesperrt. In den hier, zum Beispiel.«

Sekunden später krachte und schepperte es. Wieder erklangen Schritte, aber diesmal gedämpft und gleichzeitig hallend. Einer der Männer musste in den Container gelaufen sein. »Fehlanzeige«, kam es gedämpft aus dem Inneren. »Geh und frag den Chef.«

»Wirklich, den Chef? Du weißt doch… Können wir nicht…«

Der andere Mann stöhnte. »Ich frag ihn selbst. Bevor du dir noch in die Hosen pisst.« Die Schritte entfernten sich. Matt atmete lautlos auf. Er lauschte den Schritten, dem Quietschen der Tür, dem Klacken des Schlosses. Dann wandte er sich an Develine.

»Ist Luke bei Jeanie?«

»Ja«, sagte sie und sah ihn fragend an. »Woher weißt du, dass Luke auch hier ist?«

Nun war er es, der sie verwirrt ansah. Luke hatte im Auto doch neben ihr gesessen – was war das für eine Frage? Da veränderte sich Develines Gesichtsausdruck, als ginge ihr plötzlich ein Licht auf. *»Du weißt,* warum wir hier sind! Ist sonst noch jemand aus dem Kurs in der Halle?«

»Was? Warum? Nein!« Matt schüttelte irritiert den Kopf. »Es waren doch nur Jeanie, Luke, du und ich im Auto.«

»Im … Auto?« Develine starrte ihn verständnislos an, als Luke leise nach ihnen rief.

»Matt, Dev! Kommt ihr hoch? Schnell, bevor sie zurückkommen!«

Matt und Develine wechselten einen Blick, nur den Bruchteil einer Sekunde, dann rannten beide los. Vor dem blauen Container legte Develine ihre Hände wie einen Trichter an den Mund. »Jeanie!«, rief sie leise. »Lasst euch runter, wir müssen abhauen.«

Jeanies Kopf erschien über dem Rand. »Du meinst *springen?«*

»Hänge dich an den Rand und lass dich einfach fallen«, erklärte Develine. »Wenn du hängst, sind es nur noch eineinhalb Meter zwischen Fuß und Boden.«

»Wir fangen dich auf«, fügte Matt hinzu, der genau wusste, dass für Jeanie gerade nicht Develines Erklärung, sondern der Blick zum Boden aus über drei Meter Höhe zählte.

»Ich helf dir«, sagte nun auch Luke. »Schau einfach zu mir.«

»Beeilung!«, drängte Develine.

Kurz darauf baumelten Jeanies Beine über den Rand. Sie ächzte, dann kam der Rumpf, der Kopf, schließlich hing sie an Lukes Armen. »Ich lass jetzt los«, presste Luke hervor.

Matt und Develine postierten sich links und rechts von Jeanie und umfingen ihre Beine. Vorsichtig setzten sie Jeanie zu Boden, nur Sekunden, bevor Luke neben ihnen landete.

»Matt…« Luke hielt die Hand hoch. »Was machst du hier?«

»Das Gleiche wie ihr. Wir müssen verschwinden. Schnellstens.«

»Erst müssen wir nachsehen, ob noch jemand hier ist«, sagte Luke.

Matt schüttelte den Kopf. »Nicht nötig. Wir waren nur zu viert.«

»Dann weißt du, wie wir hierhergekommen sind?«, fragte Luke aufgeregt.

»Leute«, drängte Matt, »Wir müssen verschwinden. Jetzt.«

»Also weg hier«, sagte Develine. »Hat jemand einen Plan? Jeanie, kannst du hören, was draußen abgeht?«

Jeanie schloss die Augen. »Jemand ist in der Nähe der Tür und raucht. Etwa dreißig Meter weiter laden zwei Männer etwas Schweres in ein Fahrzeug. Weiter westlich sind gedämpfte Stimmen, wahrscheinlich in einem Haus. Wartet… mindestens fünf. Alle Stimmen sind männlich.«

»Die kommen aus dem Haupthaus.« Matt sah zur Tür. »Ist eh nicht sinnvoll, wenn wir dort rausgehen, dazu müssten wir über den Hof und da gibt es keinen Sichtschutz und das Hoftor ist ein Rolltor aus Eisen und oben mit Stacheldraht gesichert.«

»Woher weißt du das alles?«, fragte Develine entgeistert.

»Ich war bei O'Dearys Prozess.« Matt sah sich prüfend in der Halle um und verglich sie mit den Bildern in seinem Kopf. Der Staatsanwalt hatte die Halle auf den Bildtafeln perfekt dargestellt. Blieb nur zu hoffen, dass er O'Dearys Fluchtweg genauso korrekt rekonstruiert hatte.

»*Der* O'Deary?« Luke schluckte hörbar. Sein dunkler Teint wurde einen Farbton heller und in seinen Augen sah Matt die Angst, die O'Dearys Name bei jedem auslöste, der von ihm gehört hatte. »Der wegen eines Formfehlers freigesprochen wurde?«

»Ja, der.« Matt stellte sich in den Gang zwischen den beiden Containerreihen und zählte vom hinteren Ende der Halle die Container ab. Dann zeigte er auf einen roten. »Da drin sollte ein Geheimgang sein, der aus der Halle hinaus und in einen kleinen Hinterhof mit Zugang zur Seitenstraße führt. O'Dearys Fluchtweg.«

Ohne weitere Fragen liefen die anderen mit ihm zu dem roten Container. Die Tür war schwer und klemmte. Luke packte mit an, schließlich öffnete sie sich mit einem Ruck, es knarzte und quietschte. Matt zuckte zusammen. Sie machten viel zu viel Lärm!

Hastig schlüpften sie hinein, Lukes zittrige Handylampe warf dürftige Lichtstreifen, die den dunklen Innenraum kaum ausleuchteten.

»Da.« Matt zeigte auf den Boden des Containers und bewegte sich gleichzeitig zum hinteren Ende. »Der Eisenring! Damit öffnet man die Falltür zu dem unterirdischen Gang.«

Luke kniete sich vor den Ring und zog daran. Vollkommen lautlos schwang eine quadratische Falltür nach oben. Luke stieg als Erster hinab, dicht gefolgt von Jeanie und Develine. Matt machte das Schlusslicht und zog hinter sich die Falltür wieder zu.

Noch war es ruhig, aber sie waren auch noch lange nicht in Sicherheit.

Sie mussten zwei weitere Türen überwinden – die beide verschlossen oder bewacht oder beides sein konnten, damit der Fluchtweg nicht zum Eingang für ungebetene Gäste wurde. Hastig kletterten sie die Leiter nach unten und eilten durch einen niedrigen Gang. Am Ende führte eine zweite Leiter wieder nach oben.

Luke stoppte und drehte sich zu Jeanie. »Kannst du hören, ob hinter der Klappe jemand ist?«

»Nur Möwen.«

Luke stieg die Leiter nach oben und stieß die Falltür auf. Grelles Sonnenlicht fuhr in den Schacht und ließ Develines Haare wie Saphire funkeln.

»Oh… schnell!«, rief Jeanie panisch. »Wir haben gerade einen Alarm im Haupthaus ausgelöst.« Sie kletterte die Sprossen hoch.

»*Verdammt!*« Matt blickte gehetzt nach hinten. Einen Alarm hatte der Staatsanwalt nicht erwähnt – oder O'Deary hatte den Alarm erst nach der Verhandlung einbauen lassen. Jetzt war es nur noch eine Frage von Sekunden, bis die Männer ihnen folgen würden. Hastig kletterte er hinter Jeanie die Treppe hoch.

Dann standen sie im Hof. Matt lief zu einer eisenbeschlagenen Holzpforte.

»*Verdammt!* Verriegelt!« Er umfasste das massive Schloss mit der Faust und betrachtete es näher. Genau das hatte er befürchtet. Ein Sicherheitsschloss. Fünf Zapfen. Selbst ein geübter Einbrecher brauchte hier neben Fingerspitzengefühl und dem richtigen Werkzeug ordentlich Zeit.

»Könnt ihr es nicht knacken?«, fragte Luke angespannt.

»Keine Chance.«

»Kann Jeanie nicht dabei helfen?«

»Zu spät!«, rief Jeanie panisch. »Es kommt jemand!« Sie legte eine Hand ans Ohr. »Zwei Männer laufen durch den Geheimgang.«

Und jetzt? Unausgesprochen stand die Frage zwischen ihnen.

Der Hof war winzig und leer, nur sie standen auf dem grauen Asphalt wie auf dem Präsentierteller.

Jeanie zeigte zum Gebäude. »Noch mehr Männer. Mindestens drei.«

»Matt, geh von der Pforte weg.« Develine trat einige Schritte zurück. Sie nahm Anlauf, flog mit gestrecktem Bein durch die Luft und ließ es mit voller Wucht gegen das Holz krachen. Es splitterte und die Pforte hing schräg in ihren Angeln.

Schon stand Develine davor und trat weiter auf sie ein. Keine Sekunde später sprang Luke ihr bei, der so schnell und oft auf das Holz eintrat, dass Matt kaum die einzelnen Bewegungen ausmachen konnte. Er hörte nur, wie das Holz unter den Tritten ächzte und die Scharniere quietschten.

»Schnell!«, rief Jeanie, ihre Stimme drängend. »Sie sind gleich da!«

Endlich gab das Tor nach. Es krachte zu Boden und sie rannten auf die Straße, die nicht mehr war als eine enge, verlassene Gasse zwischen heruntergekommenen Lagerhallen und zu Schrottplätzen verkommenen Industrieanlagen.

»Hier lang!«, dirigierte Matt sie nach links. Sie mussten so schnell wie möglich Richtung Pier. Dort würden genügend Menschen sein, um ihnen den Schutz der Masse zu gewähren. Er rannte, wie er noch nie in seinem Leben gerannt war, seinen Blick nach vorne gerichtet, auf das Ende der Gasse.

Bei der Hälfte wagte er einen Blick zurück. Develine war nicht zu sehen, Jeanie und Luke waren bereits gute fünfzig Meter zurückgefallen. Luke zog das Mädchen mit dem Fledermausgehör hinter sich her, doch sie waren viel zu langsam für die vier Männer hinter ihnen.

Luke

Das Getrampel der Männer hinter ihnen näherte sich unaufhaltsam. Luke packte Jeanies Arm fester. »Du musst schneller laufen!«

»Ich … kann … nicht!«, schnaufte Jeanie.

»Doch, du kannst!« Er zog fester, spürte, wie sie ihr Schritttempo erhöhte, dann sah er, wie Matt zu ihnen zurücklief. War der verrückt? Er sollte sich in Sicherheit bringen! Hilfe holen, die Polizei alarmieren!

»Kehr um, Matt!« Luke ließ Jeanie los und winkte Matt mit beiden Armen von sich weg. Als er wieder nach Jeanies Arm tastete, griff er ins Leere. »Jeanie!« Er blickte zurück.

Verflucht! Sie war gestürzt! Jeanie rappelte sich keuchend hoch, ihre Knie aufgeschlagen, die Hände blutig. Luke kehrte um, war mit drei Schritten bei ihr, doch die Männer waren nun keine zwanzig Meter mehr entfernt.

»Huckepack. JETZT.« Blitzschnell kniete er sich vor Jeanie. Egal wie hoffnungslos die Aktion sein mochte, es war Jeanies einzige Chance. »Halt dich an meinen Schultern fest.« Kaum spürte er ihr Gewicht, stand er auf, umfasste ihre Beine, sodass ihr Gewicht von seinen Hüften getragen wurde, und lief wieder los. »Dreh um, Matt«, brüllte er. Er steigerte sein Tempo, Jeanie war leichter, als sie aussah, aber doch schwerer als der Vierzig-Kilo-Rucksack, den er zum Trainieren benutzte. Er sah zum Ende der Gasse und setzte zum Sprint an. Kurz darauf hatte er Matt erreicht und trotzdem kamen die Schritte hinter ihnen immer näher.

»Gleich haben sie uns!« Jeanies Hände krallten sich in seine Schultern.

Luke versuchte noch schneller zu laufen, überholte Matt, doch das zusätzliche Gewicht war einfach zu viel. Sie würden es nicht schaffen. Keiner von ihnen. Sein Atem ging flach und schnell.

Du gibst auf? Ha! Ein O'Giadi gibt nicht auf. Nie, Sohn, kapiert, dröhnte die Stimme seines Vaters in seinem Kopf.

»Lass mich runter!«, sagte Jeanie, leise, aber so eindringlich, dass ihre Stimme die seines Vaters einfach davonpustete. »Sie wollen mich. Nur mich. Und mein Geld. Mein Vater regelt das.«

Luke schüttelte den Kopf. Er packte Jeanies Beine noch fester und plötzlich, während er um ihr Leben rannte, verstand er seinen Vater. Niemals würde er eine Freundin zurücklassen, um sich selbst zu retten. *Niemals.*

Jeder von ihnen hatte sein besonderes *Nie.*

Da hörte er hinter sich Brüllen und Krachen.

Er spürte, wie Jeanie sich umdrehte. »Oh mein Gott! Sieh nur, Luke!«

Luke verlangsamte und sah sich im Lauf um. Die Szene hinter ihm war unwirklich und doch spielte sie sich genau so ab: Drei der Männer lagen bereits am Boden, der vierte flog gerade durch die Luft, als hätte ihm eine unsichtbare Macht den Boden unter den Füßen weggezogen. Und während er fiel, setzte ihn Develine mit einem gewaltigen Kick vollends außer Gefecht.

Kaum lag der vierte, rannten Matt und Develine ihnen hinterher und klatschten sich im Lauf ab wie ein eingespieltes Team. Luke sah, wie sich der erste Verfolger wieder hochrappelte, langsam, als sei er benommen. Doch selbst wenn er sie weiterverfolgen würde, könnte er sie nicht mehr rechtzeitig einholen, bevor sie die Hauptstraße erreichten.

Sie hatten gewonnen.

Zumindest dieses Rennen.

Mit einmal spürte er Jeanies Gewicht kaum noch auf seinem Rücken. Die Hauptstraße lag nur wenige Meter vor ihnen, doch er stoppte nicht sogleich, sondern suchte nach einem sicheren Platz, an dem sie sich kurz verschnaufen konnten.

»Danke«, sagte Jeanie und hauchte einen scheuen Kuss auf seine Wange. »Das war das Unglaublichste, was jemals jemand für mich getan hat.«

Behutsam ließ er sie runter und spürte noch ihren Griff um seine Schultern, als sie schon längst neben ihm stand, und die Hitze an seiner Wange, genau dort, wo ihre Lippen sie berührt hatten.

»Dafür sind Freunde da«, murmelte er verlegen.

Sie schauten sich an und Luke verlor sich in ihren dunklen, warmen Augen, in diesem Blick, der so viel mehr über ihn zu wissen schien, als Jeanie überhaupt ahnen konnte.

Matt

Matt kniete sich vor die verwitterte Bank, auf der Develine Jeanies Schürfwunden säuberte. Winzigste Steinchen überzogen ihre Hände und Knie wie Möwendreck diesen Pier. Aber zumindest war er belebt, bevölkert von Spaziergängern und Touristen, die Pier 39 mit seinen Besuchermassen mieden und die Seehunde an dem nicht so berühmten Teil des Ufers ablichteten. Auf der anderen Straßenseite befanden sich die Besucher der Cafés und kleinen Läden, in denen man von Schmuck über Kleidung bis hin zu Hardware und Medizin alles bekam, was man als Tourist oder Anwohner so brauchen konnte. Es war genau die Art von Straße, die San Francisco für Matt so besonders machte.

Und sie waren hier sicher. Vorerst.

Develine öffnete ihre Trinkflasche, benetzte ein zweites Tuch und reichte es ihm. »Kannst du Jeanies Wunde am Knie säubern?«

Er beugte sich vor. Die Risse in Jeanies Knie waren tiefer und größer als an den Händen, es musste höllisch brennen. Vorsichtig tupfte er den Dreck aus den Wunden.

»Tut's sehr weh?«

Sie schüttelte den Kopf, doch der angespannte Zug um ihren Mund verriet ihm, wie sehr sie sich zusammenriss.

»Du hast wirklich Haselnüsse auf die Straße geworfen?«, fragte da Luke. Er lag noch immer am Boden, die Beine angewinkelt, die Arme unter dem Kopf verschränkt. Sein Mund zuckte, dann kicherte er los. »O'Dearys Schläger sind darauf weggerutscht wie auf Murmeln. Was für ein Anblick.«

»Das war der Plan«, bestätigte Matt. »Waren zum Glück noch genügend übrig, nachdem ich dich heute früh nur mit Paranüssen hochgepäppelt hatte.«

»Stimmt. Hast du…«, sagte Luke und wurde wieder ernst. »An der Bushaltestelle. Wir haben den Bus verpasst, weil ich umgekippt bin, und dann haben wir Jeanie getroffen.«

Matt nickte. So weit, so korrekt. Luke erinnerte sich also an den Morgen. Fragte sich nur, bis wohin – nachdem er weder gewusst hatte, warum Matt auch in O'Dearys Lagerhalle gewesen war, noch dass niemand sonst aus ihrem Kurs dort sein konnte. Seine Erinnerung verblasste wahrscheinlich kurz nachdem sie Jeanie getroffen hatten.

»Ich möchte lieber wissen, wie wir von Mountain View aus in dem Drecksloch gelandet sind«, überlegte Develine laut, »ich meine, es wäre den anderen doch aufgefallen, dass wir plötzlich verschwunden sind.« Sie sah hoch. »Oh! Shit! Wir müssen unseren Eltern Bescheid sagen, dass es uns gut geht! Die drehen sicher schon hohl!« Sie ließ Jeanie los und zog ihr Handy aus der Hosentasche. Stutzte. »Komisch.«

»Was denn«, fragte Jeanie.

»Keine einzige Nachricht. Kein Anruf.«

Jeanie und Luke holten ihre Handys ebenfalls raus.

»Nichts«, murmelte Jeanie.

»Eine von meinem Bruder, ob ich heute Billard spielen

gehe.« Luke schüttelte den Kopf. »Es muss uns doch irgendjemand vermisst haben!«

»Warum?«, fragte Matt. »Wieso sollte uns jemand in Mountain View vermissen, wenn wir nie dort gewesen sind?«

Luke setzte sich auf. »Wie, nie dort gewesen sind? Laut unserer Kalender waren wir«, er machte eine kreisende Armbewegung, die sie alle miteinschloss, »heute im *Amen Research Center.*«

»Du etwa nicht?«, fragte Develine und steckte ihr Handy weg.

»Keiner von uns war dort. Hört mir bitte zu!« Matt hob die Hände und winkte mit großen Fluglotsen-Bewegungen. »Unser Tag in zwei Sätzen: Wir haben alle den Schulbus verpasst und sind ihm gemeinsam in Develines Auto hinterhergefahren. Auf der Fahrt wurden wir von dem Auto nach Loma Mar entführt, dort in einer Felshöhle mit einem Gasgemisch ausgeknockt und sind etwa vier Stunden später bei O'Deary aufgewacht.«

»Hä?« Luke starrte Matt an, als wäre der vollkommen durchgeknallt.

»Fantasierst du?« Develine zog eine halb belustigte, halb besorgte Grimasse, die ebenfalls Richtung *Matt ist durchgeknallt* tendierte. »Ich habe gar kein Auto.«

»Es war das Auto deiner Freundin Roseanne, genauer, ein Leihwagen, da ihr Auto in der Reparatur ist.« Matt wandte sich an Jeanie, die ihn als Einzige nicht ansah, als wäre er komplett verrückt. »Kannst *du* dich erinnern?«

Sie schüttelte den Kopf. »Das Letzte, woran ich mich erinnere, ist…« Sie verstummte und senkte den Kopf.

»Ist was?«, bohrte Matt nach.

»Ich bin aus dem Bus ausgestiegen, weil ich … weil ich …« Sie verstummte erneut.

»Weil du was? Jeanie, spuck's aus!«, drängte Develine.

»Alexa wollte mich an den Sitz fesseln«, presste Jeanie kaum hörbar hervor.

»Verdammter Mist«, murmelte Matt. In ihm brodelte es. Immer das Gleiche. Es war so erbärmlich.

»Was??« Luke verengte seine Augen. »Warum sollte sie das tun?«

»Sie findet es lustig«, sagte Jeanie so leise, als müsste *sie* sich dafür schämen oder trüge Mitschuld an den Mobbingattacken. Weil sie anders war. Weil anders sein provozierte. Weil sie so allein durch ihre Existenz provozierte. Matt schnaufte tief. Er wusste, wie Jeanie sich fühlte, und er wusste, wie er ihr helfen konnte, die Mobber im Zaum zu halten, doch hier und jetzt war nicht der rechte Zeitpunkt.

»Es ist aber absolut nicht lustig.« Luke erhob sich und setzte sich neben Jeanie auf die Bank. Beschützend legte er seinen Arm um ihre Schulter. »Soll ich mal mit ihr reden?«

Jeanie errötete schlagartig. »Ich … weiß nicht …«

»Jeanie«, ging Matt dazwischen, »dein Problem ist wichtig, aber können wir trotzdem beim Thema bleiben? Du warst in dem gleichen Bus wie Luke und ich, und wir haben den früheren Bus verpasst, weil Luke zusammengeklappt ist.« Er wandte sich an Luke. »An der Haltestelle. Clayton Street South. Daran erinnerst du dich aber schon noch, oder?«

Luke nickte. »Ja, dunkel. Dann haben wir Jeanie getroffen und ich bin mit ihr zum Sammelplatz. Und die nächste Erinnerung ist, dass Dev mich in der Lagerhalle geweckt hat.« Er sah zu Develine. »Und du? An was erinnerst du dich?«

»Ich bin pünktlich aus dem Haus«, sagte sie nachdenklich, »unsere Nachbarin Roseanne hat mich aufgehalten. Wir sind befreundet und sie wollte mir etwas zeigen, etwas ganz Besonderes.«

»Was war das?«, fragte Matt nach. Es war Roseannes Auto, das sie nach Loma Mar gebracht hatte, und damit war sie ein wichtiger Faktor in der Rekonstruktion ihres Vormittags.

»Keine Ahnung. Sie hat es nicht gefunden.« Develine legte ihren Kopf schief und drehte die Augen nach rechts oben, so wie die meisten Menschen, wenn sie eine Erinnerung abrufen. Matts Erinnerungsvermögen funktionierte aber völlig anders als das der meisten Menschen. Vermutlich konnte deshalb er sich als Einziger an ihre unfreiwillige Fahrt nach Loma Mar erinnern. Zumindest wäre es eine plausible Erklärung für den Wissensvorsprung, den er den anderen gegenüber besaß.

»Ah!«, rief Develine. »Sie wollte mich zu Schule fahren und mir im Auto davon erzählen.« Sie richtete ihren Blick auf Matt und verengte die Augen zu Schlitzen. »Wenn ich Roseannes Auto fuhr, wo war Roseanne?«

»Hast du nicht erwähnt. Du hast aber auch nicht erwähnt, dass du eisenbeschlagene Pforten eintreten kannst, als es darum ging, ob dich etwas für einen Entführer besonders interessant macht.«

»Warum hätte ich erwähnen sollen, dass ich ein Tor eintreten kann?«, fragte Develine aufmüpfig. »Ich meine, ein Entführer sagt doch nicht: *Hey, die kann ein Tor eintreten, die nehmen wir jetzt mal mit, wer weiß, wann man das mal brauchen kann!* Und außerdem, sie wollten Jeanie, oder?«

Matt sah Develine unverwandt an. »Stimmt. Aber w*arum* kannst du mit *einem* Tritt ein *massives* Tor eintreten? Hast du eine besondere Fähigkeit, wie Jeanies Gehör? Superkräfte?«

Develine lachte auf, allerdings klang es nicht fröhlich. »Kung-Fu ist keine Superkraft, sondern Disziplin und harte Arbeit.«

»Kung-Fu«, murmelte Matt beeindruckt. Der chinesische Begriff für *harte Arbeit*. Dass Develine es in der Form beherrschte, ließ ziemlich genaue Rückschlüsse darauf zu, wie jung sie damit angefangen und wie intensiv sie trainiert haben musste.

Unvermittelt machte Develine ein paar tänzelnde Schritte rückwärts, blieb dann etwa zwei Meter neben der Bank stehen. »Türen eintreten ist Kindergarten. *Das* hier ist hohe Kunst.« Noch während sie sprach, ging sie los, leichte, lockere Schritte, genau auf die Bank zu, weiter auf der Sitzfläche, weiter auf der Rückenlehne hinter Luke und Jeanie vorbei, als wären sie überhaupt nicht da, und am Ende der Bank marschierte sie wieder auf dem Boden weiter. Es war eine fließende Bewegung über drei Ebenen. Matt hatte sie weder auf die Sitzfläche noch auf die Armlehne springen oder steigen oder balancieren sehen, die Schritte waren immer gleichgeblieben, als hätte jemand sie von Geisterhand auf die Bank und die Lehne gehoben. Es war eigentlich unmöglich, hätte er es nicht gerade selbst gesehen.

»Wie machst du das?«, fragte Jeanie, die Augen noch größer als sonst.

»Also hast du doch eine Superkraft«, sagte Luke und pfiff anerkennend.

»Nein, Kung-Fu ist Körperbeherrschung und mentale Kraft, keine Superkraft«, korrigierte Matt. »Und du, Luke? Hast du eine Erklärung, wie du mit Jeanie auf dem Rücken einen derartigen Sprint hinlegen konntest? Du hattest gesagt, dass du nicht besonders interessant bist, weil du ja nur läufst und deine Familie keine Kohle hat.«

»Ist ja auch so«, murmelte Luke. »Ich…« Er sah plötzlich verlegen aus. »Ich… ich trainiere mit Marschgewicht.«

Matts Blick blieb prüfend auf ihm liegen. Lukes Reaktion passte nicht zu seinen Worten. Warum sollte er sich dafür schämen, dass er mit Marschgewicht trainierte? Allerdings war es ziemlich eindeutig, dass er jetzt und hier nicht mehr Informationen aus ihm herausbekommen würde. »Okay«, sagte Matt und zog seine Trinkflasche aus dem Rucksack. Auffordernd hielt er sie Luke hin. »Das war auf jeden Fall beeindruckend. Du solltest etwas trinken, sonst klappst du wieder zusammen.« Luke nahm die Flasche und trank. Gierig, als merke er erst jetzt, wie durstig er war. Doch plötzlich zuckte er zusammen.

»Was ist?«, fragte Matt, doch Luke schüttelte nur den Kopf.

»Nichts«, sagte er schnell und gab ihm die Flasche zurück. »Alles gut.«

Matt musterte ihn. Luke log. Was hatte er gerade gesehen, das ihn erschreckt hatte und über das er nicht reden wollte? Und warum?

Jeanie

Luke log.

Jeanie war sich hundert Prozent sicher. Seine Worte passten nicht zum Ton. Es war nicht *alles gut*. Sie sah unauffällig zu ihm rüber. Was hatte er gesehen oder gehört? Etwa … O'Dearys Schläger? Sie erstarrte unter Lukes Arm, der noch immer wundersam warm und tröstend um ihre Schulter lag. Vielleicht waren O'Dearys Männer ihnen nachgekommen und lauerten nun auf die beste Gelegenheit, sie wieder zu schnappen. Und Luke sagte nichts, um sie nicht zu erschrecken.

Sie blendete alle Geräusche in einem Radius von zehn Metern aus und zoomte sich nacheinander in alle Unterhaltungen, die weiter entfernt stattfanden. Wort- und Satzfetzen in jeder Stimm- und Gemütslage kamen und gingen in rasender Geschwindigkeit. Genauer und schneller denn je zuvor, als wäre ihr Hörsinn heute noch schärfer als sonst. Sie entspannte sich. Es war wirklich alles gut, keine beunruhigenden Unterhaltungen oder Telefonate oder Selbstgespräche.

»… sehe sie, Boss.«

Das Satzfragment traf sie wie eine Ohrfeige. Es war vollkommen klar, wer gemeint war.

»... nein. Keine Polizei... nein, zu viele Zeugen... nein, was soll ich tun?«

»Sie beobachten uns«, sagte sie tonlos vor Angst. »O'Dearys Leute.«

Luke sprang auf, die Fäuste in Verteidigungsposition. »Wo?«

»Aus der Gasse, durch die wir geflüchtet sind.« Jeanie zog ihren Kopf zwischen die Schultern. Als könnte sie sich damit unsichtbar machen. Obwohl sie wusste, dass es einfach nur blöd aussah. Wie ein Geier, buckelig und lauernd. Dabei waren O'Dearys Leute die lauernden Geier! Sie waren die Bösen!

»Luke.« Matt legte seine Hand auf Lukes Arm. »Was hast du vor? Gegen sie kämpfen?«

»Keine Ahnung. Weiß nicht.« Luke reckte seinen Hals und starrte zur Gasse hinüber. »Ich sehe niemand.«

»Es ist zu weit weg«, sagte Develine und berührte ebenfalls Lukes Arm. »Von hier kannst du nichts sehen, wenn sich jemand an die Wand oder hinter einen Mauervorsprung presst.«

Jeanie stand ebenfalls auf. Ihr entfuhr ein Ächzen, als sie das Bein streckte und mit der wunden Handfläche an ihrem Poncho vorbeistrich. Mit einmal erfasste sie Unruhe. Keine Sekunde hielt sie es länger im Blickfeld von O'Dearys Männern aus. »Können wir nicht einfach gehen? Es gibt doch keinen Grund, noch länger hierzubleiben.«

Matt schulterte seinen Rucksack. »Die nächste Station ist nur vier Haltestellen entfernt.«

»Was für eine Station?« Luke sah ihn fragend an.

»Polizeistation, natürlich.«

»Polizei?«, rief Jeanie aus. Nein! Dahin durften sie auf

keinen Fall! Sie belastete vorsichtig das verletzte Bein und wartete mit zusammengebissenen Zähnen, bis das Pochen nachließ.

»Wohin sonst?«, bekräftigte Matt. »Wir wurden entführt! Das ist eine Straftat.«

Jeanie senkte den Kopf. Matt hatte ja recht, aber…

»Jeanie?« Luke tippte sie an. »Kann es sein, dass du *nicht* zur Polizei willst?«

»Ich…« Jeanie machte eine Pause. Wie sollte sie den anderen erklären, dass sie auf *keinen Fall* zur Polizei wollte, ohne wie eine Egoistin dazustehen?

Sie spürte ihre Blicke, konnte ihre Gedanken förmlich hören: Warum mied ausgerechnet sie die Polizei, diejenige, hinter der O'Deary her war, wahrscheinlich um von ihrem Vater Lösegeld zu erpressen.

»Wir wurden entführt«, wiederholte Matt. »Betäubt und in der Lagerhalle eines Kriminellen abgeladen, der was weiß ich mit uns vorhatte. Vielleicht hast du bisher gelernt, den Mund zu halten und im Hintergrund zu bleiben, wenn dich jemand angreift. Aber, das ist hier nicht der richtige Weg, glaub mir.«

Jeanie zuckte hilflos die Schultern. Das mochte alles stimmen. Sie hatte Angst vor O'Dearys Leuten, und wenn jetzt sofort ein Polizeikommando die alle wegsperren würde, sie und alle anderen zukünftigen Entführer, dann wäre das extrem beruhigend. Aber eben auch sehr, sehr unwahrscheinlich. Sie war immer in Gefahr, solange ihr Vater reich war. Aber wenn ihr Vater von der Entführung heute erfuhr, würde *seine Reaktion* sofort *ihre Realität* einschränken. Und das machte ihr noch mehr Angst. Deshalb wollte sie jetzt einfach nur nach Hause, sich in ihrem Zimmer verkriechen und diesen ganzen Tag aus ihrem Gedächtnis tilgen. Sie spürte noch immer die Blicke von Matt, Luke und Develine. Nein, nicht den ganzen Tag. Nicht ihr Zusammentreffen mit Matt, Luke und Develine.

Diese Erinnerung würde sie hüten wie einen Schatz.

»Jeanie?« Develine hatte sich direkt vor sie gestellt und zwang sie, ihr in die Augen zu sehen. »Was ist los? Wovor hast du Angst?«

»Mein Vater.« Sie räusperte sich. »Wenn er von der Entführung erfährt, lässt er mich nach Phoenix zurückholen und dort zu Hause unterrichten.« Sie schüttelte vehement den Kopf. »Ich will aber nicht zurück! Wenigstens noch nicht!«

Ihre Augen füllten sich mit Tränen, instinktiv senkte sie den Kopf. *Verdammt!* Sie würde jetzt nicht auch noch weinen! Es war schlimm genug, dass sie ihre eigenen Bedürfnisse über die der anderen stellte. Zumal zur Polizei zu gehen das Normalste war, was man in dieser Situation tun würde. Aber sie kannte ihren Vater und sie wollte nicht zurück in die Festung, die er für seine Familie gebaut hatte.

Nicht jetzt.

Nicht nach dem heutigen Tag.

Nun liefen ihr doch die Tränen über die Wangen. Tat sie, was Develine und Matt und Luke wollten, würde sie die Chance auf eine Freundschaft mit ihnen für immer vergeben, weil sie San Francisco verlassen müsste. Tat sie es nicht, vergab sie die ebenso – weil sie sich gegen sie stellte. Jeanie wischte mit dem Ärmel über ihr Gesicht. »Es tut mir leid…«

»Schon gut.« Develine drehte sich zu Matt. »Bist du dir sicher, dass es eine gute Idee ist, zur Polizei zu gehen? Du bist der Einzige, der sich an alles erinnert. Ich weiß nur, dass ich in der Halle aufgewacht bin …«

»… und O'Dearys Schläger uns durch die Gasse gejagt haben«, gab Matt zurück.

»Nachdem wir einen Alarm ausgelöst haben«, sagte Develine nachdenklich. »Mich stört hier was. Warum waren wir alle dort, wenn sie nur Jeanie wollten?«

Jeanie hob den Kopf. Schlug Develine sich gerade auf ihre Seite?

»Spielt das eine Rolle?«, fragte Luke.

»Juristisch, ja.« Matt seufzte und Jeanie hörte an seiner Stimme, wie seine eben noch so klare Entschlossenheit bröckelte. »Wenn wir nicht beweisen können, dass wir entführt wurden, dann könnte O'Dearys Anwalt den Spieß umdrehen und uns auf Hausfriedensbruch mit Sachschaden verklagen. Und ich sehe nicht, wie wir die Entführung beweisen können.«

»Kann die Polizei nicht Überwachungsaufnahmen beschlagnahmen?«, fragte Develine.

»O'Deary hat keine.« Matt strich sich nachdenklich durchs Haar. »Er ist viel zu clever, um sich selbst bei seinen illegalen Geschäften zu filmen.«

»Na, dann stimme ich auch gegen Polizei.« Luke tippte sich mit dem Finger an die Schläfe. »Am Schluss kriegen wir noch eine Anzeige wegen Einbruchs und müssen O'Deary das Tor bezahlen. Ne, danke.«

Jeanie atmete auf. Vielleicht hatte sie doch noch eine Chance, hierzubleiben UND die drei besser kennenzulernen.

»Und was ist mit dem Auto deiner Freundin?«, richtete Matt sich an Develine. »Willst du das auch unter den Tisch fallen lassen?«

Develine drehte eine Strähne ihrer blauen Haare um den Finger. »Warte.« Sie tippte auf ihrem Handy und hielt es sich ans Ohr. Jeanie hörte das Läuten. Eine neutrale Ansage, nicht einmal der Name des Anschlusses wurde genannt. Ein Piepen. »Roseanne«, sagte Develine, »wenn du das abhörst, kannst du mich bitte *dringend* anrufen? Es geht um dein Auto, das du mir heute geliehen hast.« Unschlüssig betrachtete Develine ihr Handy.

»Und?«, fragte Matt.

»Du bist dir ganz sicher? Roseannes Auto? Entführt? Kein Traum?« Develine fixierte Matt. »Ich habe keinen Bock auf Ärger, nur weil du halluzinierst. Außerdem … ich kann das Auto nicht mal beschreiben.«

»Grauer Honda, Viertürer, Baujahr 2019.«

Develines Blick blieb auf Matt liegen, als versuche sie einzuschätzen, wie zuverlässig seine Aussage sein konnte.

»Ich glaube Matt«, sagte Jeanie. Matt hatte keine Sekunde gezögert, keine Sekunde nachgedacht. »Ich würde es hören, wenn er es sich ausgedacht hätte.«

»Na gut«, seufzte Develine. »Ich komm mit.« Sie drehte sich zu Luke und Jeanie. »Ich versuche, euch erst mal rauszuhalten, okay?«

Die Busfahrt kam Jeanie viel zu kurz vor. Sie genoss jede Sekunde, die sie schweigend nebeneinander saßen, und obwohl Lukes Blick unverwandt aus dem Fenster gerichtet war, hatte sie nicht das Gefühl, dass er sie bewusst ignorierte. Er wirkte nicht abweisend, er wirkte *abwesend*, als sei er mit seinen Gedanken weit, weit weg. Jeanie beobachtete ihn unauffällig von der Seite. Und er wirkte besorgt.

Die Art, wie er seine Schultern hochzog. Abwehrschutzhaltung. Das kannte sie von ihm sonst nicht.

Befürchtete er, dass O'Dearys Leute ihnen gefolgt waren? Hielt er nach verdächtigen Personen Ausschau? Oder war es etwas ganz anderes, das ihn beschäftigte? Sie dachte an seinen Gesichtsausdruck, als Matt ihn vorhin gefragt hatte, ob alles in Ordnung sei. Er hatte sich erschrocken. Plötzlich. Und es waren nicht O'Dearys Männer gewesen. Sonst hätte er ganz anders reagiert, nachdem sie einen von ihnen in der Gasse entdeckt hatte.

Was würde sie nicht dafür geben, wenn sie jetzt seine Gedanken hören könnte. Obwohl… nein. Es war schlimm genug, andauernd unfreiwillig die Gespräche anderer zu belauschen. Der Bus blinkte und zog in die nächste Haltebucht.

»Also dann…« Sie stand auf.

»Sind wir da?«

Wir? Jeanie verstand nicht ganz, was er meinte. Er wohnte doch nicht bei ihr in der Nähe. Doch Luke hatte sich bereits erhoben. »Was macht das Bein?«

»Geht schon.« Sie versuchte nicht zu humpeln, doch die Stufen am Ausstieg waren einfach zu hoch. Der Schmerz durchzuckte sie so sichtbar, dass Luke ihr die Hand reichte. »Lass dir helfen.«

»Danke.« Vorsichtig nahm sie die letzte Stufe. Sie spürte, wie ihr die Hitze ins Gesicht stieg. Schon wieder half Luke ihr. Er musste sie für total unfähig halten.

»Wohin?«, fragte er, als der Bus hinter ihnen zischend die Türen wieder verschloss.

»Du musst mich nicht bis nach Hause bringen«, sagte Jeanie, unschlüssig, ob sie sich über Lukes Angebot freuen sollte oder nicht. Luke, DER Luke brachte sie nach Hause. Nachdem er sie zuvor Huckepack vor ihren Verfolgern gerettet hatte. Jede Minute an seiner Seite war etwas Besonderes, aber so langsam strapazierte ihre Hilfsbedürftigkeit ganz sicher seine Geduld. »Du hast schon genug für mich getan. Danke.«

»Gerne. Ebenfalls danke. Ich habe nicht mehr für dich getan als du für mich, ich glaube, das nennt man *quid pro quo,* Gleichstand.« Luke lächelte. »Aber heim bring ich dich noch, keine Widerrede. Wohin?«

Jeanie zeigte die von Büschen und Bäumen gesäumte Straße nach links. *Quid pro quo?* Sie dachte an die holperige Flucht auf seinem Rücken. »Was habe ich denn für dich getan?«

Luke lachte auf. »Ernsthafte Frage oder fishing for compliments?«

Jeanies Wangen wurden noch heißer. Machte sie auf Luke etwa den Eindruck, sie sei jemand, die nach Komplimenten fischte? Ausgerechnet sie? Und ausgerechnet von ihm????

»Wer hat uns denn vor O'Dearys Männern gewarnt? Ohne dich wären wir da überhaupt nicht rausgekommen!«

»Und Matt«, warf Jeanie ein.

»Stimmt.«

»Und Develine …«

»Eben. Es war Teamwork. Wir haben aufeinander aufgepasst.« Er hielt ihr die Faust hin und sie stieß ihre dagegen. »Das war genial. Als würden wir seit Jahren zusammenarbeiten …«

Jeanie bog um die Ecke. Mit einem Schlag wurden die Häuser größer, die Gärten gepflegter, die parkenden Autos teurer. Luke stieß einen leisen Pfiff aus. »Ach du Schei…, wohnst du auch in so einer Protzbude? Kein Wunder, dass dein Vater Angst vor Entführungen hat.«

»Ja, und wenn mein Vater davon Wind bekommt, was heute passiert ist, habe ich ab morgen einen Bodyguard, der mich keine Sekunde mehr aus den Augen lässt, bis ich wieder in Phoenix hinter seinen Hochsicherheitsmauern hocke.« Jeanie sperrte das massive Tor auf. »Was bringt sein ganzes Geld, wenn ich mich nicht mehr frei bewegen kann?« Sie stieß das Tor auf und sah zu spät, dass ihre Tante bereits am Fenster stand. Fröhlich winkte Mitra ihr zu, hielt dann inne und zeigte überrascht auf Luke. Und schwupp war sie weg vom Fenster. Jeanie wusste genau, warum und vor allem, wo Mitra in wenigen Sekunden wieder auftauchen würde: in der Haustür. Hastig wandte Jeanie sich zu Luke. »Also dann… vielen Dank fürs Heimbringen. Bis morgen.«

Sie sah an Lukes Gesichtsausdruck, dass er sich über die abrupte Verabschiedung wunderte, aber darauf konnte sie jetzt keine Rücksicht nehmen.

Mitra würde zweifellos jede Sekunde herausstürmen und Luke mit hineinbitten. Und dann würde sie Luke mit Sicherheit die falschen Fragen stellen und – schlimmer – Luke, der Mitras verwirrende Fragetechnik nicht kannte, würde die falschen Antworten geben und sich verplappern und dann blieb Mitra nichts anderes übrig, als ihren Vater zu informieren.

»J…ja, tschüss, bis morgen«, antwortete Luke, während sie das Tor schnell vor seiner Nase zumachte, gerade rechtzeitig.

»Jeanie!« Mitra stürzte den hell gepflasterten Weg entlang. »Was ist mit dem jungen Mann? Will er nicht noch auf ein Ingwerwasser bleiben?«

»Er musste weiter«, log Jeanie. Es kam ihr leicht über die Lippen, doch im Gegensatz zu den Lügen, mit denen sie die Sorgen ihrer Eltern eindämmte, tat ihr diese wirklich leid. Mitra war anders als ihre Eltern: Sie behandelte sie wie eine Siebzehnjährige, nicht wie ein kleines Mädchen, und sie betrachtete ihr Gehör als eine göttliche Gabe, die man fördern sollte, nicht als einen Fluch, den man bekämpfen musste. Aber vor allem ließ Mitra ihr die Freiheiten, die sie sich ihr ganzes Leben lang gewünscht hatte.

In dem Moment bemerkte Mitra Jeanies Schürfwunden. Sie warf erschrocken die Hände in die Luft. »Was ist passiert? Waren das Alexa und ihr Gefolge?«

Ohne zu zögern nickte Jeanie, froh, dass sie nun keine Lüge *erfinden* musste. Eine Mobbingattacke. Das musste Mitra nicht an ihren Vater weiterleiten.

Wer hätte gedacht, dass Alexa und ihre kriegerischen Schatten ihr mal zur Hilfe kommen würden – wenn auch unfreiwillig.

Develine

»Sachte, ja?« Develine hielt Matt an der Schulter zurück, bevor er die mattglänzende Tür zur Polizeistation öffnete.

»Sachte?«, fragte Matt, die Hand am Türgriff.

»Mit Informationen.« Develine legte einen Finger an die Lippen. »Wir sind hier wegen des Autos. Und nur wegen des Autos. Denk an Jeanie.«

Matt ließ den Griff los und trat einen Schritt von der Tür weg, genau in dem Moment, als ein dunkelhäutiger, zerlumpt gekleideter Mann sie von innen aufstieß und nach draußen stürmte. Die Tür knallte hinter ihm ins Schloss. Er lief fluchend die Stufen zur Straße hinunter, drehte sich dort um und zeigte dem Polizeigebäude den Mittelfinger, als müsse er unbedingt auch diesen Teil des Klischees erfüllen. Develine sah ihm nach, wie er sich hastig humpelnd entfernte, und fragte sich, ob er freiwillig die Polizeistation besucht hatte oder von einer übereifrigen Streife wegen eines minimalen Vergehens mitgenommen worden war. Eines dieser Vergehen, die gar keine waren, sondern nur als Vorwand dienten, um diejenigen zu schikanieren, die nicht mehr in das immer noblere Straßenbild der Stadt passten.

»Gerade wenn ich an Jeanie denke, sollten wir nicht

sachte, sondern mit Vollgas da rangehen.« Matt legte die Hand wieder auf den Türgriff. »Sie ist von uns allen am meisten in Gefahr.«

Develine wischte Matts Bedenken mit einer energischen Armbewegung zur Seite. »Und es ist *ihre* Entscheidung, wie sie damit umgehen will, nicht deine.«

»Nicht wenn wir verantwortlich handeln. *Du* hast ihr versprochen sie rauszuhalten, nicht ich. Aber … bitte, sehen wir, wie weit wir mit *sachte* kommen.« Matt öffnete die Tür und ließ ihr den Vortritt.

Überrascht wanderte ihr Blick über die unerwartet neue Einrichtung in hellgrau und schwarz. Eine Polizistin stand am Tresen, die schwarze Naturkrause stand nach allen Seiten ab, im dunkelbraunen Gesicht ein strahlend-helles Grinsen, als lache sie noch über einen Witz ihrer Kollegen.

»Was kann ich für euch tun?«, begrüßte sie Matt und Develine. Ihr Blick verfing sich in Develines blauen Haaren und wanderte zu ihrer metallic-blau schimmernden, engen Jacke. Develine kannte diesen Blick. Der Schubladenkategorisierungsblick, der sie als unangepasst einstufte, als schwierig, als potenzielle Unruhestifterin.

»Guten Tag«, sagte Develine und widerlegte mit einem breiten, freundlichen Lächeln die gerade erfolgte Einschätzung ihrer Person. »Wir würden gern ein Auto als gestohlen melden.«

»Gestohlen?«, hakte die Polizistin nach. »Du bist sicher, dass es nicht abgeschleppt wurde? Oder du vergessen hast, wo es abgestellt war?«

»Ganz sicher«, unterbrach Matt die Polizistin. »Wir saßen drin, als es gestohlen wurde.«

Der Gesichtsausdruck der Polizistin wurde schlagartig

ernst. »Wurdet ihr bedroht? Verletzt? Könnt ihr die Täter beschreiben?«

Develine stöhnte innerlich. Genau das hatte sie sich nicht unter *sachte* vorgestellt. »Das Auto wurde gehackt«, wiegelte sie ab.

»Gehackt?«, wiederholte die Polizistin so laut, dass die anderen Polizisten den Kopf hoben. »Eine Cyberattacke auf dein Auto, als du drin warst?«

»So könnte man es beschreiben«, bestätigte Matt.

Die Polizistin runzelte die Stirn. »Wie kann es dann weg sein?«

»Wir wurden betäubt, und als wir wieder aufgewacht sind, war das Auto weg«, fasste Develine schnell zusammen, bevor Matt alle Fakten der Entführung im Detail auf den Tresen packen konnte.

»Verstehe.« Die Polizistin nickte, plötzlich grinsend, was Develine noch mehr irritierte als Matts diskussionswürdiges Verständnis von einem behutsamen Vorgehen.

»Was verstehen Sie?«, fragte Matt.

»Das letzte Mal, als mir so eine Story aufgetischt wurde, tauchte das Auto später auf einem Parkplatz auf. Stellt sich raus, dass mit dem Auto sieben andere Autos angefahren wurden und die Story erfunden war, um zu verschleiern, dass der Fahrer zur Tatzeit betrunken gewesen war.« Sie beugte sich über den Tresen und fixierte Matt und Develine. »Wollen wir einfach noch mal von vorne anfangen? Was ist *wirklich* passiert?«

»Jetzt mal langsam!«, protestierte Develine. »Wir melden ein Auto als gestohlen und Sie beschuldigen uns, dass wir eine Straftat verschleiern? Wir haben bereits gesagt, was wirklich passiert ist.«

Die Polizistin seufzte. »Na gut.« Sie zog die Tastatur zu sich und begann zu tippen. »Dann fangen wir mal an. Name?«

»Develine Knight.«

Die Polizistin hob die Brauen, als glaube sie Develine nicht einmal ihren Namen, tippte ihn jedoch ein. »Tatsache«, murmelte sie, scrollte nach unten und sah dann vom Bildschirm auf. »Ich habe hier keine Autozulassung auf deinen Namen.«

»Es war nicht mein Auto.« Develine zögerte. Sie musste jetzt genau überlegen, was sie sagte, damit am Ende nicht Roseanne den Ärger bekam. Es war mit Sicherheit verboten, einen Leihwagen an Dritte weiterzugeben, die nicht bei der Leihwagenfirma registriert waren. Und die Versicherung würde wahrscheinlich auch nicht zahlen, wenn sie herausfand, dass Roseanne den Leihwagen verbotenerweise weitergegeben hatte.

»Wem gehört denn nun das vermeintlich gestohlene Auto?«, fragte die Polizistin mit einem Anflug von Ungeduld in ihrer Stimme.

»Chaseright Cardeals«, antwortete Matt an ihrer statt. »Ein stahlgrauer Honda HR-V Executive, Baujahr 2019, Kennzeichen 1EB432, Kilometerstand 3256–«

»Danke, Kennzeichen, Marke und Farbe reicht mir«, unterbrach ihn die Polizistin.

Develine starrte Matt verblüfft an. Kennzeichen, Baujahr, Modellbezeichnung *und* Kilometerstand? Entweder Matt erfand das eben oder er war ein verkappter Autofreak, der sich Autodaten reinzog wie andere ihren Frappuccino. Sie selbst konnte gerade mal sagen, dass Roseannes Auto ein Honda gewesen war, und das auch nur, weil Matt es vorhin erwähnt hatte.

Die Polizistin tippte, sah dann zu Matt. »Wo wurde das Auto gestohlen?«

Ohne Luke und Jeanie zu erwähnen, erzählte Matt von der Fahrt, an die Develine selbst sich nicht mehr erinnern konnte. Weder an den Moment, als das Auto von der Route abwich und sich nicht mehr steuern ließ, noch an die Felswand, die keine war, oder das Gas, das sie betäubt hatte. Develine beobachtete das Gesicht der Polizistin. Bis zur vermeintlichen Felswand hatte sie Matt noch geglaubt. Danach war Schluss. Und mit jedem weiteren Wort verschloss sich ihr Gesicht mehr. Sie hielt Matts Fakten für frei erfunden, das schien sogar Matt zu bemerken, denn er verstummte, noch bevor er zu ihrer Flucht aus O'Dearys Lagerhalle kam.

»O-kay«, sagte die Polizistin gedehnt. Sie lehnte sich über den Tresen und sah abwechselnd von Matt zu Develine. »Ich weiß nicht, was für Zeug ihr genommen habt, dass ihr hier meine Zeit mit derartig idiotischen Märchen vergeudet. Aber ich habe heute Geburtstag und keine Lust, die nächsten zwei Stunden mit euch eine Anzeige aufzunehmen, von der wir alle wissen, dass sie kompletter Unsinn ist. Deshalb gebe ich euch jetzt die Möglichkeit, ganz schnell von hier zu verschwinden und erst dann wieder zu kommen, wenn ihr bereit seid, mir zu erzählen, was *wirklich* mit dem Auto passiert ist.«

»Aber …«, protestierte Matt.

»Ich kann euch auch zu einem Drogentest verdonnern.« Sie bohrte ihren Blick in Matts. »Und das werde ich ganz sicher, wenn ihr bei dieser Aussage bleibt.« Sie schwenkte ihren Laserblick zu Develine. »Bestehst du auch darauf, durch einen Felsen gefahren zu sein, in dem ein Gas dich betäubt hat?«

»Ich kann mich nicht daran erinnern«, sagte Develine wahrheitsgemäß.

»Und dass dieses Auto sich selbstständig gemacht hat?«

Develine schüttelte nachdenklich den Kopf. Es war nicht sinnvoll, Matts Geschichte zu bestätigen. Jeanie, Luke und sie selbst hatten einen Blackout – nur Matt nicht. Gut möglich, dass die Droge, die bei ihnen eine Erinnerungslücke verursacht, bei Matt eine Wahnvorstellung erzeugt hatte und sie ungewollt falsche Fakten stützte. Das einzig Sinnvolle war, so schnell wie möglich mit Roseanne zu reden. Zu erfahren, ob es diesen Leihwagen überhaupt gab, und warum sie ihn hätte fahren sollen.

»Du glaubst mir nicht«, beschwerte sich Matt, als sie die Polizeistation etwa hundert Meter hinter sich gelassen hatten.

Develine stoppte mitten im Schritt, zu abrupt für Matt, der erst nach ein paar Metern zu bemerken schien, dass sie nicht mehr neben ihm lief, und sich zu ihr umdrehte. Er wartete kurz, dann ging er zu ihr zurück.

»Glaubst du dir selbst?« Develine stemmte die Hände in die Hüfte. »Jetzt mal ehrlich: wenn ich dir so eine Story erzählen würde, wie würdest du reagieren?«

»Ich würde anhand von verifizierbaren Fakten die Wahrscheinlichkeit deiner Schilderung prüfen.« Er streckte den Daumen hoch. »Wir sind an einem Ort aufgewacht, an dem wir nichts zu suchen haben. Fakt eins.« Der Zeigefinger schoss hoch. »Außer mir habt ihr alle einen Blackout. Fakt zwei.« Der Mittelfinger schnellte hoch. »Das Auto ist weg. Fakt drei.«

»Halt.« Nun hob sie ihren Zeigefinger in die Höhe. »Das ist kein Fakt. Das behauptest du. Sonst kann sich niemand an Roseannes Auto erinnern und ich wüsste auch keinen Grund, warum sie mir ihr Auto, geschweige denn einen Leihwagen geben sollte.«

Matt ließ seine Hand sinken. »Du warst zu spät dran. Sie wollte dir aushelfen.«

»Ich bin *immer* zu spät dran.« Sie zog ihr Handy aus der Tasche. »Ich rufe jetzt Roseanne an. Wenn sie das mit dem Auto bestätigt, dann -«

»Glaubst du mir?«

»Dann denke ich darüber nach, ob ich dir glaube und vor allem, woher wir die Beweise bekommen, damit die Bullen uns das auch abnehmen.« Sie hielt das Telefon an ihr Ohr. Es tutete, bis der Anrufbeantworter ansprang. »Hi, Roseanne, Dev hier. Ruf mich bitte an, dringend.« Develine legte auf. »Nicht zu Hause.«

»Handy?«, fragte Matt.

»Hat keins. Sie will nicht darüber ausspioniert werden.«

»Klug oder paranoid?«

»Beides.« Develine zwinkerte ihm zu. »Wenn deine Story stimmt, dann ist ihre Angst vor Überwachung und Sabotage ja wohl nicht so weit hergeholt, oder?« Sie rief auf ihrem Handy die Kontakte auf und gab es ihm. »Gib mir deine Nummer. Ich geh gleich bei ihr vorbei und melde mich dann bei dir.«

»Soll ich mitkommen?«, fragte er, während er seine Nummer in ihr Handy tippte.

»Hmmm…« Sollte er? Roseanne mochte es nicht, wenn Fremde zu ihr nach Hause kamen. Vielleicht wirkte sie deshalb auf andere manchmal nicht nur paranoid, sondern auch durchgeknallt. Ein wenig war sie das wohl auch – aber nicht grundlos. Schließlich hatten ihre Ermittlungen gegen ein mächtiges Unternehmen sie ihren Job und Ruf als Journalistin gekostet. Und wenn Matts Erinnerung kein Hirngespinnst war, konnte sie ihn immer noch bitten nachzukommen. »Lass nur … ich weiß ja nicht mal, ob sie zu Hause ist.« Ein Bus fuhr an ihr vorbei. Sie sah auf die Nummer und rannte los. »Ich melde mich!«

Am Einstieg drehte sich Develine um und formte Daumen und Zeigefinger wie einen Telefonhörer. Sie sah noch, wie Matt den Daumen nach oben streckte, dann schloss sich die Tür hinter ihr.

Atemlos setzte sie sich hinter den Fahrer. Der Bus fuhr los, an Matt vorbei, der wie festgewachsen an derselben Stelle stand und ihr hinterherschaute. Sie versuchte seinen Gesichtsausdruck zu deuten – überrascht über ihren plötzlichen Aufbruch? Oder eher verunsichert, wie es nun weitergehen solle? Mit einem Mal begannen ihre Hände zu zittern. Als wollten sie die Schockreaktion nachholen, der sie sich die letzten Stunden verweigert hatte.

Sie spürte, wie das Zittern auf ihren Körper übergriff, sie sich schwach fühlte und ihr flau im Magen wurde. Automatisch atmete sie tief in den Bauch und richtete ihren Blick auf ein gelbes, faustgroßes Warnschild an der Trennscheibe vor ihr. Sie nahm dessen Aufschrift kaum wahr, nur das grelle Gelb, vor das sich flirrende Bilder schoben: vom Lagerhaus, dem Gabelstapler, dem Container mit der Falltür, dem Hinterhof, der eingetretenen Tür, der Verfolgungsjagd … Konnte Matt recht haben? Und falls ja: Befanden sie sich noch immer in Gefahr? Immerhin waren sie aus O'Dearys Lagerhalle geflohen. Das fand der sicherlich nicht lustig.

Aber warum waren sie überhaupt dort gelandet? Die ganze Aktion ergab von Anfang bis Ende keinen Sinn!

Das Zittern ließ langsam nach. Ihr Magen fühlte sich noch immer flau an, aber dafür verschwand das Schwächegefühl.

Was, wenn sie sich tatsächlich ein Auto von Roseanne geliehen hatte – wie sollte sie ihr klarmachen, dass es nun weg war? Roseanne war ihre beste Freundin, aber sie würde den Verlust des Wagens kaum mit einem verständnisvollen Lächeln quittieren.

Was so ein Auto wohl kostete? Nur 3500 km auf dem Tacho, praktisch neu, dreißigtausend? Ihr wurde siedend heiß. Das konnte sie niemals aufbringen, falls die Versicherung nicht bezahlte!

Bleib cool.

Es ist nicht raus, dass dieses Auto überhaupt existiert. Sie schüttelte den Kopf. *Loma Mar. Felshöhle. So ein Unsinn.* Anstelle der Polizistin hätte sie genauso reagiert.

Fakt war: Sie war in San Francisco aufgewacht und das offenbar, nachdem sie irgendetwas zu sich genommen hatte, das ihr nicht gut bekommen war.

Vielleicht hatte sich einer aus dem Kurs einen Scherz mit Cannabis Cookies erlaubt, der gründlich schiefgegangen war, und irgendwie waren sie dann bei O'Deary gelandet. Menschen machten die dümmsten und gefährlichsten Dinge, wenn sie nicht bei klarem Verstand waren, das wusste Develine nur zu gut. Es konnte tausend und eine Erklärung für ihr seltsames Erlebnis geben, und Matt hatte seine Version der Geschichte vielleicht geträumt, eine Vermengung verschiedener Erlebnisse in seinem Kopf, als er bewusstlos gewesen war.

Der Bus erreichte ihre Haltestelle. Develine stieg aus, ihre Beine zittrig, als habe sie gerade einen Halbmarathon hinter sich gebracht.

Mit jedem Meter erschien ihr Matts Version des Vormittages unwahrscheinlicher. Warum sollte O'Deary sie entführen? Noch dazu mit einem Auto, in dem – falls es überhaupt existierte – keiner von ihnen je hätte sitzen sollen. Laut Matt waren sie zufällig zusammen nach Mountain View unterwegs gewesen. Nur – Zufall konnte nicht einmal O'Deary planen.

Sie erreichte Roseannes Garten. Develine legte eine Hand auf das Gatter und sah zum Haus. Und falls Matt doch… Sie seufzte. Es half nichts. Sie musste da jetzt rein und sich entweder zum Narren machen oder Roseanne den Verlust des Autos beichten.

Zaghaft ging sie zur Haustür. Sie läutete. Klopfte. Rief und wählte schließlich Roseannes Nummer. Sogleich hörte sie das Telefon im Flur klingeln.

Roseanne war nicht zu Hause. Enttäuscht wandte Develine sich zum Gehen, als sie sah, wie ein Mann durch ihren eigenen Vorgarten lief.

»Hey! Sie da!« Ohne nachzudenken, rannte sie die wenigen Meter zu ihrem Grundstück.

Der Mann blieb stehen. Und zeigte fragend auf sich selbst.

»Was machen Sie in unserem Garten?«, rief Develine scharf und baute sich vor dem Mann auf, die Füße hüftbreit auseinander, die Arme kampfbereit gespannt. »Wer sind Sie?«

Der Mann streckte ihr die Hand hin. »Serge. Von der Firma *Grünland*.« Firma Grünland? Was sollte das sein? Develine ignorierte die Hand, die zu schütteln sie zwingen würde, ihre Deckung zu öffnen. Ältester Trick der Welt.

»Äh…« Der Mann zog verlegen die Hand zurück. »Das ist doch das Haus von Mrs Knight?«

»Ja.« Develine verengte die Augen. Sie versuchte den Mann einzuschätzen. Mittelbraune, kurze Haare, braune Augen, unauffälliges Allerweltsgesicht, durchschnittlich groß, durchschnittlich gebaut, aber muskulös, wie man an den nackten Armen erkennen konnte.

Er zog einen Zettel aus einer der zahlreichen Taschen seiner Cargohose und studierte ihn. »Mrs Catherine Knight?«

»Das ist meine Mutter. Was wollen Sie von ihr?«

»Ich soll … pflanzen. Moment …« Er studierte den Zettel erneut. »Zwei Buchsbäume, einen Rhododendron, zwei Dutzend mehrjährige Blumenstauden und zwanzig saisonale Blüher.«

»Davon weiß ich nichts.« Sie erhöhte ihre Körperspannung. Wenn ihre Mutter den Garten neu anpflanzen lassen würde, wüssten ihr Vater und sie davon.

Er sah erneut auf seinen Zettel. »Ist Ihre Mutter zu Hause?«

»Nein, aber fragen wir sie doch.« Ohne Serge aus den Augen zu lassen, führte sie ihr Handy an die Lippen. »Mom anrufen«, sagte sie und lauschte dem Tuten.

»Develine!«, meldete sich ihre Mutter. »Schon zurück? Wie war es -«

»Hast du einen Gärtner bestellt?«

»Einen Gärtner? Ist der etwa schon da?« Ihre Mutter klang erstaunt. »Das ist ja unglaublich! Wir haben doch erst vor einer Stunde telefoniert! Schätzchen, könntest du ihm zeigen, wo er das Beet anlegen soll?«

»Wenn du mir sagst, wo.« Develine spürte, wie die Anspannung von ihr abfiel. Serge war wirklich nur ein Gärtner und sie hatte komplett überreagiert.

»Zwischen Küchenfenster und Veranda.«

»Alles klar.« Develine legte auf und sah sich suchend um. »Wo sind die Pflanzen?«

»Die kommen morgen. Wir schauen uns immer erst den Garten an.« Er grinste breit und entblößte dabei einen abgebrochenen Zahn. »Kunden bestellen meistens zu viel und fast immer Pflanzen, die ungeeignet sind…«

»Na, dann sehen wir uns das mal an.« Sie winkte ihn mit sich und führte ihn zur Westseite des kleinen Stadthauses. Serge musste sie für unfassbar unfreundlich halten. Und das nur, weil sie sich gerade genauso paranoid benahm wie Roseanne, die überall Gefahren und Feinde und Verschwörungen sah. Dabei war O'Deary hinter Jeanie her gewesen, nicht hinter ihr.

Sie selbst hatte nichts zu befürchten – oder?

Luke

»Luke?!«

Der Befehlston seines Vaters versprach nichts Gutes, zumal er schon nach ihm rief, bevor die Wohnungstür überhaupt ins Schloss gefallen war und das, obwohl ein Footballspiel im Fernsehen lief.

Luke zog die Schuhe aus und schlenderte betont langsam ins Wohnzimmer. Auf dem riesigen Sofa lümmelten sein Vater und seine Schwester Lira, vor sich auf dem Couchtisch zwei Schüsseln mit Popcorn.

»Hi.« Luke ließ sich in einen Sessel fallen. Er checkte den Spielstand und verkniff sich ein Grinsen. Kein Wunder, dass sein Vater schlechte Laune hatte: Die *Los Angeles Chargers* heizten den *Baltimore Ravens* ganz schön ein.

»Was soll das?«, schnauzte sein Vater ihn an.

Luke tauchte seine Hand in Liras Popcornschale. »Was genau?«

»Dr. Leigh hat angerufen.« Sein Vater grunzte verärgert. »Er sagt, du willst dich nicht von ihm behandeln lassen!«

»Ich mag ihn nicht.« Luke steckte die Handvoll Popcorn auf einmal in den Mund. Er wollte jetzt nicht über das *HIT* oder Dr. Leigh oder dessen Ankündigung seines baldigen, laufbedingten Todes reden. Er wollte nicht einmal daran denken. Nicht daran und nicht an O'Dearys Lagerhalle und Matts seltsame Geschichte von dem ferngesteuerten Auto, in dem sie alle gesessen haben sollten. Er wollte einfach nur hier rumhängen, Liras Popcorn essen und zusehen, wie die *Los Angeles Chargers* den *Baltimore Ravens* den Arsch versohlten und dabei seinen Dad zum Hyperventilieren brachten.

Die Hand seines Vaters landete krachend auf der altersschwachen Tischplatte und brachte die Popcornschalen zum Klirren – bis Lira ihre Schüssel ein Stück wegrückte. »Du schlägst eine Gratisbehandlung aus, weil du den Arzt nicht magst? Hast du sie nicht mehr alle? Wer bist du? King Luke?«

»Ich vertraue ihm nicht.« Luke schluckte den Rest Popcorn hinunter. »*Warum* will ein privates Institut kostenlos Tests mit mir durchführen? *Du* sagst doch immer, dass man nichts wirklich geschenkt kriegt, weil diejenigen immer einen Hintergedanken haben, der am Ende schlecht für den Beschenkten ist.«

»Dummes Geschwätz!« Wieder krachte die Hand seines Vaters auf die Tischplatte. Diesmal offenbar zu fest – denn er rieb sich fluchend die Handfläche. »Das *HIT* ist das beste Institut im Land und du kriegst die Behandlung auch noch umsonst! Jeder will da hin! Nur Mister Größenwahn hat was zu meckern.« Er hob drohend den Finger. »Versau ja nicht deine Karriere, nur weil du rumzickst wie deine Mutter. Du bist mir das schuldig.«

»Ich zicke nicht«, protestierte Luke. »Aber ich bin kein Versuchskaninchen! Es geht hier um mich, Dad. Um mich, okay? Da werde ich wohl mitreden dürfen.«

»Jetzt hör mal gut zu«, er beugte sich über Lira zu Luke,

»solange ich deine Rechnungen bezahle, bestimme ich, wem wir vertrauen und wem nicht, hast du verstanden? Und außerdem … wenn einer dein Problem in den Griff bekommt, dann ist es Dr. Leigh. Bester Sportarzt im Land.«

»Dad, geh aus dem Bild! Mann, jetzt habe ich den Touchdown verpasst!« Lira grapschte die Fernbedienung vom Tisch und machte den Ton lauter. »Könnt ihr *nach* dem Spiel weiterstreiten?«

Aus dem Fernseher erklang Jubel, die Stimme des Moderators überschlug sich fast. Sein Vater richtete die Aufmerksamkeit wieder auf das Spiel. »So eine Scheiße! Verschwören sich heute alle gegen mich?!«

Luke sah ebenfalls zum Fernseher, doch er nahm das Geschehen auf dem riesigen Bildschirm kaum wahr. Von wegen, sein Vater bezahlte die Rechnungen. Ohne das Preisgeld vom *Silicon Valley Marathon* im Herbst hätte sich sein Vater die Riesenglotze nicht mal beim Hehler leisten können. Und wenn seine Mutter neben ihrem Job im Supermarkt nicht heimlich als Statistin auftreten würde, Lira ihren Studentenjob bei *Starbucks* aufgeben und sein Bruder Taz nicht zwanzig Prozent seines Verdiensts als Autoverkäufer abliefern würde, könnten sie sich nicht mal die Miete für die Wohnung leisten. Der Einzige, der kein Geld nach Hause brachte, war sein Vater. Wut begann in Luke zu brodeln. Abrupt stand er auf, nicht eine Minute länger hielt er es mit seinem Vater in einem Raum aus.

Nicht, ohne ihm *seinen* peinlichen Größenwahn an den Kopf zu werfen. Aber was würde das bringen? Eine Diskussion, bei der keiner gewinnen konnte und die schlechte Laune wie kalter Zigarettenrauch in der Luft hängen bleiben würde.

Nein, lieber verzog er sich, aber das Gespräch hatte ihm Dr. Leighs Warnung vor der tödlichen Gefahr seines Trainings wieder ins Bewusstsein gerufen. Er versuchte den Gedanken daran zu verdrängen, wie er es schon den ganzen Tag getan hatte. Nur dass er jetzt keine Ablenkung hatte. Kein akuteres Problem, dem er sich stellen musste, wie zum Beispiel aus der Lagerhalle eines Mafiabosses zu fliehen …

Luke holte sich eine Cola und die Reste einer ehemals wagenradgroßen Pizza aus der Küche und verzog sich in sein Zimmer.

Am Schreibtisch stellte er Cola und Pizza ab und öffnete seinen Laptop. Kaum hatte er *HIT* als Suchbegriff eingegeben, erschien eine lange Liste mit Links. Direkte Links zum Institut, Meldungen zur Gründung, ein Link zu Wikipedia, zu medizinischen Fachjournalen. Er klickte einen nach dem anderen an und versuchte etwas zu finden, das sein Misstrauen bestätigte, doch nichts, nicht ein einziger Hinweis auf einen Artikel, der das Institut kritisch betrachtete. Das war doch nicht normal!

Eine einzige Lobhudelei, wie renommiert die Wissenschaftler seien, welche Pionierarbeit sie leisteten, wie altruistisch die Gründer waren. Er las, dass es die Mission des *HIT* sei, Technologie wieder mit humanistischem Gedankengut in Einklang zu bringen, weil die Gründer begriffen hätten, dass blinde Technologiegläubigkeit das Machtgefüge der Welt mehr und mehr aus den Fugen hob.

Es las sich wie ein Mantra, das nur oft genug wiederholt werden musste, um wahr zu werden. Oder wie ein Ablenkungsmanöver, das verdecken sollte, was dieses *HIT* wirklich anstrebte. Was das allerdings sein mochte, konnte er sich nicht zusammenreimen. Nicht einmal, nachdem er sich im Detail mit den drei Forschungsbereichen befasst hatte, wie die offizielle Website sie nannte:

Cyborgtechnologie – als Mittel, um vorhandene Kapazitäten im Menschen zu unterstützen und Defizite auszugleichen
Künstliche Intelligenz – um zu wissen, wie sie die Menschheit unterstützen und wann sie zur Bedrohung werden könnte
Gentechnik – um das Potenzial des Menschen zu entschlüsseln und einen Weg zu finden, es so zu entfesseln, dass der Mensch als Spezies in seiner Evolution mit der exponentiellen Veränderung durch die digitale Revolution mithält

Das bedeutete also, sie erforschten, wie Menschen der von ihnen entwickelten und sich später selbst optimierenden künstlichen Intelligenz weiterhin überlegen bleiben konnten.

Was ziemlich absurd war, wenn man es sich genau überlegte.

Nachdenklich biss Luke in die kalte Pizza. Eigentlich war alles, was dort stand, irgendwie absurd und abstrakt. Optimierung des Menschen. Manipulation und Beschleunigung der menschlichen Evolution. Rettung der Menschheit im Wettlauf gegen unkontrollierbare Technik – Technik, wohlgemerkt, die der Mensch vorher selbst erfunden hatte.

Luke schüttelte es. Das klang mehr nach Frankenstein als nach Humanismus. Da half auch keine institutseigene Ethikkommission. Ganz schön hochgestochen bei einem Institut, das nur achtundvierzig eigene Mitarbeiter beschäftigte. Luke runzelte die Stirn. Achtundvierzig Mitarbeiter. Es war ein kleines Institut.

Er lehnte sich zurück.

Sehr klein.

Und doch hatten Matt *und* Develine Trinkflaschen mit dem *HIT*-Logo bei sich getragen, was ihn am Pier ziemlich geschockt hatte, denn es bedeutete, sie hatten beide Berührungspunkte mit dem Institut.

Er selbst war vor der Entführung aus dem *HIT* geflohen und Jeanie verfügte über eine Art Supergehör, das für das *HIT* sehr interessant sein musste.

Zufall?

Luke schüttelte langsam den Kopf. Sehr, sehr unwahrscheinlich.

Aber wie hing dann alles zusammen? Steckte das *HIT* hinter der Entführung? Waren Matt und Develine Teil eines Plans gewesen? Immerhin hatte Develine das Auto gefahren und Matt war der Einzige, der sich an alles erinnerte. Matt, den er selbst *zufällig* nach seinem Besuch im *HIT* an der Bushaltestelle getroffen hatte …

Wieder schüttelte Luke den Kopf. Diesmal vehement. Nein. Unsinn!

Develine und Matt waren genauso Opfer der Entführung wie er selbst und Jeanie. Wie sollte Matt planen, dass er aus dem Institut wegrannte und umkippte, und Develine, dass sie sich alle verspäteten?

Und trotzdem … er war sich sicher, dass es eine Verbindung zum *HIT* geben musste!

Luke schloss die Webseite und gab einen neuen Suchbegriff ein: *Dr. Simon Leigh.*

Zwölf Treffer.

Er öffnete sie nacheinander. Eines war die offizielle Webseite des *HIT*, auf der Leigh als Hochkaräter im Bereich Gentechnologie vorgestellt wurde.

Der zweite war ein Artikel in einem medizinischen Fachjournal, der über den Ruf von Dr. Leigh zum *HIT* berichtete und sich mehr las wie eine Werbebotschaft für das *HIT* als eine Personalnachricht.

Die restlichen zehn waren Links zu Fachjournalen, in denen Dr. Leigh Forschungsergebnisse zur Entschlüsselung exotischer Genome veröffentlicht hatte. Medizinisches Kauderwelsch, das Luke nichts sagte, außer dass Dr. Simon Leigh mit Sicherheit kein Sportarzt war.

»Klopf, klopf.« Lira steckte ihren wilden Wuschelkopf durch die Tür. »Störe ich?«

»Du kommst genau richtig.« Luke winkte sie zu sich an den Schreibtisch. »Meinst du, du kriegst mit deinen Zauberhänden mehr über den Typen raus?« Er fuhr mit der Maus über Dr. Leighs Namen.

»Der Doc, dem du nicht traust?« Lira zog den Laptop zu sich herüber und beugte sich über den Schreibtisch. Rasend schnell tippte sie auf der abgeranzten Tastatur, dann pfiff sie durch die Zähne und drehte den Laptop zu Luke. »Na guck mal an, Brüderchen, da hat dein toller Doktor wohl ordentlich ins Klo gegriffen.«

Luke las den Artikel, den Lira auf seinen Bildschirm gezaubert hatte. Er war kurz. Und fatal. Wenn stimmte, was hier stand, dann dürfte Dr. Leigh in Amerika nicht mehr praktizieren. Angeklagt wegen eines Menschenversuchs. Keine Details, außer, dass der Versuch missglückt war und um ein Haar tödlich geendet hätte.

»Schei-ße«, murmelte Luke. »Gibt es da noch mehr?«

Wieder tippte Lira nicht nachvollziehbare Buchstabenkombinationen in quasi Lichtgeschwindigkeit. »Bitte.« Sie drehte erneut den Laptop zu ihm. Acht Links erschienen, jeder einzelne berichtete über die Anklage wegen eines Menschenversuchs und die fristlose Entlassung aus dem zur New Yorker Uniklinik gehörenden Forschungsinstitut. Ein Artikel informierte über seine Zeit bei einem großen Pharmakonzern und spekulierte darüber, ob Dr. Leigh auch dort schon illegale Menschenversuche durchgeführt haben könnte. Nur an wem der Versuch stattgefunden hatte, das war dort nicht zu lesen. Nicht einmal ein Namenskürzel oder ob derjenige männlich oder weiblich war.

»Warum habe ich die nicht gefunden?«

»Die sind alle auf dem Index.«

»Index?«, fragte Luke.

»Das heißt, es gibt eine richterliche Verfügung, dass die Artikel gelöscht werden müssen. Wahrscheinlich hat er eine Unterlassungsklage gewonnen. Oder«, sie riss sich ein Stück kalte Pizza ab und steckte es in den Mund, bevor sie weitersprach, »er hat eine von diesen Weiß-Wasch-Firmen beauftragt, alles im Internet zu löschen, was schlecht für ihn ist. Über einen normalen Zugang kommst du da nicht mehr ran.«

Oder das *HIT* hatte so eine Firma beauftragt … Luke starrte auf das Bild von Dr. Simon Leigh, das den Artikel über ihn zierte. Rötliche Haare, freundlicher Blick, charmantes Lächeln, weißer Kittel über dunkelgrauem Anzug – er sah vertrauenerweckend aus. Was das Ganze nur noch schlimmer machte. Jemand hatte dem Mann vertraut und fast mit seinem Leben dafür bezahlt. Und nun sollte Luke das Gleiche tun. Sein Blick haftete auf Dr. Leighs Bild.

Steckte *er* hinter der Entführung? Hatte er sie verfolgen und das Auto hacken lassen und dann die Untersuchungen an ihm durchführen lassen, die Luke verweigert hatte?

Ihnen allen fehlten gut vier Stunden. Auch Matt. Und keiner wusste, was in der Zeit mit ihnen passiert war.

Matt

Das Blut schoss in die Kanüle. Hastig löste Matt die Arretierung des Stauschlauches und zog vorsichtig die Nadel aus der Vene. Während er die Gaze auf den Einstich presste, meldete sich im Magen das altbekannte, schwummrige Gefühl. Er legte sich zurück, fühlte die weiche Bettwäsche und roch den Lavendelduft des Weichspülers, den er letzte Woche in einem Anflug von Heimweh gekauft hatte. Als brauchte er einen Duft, um sich an sein Zuhause zu erinnern! Er, dessen Kopf so übervoll mit präzisen Bildern und den dazugehörigen exakten Daten war, dass selbst Simon ihn für ein Wunder der Natur hielt. *Hyperthymestisches Syndrom*. Der Begriff war so trocken und nichtssagend, er musste von einem Wissenschaftler stammen, der sich nicht einmal im Ansatz vorstellen konnte, wie erbarmungslos die ungebremste Bilderflut in seinem Kopf wütete. Zumindest bis er Simon kennengelernt hatte.

Matt hob den Arm und lupfte die Gaze ein wenig. Blut quoll hervor. Schnell presste er sie zurück auf die Haut, verschränkte dabei die Arme, legte sich aufs Bett lehnte seine Beine gegen die Wand dahinter. Er spürte, wie das Blut in seinen Kopf floss, und schloss die Augen. Wie sollte sich auch jemand die Datenlawine in seinem Kopf vorstellen können, der die Gnade des Vergessens besaß? Dessen Erinnerungen sich selbst regulierten und bereinigten, die schlechten mit der Zeit verblassen oder ganz verschwinden ließen, die guten verstärkte und die eigene Lebensgeschichte mit einem goldenen Schimmer verschönte.

Das Klingeln an der Wohnungstür holte ihn aus seinen Gedanken. Er setzte sich auf und wartete, ob sein Kreislauf stabil genug war, um aufzustehen. Erst dann ging er die sieben Schritte vom Bett zur Tür. Eine der längsten Strecken in dem Apartment. Bett zur Küchennische: sechs Schritte. Bett zum Schreibtisch: vier Schritte. Bett zum Badezimmer: fünf Schritte. Tür zum Balkon: acht Schritte.

»Hi, Simon.« Matt ließ seinen Gast eintreten und ging zu den zwei Barhockern vor dem Tresen der Küchennische.

»Hast du dir Blut abgenommen? Du weißt, das sollst du nicht machen, wenn niemand bei dir ist.« Simon packte Matts Arm und hob die Gaze an. Noch immer sickerte Blut aus dem winzigen Einstich. »Pflaster?«

»Küchenschrank oben rechts«, sagte Matt und setzte sich auf einen der Hocker.

Simon öffnete den Oberschrank und griff nach der Schachtel mit den Pflastern. Im Gegensatz zu Matt musste er sich dazu weder strecken noch nach der Schachtel tasten, die sich mal wieder hinter den Kopfschmerztabletten versteckte. Manchmal war es durchaus von Vorteil, wenn man so groß war wie Simon.

Flugs ersetzte Simon die Gaze mit einem Pflaster und brachte Matt ein Glas Wasser. »Trink, du bist recht blass um die Nase.«

Matt leerte das Glas auf einen Zug. Er merkte erst jetzt, wie durstig er war und wie hungrig noch dazu. Kein Wunder, er hatte seit acht Uhr siebzehn nichts gegessen. Nicht einmal Notfallnüsse, die er – am besten sofort – wieder auffüllen musste.

»Also, sprich«, sagte Simon. »Wozu das Blut?«

»Lange Geschichte.« Matts Magen knurrte, als wolle er ihn dezent daran erinnern, dass jetzt nicht Geschichtenzeit, sondern Essenszeit war.

»Du kennst meine Vorliebe für lange Geschichten.« Simon zwinkerte. »Vorschlag. Ich koche uns Nudeln, du erzählst.« Er ging um den Tresen herum und öffnete Matts Vorratsschrank. Nacheinander nahm er Nudeln, Mehl und Tomatenmark heraus. »Nudeln aus … Spinat?« Er betrachtete die Nudeln mit einer Mischung aus Neugier und Ekel. »Das schmeckt?«

»Mir schon.«

Simon stellte einen Topf mit Wasser auf den Herd und drehte sich dann zu Matt. »Also, mein Freund, schieß los.«

Matt erzählte. Ab dem Moment, als er Luke an der Haltestelle traf, ihn auffing und wegen ihm den Bus verpasste, bis zu dem Rausschmiss bei der Polizeistation. Als er geendet hatte, stellte Simon zwei dampfende Teller auf den Tresen. Grüne Nudeln mit dicker, hellroter Soße, gesprenkelt mit goldgelbem Parmesan. Matt nahm einen ersten Bissen. Es war absolut köstlich, und das nicht nur, weil sein Hunger ihn zwickte wie eine im Magen verirrte Krabbe.

»Und keiner von den anderen konnte sich an eure Autofahrt erinnern?« Simon drehte nachdenklich die Nudeln um seine Gabel. »Deine spezielle Situation könnte das natürlich erklären. Es gibt keinen zweiten bekannten Fall auf der Welt, wo das hyperthymestische Syndrom an ein fotografisches Gedächtnis gekoppelt ist. Solange wir nicht mal wissen, *wie* dein autobiografisches und semantisches Gedächtnis überhaupt diese ungeheuren Datenmengen speichert, kann ich unmöglich sagen, wie sich zum Beispiel Drogen auf deine Erinnerung auswirken würden.« Er schob sich eine Gabel Nudeln in den Mund und verzog begeistert das Gesicht. »Köstlich, dieses Zeug!«

»Ist gerade nicht viel wichtiger, zu wissen, wer uns entführt hat und warum?«

»Klar, da hast du recht.« Simon schob sich eine weitere Riesengabel Nudeln in den Mund und kaute verzückt, als Matts Handy läutete.

Matt holte es von seiner Ladestation am Schreibtisch, *Mom* leuchtete im Display auf.

»Hi, Mom!«

»Matti!«, rief seine Mutter aufgeregt. »Hast du es schon gehört?«

»Gehört? Nein. Was?« Automatisch griff er zur Fernbedienung und schaltete den Nachrichtenkanal an. Nach der Panik in der Stimme seiner Mutter musste sich gerade eine Katastrophe biblischen Ausmaßes ereignet haben.

»Dein Vater heiratet diese … diese …« Der Ausdruck, den sie Matt gerade erspart hatte, ging in einem Schniefen unter.

Matt unterdrückte einen Seufzer. »Mom, er darf das. Ihr seid geschieden und er kann morgen die Königin von Babel heiraten, wenn er das möchte.«

»*Die Königin von Babel*?«, fragte seine Mutter erstaunt. »Das babylonische Reich wurde vor über zweitausend Jahren zer-«

»Dann eben Beyoncé.«

»Aber die ist doch mit Jay-Z verheiratet! Matt, geht es dir nicht gut?«

»Mom!«, stöhnte Matt. »Das waren Metaphern dafür, dass Dad heiraten darf, wen er will, und uns das nichts mehr angeht.«

Schniefen. »Findest du wirklich?« Wieder Schniefen. »Uns geht das nichts mehr an? Wir sind doch eine Familie!«

Matt kehrte zum Tresen zurück. »Nein, Mom«, sagte er leise. »Wir *waren* eine Familie. Jetzt sind du und ich eine Familie und Dad und Brenda eine andere Familie.«

Stille. Nicht einmal Schniefen schlich sich durch den Hörer. Das konnte jetzt dauern. Er setzte sich wieder und sah, dass neben Simons Teller ein Block lag, auf dem er sich Notizen machte. Er schielte darauf. *Erinnerung: M. Holland, keine Erinnerung: L. O'Giadi, J. Patell, D. Knight.* Matt stutzte. Er hatte nur die Vornamen erwähnt. Luke, Develine und Jeanie. Hundertprozent. Woher wusste Simon die Nachnamen der anderen? Develine, okay, der Name war äußerst selten und ihre Mutter arbeitete auch im *HIT*. Andere Abteilung zwar, Cyborgtechnologie, aber sie war dort Abteilungsleiterin, und dass Simon sie kannte und sie ihm von ihrer einzigen Tochter erzählt hatte, war möglich. Aber was war mit Luke und Jeanie? Beide Namen waren so gewöhnlich wie sein eigener. Und sie waren nicht in Simons Patientenkartei gewesen. Ganz sicher. Jedenfalls nicht, als er sie vor vier Monaten und drei Tagen heimlich durchgesehen hatte.

Das schlechte Gewissen von damals durchzuckte ihn so real, als säße er wieder vor Simons Computer und klicke sich durch die Patientenakten. Simons Vertrauen zu missbrauchen war nicht korrekt gewesen, aber nicht zu wissen, ob noch jemand mit einem Syndrom wie dem seinen im *HIT* getestet wurde, war noch schlimmer gewesen.

»Grüß Deborah von mir«, sagte Simon.

»Schönen Gruß von Dr. Leigh.«

»Wirklich? Ist er gerade bei dir?« Moms Stimme war kaum ein Flüstern.

»Wir essen zusammen. Spinatnudeln.«

»Wie schön.« Wieder Schniefen. »Sag ihm … sag ihm, danke, dass er sich so gut um dich kümmert. Sag ihm, dass er ein besonderer Mann ist, einer der seine Versprechen hält, und ich …« Der Rest des Satzes ging in erneutem Schniefen unter.

Matt stocherte in seinem Teller herum. Mit einem Mal war ihm der Hunger vergangen. Ja, Simon war besonders und er löste sein Versprechen ein. Jeden Tag schaute er bei ihm vorbei und vergewisserte sich, dass es Matt gut ging. Genauso wie er es seiner Mutter versprochen hatte, damit sie ihn alleine nach San Francisco ziehen ließ. Er hatte ihm kostenfreies Wohnen in dem Gästeapartment des Instituts ermöglicht und er hielt sich jede Woche mindestens drei Stunden nur für die Tests mit ihm frei. Die Auswertungen und Analysen nicht eingerechnet. Er war ein guter Mensch und ein hervorragender Arzt.

Aber war er gerade ehrlich mit ihm? Denn wäre er das, hätte er ihn auf Jeanie, Luke und Develine ansprechen müssen und ihm sagen, dass er sie alle kannte.

»Matti?« Moms Schniefen verebbte.

»Bin da.«

»Pass auf dich auf, ja?«

»Mach ich. Du auch.« Er legte das Telefon neben seinen Teller und sah zu Simon. Der freundliche Gesichtsausdruck wirkte mit einem Mal wie eine Maske.

»Simon?«

Simon sah von seinen Notizen hoch. »Sollst du mir schöne Grüße ausrichten?« Sein Handy surrte. »Moment.« Er ging dran. »Dr. Leigh… mhm…verstehe… ja, das duldet keinen Aufschub, natürlich.« Er sah auf seine Armbanduhr. »Ich kann in zehn Minuten da sein.« Er stand auf und schob sich eine letzte Gabel in den Mund. »Muss los.« Auf dem Weg zur Tür stoppte er, machte einen Abstecher zum Bett und nahm die Ampulle mit dem Blut vom Nachttisch. »Ich lasse sie auf Barbiturate und Drogen untersuchen, das war doch dein Plan, oder?«

Matt nickte und sah Simon nach, als er hastig das Apartment verließ. Das war sein Plan gewesen. Noch vor ein paar Minuten.

Jetzt war er sich nicht mehr sicher, ob er die Untersuchung durch ein anderes Labor nicht doch vorzog. Wenn Simon wusste, wer mit ihm in dem Wagen gesessen hatte, hieß dass entweder, dass er mehr über den Vorfall wusste, als er zugab, oder dass ihm aus irgendeinem Grund das wenige, was Matt über Luke und Jeanie erzählt hatte, ausreichte, um die beiden eindeutig zu identifizieren.

Egal welche Variante zutraf – es hieß in jedem Fall, dass er nicht mit offenen Karten spielte.

Develine

»Mom? Dad?« Develine flitzte die Treppe hinunter. »Hallo?«

Sie sah in die Küche, ins Arbeitszimmer, ins Wohnzimmer. Drehte sie jetzt durch? Eben gerade war doch eine Tür zugefallen! Ganz sicher!

»Mom!?« Sie lauschte, drehte dann kopfschüttelnd die frisch gewaschenen Haare hoch, allerdings zu spät. Auf ihrem Shirt machte sich bereits ein unangenehm feuchter, kalter Fleck breit.

Zurück in der Küche sah sie auf die Uhr. Es war bereits halb acht – wo blieben ihre Eltern nur? Sie checkte ihr Handy. Zwei Nachrichten.

Sie öffnete die erste. *Schon Neuigkeiten von Roseanne? Melde dich, Matt* Dann die zweite. *Kommen später. Sind noch Reste da. ♥ Mom*

Na toll. Reste … Develine wusste genau, was noch da war. Sie schnitt eine Grimasse. Ihre Eltern zogen sich irgendwo ein fettes Steak rein und sie durfte labbrige Gemüselasagne löffeln. Die hatte gestern schon nicht geschmeckt.

Ein Scheppern schreckte sie auf.

Sie wirbelte herum. Das Geräusch war aus dem Wohnzimmer gekommen. Angespannt horchte sie, doch es war wieder still. Develines Puls hämmerte gegen ihre Schläfen, alle Sinne waren geschärft. Auf Samtsohlen schlich sie zum Wohnzimmer und presste sich neben der Tür an die Wand. Aus dem Zimmer kam kein Laut. Oder? Doch. Ein Knarzen… dann… Scheppern. Sie schnellte in den Raum, durchquerte ihn mit einer gestreckten Rolle und checkte, ob sich jemand im Zimmer bewegte.

Da sah sie es.

Sie sprang hoch und lief zum Fenster, das sich gerade knarzend ein Stück aufschob. Ein Windzug erfasste es und schlug es zu. Develine verriegelte es.

Hatte Dad etwa vergessen, es zu schließen? Dann hatte sie vorhin nicht die Tür gehört, sondern ebenfalls das Fenster.

Sie kehrte in die Küche zurück. So ganz wohl war ihr jedoch nicht. Ihr Vater war immer sehr sorgfältig, wenn es darum ging, das Haus zu verschließen. Und da ließ er ausgerechnet heute ein Fenster offen? Nach der Entführung?

Oder war jemand mit ihr im Haus und wartete auf eine gute Gelegenheit, um sie zu überwältigen? Angespannt lauschte sie, hörte hier ein Knacksen, da ein Rauschen, doch nichts, was nicht zum Haus gehörte. Was würde sie jetzt für Jeanies Ohren geben!

Kurzentschlossen angelte Develine ihr Handy vom Tisch und suchte nach Jeanies Nummer.

»Hallo? Develine?« Jeanie nahm gleich nach dem ersten Tuten ab. Sie klang aufgeregt.

»Jeanie«, flüsterte Develine, »funktioniert das mit deinen Ohren auch durchs Telefon?«

»Äh, weiß nicht, aber… wir können es versuchen. Um was geht es?«

»Einbrecher«, hauchte Develine.

»Äh, puh …«, Jeanie schluckte hörbar. »Ich kann nach Atemgeräuschen suchen. Halte das Telefon zur Hausmitte.«

Develine hielt das Telefon Richtung Flur und wartete, jeder Muskel, alle Sinne angespannt. Endlich hörte sie Jeanies Stimme.

»Develine?«

Sie legte das Telefon ans Ohr. »Ja?«

»Im Keller ist eine Maus und im ersten Stock tropft ein Wasserhahn. Aber du bist der einzige Mensch, der in dem Haus atmet.«

Develine stieß die Luft aus. Sie ließ die Schultern fallen und lehnte sich an die Küchenwand. *Durchatmen.*

»Develine?«, fragte Jeanie besorgt. »Geht es dir gut? Brauchst du Hilfe? Soll ich kommen?«

Develine lächelte, was Jeanie natürlich nicht sehen konnte, aber wer weiß – vielleicht konnte sie es ja hören … Wer hätte gedacht, dass ausgerechnet die bis zur Unsichtbarkeit schüchterne Jeanie das erste Mädchen in ihrer Schule sein würde, das ihr Hilfe anbot. »Danke, mit der Maus komme ich klar«, scherzte sie. »Du hast mir echt geholfen.«

»Gerne«, sagte Jeanie. »Und du weißt, wenn ich noch was tun kann …«

»… melde ich mich«, vollendete Develine Jeanies Satz. »Bis morgen!«

Sie legte das Handy auf den Tisch und holte die Lasagne und *Old Bailey's Whiskey Barbecue Sauce* heraus. Kaltblütig ertränkte sie die Lasagne in der Soße, bevor sie die undefinierbare Masse in die Mikrowelle schob. Durch das Glas beobachtete sie, wie die Flüssigkeit halbtransparente Blasen warf, während die Zucchini sich unter der Hitze aufbäumten.

Wenn wenigstens ihr Dad jetzt da wäre und sie mit ihm über den Tag reden könnte. Sein Sinn für Real-Irreales würde mit Sicherheit Licht in ihren Blackout bringen. Er würde die Geschichte hinter der Geschichte suchen, das Motiv, das erklärte, warum sie in O'Dearys Lagerhalle aufgewacht waren.

Mit einem *Pling* erlosch das Licht der Mikrowelle. Develine griff nach einem Topflappen und erkannte an der zusammengeschrumpften Gemüsemasse, dass sie mal wieder die Wattzahl zu hoch und die Zeit zu lang eingestellt hatte.

Sie schaltete den Fernseher ein. Perfekt! *Daisy Blue* flitzte über den Bildschirm, machte einen Salto und landete auf dem Dach des Nachbarhauses, natürlich mitten in einer Kampfszene.

Daisy Blue war genial.

Und sie sah ihr selbst wirklich ähnlich – wenn man von den absurd großen Augen, dem Schmollmund, der lächerlichen Wespentaille und den ellenlangen Beinen absah. Wunsch des Produzenten, ha! Damals hätte sie ihn am liebsten persönlich von Daisy Blues Kampfkünsten kosten lassen. Inzwischen war sie heilfroh, dass Daisy so übertrieben gezeichnet war und die Ähnlichkeit außerhalb der Familie niemandem auffiel.

Gebannt verfolgte sie das Abenteuer ihrer Lieblingsheldin, bis diese am Ende ihre überlangen Beine vom Rand eines Daches baumeln ließ, während ihr Blick zufrieden über San Francisco schweifte. Mal wieder hatte sie ihre Stadt vor Unheil bewahrt – und keiner wusste, dass sie die größte Heldin aller Zeiten war.

Develine schaltete den Fernseher aus und seufzte. Einmal Daisy Blue sein. Einmal eine Superkraft haben. So hören können wie Jeanie – was könnte sie damit nicht alles tun! Zum Beispiel, von ihrer Küche aus hören, ob Roseanne zu Hause war. Aber nein, *sie* musste dazu aufstehen und rübergehen.

Allein.

Develine verzog widerwillig ihr Gesicht. Wenn sie auf irgendetwas jetzt keine Lust hatte, dann das Haus zu verlassen, um ein wahrscheinlich leeres fremdes Haus zu durchsuchen, nur um dann wieder in ihr eigenes leeres Haus zurückzukehren. Ihr Bedarf an Abenteuern war für heute gedeckt. Sie würde es einfach lassen.

In ihrem Magen regte sich ein Kribbeln. Oh, verdammt! *Bitte nicht dieses Ich-mach-mir-aber-Sorgen-Kribbeln!* Sie stand auf und kippte die Reste der Gemüselasagne genervt in den Müll. Es hatte keinen Sinn, sich um Roseanne zu sorgen! Das wusste sie doch nur zu gut!

Das Kribbeln nahm zu. Roseanne hatte auf ihre Anrufe nicht reagiert. Obwohl sie dringlich waren. Obwohl Roseanne ihr morgens unbedingt hatte etwas erzählen wollen… Develine sah aus dem Fenster.

Die Dämmerung war inzwischen deutlich fortgeschritten und Roseannes Haus lag stockdunkel da. Seltsam. Wenn Roseanne unterwegs war, ließ sie immer Lichter an, Flur, Küche und Treppenhaus. Ohne Ausnahme. Sie hasste es, in ein dunkles Haus zurückzukehren, sie hatte viel zu viel Angst vor dem, was sie im Dunkeln erwarten könnte. Seit damals, als sie nach Hause kam und ihren eigenen Vater erhängt im Treppenhaus gefunden hatte. Develine schauderte. An Roseannes Stelle würde sie auch nie wieder ein dunkles Haus betreten.

Seufzend holte sie Roseannes Ersatzschlüssel und eine

Taschenlampe aus der Küchenschublade und verließ das Haus. Es half ja nichts. Ohne wenigstens nachzusehen, würde sie keine ruhige Minute mehr haben.

Sobald sie drüben war, klingelte Develine erst mal. Natürlich öffnete niemand.

Das bedeutete entweder, etwas hatte Roseanne so irritiert, dass sie ihre normalen Gewohnheiten über Bord geworfen hatte und Hals über Kopf aus dem Haus gestürmt war, oder dass sie da war und schlief oder sie sich aus irgendeinem Grund nicht bewegen konnte. Das Kribbeln nahm Ameisenhaufenmaße an. *Aus irgendeinem Grund…* Sie schluckte. Nein. Sie würde sich jetzt nicht ausmalen, was Roseanne alles zugestoßen sein könnte! Mit zittrigen Fingern steckte sie den Ersatzschlüssel ins Schloss. Sie vernahm einen Laut und hielt inne, spürte, wie ihr Puls nach oben schnellte. *Ruhig.* Sie trat nochmals einen Schritt zurück und sah an der Fassade hoch. Zu den Fenstern. Halt! Da war doch ein Schatten!

»Roseanne?« Hastig sperrte Develine auf und betrat den dunklen Gang. »Roseanne? Ich bin's!«

Sie verharrte in der Nähe der Tür, plötzlich unschlüssig, ob sie wirklich allein dieses Haus durchsuchen sollte.

Auf was wartest du? Denk an Daisy Blue! Langsam schloss sie die Tür hinter sich. Sie schaltete die Taschenlampe ein, hielt den Lichtkegel nach unten und bewegte sich lautlos durch die Küche, als vor ihr etwas am Boden aufblitzte.

Eine Aluschale.

Sie besah sie genauer. Waren das Futterreste? Sie nahm die Schale hoch und roch daran. Puh. Es stank wie Nassfutter, das zu lange im Warmen gestanden hatte.

Also hatte Roseanne ihr heute früh tatsächlich ein Tier zeigen wollen. Aber wo war es jetzt? Und was war an dem Tier so besonders gewesen? Vorsichtig stellte Develine die Schale ab und betrat den Flur. Auf Zehenspitzen schlich sie die Treppe hoch und balancierte jeden Schritt aus, um das typische Knarzen des alten Holzes zu vermeiden.

Dann endlich war sie oben. Ihr Herz pochte heftig. Der Schatten war in Roseannes Arbeitszimmer gewesen. Und wenn dort wirklich jemand herumschlich? Jemand, der nur darauf wartete, dass sie das Zimmer betrat, der eine Waffe auf sie richtete?

Sie atmete lautlos ein. Die Augen geschlossen, sammelte sie sich und spannte jede Faser ihres Körpers an. *Bring es zu Ende – oder glaubst du, Daisy Blue würde umkehren?*

Develine löschte die Taschenlampe und wartete, dass sich ihre Augen an die Dunkelheit gewöhnten. Von draußen drang das Licht der Straßenlaternen durch die Fenster und warf einen müden Strahl bis in den Flur. Genug, um Konturen zu erkennen und sich daran zu orientieren. Dann ging sie mit Minischritten auf die Arbeitszimmertür zu.

Sie machte einen Schritt, noch einen, mit dem dritten wirbelte sie herum, trat gegen die angelehnte Tür und stieß einen Kampfschrei aus. Die Tür knallte gegen die Wand und schwang zurück. Develine bremste sie mit ihrem angewinkelten Arm, wirbelte erneut durch die Luft und landete einen Meter weiter. Sie duckte sich, die Arme in Kampfhaltung vor dem Körper. Mit angehaltenem Atem sah sie sich um und suchte nach einem Schatten, einer huschenden Bewegung im Halbdunkel.

Nichts.

Sie atmete auf und schaltete die Taschenlampe wieder

an. Sorgsam leuchtete sie das Zimmer aus. Ordner, Papiere, Bücher, der Schreibtisch, der Sessel, die Regale. Keine Menschenseele.

Sie musste sich getäuscht haben.

Plötzlich zerriss Scheppern die Stille. Develine fuhr herum, der Schreck jagte einen Stromstoß durch ihren Körper. Was war das gewesen? Mit einem Mal wurde es ihr zu viel. Sie musste hier raus.

Jetzt.

Panikartig verließ sie den Raum, rannte über den Flur, die Treppen hinunter, durch die Küche, aus der Tür hinaus in den Garten, durch das Gartentor und zu ihrem Haus. Erst an ihrer Tür stoppte sie. Zittrig fingerte sie den Schlüssel aus ihrer Hosentasche und sperrte sie auf.

Develine stürzte ins Haus, knallte die Tür hinter sich ins Schloss und sperrte zweimal ab.

»Mom? Dad?« *Bitte seid zuhause!*

Stille.

Sie lauschte auf fremde Geräusche, auf etwas, das nicht da sein sollte, hörte Knacken und Surren und Zischen und Knarzen. Warum hörte sie das sonst nie? Wo, verdammt, blieben ihre Eltern?

Wieder knackte es, lauter als bisher. Sie hielt sich die Ohren zu und rannte die Treppe hoch in ihr Zimmer. Hastig riss sie den Schrank auf und holte ihr Zeremonienschwert heraus.

Wer immer sich in ihr Zimmer wagen sollte, er würde es bereuen.

3. Mai
Freitag

Jeanie

Jeanie schrie auf.

Der Mann grinste nur und schleifte sie brutal mit sich. Panisch schlug sie um sich, es krachte – dann war sie wach.

Zitternd langte sie nach der Lampe auf ihrem Nachttisch. Sie griff ins Leere und tastete sich aus dem Bett, zur Tür, zum Lichtschalter.

Licht flammte auf und tauchte das Zimmer in augenschmerzend beruhigendes Licht. Jeanie blinzelte. Ihr Blick glitt zum Schrank, zum Schreibtisch, zum Sofa, zum Bücherregal, zum Bett – neben dem die Nachttischlampe am Boden lag.

Alles ist gut.

Es war nur ein Albtraum gewesen.

Der dritte in dieser Nacht. Und ganz sicher der letzte.

Leise verließ sie ihr Zimmer und schenkte sich in der Küche ein Glas Wasser ein. Sie stellte ihre Hörhilfen auf *Tag* und lauschte beim Zurückstellen der Karaffe dem Aneinanderschaben von Mitras Spezialkristallen. Ob die Steine dem Wasser wirklich besondere Energie verliehen?

Sie trank und spürte zwar keine besondere Energie, aber das Wasser floss herrlich kühl und seidig durch ihre Kehle. Gierig schenkte sie sich ein zweites Glas ein und füllte die

Karaffe neu auf, bevor sie zu Mitras Meditationsraum weiterging. Dort setzte sie sich auf eine pinkfarbene Matte, verbeugte sich vor den drei mit Blumenketten geschmückten Buddhas und begann mit einer einfachen Yogaübung, wobei sie Figuren vermied, bei denen sie knien oder zu viel Gewicht auf ihre zerschundenen Handflächen legen musste.

Schon bald spürte sie eine tiefe Ruhe, die ihren Körper erfasste. Sie fokussierte sich auf ihr drittes, inneres Auge, verschloss die Ohren und verbannte alle Gedanken aus ihrem Kopf. *Hier und jetzt.* Keine Vergangenheit, keine Zukunft. Einfach nur sein. Schwerelos. Gedankenlos. Körper und Geist als perfekte Einheit.

Am Ende der Übung legte sie die Hände auf ihren Oberschenkeln ab, drehte die Handflächen nach oben und ließ mit geschlossenen Augen den Atem fließen. Im oberen Stockwerk hörte sie Mitras leichte, federnde Schritte, sie kamen die Treppe hinunter, durch den Flur, in die Küche. Dann erlauschte Jeanie das Schaben der Kristalle, als Mitra sich ein Glas Wasser einschenkte, und folgte Mitras Geräuschen, bis diese sich ihr gegenüber in den Schneidersitz setzte. Jeanie hörte das Rascheln des weiten Oberteils und das Flattern der Pluderhose – die bevorzugte Kleidung ihrer Tante. Sie hörte das ruhige, tiefe Atmen, das sich mit jedem Atemzug mehr ihrem eigenen anpasste, bis sie in totalem Gleichklang waren. *Sat-* ein, *Nam-* aus. Mit jedem Atemzug verschmolz ihr Geist mehr zu einer Einheit mit dem ihrer Tante, sie tauchte in deren Gelassenheit ein, ließ sich umhüllen von ihrem Selbstbewusstsein, von ihrer Lebensfreude, ihrem unerschütterlichen Vertrauen in das Leben und der Zuversicht angesichts der Aufgaben, die es jedem einzelnen Lebewesen stellte, damit es daran wachsen konnte.

»Wir wurden entführt.« Die Worte kamen unvermittelt und doch so ruhig über Jeanies Lippen, als hätte sie Mitra gerade mitgeteilt, dass ihr Mehl für die selbst gemachten Pittas zur Neige ging.

Mitra atmete ruhig weiter. Kein: »Um Himmels willen!«, oder: »Kind! Warum sagst du das erst jetzt?«, oder: »Wer? Wann? Wo? Warum?«

Jeanie öffnete ihre Augen. Mitra sah sie an, in ihrem Blick lag Interesse, Weisheit und diese besondere Ruhe, die sie von allen anderen Menschen unterschied, denen Jeanie in ihrem Leben bisher begegnet war. Mitra musste nichts sagen, nichts fragen, ihre Augen sprachen für sie, forderten Jeanie auf, ihr zu erzählen, was sie zu erzählen bereit war.

Jeanie berichtete von dem Aufwachen in O'Dearys Lagerhalle, von Matts Erinnerung an die Entführung nach Loma Mar. Sie erzählte von ihrer Flucht, von Develine und von Luke, wie er sie auf seinen Rücken genommen und mit ihr vor den Verfolgern davongerannt war, und wie Develine und Matt diese aufgehalten hatten. »Sie kannten mich nicht. Aber sie haben alles getan, um mich zu beschützen.«

»Das tun Freunde füreinander.«

»Du glaubst, wir alle könnten *richtige* Freunde werden?«, fragte Jeanie hoffnungsvoll – allerdings, was konnte sie Develine, Luke und Matt schon bieten?

»Natürlich. Sie scheinen besondere Menschen zu sein. Wie du selbst.« Mitra lächelte. »Und euer gemeinsames Erlebnis verbindet euch.«

»Aber, als Matt und Develine zur Polizei gegangen sind, wollte ich nicht mit. Meinst du, sie nehmen mir das übel?«

»Frag sie«, forderte Mitra Jeanie auf. »Und wenn du sie beeindrucken willst, dann kannst du ohnehin nur eines tun.«

»Was denn?«

»Dich an alles erinnern, was selbst Matt nicht weiß.«

Jeanies Augen wurden groß. Wie sollte das denn gehen?

»Wir befragen dein Unterbewusstsein. Auch wenn deine Augen geschlossen waren, haben deine Ohren mitgehört. Vielleicht ist es das, was deine derzeitigen Albträume gerade auslöst. Aber«, Mitra lächelte aufmunternd, »das wird ein ordentliches Stück Arbeit.«

»Ja! Bitte Mitra!« Jeanie schloss glücklich die Augen. Wenn sie es schaffte, sich daran zu erinnern, was Matt nicht wusste, dann … ja, dann wäre sie vielleicht die Heldin des Tages.

Develine

Mit einem Satz sprang Develine aus dem Bett und rannte zum Fenster. Jemand schlich durch ihren Garten!

Sie suchte mit ihren Blicken die Büsche und Wege nach dem Eindringling ab. Ihr Herzschlag raste. Sie hatte jemanden gehört. Sicher. Aber sie sah nichts, es war noch zu dunkel. Inzwischen hellwach schlüpfte sie in eine Yogahose, die verloren am Boden lag, und warf einen Blick auf ihren Wecker. Kurz vor sechs.

Auf Zehenspitzen schlich Develine die Treppe hinunter und verließ das Haus durch die Verandatür. Rechts von ihr erschreckte ein Rascheln sie, dann jagte eine Katze aus dem Gebüsch und quer über die Wiese.

Geduldig wartete Develine in den nächsten zehn Minuten auf das erwachende Sonnenlicht, das die Schwärze der Nacht in mattes Grau verwandelte. Dann erst ging sie los.

Das Geräusch war aus Richtung ihres Ateliers gekommen. Sie ging zu der Gartenhütte und stutzte. Der Riegel war zurückgeschoben! Adrenalin schoss in ihr hoch.

Develine stellte sich neben die Tür, umfasste ihre Kante und stieß sie mit einer raschen Bewegung auf. Mit angehaltenem Atem wartete sie auf eine Reaktion, einen Schatten, der sich auf der bunten Wand abzeichnete, eine Bewegung…

Nichts.

Schließlich trat Develine ein. Sie versuchte sich zu erinnern, wie sie das Atelier vorgestern Abend verlassen hatte. War der Stuhl so weit vom Zeichentisch entfernt gewesen? Die Papiere so wild verstreut über die Tischfläche? Die Kissen so ordentlich auf der alten Couch drapiert?

Sie ging zu dem aus alten Brettern zusammengeschusterten Zeichentisch und sah ihre Zeichnungen durch. Skizzen für ihre neue Graphic Novel, angefangene Seiten, die nicht gut genug waren, aber Details enthielten, die sie noch verwenden wollte, Variationen von Mr B, dem Bösewicht der Geschichte, die alle noch zu wenig bedrohlich wirkten. Seite um Seite legte sie Zeichnungen aufeinander, ihre Bewegungen wurden immer schneller, bis sie das letzte Bild auf den Stapel gelegt hatte und sich ganz sicher war, dass nichts fehlte.

Erleichtert setzte Develine sich auf ihren von Farbklecksen kunterbunten Drehhocker und starrte auf den Stapel Blätter.

Niemand außer Roseanne wusste, dass in ihren Geschichten immer ein wahrer Kern steckte. Ein Kern, den oft Roseanne mit ihrer unermüdlichen Recherchearbeit lieferte. Deshalb war Roseanne für Develine die Vorlage für ihre unbarmherzige, mit Superkräften ausgestattete Rächerin, die im unersättlichen Sumpf des Silicon Valley für Gerechtigkeit sorgte. Wenigstens in ihren Graphic Novels, weil Roseanne im wahren Leben keine Superkräfte hatte und ihre Gegner, die sie so dringend zur Rechenschaft ziehen wollte, zu mächtig waren.

Develine steckte die Zeichnungen in eine Mappe und klappte sie zu. Konnten ihre Entführung und Roseannes

Verschwinden mit diesen Graphic Novels zusammenhängen, die sie regelmäßig in ihrem Blog veröffentlichte?

Es waren Stories, die von bösen Männern und gierigen Frauen erzählten, von Korruption und Verrat und Unterdrückung. Unbeteiligte würden deren nacherzählte Taten zwar niemals einer Person zuordnen können, die Betroffenen allerdings könnten durchaus ihre schmutzigen Geheimnisse erkannt haben. Was sie natürlich öffentlich nie zugeben könnten.

Was, wenn nun jemand herausgefunden hatte, dass Roseanne und sie sein oder ihr Geheimnis in einer Graphic Novel verarbeitet hatten? Wäre das nicht ein starkes Motiv?

Develine müsste alle Geschichten durchgehen und eine Liste mit den Menschen erstellen, deren Geheimnisse sie jeweils als Grundidee verarbeitet hatte. Dann hätten sie eine erste Verdächtigenliste. Sie ging zu dem abgewetzten Sofa, nahm die Sitzkissen hoch und öffnete den Reißverschluss des ersten. Vorsichtig zog sie die mit Zeichenblättern prall gefüllte Mappe zwischen Überzug und Kissen heraus und legte sie auf den Zeichentisch.

Nachdenklich saß sie über den Zeichnungen. Manche waren ein oder zwei Jahre alt, und sie konnte sich beim besten Willen nicht mehr an jedes Detail der *wahren Geschichte* erinnern. Sie brauchte Roseanne für die echten Namen hinter den Bösewichten. Develine stieß sich vom Tisch ab und stand auf.

Im Nu war sie aus dem Atelier und zu Roseannes Haus gelaufen. Es sah noch genauso dunkel und leer aus wie gestern Abend, trotzdem läutete sie Sturm. Sie hörte die Klingel im Haus anschlagen. Schrill und in der Stille des

Morgens viel zu laut, um sie länger als ein paar Minuten ignorieren zu können.

Wieder schlich sich das verhasste Kribbeln in Develines Magen. Es war bei ihr wie ein Frühwarnsystem, wenn etwas nicht stimmte, und mit Roseannes Abwesenheit stimmte etwas ganz offensichtlich nicht. Sie machte auf dem Absatz kehrt und ging zu ihrem Atelier zurück. Sie musste nachdenken.

Am besten bei einer Tasse Tee. Zurück im Atelier ging sie zur Spüle und setzte Wasser auf. Als sie von der Spüle aufblickte, entfuhr ihr ein leiser Schrei. Panisch sah sie sich um.

Dann blickte sie zurück zu dem Fenster über der Spüle.

HALT DICH DA RAUS!

Sie starrte die im Wasserdampf aufgetauchten Worte an, bis sie zur Unleserlichkeit zerflossen und nichts an dem Fenster mehr darauf hinwies, dass eben noch ein Eindringling in ihrem Atelier gewesen sein musste. Eine Gänsehaut überlief sie. Das hatte jemand geschrieben, der sie beobachtet hatte. Der gesehen hatte, wie sie zu Roseanne gegangen war. Der gewusst hatte, dass er genügend Zeit hatte, um mit dem Wasserkocher die Scheibe mit Wasserdampf zu benetzen und ihr eine Nachricht zu hinterlassen.

Halt dich da raus. Was war damit gemeint? Aus *was* sollte sie sich raushalten? Roseannes Verschwinden? Ihren Geschichten? Ihrer eigenen Entführung?

Develine ballte die Fäuste, hob sie in Deckung und tänzelte kampfbereit von einem Bein aufs andere. Sollte er sich ruhig zeigen, der feige Einbrecher! Erneut sah Develine sich um. »Hey! Komm raus, Arschloch! Rede mit mir!«

Nichts rührte sich. Sie ließ die Arme sinken. Es war sinnlos, darauf zu warten, dass er sich ihr zeigte. Einmal feige, immer feige. Aber vielleicht hatte der Feigling mit einer Sache recht: Sie sollte sich raushalten, denn ohne Roseanne hatte es ohnehin keinen Sinn, sich durch die Geschichten zu wühlen. Sie musste abwarten, bis Roseanne zurückkam. Das Kribbeln in ihrem Magen kehrte zurück. Oder, falls sie in zwei Tagen immer noch nicht wieder da war, bei der Polizei eine Vermisstenmeldung aufgeben.

Sie ging zur Tür und machte zuvor einen Schlenker zum Zeichentisch.

»Was…?!« Ihre Blicke flogen über die Tischfläche, ihr Magen krampfte sich zusammen. Hektisch hob sie eine Handvoll loser Blätter hoch und suchte den Boden unter dem Tisch ab. Vergebens. Beide Mappen waren weg! Ihr wurde schlecht.

Das durfte nicht wahr sein. Jemand hatte sie geklaut!

Wer klaute ihr *alle* Geschichten? Die fertigen, die unfertigen, die Skizzen. Zwei Jahre Arbeit.

Weg!

Develine stieß einen Wutschrei aus, fetzte alles, was noch am Schreibtisch lag, mit einem Schlag zu Boden, packte den Stuhl und warf ihn quer durch das Atelier, holte aus und zertrümmerte die Tischplatte mit einem Schlag in zwei Teile. Der Tisch brach krachend zusammen.

Schwer atmend starrte Develine auf die Zerstörung vor ihr.

Sie sollte sich besser raushalten?

Jetzt. Ganz. Sicher. Nicht.

Matt

Matt vermerkte seinen Namen auf dem Blatt und brachte es vor zum Lehrerpult.

Der Lehrer sah ihn erstaunt an, es war kaum die Hälfte der für den Test vorgegebenen Zeit verstrichen und normalerweise hätte Matt gewartet, bis wenigstens einer seiner Mitschüler den Test beendet hatte, bevor er selbst abgab. Hauptsache, nicht auffallen. Das ewige Mantra seiner Mutter.

Aber heute war es ihm egal. Er brauchte Antworten auf seine Fragen und die bekam er nicht im Klassenzimmer.

Zuallererst musste er mit Simon reden.

Ihn fragen, woher er so zielsicher die Nachnamen von Luke, Jeanie und Develine gewusst hatte und warum er sich als Erstes und Einziges notiert hatte, wer sich erinnern konnte und wer nicht. Und warum keine weiteren Nachfragen erfolgt waren.

Gut, seine Mutter hatte sie unterbrochen. Und dann musste Simon weg – aber er hätte wiederkommen können. Oder anrufen.

Hatte er aber nicht, und das war angesichts Simons sonstiger Neugier ungewöhnlich.

Matt verließ das Klassenzimmer und checkte sein Handy.

Eine Nachricht. Von Simon! Er lächelte. Auf Simons Neugier war also doch Verlass

> Hi, Matt, in deinem Blut haben wir eine chemische Verbindung nachgewiesen, die auf ein synthetisches Barbiturat hinweist, das schon in kleinster Dosierung hochwirksam ist, wenn es mit Schleimhäuten wie z. B. Atemwegen in Berührung kommt. Bitte sag den anderen, dass sie ebenfalls so schnell wie möglich eine Blutprobe abgeben bzw. sich am besten bei mir melden sollen.
> Gruß Simon

Wow. Matt pfiff leise durch die Zähne. *Hochwirksames Barbiturat. Über die Atemwege.* Das waren nicht irgendwelche K.-o.-Tropfen, die man an der Straßenecke besorgt, da steckte jemand oder eine Organisation dahinter, die Geld und Personal und Wege hatte, um so einen Coup durchzuziehen.

Aber wer auch immer es war, hatte einen Faktor nicht miteingerechnet: seine Erinnerungsfähigkeit. Er wusste als Einziger, dass sie und wie sie entführt und betäubt worden waren. Und die Zweifel der anderen waren auf die Betäubung und den dadurch ausgelösten Gedächtnisverlust zurückzuführen.

Nicht dass er bisher daran gezweifelt hatte, recht zu haben – seine Erinnerung war unfehlbar. Aber nun hatte er einen weiteren konkreten Beweis, der Luke, Develine und Jeanie überzeugen würde, nicht einfach den Kopf in den Sand zu stecken. Sie mussten gemeinsam herausfinden, was mit ihnen in den Stunden der Bewusstlosigkeit geschehen war.

Zufrieden schlenderte er Richtung Cafeteria. Sie brauchten einen Plan und er hatte auch schon eine Idee.

Phase eins: Aktivierung des Polizeiapparats

Zuallererst, und das hieß: *sofort,* also solange sich das Betäubungsmittel noch nachweisen ließ, mussten die anderen ihr Blut auf das Barbiturat untersuchen und als Beweis sichern lassen.

Dann mussten sie noch mal zur Polizei, alle gemeinsam und diesmal mit dem ärztlichen Befund in der Tasche und – falls nötig – mit einem Anwalt als Beistand, der dafür sorgte, dass sie ernst genommen wurden. Und optimalerweise mit Roseanne, die ihren Vertrag mit der Leihwagenfirma vorlegen und bestätigen musste, dass sie Develine den Honda geliehen hatte.

Phase zwei: Unterstützung polizeilicher Ressourcen

Sobald die Polizei den Fall aktiv als Entführungsfall bearbeitete und Verkehrskameras, polizeiinterne Datenanalysen, das gesammelte Wissen über O'Deary und seine Verbindungen nutzte, würde er seine Mitarbeit anbieten, um mit Hilfe seines Wissens und seiner Erinnerung Rückschlüsse zu ziehen, wer die Drahtzieher hinter der Aktion waren …

Der Pausengong hallte durch das Schulgebäude, gefolgt von aufgestoßenen Türen, die gegen Wände knallten, und dem Getrampel von Hunderten Schülern, die alle nur ein Ziel hatten: als Erste in der Cafeteria anzukommen.

Matt steuerte den Kiosk an, nahm sich ein Wasser und zwei Bananen und legte der Dame an der Kasse drei Dollar hin. Sie gab ihm sein Rückgeld, das er ungezählt in die Hosentasche steckte.

Hungrig biss er in die Banane und schlenderte zum Eingang der Cafeteria zurück – dem besten Ort, um Jeanie,

Luke und Develine abzufangen. Nach und nach strömten die Schüler an ihm vorbei, aber keine Spur von Jeanie, Luke und Develine. Er steckte den Rest der ersten Banane in den Mund und checkte sein Handy.

Keine neue Nachricht. Er öffnete den Chatverlauf mit Develine, nein, er hatte nichts übersehen, seit ihrem lapidaren: *Noch nichts, war nicht da, melde mich später noch mal* gestern Abend hatte sie sich nicht wieder gerührt.

Offenbar war für sie der Begriff *später* dehnbar.

Oder sie hatte Roseanne noch immer nicht erreicht, was jedoch eher unwahrscheinlich war – Roseannes Leihwagen war verschwunden, Roseanne *musste* inzwischen bei Develine nach dessen Verbleib gefragt haben.

Oder … Matt nickte düster, als wüsste er bereits, dass dies die wahrscheinlichste Erklärung für Develines Schweigen war: Oder Roseanne hatte Develine einen Maulkorb verpasst, weil die Versicherung nicht bezahlte, wenn sich herausstellte, dass Roseanne ihr Auto Develine überlassen hatte.

Verdammt. Wenn Develine mauerte, hatte er ein Problem.

»Hi, Matt.« Luke stand plötzlich neben ihm und hielt die Hand hoch. Er schlug ein, überrascht, dass Luke ihn wie einen alten Kumpel begrüßte, und noch überraschter, wie sehr er sich darüber freute. »Alles klar?«

»Bestens! Ich habe mein Blut testen lassen«, sprudelte es aus Matt heraus. »Wir wurden betäubt.«

Luke sah ihn an, als rede er Mandarin. »Wussten wir das nicht bereits?«

»Ja, klar, aber jetzt wissen wir, dass es ein synthetisches Barbiturat war, das über die Luft versprüht wird.«

»Aha.« Luke legte seinen Kopf schief. »Und sagt uns das, wer es war?«

»Na ja, nein«, stammelte Matt, dem plötzlich klar wurde, auf welch wackeligen Füßen sein Zweiphasenplan stand. »Wir haben aber den Beweis, *dass* wir betäubt wurden.«

Luke winkte ab. »Das war doch das Einzige, was wir alle schon wussten.«

»Ja, aber wenn wir das nächste Mal mit den Bluttests bei der Polizei auftauchen, können sie uns nicht wieder wegscheuchen wie –«

Luke lachte schallend los. »War das so? Sie haben euch *rausgeschmissen*?« Er hörte genauso abrupt auf zu lachen, wie er begonnen hatte. »Sorry. Ich wollte dich nicht auslachen, ich habe mir nur gerade das Gesicht der Bullen vorgestellt…«

»Schon gut.« Matt grinste. »Wenn Develine nicht gewesen wäre, hätten sie mich wahrscheinlich in eine Ausnüchterungszelle gesperrt.«

»Ja, Develine…« Luke schnalzte mit der Zunge. »Bis gestern dachte ich, das wäre so 'ne Show, die blauen Haare und die Outfits und das Unnahbare, aber, Mann, die ist echt der Burner. Als sie den Gabelstapler hoch ist, *zack*, Feldaufschwung aufs Dach und *zack*, Sprung in den Stand, Mann, ich dachte echt, das ganze Teil fliegt um, und sie, *zack*, halber Salto auf den Container.« Luke hielt inne, schlug sich an die Stirn. »Sorry, das hast du ja gar nicht mitbekommen.«

»Mir hat ihr Auftritt als fliegender Rammbock gereicht.« Matt konnte Luke nur zustimmen, Develine war das mit Abstand faszinierendste Mädchen, das er je getroffen hatte. Mutig, stark, selbstbewusst – und gleichzeitig strahlte sie eine ungeheure Ruhe aus. Das, was Luke als *unnahbar* bezeichnete, empfand Matt als Gelassenheit, die nur Menschen ausstrahlten, die in sich ruhten. Allerdings war sie auch diejenige mit dem größten Potenzial querzuschießen, wenn sie glaubte, ihre Freundin Roseanne vor Ärger schützen zu müssen.

»Jedenfalls«, brachte Matt die Unterhaltung auf seinen Plan zurück, »halte ich es für sinnvoll, wenn ihr auch alle einen Bluttest machen lasst. Dann ist es amtlich und falls wir es später als Beweis brauchen, haben wir es.«

»Klar, wenn du meinst. Klingt vernünftig.« Luke nickte zustimmend.

Matt atmete auf. Phase eins gewann wieder an Fahrt. »Am besten so schnell wie möglich, damit man es noch nachweisen kann.« Matt holte sein Handy hervor. »Ich schick dir den Kontakt von dem Arzt, der meinen Test gemacht hat. Er weiß Bescheid und hilft uns sicher, wenn wir damit zur Polizei gehen. Und dann fordern wir alles ein, was die Maschinerie so hergibt.« Er öffnete Simons Kontakt, klickte auf *Teilen* und schickte ihn Luke.

Luke öffnete ihn. Er wirkte erstaunt – weil er Simon kannte? Oder weil er sich wunderte, warum man im *HIT* und nicht in einer normalen Arztpraxis einen Bluttest machen ließ?

»Okay«, sagte Luke, bevor Matt nachhaken konnte. »Ich muss weiter – lass uns mittags noch mal reden. Ein Uhr Mensa?«

»Klar. Ein Uhr.« Matt sah Luke nach, wie er hastig aus der Cafeteria lief – ohne sich etwas zum Essen zu holen – weshalb er ursprünglich wohl hergekommen war.

Warum hatte Luke es plötzlich so eilig? Je länger Matt darüber nachgrübelte, desto sicherer war er, dass es mit Simon zu tun haben musste. Und das gefiel ihm gar nicht, wie er es auch drehte und wendete.

Develine

Vielen Dank, Witkowski.

Develine knallte die Tür der Mädchentoilette so heftig gegen die Wand, dass sie zurücksprang. Am liebsten hätte sie der dummen Kuh das zufriedene Lächeln von den Lippen gekratzt, als sie ihr den Marschbefehl zum Rektor überbracht hatte. Genau das hatte ihr heute noch gefehlt. *Schulschwänzer sind auf dieser Schule unerwünscht.* Witkowskis piepsiger Kommentar hatte wie eine Drohung geklungen und war wohl auch so gemeint gewesen. Wenn es nach der Zicke ginge, würde Develine noch heute von der Schule fliegen – einfach, weil sie nicht in deren Weltbild passte.

Develine würde dieser Lehrerin ein eigenes Comic widmen – falls sie je wieder zeichnete. Der Wutball in ihrem Bauch wuchs sprunghaft an, als sie an ihre geklauten Zeichnungen dachte. Ja, für die Witkowski würde sie eine Ausnahme machen, sodass die dumme Kuh *sehr gut* zu erkennen sein würde. Und es würde keine schmeichelhafte Erfahrung für sie werden, darauf konnte sie Gift nehmen.

Vor dem Rektorat schüttelte Develine ihre Wut ab, sammelte sich, atmete tief ein und einmal heftig aus. *In den Kampf, Kriegerin.* Sie klopfte und wurde von der Sekretärin sogleich in das Zimmer des Rektors geführt.

Wie erwartet, saß die Witkowski bereits bei ihm, die Beine unter dem rosa-gelb geblümten Faltenrock übereinandergeschlagen, die Hände erwartungsvoll in den Schoß gelegt.

Wut stieg in Develine hoch. Erst wurde sie entführt, dann von Mafiaschlägern gejagt, von der Polizei verhöhnt, in ihrem eigenen Atelier beklaut und jetzt sollte sie auch noch für etwas bestraft werden, das sie überhaupt nicht verschuldet hatte, weil dieser Zicke ihr Aussehen gegen den gebügelten Faltenstrich ging. *Cool bleiben, verdammt!* Mühsam lächelte Develine den Rektor an.

»Guten Morgen, Rektor Wiseman.« Sie öffnete ihre Schultasche und zog eine zusammengefaltete Entschuldigung hervor. »Ich habe es leider vor dem Unterricht nicht mehr geschafft, die Entschuldigung für gestern im Sekretariat abzugeben.« Sie reichte ihm den Zettel.

Er faltete ihn auf und las ihn. »Migräne …« Prüfend musterte er sie.

»Schrecklich.« Develine griff sich an den Kopf. »Am schlimmsten sind die Übelkeit und die Lichtempfindlichkeit.« Sie blinzelte, als wollte sie ihm demonstrieren, wie angegriffen ihre Augen dann waren.

»Migräne, aha«, sagte Rektor Wiseman und klappte die Entschuldigung wieder zu. »Da kann man wohl nur hoffen, dass du diese Anfälle nicht zu häufig bekommst.«

Develine hörte die sanfte Ermahnung in seinen Worten sehr wohl. Er glaubte ihr kein Wort, aber er war gewillt, sie diesmal davonkommen zu lassen.

»Aber!«, rief die Witkowski entsetzt. »Herr Rektor! Sie fallen doch nicht auf dieses lächerliche Theater herein! Migräne! In dem Alter! Das ist doch …« Sie suchte nach Worten. »… unverfroren.«

Rektor Wiseman hob die Brauen. »Ich habe hier eine Entschuldigung von Develines Vater, ist das nicht üblicherweise ausreichend?«

»Pfft!« Witkowskis Gesicht verfärbte sich rötlich. »Von Darren Knight! Die ist doch nicht die Tinte wert, mit der sie geschrieben wurde!«

»Bitte?« Develine blitzte die Lehrerin an. »Passt Ihnen jetzt mein Vater auch nicht? Dabei hat er nicht mal blaue Haare.«

»Natürlich nicht. Er hat ja eine Tochter, die für ihn all seine absurden Fantasien auslebt.« Frau Witkowski bebte. »Ja, ich kenne die schrecklichen Filme, die dein Vater verbrochen hat, und ich weiß, woher dein Name kommt. Deinem Vater gehört das Sorgerecht entzogen.«

»Sind Sie verrückt?« Develine krallte ihre Finger um die Armlehne, um sich nicht auf die Witkowski zu stürzen. Wie konnte die Frau es wagen, ihren Dad anzugreifen! Er war der beste Vater, den man sich vorstellen konnte!

»Jeder im Kollegium weiß, dass es bei den Knights keine Akzeptanz schulischer Regeln gibt.« Frau Witkowski spitzte den Mund. »Kein Wunder, wenn der Vater nicht nur ein Straftäter ist, sondern auch nicht ganz richtig im Kopf. Ich verlange, dass ab jetzt jede Fehlzeit nur mit einem ärztlichen Attest akzeptiert wird.«

Straftäter???? Der Wutball in Develines Bauch explodierte. Sie sprang auf, die Augen vor Zorn zu Schlitzen verengt. »Wagen Sie es nie wieder, meinen Vater zu beleidigen«, presste sie hervor. Sie stellte sich vor den Stuhl der Lehrerin, beugte sich zu ihr hinunter, bis ihr Gesicht nur Zentimeter von dem der Frau entfernt war, und sah ihr unverwandt in die Augen. »Nie. Wieder. Haben Sie das verstanden?«

»Develine!«, rief Rektor Wiseman streng. »Setz dich.«

Develine hörte ihn, aber sie folgte nicht. Zuerst wollte sie eine Antwort. Sie starrte Frau Witkowski weiter in die Augen und sah Angst darin. Angst vor ihr.

»Develine Knight!« Rektor Wiseman war aufgestanden und neben sie getreten. »Zum letzten Mal. Setz dich!«

Langsam richtete sie sich auf, ohne die Lehrerin aus ihrem drohenden Blick zu entlassen. Sie bemerkte das Zittern ihrer Hände und die Blässe der Angst, die jede Röte aus ihrem Gesicht vertrieben hatte.

Wie befohlen setzte Develine sich und wartete auf Rektor Wisemans Urteil.

»Es war nicht korrekt von Frau Witkowski, deine Eltern anzugreifen«, begann Rektor Wiseman. »Aber das gibt dir nicht und unter keinen Umständen das Recht, eine Lehrerin zu bedrohen. Unter keinen Umständen«, wiederholte er nachdrücklich. »Das kann und will ich dir nicht durchgehen lassen.«

Develine konzentrierte sich ganz auf Rektor Wiseman. Nur nicht zur Witkowski sehen. Ein feixender Blick von ihr und sie würde sich vergessen. Und dann konnte sie ihren wackligen Verbleib auf der Schule ebenso vergessen.

»Ich werde deine Eltern zum Gespräch einbestellen. Beide«, sagte der Rektor mit einem Seitenblick auf seine Kollegin. »Dann werden wir gemeinsam besprechen, was eine angemessene Reaktion auf dein unangemessenes Verhalten ist. Und jetzt geh.«

Develine erhob sich, Frau Witkowski ebenso.

»*Sie* bleiben noch«, sagte er scharf.

Mühsam um Beherrschung ringend verließ sie das Rektorat.

Im Flur lehnte Develine sich gegen die Wand. Sie spürte ihr Zittern, das sich von den Beinen bis in die Fingerspitzen zog.

Frau Witkowskis Worte über ihren Vater waren eine Kriegserklärung gewesen und sie hatte den Fehdehandschuh angenommen. Mit allen Konsequenzen. Zum Beispiel der, dass nun ihre Eltern zu Rektor Wiseman zitiert wurden und dort als Erstes erfuhren, dass sie eine Entschuldigung gefälscht hatte.

Verdammt! Verschwor sich das Universum gerade gegen sie? So tolerant ihre Eltern auch waren – beim Unterschriftenfälschen sahen sie rot. Dunkelstes Dunkelrot.

Develine hätte sich ohrfeigen können. Warum nur hatte sie ihnen gestern nicht sofort von dem Vorfall erzählt? *Wann denn, Schlaubi?* Am Telefon, während der Gärtner zuhörte? *Hi, Mom, ja, ich zeig ihm den Platz für die Fuchsien und übrigens, ich wurde heute entführt, weil ich natürlich nicht zum Bus bin, sondern zu Roseanne, aber was soll's, kümmert euch nicht um mich, geht ruhig essen, ist ja noch Gemüselasagne da.* Oder heute früh, in der halben Minute, als ihre Mutter sie aus dem Haus bugsiert hatte, nachdem sie viel zu spät von ihrem Fünfzehn-Kilometer-Wut-Lauf zurückgekommen war und sich in sieben Minuten duschen und anziehen musste?

Develine schloss fluchend die Augen und schüttelte den Kopf über sich selbst. Sie hatte es einfach verkackt. Und da halfen auch keine Ausreden, von wegen, keine Gelegenheit. Die hätte sich mit ein bisschen gutem Willen finden lassen. Und außerdem hätte sie diesen verdammten Ausflug nie verpasst, wenn sie einfach zum Bus gegangen wäre, wie ihre Mutter sie gebeten hatte.

»Develine! Hi! Alles okay mit dir?«

Eine Hand berührte sie am Oberarm. Develine öffnete die Augen. Matt stand vor ihr und sah sie besorgt an.

Sie schnitt eine Grimasse. »Ärger mit der Witkowski. Wegen des verpassten Ausflugs.«

»Mist.« Er verzog den Mund zu einem bedauernden Lächeln. »Ich wollte noch mal wegen gestern mit dir reden. Hast du …«

»Roseanne war nicht da. Sonst hätte ich mich gemeldet.« Develine stieß sich von der Wand ab und begann Richtung Mensa zu gehen. Nur weg, bevor die Witkowski aus dem Rektorat kam.

»In meinem Blut war ein Barbiturat. Wir haben jetzt den Beweis.« Matt lief neben ihr her. »Kannst du auch einen Test machen lassen? Mit Luke habe ich schon geredet. Je mehr von uns den Nachweis erbringen, desto besser.«

»Wofür?«

»Damit die Polizei uns nicht mehr wegschicken kann.«

»Ha!« Develine rollte die Augen. »Die werden sagen, dass wir das Zeug selbst genommen haben. Bringt doch nichts.«

Matt berührte sie erneut am Arm. »Jetzt renn doch nicht so!«

Develine verlangsamte ihren Schritt. »Sorry.« Matt konnte nichts dafür, dass sie einen rundum beschissenen Tag hatte.

»Kann ich auf dich zählen?«

Konnte er? Sie wusste es nicht. Man konnte nicht einfach irgendwo sein Blut auf Barbiturate testen lassen. Dazu musste man erklären, warum man das brauchte, und genau darauf hatte sie keine Lust. Keine Lust darauf, wieder nicht ernst genommen zu werden, oder auf Fragen, die sie nicht beantworten konnte, weil sie sich nicht erinnerte.

Andererseits… Develine wollte wirklich wissen, wer dahintersteckte. Wer die feigen Typen waren, die sie heute früh in ihrem Atelier beklaut hatten. Und dazu brauchten sie Beweise. »Ich mach's.«

»Danke«, erwiderte Matt und schien wirklich erleichtert zu sein. »Am besten, du gehst zu Dr. Leigh im *HIT*, vielleicht kennst du ihn ja. Er weiß Bescheid.«

Dr. Leigh. *Na toll.* Ihre Mutter saß genau ein Stockwerk über ihm. Und wenn er wusste, dass Develine dabei gewesen war, würde er es ihrer Mom sofort brühwarm erzählen.

Sie musste unbedingt mit ihren Eltern reden, und anschließend konnte ja ihre Mutter ihr eine Nadel in den Arm rammen.

Jeanie

Mit dem Gong endete der gute Teil des Vormittags.

Die geschützte Zeit im Klassenzimmer, während der Jeanie unter dem wachsamen Blick der Lehrer vor den Angriffen ihrer Peiniger verschont blieb. Sie raffte eilig ihre Sachen zusammen, warf sie in die Schultasche und verließ hastig das Klassenzimmer. Als Erste rauszugehen war besser. Als Letzte bestand immer die Gefahr, direkt in eine Falle zu laufen, die auf dem Weg zur Mensa auf sie warten konnte. An jeder Schule sollte es eine Zone geben, in der jeder sich ohne Angst frei bewegen konnte. Aber nein, laut Schulleitung gab es ja keine Mobbingopfer. Nur Schüler, die lernen mussten, sich zu behaupten. Und es gab auch keine Mobber, da dies gegen die Schulregeln verstieß. Nur Schüler, die manchmal etwas übertrieben.

Hinter sich, etwa 20 Meter entfernt, filterte Jeanie die Stimmen von Alexa, Beth und Julia aus dem fröhlich-lauten Geschwätz um sich herum.

Jeanie beschleunigte ihren Schritt, so schnell es der Schmerz im Knie zuließ. Trotzdem kamen die drei näher. Jeanie biss die Zähne zusammen und begann zu laufen. Wenn sie erst einmal in der Mensa war, konnten Alexa, Beth und Julia sie beschimpfen, ihr Getränk umstoßen oder ihr Essen versalzen, aber sie konnten sie nicht in ein leeres Klassenzimmer oder auf die Toilette zerren und an irgendetwas festketten.

Jeanie hörte, wie Alexa ihre Freundinnen aufforderte, sie noch vor der Mensa abzufangen. Nun rannte sie. Ihre Schultasche schlug wild gegen das verletzte Knie. Der Schmerz zuckte wie ein Peitschenhieb durch ihr Bein. Doch sie rannte weiter, hoppelig und unbeholfen, rempelte und überholte, bis sie die geöffnete, doppelflügelige Tür zur Mensa erreichte. Dahinter vernahm sie das Stimmenmeer der Hungrigen, die sich um die Plätze an der Theke drängelten.

Ja! Triumphierend überschritt sie die Schwelle und reihte sich in die Schlange vor der Essensausgabe ein. Um einen Sitzplatz würde sie sich später kümmern. Ein einzelner Platz fand sich immer irgendwo.

Jeanie studierte die heutige Auswahl. Pasta mit Gemüsesoße, Burger mit Fritten, Pilzrisotto mit Hühnerbrust. Das würde sie nehmen. Sie roch das Essen und spürte, wie hungrig sie war. Möglicherweise noch einen Nachtisch. Vanillepudding mit Mangostückchen. Perfekt.

»Und du?«, fragte die Mensadame freundlich.

»Das Risotto, bitte.«

Sekunden später hatte sie einen Teller mit dampfendem Risotto und Hühnerbrust auf ihrem Tablett. Sie nahm sich den Nachtisch aus der Vitrine und schob das Tablett weiter zur Kasse.

»Na, schau an, da haben wir ja unsere Sprinterin.« Mit einem Mal stand Alexa hinter ihr.

»Du bist doch nicht etwa vor uns weggerannt?«, flötete Beth und steckte den Löffel in den Vanillepudding. »Weißt doch, dass es nichts bringt.« Sie schöpfte einen Löffel voll Pudding auf das Risotto.

»Hör auf«, sagte Jeanie.

»Bitte? Ich habe dich nicht gehört.« Schon landete der nächste Schwall Pudding auf dem Reis.

»Hör auf!« Zitternd schob Jeanie das Tablett weiter. Sie hoffte, dass der Junge vor ihr bemerkte, was ihr gerade passierte, und helfen würde. Doch er nahm sie gar nicht wahr. Kopfhörer im Ohr, wackelte er rhythmisch mit dem Kopf, vollkommen immun gegen alles, was um ihn herum passierte. Hilfe suchend sah sie sich nach dem Mädchen hinter ihr in der Schlange um, doch anstelle des blonden Mädchens stand auf einmal Julia hinter ihr und schubste grinsend ihr eigenes Tablett mit Risotto gegen Jeanies.

Mit einem *Pflatsch* landete der nächste Schlag Pudding auf dem Reis. »Süß-sauer«, grinste Beth und verrührte den Pudding mit dem Pilzrisotto. »Das mögt ihr doch besonders gerne.«

»Das verwechselst du mit den Asiaten«, korrigierte Alexa. »Unsere Proll-Prinzessin mag es gerne scharf.« Sie hielt den Pfefferstreuer über Jeanies Essen und schüttete Pfeffer darüber, bis es komplett mit einer dünnen schwarzen Schicht überzogen war.

Jeanie kämpfte gegen die Tränen. Nicht vor ihnen weinen.

Da griff Alexa nach der Mayoflasche und füllte das Loch in dem Pudding mit Mayonnaise auf. »Kinder, das wird ein Spaß. Ich nehme noch Wetten an, ob sie es bis zum Ende aufisst oder schon am Tisch loskotzt.«

Panik ergriff Jeanie. Hatten sie etwa vor, sie zu zwingen, das Risotto und den Pudding zu essen? Übelkeit stieg in ihr auf.

Da stand auf einmal Luke neben ihr. »Ich glaub's ja nicht. Was ist das denn Widerliches?«

Jeanie wäre am liebsten im Erdboden versunken.

Alexa dagegen streckte ihren Rücken durch. Dramatisch warf sie ihre langen, hellblonden Haare zurück und klimperte Luke verführerisch an. »Ja, ekelhaft, wie die Pakis unser gutes Essen versauen.«

Der Kloß in Jeanies Kehle schwoll auf Tennisballgröße an.

»Glaubst du echt, ich bin so blöd, dass ich nicht weiß, was ihr hier spielt?«, fuhr Luke Alexa an. Noch bevor Julia reagieren konnte, nahm er ihr Tablett und vertauschte es mit Jeanies. »Ihr seid einfach nur erbärmlich«, sagte er so laut, dass sich alle Köpfe in der Nähe zu ihnen drehten. Jeanie spürte, wie sie rot wurde, und hoffte, dass die plötzliche Aufmerksamkeit sich nicht auf sie selbst richten würde. Doch Luke wandte sich bereits an Jeanie. »Gib mir mal deine Karte.« Wortlos reichte sie ihm ihre Mensakarte. Er zog sie durch das Kassenterminal, nahm ihr Tablett mit einer Hand und legte die andere auf ihre Schulter. »Wenn ihr schon glotzt, dann hört gut zu: Das nächste Mal, wenn jemand meint, Jeanie schikanieren zu müssen, helft ihr gefälligst. Oder habt ihr *alle* keinen Anstand?«

Betretenes Schweigen breitete sich aus. Köpfe neigten sich nach unten, als klebe etwas besonders Interessantes am Boden. Luke schüttelte verärgert den Kopf. »Komm.« Den Arm noch immer um ihre Schulter führte er sie zu seinem Tisch. Er schob sein Tablett etwas zur Seite und stellte ihres daneben. »Setz dich.«

Jeanie sah zu dem Jungen, neben den sie sich setzen sollte, und lächelte ihn schüchtern an. Er jedoch verzog keine Miene, warf nur den Kopf mit einer raschen Bewegung zurück, sodass seine halblangen braunen Haare aus der Stirn flogen. Jeanie erkannte die Marke seines Surfershirts, sehr edel, wie auch die Uhr an seinem Handgelenk. Eine *Omega*, ihr Vater hatte eine ähnliche, und sie wusste noch, dass er darüber gescherzt hatte, er trage das durchschnittliche Jahresgehalt eines Amerikaners am Arm.

»Kannst du mal rutschen?«, bat Luke ihn ungeduldig.

»Echt jetzt?« Der Junge verzog missmutig das Gesicht. Rutschte aber ein paar Zentimeter nach rechts.

Jeanie quetschte sich neben ihn. Sie spürte seine Abneigung. Das Unverständnis, warum er für sie Platz machen sollte. Sie wagte nicht, sich zu bewegen, nicht einmal, um ihr Besteck aufzunehmen. Inzwischen hatte Luke sich auf die andere Seite neben sie gesetzt. Eingekeilt wie eine Sardine hockte sie zwischen den beiden Jungen und wünschte sich selbst auf den Mond oder am besten noch weiter weg. So nett es von Luke war, sie an seinen Tisch zu holen, sie gehörte nicht hierher. Sie war unerwünscht. Sie spürte es an den Blicken, die auf ihrer Haut brannten wie Brennnesselstiche.

»Mann, Jacob, da ist noch ewig Platz neben dir«, sagte Luke zu dem Jungen neben ihr. »Wie soll Jeanie denn so essen?«

»Kann ich was dafür, wenn die so fett ist?«, maulte Jacob und sah sich nach Zustimmung heischend in der Runde um. »Das hier ist der *Sportler*tisch, ich weiß echt nicht, was die hier verloren hat.«

»*Was* hast du gesagt?« Lukes Stimme hatte einen leisen, aber drohenden Unterton angenommen.

»Dass ich mir nicht vorstellen kann, in was für einer Disziplin die eine besondere Leistung bringen könnte.« Er zeigte auf Jeanie. »Hast du die mal laufen sehen? Sie *hoppelt*.«

Vereinzelt drang Kichern und Lachen zu ihr. Jeanies Wangen brannten. Weit weg. Selbst der Mars war noch zu nah. Sie stand auf und nahm ihr Tablett hoch. »Ist schon gut. Ich …«

Luke stand ebenfalls auf. »Ihr nennt euch Sportler und denkt, ihr seid besonders? Jeanie hat mehr auf dem Kasten als wir alle zusammen, aber du verurteilst sie, weil sie nicht deiner beschränkten Vorstellung entspricht.«

Das Kichern verstummte abrupt.

»Der Einzige, der an dem Tisch hier nichts verloren hat, bist du, Jacob«, sagte Luke scharf. »Du solltest nur ein wenig rutschen, stattdessen beleidigst du ein großartiges Mädchen, von dem du nichts weißt, außer dass es einen Laufstil hat, der dir nicht gefällt.«

»Sie hoppelt wie ein Hase, das hat nichts mit gefallen zu tun, das ist *peinlich*«, verteidigte sich Jacob.

»Nein, *du* bist peinlich.« Luke packte sein Tablett. »Und ich bleibe sicher nicht am gleichen Tisch wie jemand, der sich so beschissen verhält.« Er nickte Jeanie zu. »Komm, dahinten ist ein freier Tisch. Lass uns dort hingehen.«

Wie ferngesteuert folgte sie ihm. Was passierte da gerade?

Am ersten freien Tisch setzte er sich. »Tut mir leid«, sagte er, als sie ihm gegenüber Platz genommen hatte. »Jacob ist ein arroganter Idiot. Vergiss einfach, was er gesagt hat.«

»Er hat ja recht. Ich hoppele.«

Luke griff nach ihrer Hand. »Dann hoppelst du eben. Na und? Du bist ein großartiger Mensch mit einem unglaublichen Talent. Und du missbrauchst es nicht, nicht einmal, um dich an den Idioten zu rächen, die dich ärgern. Ich bin stolz darauf, dass wir befreundet sind.« Er ließ ihre Hand los und stupste ihren Teller an. »Und jetzt iss, bevor es ganz kalt ist.«

Jeanie führte eine Gabel Pilzrisotto zum Mund. Es war so köstlich, wie es roch, aber lange nicht so köstlich wie Lukes Worte. *Er war stolz darauf, mit ihr befreundet zu sein.* Befreundet! Sie wiederholte seine Worte in ihrem Kopf, um sie sich einzuprägen, weil sie vielleicht nie wieder in ihrem Leben etwas so Großartiges über sich hören würde. Außer, sie schaffte es, ihrer aller Erinnerungslücke zu füllen. Sie setzte an, um Luke davon zu erzählen, als ein Schatten über den Tisch fiel.

Jeanie sah auf. Die Sportler von Lukes Tisch standen betreten vor ihnen. Alle, bis auf Jacob. »Können wir uns zu euch setzen?«

»Klar.« Mehr sagte Luke nicht. Sie setzten sich und jeder einzelne nickte Jeanie freundlich zu.

Jeanie aß und lauschte den Unterhaltungen am Tisch. Sie merkte sich die Stimmen zu den Gesichtern und versuchte die Namen dazu aufzuschnappen. Es war großartig, einfach mal dazuzugehören. Jetzt und hier und vielleicht sogar auch morgen.

Da hörte sie Alexa. Sie saß fünf Tische weiter und tuschelte mit Julia und Beth. Jeanie richtete ihre Aufmerksamkeit auf ihr Gespräch und erstarrte.

Was hatte sie sich nur eingebildet? Natürlich würde ihr Glück nicht von Dauer sein. Spätestens heute auf dem Heimweg war es vorbei. Wenn Alexa, Julia und Beth sie abfingen, um sie für die öffentliche Demütigung in der Mensa bezahlen zu lassen.

Sobald sie wieder allein war.

Luke

Mann, Matt, wo bleibst du denn?

Luke tippte auf seine Uhr, nahm dann das Tablett und brachte es zur Tellerstation. Der Unterricht begann in acht Minuten, und er hatte keine Lust, zu spät zu kommen. Und das hieß, es blieben kaum fünf Minuten, um Matt davon zu überzeugen, *nicht* mit Dr. Leigh zusammenzuarbeiten. Matt vertraute ihm offenbar, aber er würde wohl kaum wissen, was Lira gestern Abend aus den Tiefen des Internets gezogen hatte. *Menschenversuche!*

Eigentlich dürfte Dr. Leigh gar nicht mehr praktizieren, jedenfalls konnte Luke sich nicht vorstellen, dass ein Arzt auf normalem Weg seine Zulassung behielt, nachdem er sich einen solch krassen Verstoß geleistet hatte.

Allerdings – Dr. Leigh arbeitete nicht als normaler Arzt. Er arbeitete für das *HIT* und das hatte Geld und Macht und sicher eine Armee teurer Anwälte, die solche Probleme mühelos aus der Welt schafften.

»Luke!« Matt kam durch die Tür. »Sorry, bin gerade Jeanie über den Weg gelaufen. Ich habe sie auf die Blutprobe angesprochen, aber sie will damit nicht zur Polizei. Sie denkt echt, dass ihr Vater sie nach Phoenix zurückholt, wenn er mitkriegt, was passiert ist.«

Ein seltsam unangenehmes Gefühl breitete sich in Lukes Brustgegend aus. Jeanie wollte nicht zurück nach Phoenix und … er wollte das auch nicht. Er wollte, dass sie hierblieb und … *ja und was? Du kennst sie kaum, was interessiert sie dich?* Er stellte sich Jeanie vor, wie sie ihm zuhörte und wie sie ihre Umwelt wahrnahm. Etwas an ihr war anders. Intensiver. Als würde sie hinter die Kulisse sehen. Es war seltsam, aber bei ihr hatte er nie das Gefühl, sein Schulgesicht aufsetzen zu müssen. »Können wir sie bei der Sache nicht einfach unter den Tisch fallen lassen?«

»Nein, dann müssten wir alle Falschaussagen abgeben. Und wenn *sie* das eigentliche Ziel war, würde bei den Ermittlungen das wahre Motiv fehlen. Ich habe mich über Jeanies Familie schlaugemacht. Ihr Dad hat ein echtes Händchen für Immobilien, der hat sich aus dem Nichts ein Imperium aufgebaut. Da ist echt Kohle zu holen.«

Der erste Gong erklang. »Lass uns schon mal gehen«, sagte Luke und bewegte sich Richtung Flur.

Matt folgte ihm. »Weißt du, ich kapier es nicht. Wir werden entführt und betäubt, und ich bin der Einzige, der wissen will, was Sache ist.«

»Quatsch«, sagte Luke. »Wir wollen das alle wissen.«

»Und warum muss ich dann jeden von euch erst anbetteln?« Matt klang echt genervt. »Jeanie will nicht zur Polizei. Develine blockt, bis sie mit Roseanne geredet hat, und deine Begeisterung hält sich auch eher im Minusbereich.«

Ja, weil du dem Falschen vertraust, lag es Luke auf der Zunge, doch er hielt sich zurück. Wenn er Matt von seinem Verdacht erzählte, würde der nachfragen, woher er Dr. Leigh kannte, und am Ende fand Matt mit seinem brillanten Hirn heraus, *warum* Luke bei einem der besten Genexperten des Landes gewesen war. Luke schluckte. Wenn je herauskam, dass seine Erfolge nur auf einer Fehlfunktion basierten, würde er alles verlieren. Seine Gegner würden ihn als Betrüger abstempeln. Sie würden jeden einzelnen seiner Siege anfechten und er würde auf Lebzeiten gesperrt werden. Seine Brust krampfte sich zusammen. Niemand würde ihm glauben, dass er bis gestern überzeugt gewesen war, einfach ein Ausnahmetalent zu sein, wie es ihm sein Vater ein ganzes Leben lang eingeimpft hatte.

Nein, er konnte Matt nicht einweihen, aber er musste ihn dazu bringen, Dr. Leigh aus der Sache rauszuhalten. Luke blieb stehen und legte verschwörerisch den Finger an die Lippen. Dann beugte er sich zu Matt. »Ich bin dran«, flüsterte er, »auf meine Art.«

Matt runzelte die Stirn.

»Du erinnerst dich doch an die Fahrt nach Loma Mar?«, fragte Luke.

»An jede Minute.«

»Dann komm nachher mit zu mir. Ich habe eine Idee, wie wir das alles ganz einfach nachprüfen können.«

»Luke O'Giadi!«, rief sein Lehrer vom anderen Ende des Flurs. »Brauchst du eine Extraeinladung?«

»Schon da!«, rief Luke zurück und rannte los, froh, dass er Matt nicht jetzt erklären musste, was er später mit ihm vorhatte.

Jeanie

Das Läuten war noch nicht verklungen, da floh Jeanie schon aus dem Klassenzimmer. Sie hetzte zu den Toiletten ein Stockwerk tiefer und schloss sich in der letzten Kabine ein. Hier würde Alexa sie nicht vermuten.

Konzentriert lauschte sie den im Flur vorbeiziehenden Stimmen. Verabredungen, Partyplanungen, Gelächter, Neckereien …

Langsam leerten sich die Flure, die Unterhaltungen wurden klarer und weniger und …. *da!* Alexa! Die Stimme kam von draußen – perfekt! Nun musste sie nur noch in den Bus steigen. Jeanie folgte Alexas Stimme, erkannte auch Beths und Julias Stimmen. Die drei suchten sie. Genau das hatte sie erwartet. Sie verfolgte ihre Unterhaltung, die Spekulationen darüber, ob Jeanie in letzter Minute einsteigen würde, um ihnen aus dem Weg zu gehen.

Nicht ganz. Ich werde gar nicht *einsteigen.*

Der Bus kam, Alexas Stimme stieg drei Töne, ihre Befehle wurden hastiger.

Jeanie drückte die Daumen, bis sie schmerzten. *Steigt ein!*

Der Bus fuhr los, Alexa fluchte.

Gewonnen!

Gut gelaunt verließ Jeanie die Toilette und schlenderte

zum Ausgang. Es war herrlich, so entspannt durch das leere Schulhaus zu laufen. Kein Lärm, keine Gefahr, einfach nur leere Gänge, in denen das Echo ihrer Schritte hallte. Fast leer, im Stockwerk über ihr waren noch Stimmen.

Seltsam, es war Freitagnachmittag und es fanden weder Unterricht noch Arbeitsgruppen statt. Jeanie holte sich die Stimme näher heran und merkte auf.

Jemand redete über Develine! Die Stimme vibrierte, typisch bei großer Aufregung oder Freude.

»... nein, da irrst du dich. Dieses Mädchen ist keinesfalls harmlos. Rektor Wiseman ist viel zu nachsichtig. Aber diesmal kommt sie damit nicht durch.«

Mit was sollte Develine nicht durchkommen? Jeanie blieb stehen. Wem gehörte die Stimme? Sie scannte durch die Stimmen der Lehrkräfte, die sie abgespeichert hatte. Frau Witkowski?

»Willst du sie von der Schule verweisen, nur weil sie den Ausflug geschwänzt hat? Jetzt komm mal wieder runter, Diane. Damit kommst du nicht durch!«

Jeanie stockte der Atem. Sie wollten Develine von der Schule werfen? Das durfte nicht passieren!

»Oh doch!«, konterte Frau Witkowski triumphierend. »Guck dir das an.«

Rascheln.

»Das sind zwei Entschuldigungen«, sagte die andere Lehrerin, »was ist damit?«

»Schau dir die Schrift genauer an! Die *Hs* und die *Fs*. Und die Unterschrift.« Wieder rascheln.

»Na ja, sieht ziemlich gleich aus.«

»Nein, nein, nein! Der Schwung ist anders.« Frau Witkowskis Stimme kippte vor Aufregung über. »Sie hat die

Entschuldigung gefälscht. Develine hatte keine Migräne, sie hat geschwänzt. Dieses Mädchen ist genauso übel wie ihr Vater.«

»Fälschen Schüler nicht andauernd irgendwelche Entschuldigungen? Gehört doch irgendwie dazu. Wer beim Schwänzen übertreibt, bleibt irgendwann sitzen und danach löst sich das Problem meist von selbst.«

»Nora!«, rief Frau Witkowski aus. »Das kannst du doch nicht im Ernst meinen!«

»Doch, Diane, das meine ich. Wenn du unbedingt eine Attestpflicht für Develine durchsetzen willst, meinetwegen, auch wenn ich es albern finde, solange ihre Leistungen akzeptabel sind. Aber zähl bitte nicht auf meine Stimme, wenn du sie von der Schule verweisen willst. Und jetzt muss ich los. Schönes Wochenende.«

Jeanie schlug entsetzt die Hand vor den Mund. Hastig lief sie die Treppe herunter und aus dem Schulhaus. Sie musste ihre Freundin warnen! Wenn Develine die Entschuldigung wirklich gefälscht hatte, musste ihr Vater sie decken. Und Mitra könnte eine Bescheinigung ausstellen, dass sie wegen Migräne bei ihr in Behandlung war. Sie durfte auf keinen Fall von der Schule fliegen! Was hatte Frau Witkowski nur gegen Develine?

Kaum im Bus, schrieb Jeanie ihr eine Nachricht.

Hallo Develine, Frau Witkowski will dich von der Schule kicken, hat Beweis für gefälschte Entschuldigung. Soll ich meine Tante um Attest für dich bitten? LG Jeanie

Nachdem sie die Warnung abgeschickt hatte, starrte sie nachdenklich auf ihr Handy. Ob Mitra wirklich einfach so das

Attest ausstellen würde? Es wäre ja Betrug. Andererseits – Mitra wusste, warum Develine nicht in Mountain View gewesen war, und sie wusste, dass Jeanie ohne Develine nicht davongekommen wäre … Da war ein kleines Attest wohl das Mindeste, um Danke zu sagen.

Jeanies Gedanken wanderten zur Mensa, zu Luke, zu seinem Arm um ihre Schulter. Sie spulte seine Worte wieder und wieder in ihrem Kopf ab. Sie liebte seine Stimme, manchmal war sie zu schnell, wie getrieben, dann wanderte die Tonlage einen halben Ton nach oben, aber am Tisch, als er seine Hand auf ihre gelegt hatte, da war sie ruhig und warm gewesen.

Der Bus hielt, gedankenverloren stieg Jeanie aus.

Warum mussten die guten Dinge im Leben immer Schattenseiten haben? Angefangen mit ihrem Gehör. Es war fantastisch und schrecklich. Oder der Erfolg ihres Vaters. Es war großartig, immer genug Geld zu haben, aber es war traurig, dass seine Schnäppchenkäufe nur möglich waren, weil jemand anderes gerade sein Haus verlor. Und jetzt wieder. Luke half ihr und Alexa erklärte ihr deswegen den Krieg noch unerbittlicher als zuvor.

»Buh!« Alexa sprang hinter einem Busch hervor und grinste hämisch.

Schon tauchte Julia hinter ihr auf. »Da ist sie ja, unsere Proll-Prinzessin.«

»Einen Bus später, wie einfallsreich«, höhnte Beth neben Julia.

Alexa schubste Jeanie unsanft Richtung Busch. »Haste nicht gedacht, dass wir auf dich warten, was?«

»Die denkt, sie ist besonders schlau.« Der nächste Schubser kam von Beth. Jeanie stolperte rückwärts.

»Was wollt ihr eigentlich von mir?«, japste sie.

»Hör sie dir an!« Alexas Stoß kam mit solcher Wucht, dass Jeanie in den Busch fiel. *»Was wollt ihr von mir?«*, äffte sie Jeanie nach. »Du bist doch so schlau. Was meinste denn?«

Jeanie versuchte sich wieder hochzurappeln, doch Beth stieß sie zurück zu Boden.

»Kommt hierher und glaubt, sie sei was Besseres, weil Daddy die große Kohle macht«, fauchte Beth.

»Auf Kosten von Amerikanern, die für jeden Cent hart schuften.« Alexa versetzte ihr einen Tritt. »Daddy klaut uns die Häuser und sie klaut mir Luke.«

»Das stimmt nicht«, protestierte Jeanie, die Stimme schrill vor Angst.

»Und was war das heute in der Mensa?« Alexas Gesicht war hassverzerrt. »Deinetwegen hat Luke mich vor allen anderen blöd angemacht. Erlaub dir das nie wieder, sonst erlebst du was.« Sie holte erneut aus. Jeanie hob schützend die Arme vor ihr Gesicht. Doch der Schlag kam nicht.

Stattdessen ein Würgen. Ein Aufschrei.

Jeanie nahm die Arme von ihrem Blickfeld.

Alexa und Beth taumelten zurück und fielen zu Boden.

Erst da begriff Jeanie, was gerade passierte: *Develine.*

Die schnappte Julia am Shirt, brachte ihr Gesicht so nah an ihr eigenes, dass ihre Nasen sich berührten. »Habt ihr es immer noch nicht kapiert? Hände weg von Jeanie. Sonst erlebt ihr was *von mir.*« Develine stieß Julia so heftig von sich, dass die ebenfalls auf den Bordstein stürzte. Ohne sich weiter um die drei zu kümmern, streckte sie Jeanie die Hand hin und half ihr hoch. »Alles in Ordnung? Bist du verletzt?«

Jeanie nickte und schüttelte den Kopf zugleich, unfähig, ein Wort zu sagen. Wo kam Develine plötzlich her? Das ging doch nicht mit rechten Dingen zu! Da nahm sie hinter Develine eine Bewegung wahr. Alexa, Julia und Beth hatten sich hochgerappelt und stürzten sich gemeinsam auf Develine.

»Pass auf!«, schrie Jeanie und riss ihre Fäuste hoch. Develine wirbelte herum, und eine Sekunde später lagen Beth und Julia am Boden, und Alexas Kopf klemmte wie im Schraubstock unter Develines Arm. Fassungslos verfolgte Jeanie die Szene, die Fäuste noch immer vor dem Körper. *Hände weg von Jeanie…* Develines Worte pulsierten in ihrem Kopf. Develine war hier, um *sie* zu beschützen!

»Tut mir leid«, sage Develine sarkastisch. »Ich habe mich wohl nicht deutlich genug ausgedrückt. Hände weg von Jeanie *und* von mir.« Sie presste ihre Finger in Alexas Wangen. Alexa winselte auf. »Nur damit wir uns verstehen«, sagte Develine und nahm die Hand von Alexas Gesicht.

Julia und Beth standen stöhnend auf, Julias Knie waren aufgeschürft, von Beths Handflächen tropfte Blut. Sie machte Anstalten, sich erneut auf Develine zu stürzen, doch Develine, noch immer Alexa im Schwitzkasten, hob tadelnd den Finger. »*Ts, ts,* wer ist denn da so schwer von Begriff?«

»Lass es, Beth!«, würgte Alexa hervor, der Kopf puterrot.

Beth zog sich zurück, in ihrem Gesicht spiegelte sich eine Mischung aus Wut, Unverständnis, was gerade geschah, und der Unsicherheit, was sie nun tun sollte.

»Damit kommst du nicht durch!«, rief Julia aus sicherem Abstand. Sie zeigte auf ihre Knie. »Das ist Körperverletzung! Wir verklagen dich! Wir lassen dich von der Schule schmeißen! Du bist gemeingefährlich!«

Jeanie warf einen verunsicherten Blick zu Develine. Konnten die drei Develine in Schwierigkeiten bringen, weil sie ihr geholfen hatte? Das würde sie niemals zulassen!

»Ich freu mich drauf«, sagte Develine trocken, nicht im Geringsten beeindruckt von Julias Drohung.

»Ihr habt uns aus dem Hinterhalt angegriffen«, ereiferte sich Julia und entfernte sich noch einen Schritt. »Wir sind zu dritt, wir hetzen euch unsere Anwälte auf den Hals. Ich werde nie wieder richtig laufen können! Wir überziehen euch mit Schmerzensgeldforderungen, dass eure Eltern ihr Leben lang bluten.«

Jeanie sah erschrocken zu Develine. Drei gegen zwei. Und wenn es zu einem Gerichtsprozess kam und Julia Zeugen wie Frau Witkowski vorlud, dann hatten sie von vornherein verloren.

Doch Develine lachte nur. »Das wird ein großer Spaß! Ich freue mich schon, wenn ihr euren Meineid geschworen habt und ich dann das kleine Video abspielen lasse, das du eben gemacht hast. Besonders die Szene, als Alexa Jeanie getreten und bedroht hat. Und ich bin schon gespannt, was Rektor Wiseman dazu sagen wird. Besonders, wenn ich das Video online stelle.« Sie schüttelte bedauernd den Kopf. »Sieht nicht gut aus … aber wir können ja Wetten abschließen, *wer* dann von der Schule fliegt.«

Panisch klopfte Julia die Hosentaschen nach ihrem Handy ab. Sie machte einen Satz vorwärts, blieb aber in ausreichendem Sicherheitsabstand stehen. »Das ist Diebstahl! Gib mir sofort mein Handy zurück!«

»Das muss sie nicht«, sagte Jeanie, froh, endlich etwas beitragen zu können. »Das nennt sich Beweissicherung und ist erlaubt, wenn es der Aufklärung einer Straftat dient.«

Die Unsicherheit in Beths Gesichtsausdruck wuchs. Hilfe suchend sah sie zu Julia. »Soll ich es dir zurückholen?«

»Bist du bescheuert?«, fauchte Julia sie an. »Du hast doch eh keine Chance. Lass es gut sein.«

Beth machte einen Schritt zurück und ließ die Arme hängen. Jeanie glaubte sogar Erleichterung in ihrem Gesicht zu erkennen.

»Hast du es nun kapiert?«, fragte Develine Alexa. »Ihr lasst uns in Ruhe, wir lassen euch in Ruhe. Ganz einfach.«

»Okay«, stieß Alexa hervor. »Waffenstillstand.«

Develine nahm ihren Arm von Alexas Hals. Blitzartig stürzte Alexa davon.

»He, warte!«, rief Julia und humpelte ihr hinterher. Beth folgte, drehte sich dann noch einmal um und zeigte Jeanie und Develine den Mittelfinger.

»Da ist mal eine richtig sauer.« Develine kicherte, doch Jeanie merkte, dass ihre Hände zitterten. Develines lässiger Auftritt war viel anstrengender gewesen, als er gewirkt hatte.

»Wie kann ich dir je danken?«, platzte es aus Jeanie heraus.

»Wozu?«, sagte Develine. »Was wären wir für Freunde, wenn wir nicht gegenseitig auf uns aufpassen? Du bietest doch auch nicht jedem ein gefälschtes Attest von deiner Tante an…«

»Ach!« Jetzt begriff Jeanie, warum Develine genau zur rechten Zeit vor Ort gewesen war. »Deshalb bist du hier.«

»Nein, ich war hier, weil ich die drei in der Mensa beobachtet habe, nachdem Luke sie rundgemacht hat. Und da habe ich gehört, dass sie dir nach der Schule mal so richtig eins einschenken wollten.«

»Und darum bist du extra hergefahren?«, fragte Jeanie ungläubig.

»Bringt ja nichts, wenn ich zuhause sitze und hier die Action ist.«

»Willst du noch mit zu mir?«, fragte Jeanie spontan. »Dann können wir Mitra gleich wegen des Attests fragen.«

Develine schüttelte den Kopf. »Danke, aber ich versuch es erst mal ohne, ich möchte da nicht noch jemanden mit reinziehen.«

»Viel Glück.« Jeanie hob die gedrückten Daumen. »Ach, und, bevor du Zeit damit vertust, Julias Handy wegen des Videos zu knacken … ihr Code ist 4783.«

Develine sah sie überrascht an. »Woher weißt du das?«

»Jede Zahl hat einen eigenen Ton. Hast du das noch nie gehört?«

Develine grinste. »Ne, aber das macht nichts, für so was haben wir ja dich.«

Jeanies Herz hüpfte. … *haben wir ja dich …* So wie Develine das sagte, klang es, als gehöre sie auch für Develine einfach dazu.

Matt

Diesen Teil von Western Addition hatte Matt noch nie erkundet – auch wenn er genau wusste, wo sie waren und warum er diese Ecke der Stadt bisher gemieden hatte.

Mit Luke allerdings fühlte er sich sicher – trotz der abschätzenden Blicke, die er hier und da kassierte. Die Häuser wurden mit jedem Meter schäbiger, die kleinen Läden billiger. Neben einer Pfandleihe drückte Luke eine mit Graffiti besprühte Haustür auf, führte ihn an mit Werbeblättern überquellenden Briefkästen vorbei und eine schwarz gestrichene, ausgetretene Treppe hoch. Immerhin – es roch nach Essen und es roch gut.

Im zweiten Stock sperrte Luke eine ebenso schwarz gestrichene, aber deutlich dünnere Wohnungstür auf und betrat einen Gang, der von Schuhen, Jacken und Taschen geradezu belagert war.

»Bin da!«, rief Luke, warf seine Jacke auf den Haufen und stellte seine Schuhe neben geschätzte fünfzehn weitere Paare. Matt tat es ihm gleich. Sie gingen an einer offenen Tür vorbei, aus der es brutzelte und dampfte.

»Luke!« Aus dem Dampf schälte sich eine kleine, kräftige Frau mit geglätteten, schwarz-rötlichen Haaren und wachen, warmen Augen. Ihr Blick fiel auf Matt. »Oh. Besuch.« Sie reichte ihm die Hand. »Herzlich willkommen in der Wiege Afrikas. Ich bin Bernadette.«

»Matt«, antwortete Matt und konnte seine Augen nicht von ihr abwenden. Er war sich hundert Prozent sicher, dass er sie schon einmal gesehen hatte. Oder jemanden, der ihr sehr ähnlich sehen musste, denn er hatte noch nie mit ihr gesprochen, das wüsste er. *Nein!* Er hatte sie … in einem Film gesehen! Aber … nein, das war unmöglich, er wusste, dass Lukes Mutter in einem Supermarkt arbeitete. Er musste sie verwechseln, was eigentlich nicht sein konnte.

Sie zwinkerte ihm zu. »Wenn Luke dich gleich unserem Stammeshäuptling vorstellt und der sagt etwas Dummes, hör einfach nicht hin.« Sie gab Luke ein Tablett mit herrlich duftenden, fettigen Blätterteigrollen. »Dein Vater hat Grusellaune – steckst du dahinter?«

»Kann gut sein.« Luke nahm das Tablett. Hörbar sog er den Duft von Knoblauch, Krabbenfleisch, Spinat und Koriander ein. »So schlimm?«

»Nächstes Mal warnst du mich.« Sie knuffte ihn in den Arm. »Und gib ja nicht nach!«

Bernadette verschwand wieder im Dampf und Luke ging weiter durch den Flur zu einem Raum, aus dem ein buntes Mischmasch aus Stimmen drang. Er trat ein und stellte das Tablett auf einem Couchtisch ab, der bereits über und über mit leckerem Essen vollgestellt war. Gefülltes Fladenbrot, Fleischbällchen, Gemüsesticks, Chips, gebratene Maiskolben. Matt lief das Wasser im Mund zusammen.

»Hi, Dad, Taz, Lira«, sagte Luke und zeigte auf Matt. »Das ist Matt.«

Lira löste kurz ihren Blick von dem großen Fernseher, in dem gerade ein Footballspiel lief. »Hi, Matt.«

Matt hob die Hand zum Gruß, was Lira allerdings gar nicht mehr mitbekam, da sie sich bereits wieder ganz dem Spiel im Fernsehen widmete.

Lukes Vater sah kurz zu ihm rüber, zurück zum Fernseher, dann drehte er erneut den Kopf, diesmal in Zeitlupe, als müsse er erst begreifen, was er gerade gesehen hatte. Er starrte Matt entgeistert an und fragte Luke:. »Ist das … ein *Freund* von dir?«

»Ja, Dad, ein Freund und mein Gast.«

Lukes Vater musterte ihn und Matt begriff sehr schnell, dass dem Mann nicht gefiel, was er da sah. Verlegen drückte er sich in den Türrahmen.

»Ist das jetzt Teil deiner Teenierevolte?«, fragte Lukes Vater, als wäre Matt nicht im Raum. Das also meinte Bernadette mit *nicht hinhören*. Sie hatte den fragwürdigen Empfang wohl kommen sehen.

»Nein, das ist ein Freund.« Luke nahm zwei Teller und füllte sie mit Essen.

»Unsinn. Du hattest noch nie einen weißen Freund. Ich erkenne eine Teenierevolte, wenn ich sie sehe.« Lukes Vater angelte drei der Blätterteigrollen von dem Tablett. »Ich war auch mal jung, aber das …« Er schüttelte missbilligend den Kopf. »Das hätte mein Vater nie durchgehen lassen.«

»Ach ja?«, konterte Luke und rollte die Augen. »Und was war mit Harry, Opas Ostküstenfreund?«

»Das war ein Albino.« Lukes Vater biss in die Blätterteigrolle und seine Gesichtszüge entspannten sich genussvoll.

»Er war halb Italiener und halb Amerikaner«, sagte Lira und machte den Fernseher lauter. »Und du bist manchmal echt peinlich.«

Nun sah Taz das erste Mal von seinem Handy hoch. »He, Alter, bist du Mister Wikipedia?«

Matt spürte, wie ihm die Hitze ins Gesicht schoss. Was hatte Luke über ihn erzählt? »Luke nennt mich manchmal so, ja.«

»Wenn du so ein Klugscheißer bist, kannst du mir sagen, was der Unterschied zwischen Jugoslawien und Kroatien ist?«

»Kroatien war ein Teil des Vielvölkerstaats Jugoslawien, der 1918 als Königreich und ab 1945 als föderative Volksrepublik bestand. Nach dem Bürgerkrieg zerfiel der Vielvölkerstaat in sechs anerkannte Nationalstaaten und einer davon ist Kroatien.«

»Krass, Alter.« Taz nickte anerkennend. »Der Typ ist echt Mister Wikipedia.«

»Wie kommst du auf Kroatien?«, fragte Luke verwundert.

Taz schwenkte sein Handy in Lukes Richtung. »Voll die geilen Yachten da unten. Die haben über 1000 Inseln, zieh dir das mal rein, Alter.«

Luke schüttelte entnervt den Kopf und ging zu Matt. Dort drehte er sich um. »Lira?«

»Hm?«

»Kannst du mal kommen?«

»Jetzt?«, fragte sie entsetzt. »Die Baltimore Ravens haben gerade einen Run!«

»Jetzt«, sagte Luke. »Wir warten in deinem Zimmer.«

»In … *meinem* Zimmer?« Lira sprang auf. »He, Luke, stopp!« Sie lief Luke und Matt hinterher in ihr Zimmer. »Was passt dir an deinem nicht? Ist es nicht aufgeräumt?«

»Es hat nicht die richtige Hardware«, sagte Luke leise.

»Oh … verstehe. Okay.« Lira öffnete die Zimmertür und ließ Luke und Matt den Vortritt. »Aber dafür hab ich was gut bei dir.«

»Klar, wie immer.« Luke ging zu ihrem tipptopp aufgeräumten Schreibtisch und setzte sich links neben den Laptop.

Matt sah sich in dem Zimmer um. Es war nicht nur ordentlich, es war *geordnet*. Nicht ganz so akkurat wie sein eigenes, aber es kam nah an seinen Standard ran – was sehr ungewöhnlich war. Er betrachtete Lira mit neuen Augen. Solche Ordnung war meistens ein Kompensationsmechanismus für etwas, das einem Menschen das Leben schwermachte. So jedenfalls hatte sein Psychologe ihm seinen eigenen übertriebenen Ordnungssinn erklärt. Was *sein* Leben schwer machte, das wusste er. Aber was beschäftigte Lira?

Lira setzte sich vor ihren Laptop und öffnete ihn. »Um was geht's?«

»Wir brauchen Bilder von Verkehrsüberwachungskameras«, sagte Luke.

Sie klappte den Laptop wieder zu. »Tickst du noch richtig? Wenn ich mich in das SFPD einhacke, steht in zwanzig Minuten ein Sondereinsatzkommando hier in der Wohnung – inklusive Rammbock.«

»Nationalpark-Überwachung. Alles private Anbieter, habe ich schon nachgesehen.«

Sie öffnete den Laptop wieder. »Nationalpark? Was willst du denn damit? Du warst das letzte Mal vor zehn Jahren im Nationalpark.« Sie grinste. »Und da hatte Dad dir vorher zwei Wochen Fernsehverbot angedroht, weil du deinen Allerwertesten nicht ins Auto bewegen wolltest.«

»Wir müssen was nachsehen«, sagte Luke ungeduldig.

Sie sah ihn fragend an. »Und was genau?«

Matt räusperte sich. »Ob ein stahlgrauer Honda HR-V Executive, Baujahr 2018, Kennzeichen *1EB432*, dort langgefahren ist.«

Sie verschränkte die Arme vor der Brust. »Nee, Jungs. So läuft das nicht. Ich soll mich in die Kameras von einer Sicherheitsfirma hacken und ihr sagt mir nicht, warum? Ich glaub echt, es hakt.«

Luke seufzte. »Du warst mal so süß… wann ist aus dir so eine Zi-«

»Sag ja nicht das Wort mit Z«, fuhr Lira ihn an. »Ich war noch nie süß. Und blöd auch nicht, das wäre ich nämlich, wenn ich was Illegales tue, nur weil mein großer Bruder das sagt.«

»Sie hat recht«, sagte Matt und zog innerlich seinen Hut vor Lira. Hätte er eine Schwester, er würde sich genauso eine wünschen wie Lira. Er setzte sich auf die andere Seite des Schreibtischs. »Also gut, uns ist da etwas Seltsames passiert…«

Lira hörte Matts Schilderung gebannt zu, ihre Augen wurden immer größer, ab und zu runzelte sie die Stirn, als könne sie nicht glauben, was Matt da gerade erzählte.

»Ohne Scheiß?«, fragte sie Luke, als Matt mit seinem Auftritt bei der Polizei geendet hatte. »Kein Scherz?«

»Ich selbst erinnere mich nicht«, gab Luke zu, »nur an den Teil ab dem Aufwachen in O'Dearys Lagerhalle. Deshalb brauchen wir die Bilder. Wir müssen beweisen können, dass Matt sich richtig erinnert.«

»Okay. Ich glaube euch.« Mit einem Seitenblick auf Luke fügte sie hinzu: »Luke würde sich so was nie ausdenken können. Er hat so viel Fantasie wie ein Ork.«

»Danke«, brummte ihr Bruder. »Solange ich nicht aussehe wie einer.«

»Ich brauche ein paar Eckdaten. Name der Sicherheitsfirma, Wegstrecke, Zeitfenster.«

»Darf ich?« Matt wartete auf Liras Nicken, dann nahm er einen Zettel aus dem Zettelspender und einen perfekt gespitzten Bleistift aus dem Stifthalter und schrieb die Koordinaten des Weges und das Zeitfenster auf. Er reichte den Zettel an Luke. »Weißt du den Namen der Sicherheitsfirma?«

Luke notierte ihn und gab Lira den Zettel. »Und los.«

Lira tippte. Rasend schnell gab sie Befehle ein und kam auf ein Interface, das Matt noch nie gesehen hatte, welches er jedoch für eine Programmierebene im Darknet hielt. Eine Reihe von stilisierten Computern erschienen, jeweils verbunden mit Linien, es wurden immer mehr und mehr, bis der Bildschirm mit einem unüberschaubaren Gewirr an Linien und Computerpiktogrammen voll war.

»So. Jetzt sollte es ziemlich unmöglich sein, die Anfrage, die ich gleich starte, zu uns zurückzuverfolgen.«

Luke klopfte Lira mit brüderlichem Stolz auf die Schulter. »Du überraschst mich immer wieder.«

Mich auch. Matt sah gebannt auf den Bildschirm.

Lira studierte den Zettel und tippte weiter. Eine Codezeile nach der anderen, immer wieder unterbrochen von Bieps, von Antworten, die von irgendwoher kamen und für Matt ebenso wenig Sinn ergaben wie Liras Code.

»Bingo.« Sie haute triumphierend auf die Entertaste. »Wir sind drin. Jetzt hängt alles davon ab, wie lange die Aufnahmen auf ihrem Server gespeichert werden.« Sie gab die Anfangszeit ein, einen weiteren Befehl und drückte erneut *Enter*. Ein Bild erschien. Matt erkannte den Ort sofort. Es war der erste Kontrollpunkt der Ranger, dort, wo sie in den Nationalpark hineingefahren waren. Nun mussten sie nur noch darauf warten, dass ihr Auto im Blickfeld der Kamera erschien.

»Ich mach mal Schellvorlauf, okay?« Lira gab einen neuen Befehl ein. Das Bild veränderte sich nicht. Sie starrten gemeinsam auf den Bildschirm.

Nichts.

Da! Endlich, eine Bewegung, Lira verlangsamte den Bildlauf, ein Auto fuhr durch das Bild, ein Ford, am Steuer ein Mann um die vierzig. Danach wieder – nichts.

Sie warteten.

Ein zweites, drittes, viertes Auto erschien. Ein Pick-up, ein BMW, ein Toyota.

Dann wieder – nichts.

»Das war euer Zeitfenster. Soll ich es erweitern?«

Matt nickte, wie vor den Kopf geschlagen.

Wie konnte das sein? Sie waren dort vorbeigefahren. An diesem Kontrollpunkt. Er erinnerte sich genau an die Hütte des Rangers, an den Baum, dessen knorrige Äste auf die einfahrenden Autos zu zeigen schienen, an die Bodenschwelle, die alle Autos zwang, ihre Geschwindigkeit zu drosseln.

Lira tippte erneut, das Bild erschien, zwei weitere Fahrzeuge, aber kein Honda, und in keinem waren Develine, Luke, Jeanie und er zu erkennen.

»Ich kann eine andere Kamera anpeilen«, sagte Lira.

Matt nickte. Er brachte kein Wort heraus. Konnte er sich wirklich derart getäuscht haben? Er sah auf das Datum und die Zeitangabe unten im Bild. Es war korrekt. Der Honda *musste* auftauchen! Sie konnten die Stelle nur in diesem Zeitfenster passiert haben!

Schließlich stoppte Lira das Video. »Soll ich weitermachen?«

Matt schüttelte den Kopf. »Ich verstehe das nicht«, sagte er gedämpft. »Ich …« Wieder schüttelte er den Kopf. »Es muss eine Erklärung dafür geben. Könnte es sein, dass die Sequenzen gelöscht wurden?«

Lira tippte. Am Computer erschien eine schnelle Abfolge von Zahlen. »Nein, es fehlt nichts.« Sie zuckte die Schultern. »Vielleicht hast du dich getäuscht. Oder du hast das geträumt.«

»Matt irrt sich nie.« Luke sah ebenso enttäuscht aus wie Matt. »Ich hätte geschworen, dass wir darauf was finden. So was träumt man doch nicht.«

»Du sicher nicht«, sagte Lira trocken. Dann wandte sie sich an Matt. »Hey«, sie stupste ihn aufmunternd an, »die anderen erinnern sich an gar nichts. Nicht mal einen Traum. Ist doch nicht so schlimm, jedenfalls wissen wir jetzt, wo ihr *nicht* gewesen seid.«

Luke stellte sich neben Matt und legte eine Hand freundschaftlich auf seine Schulter. »Hör auf Lira. Ist nicht so schlimm. Du bist auch nur ein Mensch und Menschen irren sich.«

»Ja.« Matt stand auf. Andere Menschen irrten sich. Er nicht. Niemals. Das war die eine bombensichere Sache in seinem Leben: seine unfehlbare Erinnerung. Und jetzt war sie plötzlich fehlerhaft? Aber an was »erinnerte« er sich dann? An eine falsche Erinnerung, die ihm eingepflanzt worden war? Aber warum nur ihm?

»Ich wusste nur bisher nicht, wie übel es sich anfühlt, sich zu irren.«

Develine

Develine zog ihr Handy aus der Jackentasche. Matt. Mist. Und sie hatte immer noch nichts Neues für ihn. »Hallo?«

Der Bus stoppte und sie sprang auf die Straße.

»Wo bist du?«, rief Matt. »Ich habe gerade bei dir zuhause angerufen. Dein Dad macht sich schon Sorgen!«

»Ich musste ein Kräftedefizit ausgleichen«, sagte sie leichthin, doch in ihrem Kopf schrillten Alarmglocken. Seit wann machte ihr Dad sich Sorgen, wenn sie etwas später von der Schule kam?

Sie ging schneller.

Sie würde ihm jetzt sofort alles erzählen und ihn bitten, ihr aus der Patsche zu helfen. Er musste einfach! Schließlich konnte sie nichts dafür, dass sie nicht beim *Amen Research Center* angekommen war.

»Wir waren gar nicht in Loma Mar«, sagte Matt, klang dabei allerdings so unsicher, als glaube er sich selbst nicht.

»Ich dachte, du warst dir ganz sicher?« Spielte es überhaupt eine Rolle, ob sie von Loma Mar oder von woanders oder direkt zu O'Deary gebracht worden waren? Sie waren entführt worden und mussten herausfinden, wer dahintersteckte. Und ob Roseannes Verschwinden etwas damit zu tun hatte. Und der Diebstahl ihrer Zeichnungen.

»Ich bin … war … mir sicher«, korrigierte Matt sich. »Ich versteh das einfach nicht. Dev, ich muss unbedingt wissen, ob Roseanne dir dieses Auto geliehen hat.«

»Sie ist noch nicht zurück.« Develine passierte Roseannes Haus. Ihr Blick fiel auf die geschlossenen Fenster. »Warte …« Sie lief zur Haustür und läutete Sturm.

Stille.

»Nicht da. Ich mach mir langsam echt Sorgen.« Unschlüssig stand Develine vor der Tür. »Ich meine, wenn sie mir das Auto geliehen hätte, würde sie doch Anweisungen hinterlassen, was ich damit machen soll. Ein Leihwagen ist teuer! Und Roseanne hat nicht genug Geld, um es einfach zu verschwenden.«

Sorgen-Kribbeln wirbelte wieder durch Develines Magen. Roseanne war in Schwierigkeiten, anders ließ sich ihr Verschwinden nicht erklären.

»Sehe ich auch so«, sagte Matt und sie stellte sich vor, wie er nachdenklich durch sein Haar wuschelte. »Fragt sich nur, warum sie verschwunden ist.«

»Vielleicht hat es was mit der Sache zu tun, die Roseanne mir an dem Morgen erzählen wollte.«

Eine Riesenstory, hatte Roseanne gesagt. Andererseits – bei Roseanne war alles immer gleich eine Riesenstory, selbst wenn sie am Ende verpuffte, weil ihre Quelle unzuverlässig war.

Trotzdem, *falls* Matt sich, was das Auto betraf, richtig erinnerte, dann wäre es durchaus möglich, dass die Entführung eigentlich Roseanne gegolten hatte.

»Was, wenn wir nur ein Kollateralschaden sind?« Mit jedem Wort, das Develine laut aussprach, schien ihr die Erklärung plausibler. »Wenn die Entführer gedacht haben, Roseanne säße in dem Auto, und als sie ihren Irrtum bemerkt haben, *tschakka,* haben sie uns bei O'Deary entsorgt wie Sondermüll.«

Aus dem Hörer krachte und knackte es.

»Matt?«

»Sorry«, das Krachen wurde leiser. »Nüsse. Denkfutter.« Er schluckte. »Ist möglich, aber warum würde O'Deary sein Lager als Sondermülldeponie zur Verfügung stellen? Er ist nicht gerade als Wohltäter bekannt.«

Langsam ging Develine zur Straße zurück und wieder durch ihren eigenen Vorgarten. »Keine Ahnung? Weil ihn jemand dafür bezahlt hat? Oder er schuldete jemandem einen Gefallen? Das funktioniert doch so… eine Hand wäscht die andere…« Im Garten sah sie ein Heer an Pflanzen neben der Veranda auf ihr neues Beet warten, vorwiegend Rot- und Gelbtöne, Moms Lieblingsfarben.

Ein lauter Knall ließ Develine zusammenzucken. Das war aus ihrem Atelier gekommen! »Matt, ich muss auflegen«, rief sie und rannte durch den Garten zum Atelier. Die Tür stand weit offen, darin rumorte es. Develine stoppte, schlich die letzten Meter und stellte sich seitlich der Tür in Kampfposition. Sie beugte den Kopf vor und linste in das Atelier.

Dad?

Überrascht trat sie in das Atelier. Dad holte gerade aus, ließ den Hammer auf das Brett krachen, mit dem er die zerbrochene Tischplatte reparierte.

Develine ging neben ihm in die Hocke und reichte ihm einen Nagel aus dem Werkzeugkasten.

Ihr Dad nahm ihn, platzierte ihn zehn Zentimeter neben die ersten zwei Nägel und drosch ihn in das Holz.

»Kannst du das nächste Mal ein Bruchtestbrett nehmen, wenn du deine Wut abreagieren musst?«

»Ich…« Sie reichte ihm den nächsten Nagel. »Tut mir leid.«

Er hämmerte den Nagel in das Brett und dann noch einen und noch einen, wortlos und mit so viel Wucht, als müsste er selbst Dampf ablassen. Dann legte er plötzlich den Hammer weg und drehte sich zu ihr. »Nein, mir tut es leid.«

Verwirrt sah sie ihn an. »Was genau?«

»Das du verstörende Dinge erlebst und aus irgendeinem Grund deine Einzelkämpfershow abziehst, anstatt uns einzuweihen. Was ist los, Dev? Ich weiß von Nora, dass die dumme Witkowski dich von der Schule werfen will, weil du eine Entschuldigung gefälscht hast, und Simon hat Mom erzählt, dass du mit drei anderen möglicherweise entführt wurdest. Neben deinem Bett liegt dein Schwert und das Atelier sieht aus wie nach einem Kampf der Giganten.« Er legte seine Hand auf ihre Schulter. »Seit wann redest du nicht mehr mit uns?«

Tränen stiegen Develine in die Augen. »Ihr wart nicht da.« Sie sagte es ohne jede Anklage und ihr Vater verzichtete darauf, zu erwähnen, was sie ohnehin wusste: dass ein Ton von ihr genügt hätte, damit sie alles stehen und liegen ließen, um ihr zu helfen. Stattdessen nahm er sie einfach in den Arm.

»Willst du's mir jetzt erzählen?«, fragte er schließlich und führte sie zu der roten durchgesessenen Couch.

Sie nickte und begann zu berichten.

Matts Erinnerung, dann ihre, die Szene bei der Polizei, das Gespräch mit Frau Witkoswki und Rektor Wiseman, Roseannes Verschwinden und schließlich der Diebstahl ihrer Zeichnungen.

»Oh mein Gott! Dev!« Er nahm ihre Hand. »Wirklich alle? Weg?«

Sie nickte und spürte, wie eine neue Welle an Tränen nahte. »Alle.«

Er nahm sie erneut in den Arm. »Die bekommen wir wieder. Ich engagiere einen Detektiv.« Er schüttelte ungläubig den Kopf. »Entführung in eine Felsenhöhle, ein selbstfahrender Leihwagen, eine unterirdische Flucht aus O'Dearys Lagerhalle, ein Mädchen mit Fledermausohren, eine Lehrerin, die dich von der Schule werfen will, und ein gemeiner Diebstahl … Das klingt wie Stoff für eine neue Graphic Novel.«

»Ist es aber nicht!«

»Ich weiß. Simon ist ziemlich besorgt. Und deine Mom jetzt auch. Offenbar kennt sie das Mädchen und auch einen der beiden Jungen aus dem Institut.«

»Matt oder Luke?«, fragte Develine neugierig.

»Matt.« Ihr Vater stand auf und kam mit zwei Ingwerlimonaden zurück. Er reichte ihr eine. »Hat wohl ein Superhirn oder so was. Ich frage mich, ob es Zufall sein kann, dass ausgerechnet du mit zumindest zwei Patienten des Instituts entführt wurdest. Als Tochter der Leiterin des Cyborgprogramms hast du auch eine Verbindung zum *HIT*.«

»Das habe ich mich auch schon gefragt, aber wir haben uns an dem Morgen zufällig getroffen – das kann niemand geplant haben.«

»Hmm. Lass uns später mit Mom reden, sie ist gerade deswegen bei Simon.« Ihr Vater trank nachdenklich die Limonade. »Und die Witkowski, warum hat sie es auf dich abgesehen?«

»Weil ich ich bin – und na ja, ich provoziere sie. Aber dich mag sie auch nicht.«

»Ich sie auch nicht.« Er verzog das Gesicht. »Schreckliche Person.«

»Sie sagt, du bist nicht ganz richtig im Kopf«, sprudelte es aus Develine heraus. »Und dass du ein Straftäter bist.«

»Autsch.« Er legte übertrieben die Hand auf sein Herz. »Touché.«

Develines Mund klappte auf. »Dad! Das stimmt doch nicht, oder?«

»Doch, Dev, und jetzt rate mal, wer mich damals angezeigt hat, weil ich mit meinem Comic ihre Persönlichkeitsrechte verletzt habe …«

»Nee … die Witkowski?«

»Ganz genau. Diane Witkowski alias *Bitchy Diane*. Das ätzendste Mädchen aus meinem Abschlussjahrgang.«

Develines Mund blieb offen stehen. Bitchy Diane, die nervige Gegenspielerin von Develine aus der Comicreihe *Teufelsspiel*. Jetzt, nachdem Dad es gesagt hatte, sah sie die Ähnlichkeit zur Witkowski beziehungsweise zu dem Mädchen, das Frau Witkowski mal gewesen sein musste.

»Kleine Lehrstunde am Rande: Zeichne nie jemanden, der *sich* erkennen und *dich* verklagen könnte.« Ihr Vater grinste wieder. »Wobei das Spektakel damals fast den Ärger wert gewesen ist.« Er hob mahnend den Finger. »Aber nur fast und … denk immer dran, kluge Kinder *lernen* aus den Fehlern ihrer Eltern und *wiederholen sie nicht*.«

»Und was machen wir jetzt wegen der blöden Entschuldigung?«

»Na, was wohl?« Dad prostete ihr mit der Limonade zu. »Ich rufe Dr. Wiseman an und bestätige ihm, dass ich sie geschrieben habe, schon allein, um Diane ihre Tour zu versauen. Ich lasse nicht zu, dass sie ihren Hass auf mich an dir rauslässt.« Dann richtete er mahnend den Finger auf Develine. »Und *du* bekommst eine Strafe. Das Fälschen unserer Unterschriften ist nicht akzeptabel. Du kannst mit uns über alles reden. Aber nicht uns hintergehen. So funktioniert unsere Familie nicht.«

Develine nickte erleichtert. »Klingt fair. Was muss ich tun?«

Dad zeigte zum Garten. »Ich glaube, etwas Gartenarbeit wäre genau das Richtige, um dich ein wenig zu erden.«

Develine fand Serge in dem Beet zwischen Küchenfenster und Veranda. Schwitzend grub er das Stückchen Erde um, das bislang halb aus Gras, halb aus Unkraut jeder Art bestand.

»Hi, Serge«, sagte Develine betont freundlich. »Ich soll Ihnen helfen.«

»Dir«, korrigierte Serge sie. »Sonst sag ich auch Sie.«

»Dir helfen«, wiederholte Develine. »Was kann ich tun?«

Serge blickte über das Pflanzenmeer um ihn herum. »Die Pflanzen einschwemmen, also wässern, bevor wir sie setzen, und dann kannst du mir sagen, wo ich die Löcher machen soll, und du pflanzt sie ein.«

Develine nickte und holte sich eine Gießkanne. In Gedanken ging sie das Gespräch mit ihrem Vater noch einmal durch. *Zeichne nie jemanden, der sich erkennen und dich verklagen könnte…* Was, wenn es tatsächlich darum ging? Nicht ums Verklagen, aber um eine ihrer gemeinsamen Geschichten. Vielleicht hing Roseannes Riesenstory mit einem der Bösewichte aus einer ihrer alten Geschichten zusammen? Oder mit einem der Verbrechen, die Roseanne als *Rächerin Rose* verhinderte. Nur, wie sollte sie herausfinden, um wen genau es dabei gegangen war? Sie hatten nach strikten Regeln gearbeitet, Roseanne hatte mit ihr ein Phantombild des ultimativen Bösewichts der Geschichte angefertigt und von dem Verbrechen erzählt. Es war mal ein unter den Teppich gekehrter Korruptionsskandal, mal Geldwäsche durch eine renommierte Firma, mal die Verbreitung mit Schadstoffen verseuchter Waren in Afrika und einmal der Einbau eines Spionageprogrammes in einer der meistgenutzten Apps. Develine hatte dann Verbrechen und Phantombild genommen und in eine fiktive Welt versetzt. Sie kannte weder die Namen der betroffenen Personen noch der Firmen. Roseanne hatte darauf bestanden, damit Develine, falls es Ärger gab, nicht lügen musste und sich nicht in Widersprüche verheddern konnte. Jede Geschichte spielte in einem dystopischen San Francisco, in dem die Armen ärmer und die Reichen reicher waren und ein Großteil der Polizei korrupt.

»Nicht *weg*schwemmen!«, rief Serge, »*ein*schwemmen. So, dass die Pflanzen feucht sind und der Ballen nicht auseinanderfällt, wenn wir ihn aus dem Topf heben.«

»Sorry«, murmelte Develine. Tatsächlich stand auf der Topferde bereits das Wasser. »Ich glaube, ich hab's kapiert.« Sie wässerte die nächste Pflanze.

»Perfekt. Du lernst schnell, Mädchen.«

»Ich heiße Develine.«

»Develine.« Serge schnippte begeistert mit den Fingerspitzen. »Was für ein schöner Name! Habe ich noch nie gehört.«

»Mein Vater hat mich nach einer seiner Figuren benannt. Develine ist eine Comic-Heldin.«

»Eine gute?«

Develine machte eine vage Wellenbewegung mit ihrer Hand. »So lala. Sie ist die Freundin des Teufels, aber sie macht ihm immer einen Strich durch die Rechnung, wenn sie denkt, es trifft den Falschen.«

»Also eine gute Heldin«, stellte Serge fest.

»Sie ist immer noch die Freundin des Teufels«, gab Develine zu bedenken.

»Aber sie nutzt das, um Gutes zu tun. Wäre sie nicht seine Freundin, könnte sie das nicht.« Serge stützte sich auf den Spaten. »Und du? Bist du auch eine Heldin?« Er zeigte auf ihre blauen Haare, ihre futuristische Jacke, die engen Jeans und die schnallenbesetzten Schaftstiefel.

Develine schüttelte den Kopf. Nein. War sie nicht. Aber es war ihr größter Wunsch, eine zu werden. Eine Fähigkeit zu haben wie Jeanie.

Sobald ihre Mutter im *HIT* die Cyborgtechnologie so weit brachte, dass sie Menschen Superheldenfähigkeiten verpassen konnte, wäre Develine die Erste, die sich als Versuchsperson zur Verfügung stellte.

Matt

Wie benommen marschierte Matt neben Luke und Taz die Straße entlang. Mit halbem Ohr lauschte er dem spaßhaften Schlagabtausch der Brüder, den Zurufen von Passanten, die Luke oder Taz oder beide kannten. Es waren leichthin durch die Luft geschleuderte Worte, die seine Ohren trafen, aber nicht bis in sein Bewusstsein drangen.

Was war nur passiert?

Wie konnte es möglich sein, dass er sich nicht richtig erinnert hatte?

Seine Erinnerung trog ihn nie.

Lira musste einen Fehler gemacht haben. *Nein, hat sie nicht, Idiot. Du bist doch dabei gewesen, du hast die Zeiteinblendungen gesehen.*

Aber er hatte diese Erinnerung! Er hatte sich das doch nicht eingebildet!

»Matt!« Luke zupfte ihn am Ärmel. »Träumst du?«

»Äh, was?« Er spürte, wie das Blut in sein Gesicht schoss.

»Taz hat gerade gefragt, ob er dich in Zukunft öfters bei uns sieht.«

Neben Taz erschien lautlos ein schwarz-weißer Renault Twizy und stoppte, am Steuer eine hellblonde Frau um die zwanzig. Die Flügeltür schob sich mit kaum hörbarem Surren nach oben. Taz küsste die Blonde und schwang sich hinter sie in den Elektro-Quad.

»Viel Spaß.« Luke grinste über das ganze Gesicht und warf der Blonden eine Kusshand zu.

Die Flügeltür schloss sich und sie fuhren lautlos davon. Matt sah ihnen verblüfft nach. »Ich dachte, wir wollten zusammen Billard spielen gehen?«

»Wir zwei«, präzisierte Luke und ging weiter. »Taz hat uns nur als Alibi genutzt.«

»Alibi?«, fragt Matt erstaunt. Taz war zwanzig, wozu brauchte er ein Alibi, wenn er sich abends mit seiner Freundin traf?

»Wenn er mit mir loszieht, fragt Dad nicht, ob er sich mit Tara trifft, und dann muss er ihn nicht anlügen.«

»Warum sollte er sich nicht mit Tara treffen? Sie sah sehr nett aus.«

»Sie ist der Knaller!«, rief Luke.

»Warum dann die Heimlichtuerei?«

»Sie ist weiß.«

Natürlich! Matt tippte sich an die Stirn. Was war nur mit ihm los? Die Reaktion von Lukes Vater auf ihn selbst war nicht gerade einladend gewesen. »Das ist …« Er suchte nach einem passenden, nicht zu verletzenden Wort.

»Absolut arschig und voll zwanzigstes Jahrhundert.« Luke verzog den Mund zu einem schiefen Grinsen. »Mein Dad eben. Kennst doch den Spruch, *Freunde kann man sich aussuchen …*«

»*… Familie muss man so nehmen, wie sie ist.*« Matt ging weiter. Der Spruch war nur leider falsch. Man musste seine Familie nicht so nehmen, wie sie war, man konnte sie auch einfach verlassen, wenn sie einem nicht passte, und sich eine neue suchen. Man konnte seine Frau und seinen Sohn verleugnen, weil sie einem peinlich waren, und sich ein neues Leben aufbauen, in dem diese nicht mehr existierten. Und Freunde konnte man sich auch nicht einfach so aussuchen, wenn man immer Angst davor haben musste, dass sie einen verließen, sobald sie erfuhren, *wie* anders man war. Oder man musste sie permanent anlügen und jedes Wort auf die Goldwaage legen, damit sie nicht herausfanden, dass sie mit einem Freak befreundet waren, und es sich nicht herumsprach. Und dann war die Freundschaft keine echte Freundschaft, denn Freunde log man nicht an. Aber Luke konnte das nicht wissen. *Er* hatte Freunde. Er musste niemanden anlügen, sondern konnte einfach er selbst sein. Und er wuchs in einer Familie auf, die ihre Mitglieder genau so nahm, wie sie waren, egal wie sehr sie ihnen auf den Senkel gingen.

»Da sind wir.« Luke stieß die Tür zu einem Café auf. Die Tische und Stühle waren abgegriffen und vergilbt, der Boden verschrammtes Linoleum, weiter hinten jedoch stand ein mächtiger, mahagonifarbener Billardtisch, neben dem ein etwas untersetzter Typ mit einem Piercing in der linken Augenbraue stand. »Ich dachte schon, ihr kommt nicht mehr.«

»Das ist Matt«, stellte Luke Matt vor. Er zeigte auf den Untersetzten. »Jimmy.«

In dem Moment öffnete sich die Tür. Ein Junge in ihrem Alter trat ein und winkte Luke zu. »Da kommt Birdy.«

»Zwei Teams?«, fragte Birdy und stellte sich näher zu Jimmy.

»Zwei Teams«, bestätigte Luke und klopfte Matt auf die Schulter. »Du bist in meinem.«

»Ich bin ziemlich schlecht«, sagte Matt.

»Um so besser«, sagte Luke und grinste. »Der Schlechtere bezahlt die Drinks.«

Birdy begann. Matt staunte. Er war richtig gut. Dann spielte Luke, ebenfalls gut, aber an Birdy kam er nicht ran. Und auch nicht an Jimmy, von dem er nach dem ersten Stoß wusste, warum Birdy ihn sich als Partner geschnappt hatte. Sie spielten und Matt strengte sich an, aber gegen die anderen fiel sein Spiel übel ab. Er stellte sich etwas ins Abseits und beobachtete.

Luke war wieder am Zug. Er lehnte sich über den Tisch, visierte eine Kugel an, traf perfekt. Die weiße Kugel schoss über den Tisch und stippte die rote Kugel genau im richtigen Winkel an, damit diese ins Loch rollte.

Sie spielten konzentriert, es wurde wenig geredet, kaum kommentiert, und jedes Mal, wenn Matt an der Reihe war, wurde er nervöser. Sie würden verlieren – seinetwegen!!

Dann war das Spiel vorbei. Sie hatten verloren. Deutlich. Luke reichte ihm die Hand.

»Gutes Spiel, Kumpel.«

»Tut mir leid«, sagte Matt entschuldigend, »ich bin echt eine Niete im Billard.«

Luke drückte Matts Hand. »Niemand kann überall der Champion sein.« Dann wandte er sich an die anderen. »'ne Runde Cola?«

Sie gingen zusammen zum Tresen, als hinter Matt ein Tumult losbrach.

»Vergiss es, ich reg mich nicht ab, der Kerl kriegt was auf die Fresse!«

Matt drehte sich um, drei Typen stürmten ins Café, der vorderste, offenbar der Anführer, mit geballten Fäusten vor seinem mächtigen Brustkorb. »Welchem Honk gehört der rote Ford mit dem schwulen Rennstreifen?«

Matt sah, wie Birdy zusammenzuckte.

»Warum?«, fragte Matt. »Was ist denn los?«

Der Anführer maß ihn abschätzend. »Deiner?«

»Um was geht's denn?«, mischte Luke sich ein.

»Um eine Macke. In *meinem* Auto.« Muskelmann zeigte auf einen weißen Truck, der gegenüber vom Café geparkt war. Daneben Birdys roter Ford mit dem Rennstreifen, der neben dem großen Truck wirkte, als wäre er beim Waschen eingegangen.

»Und wie kommst du darauf, dass die von dem roten Ford kommt?«, fragte Matt ruhig.

»Weil er neben meinem Auto steht, du Hirni.« Muskelmann stand nun keine zehn Zentimeter von Matt entfernt. Zu nah, um nicht nervös zu werden. Matt zwang sich, nicht zurückzuweichen.

»Ist die Macke etwa zehn Zentimeter lang, gut fünf Millimeter tief und schwarz?«, fragte Matt.

Muskelmann packte Matt am Kragen. »Also war's deiner …«, knurrte er.

»He«, fuhr Luke dazwischen. »Lass meinen Kumpel los. Wir sind zu Fuß hier.«

Der Muskelmann reagierte nicht. Matt spürte dessen Knöchel in sein Brustbein drücken. »Hast du mal darüber nachgedacht, wie ein rotes Auto schwarze Lackspuren hinterlassen kann?«, keuchte Matt.

»Was?« Der Griff wurde lockerer.

»Rotes Auto, schwarzer Lack«, wiederholte Luke und schob sich so zwischen Matt und den Typen, dass der Matt loslassen musste. »Checkst du den Fehler?«

Der Typ winkte einen seiner Begleiter zu sich. »Schau, ob rote Farbe an dem Kratzer ist. Pronto, klar?« Er wandte sich wieder an Luke. »Wenn dein Kumpel Bullshit erzählt hat, ist er dran.«

Kurz darauf kam der Begleiter wieder rein. »Kein Rot«, sagte er atemlos.

Der Muskelmann sah Matt an, als wolle er ihn zum Duell herausfordern. Dann nickte er kurz. »Glück gehabt, Hirni.« Er drehte sich abrupt um und winkte seinen Freunden zu. »Wir gehen.«

Birdy atmete auf. Er klopfte Matt auf die Schulter. »Echt Schwein gehabt, dass du den Kratzer bemerkt hast. Kommt, ich geb einen aus!«

»Danke«, sagte Matt eine gute Stunde später, als er neben Luke zum Bus lief. »Hat Spaß gemacht.«

»Sicher?« Luke sah ihn zweifelnd von der Seite an. »Du warst ziemlich still. Und dabei habe ich dir angesehen, dass du Jimmy korrigieren wolltest, als er über den Superbowl geredet hat.«

»Er hat aber auch alles durcheinandergebracht«, verteidigte sich Matt.

»Er bringt immer alles durcheinander. Aber er ist der beste Billardspieler, den ich kenne, und, wie gesagt, man muss nicht in allem der Champion sein.« Luke hielt inne. »Eigentlich sollte es reichen, einfach ein guter Mensch zu sein. Es ist falsch, nur daran gemessen zu werden, was man gut *kann*.«

»Du meinst deinen Erfolg beim Laufen?«

Luke nickte. »Zum Beispiel. Ich liebe meinen Sport, aber was passiert, wenn ich *nicht* mehr laufen kann? Bin ich dann weniger wert? Oder nimm dich, keiner von uns hat den Kratzer überhaupt wahrgenommen, nur du, und du hast dich ohne zu zögern diesem Arsch in den Weg gestellt und Birdy mit deinem Monsterhirn 'ne Menge Ärger erspart. Das ist doch das Entscheidende! Nicht dass du Mr Monsterhirn bist, sondern wie du es für andere einsetzt.«

Matt zuckte zusammen. Mr Monsterhirn. Das klang verdächtig nach Freak. Und ja, Luke hatte recht, er hatte sich zurückgehalten und weder falsche Aussagen korrigiert noch Fakten zur Unterhaltung beigetragen – weil er normal wirken wollte.

»Habe ich gerade was Falsches gesagt?«

»Schon gut«, presste Matt hervor. Tatsächlich hatte Luke den Nagel ja auf den Kopf getroffen. Er selbst hatte ein Monsterhirn und das verschreckte nun mal andere Menschen.

»Nein, nicht gut. Es sollte ein Kompliment sein und du machst ein Gesicht, als hätte ich dich geschlagen.« Luke hob abwehrend die Hände. »Vergiss es einfach.«

»Das kann ich nicht«, rutschte es Matt heraus.

Luke zog überrascht die Brauen zusammen. »Ich hatte dich nicht als nachtragend eingeschätzt.«

»Nein, nein, ich bin dir nicht böse, ich *kann* es nur nicht vergessen.« Matt sah an Lukes Gesichtsausdruck, dass er keine Ahnung hatte, wie wörtlich Matts Aussage zu nehmen war. »Ich kann *nichts* vergessen. Auch wenn ich etwas vergessen *will*. Ich bin wie eine Festplatte, die nicht überschrieben werden kann.«

Lukes Brauen berührten sich fast über der Nasenwurzel. »Nichts? Du… du hast ein fotografisches Gedächtnis? So wie die Leute, die ein Buch einmal lesen und dann auswendig können?«

»Auch.« Matt nickte. »Aber schlimmer ist, dass ich mir auch alles merke, was mir *passiert*.«

»Schlimm?« Luke schüttelte verständnislos den Kopf. »Das ist genial! Du musst nie lernen. Du musst dir nie was aufschreiben, weil du dir alles merken kannst, was ist daran schlecht?«

»Dass ich mir alles merken *muss*«, brach es aus Matt heraus. »Weißt du, wie sehr es anderen auf die Nerven geht, wenn du immer recht hast?«

»Na ja, wenn du doch *recht hast*...«

»Habe ich.« Matt tippte an seine Stirn. »Aber alle denken, dass *sie* recht haben. Nur ist ihre Erinnerung meist verfälscht.«

»Meist? Echt?«, fragte Luke. »Warum?«

»Weil jeder sich verändert und mit ihm seine Erinnerung.« Matt überkreuzte die Arme. »Weil es uns schützt. Schau dir die *guten alten Zeiten* deiner Großeltern mal näher an. Wir verdrängen die schlechten Erlebnisse und glorifizieren die guten.«

Luke nickte langsam. »Hab ich noch nie drüber nachgedacht. Aber ergibt Sinn. Taz und ich streiten uns immer über Dinge, die ewig zurückliegen.«

»Ja, weil sich deine persönliche Erinnerung laufend verändert.« Matt zog eine Grimasse. »Aber das will keiner so sehen. Und wenn man jemanden darauf hinweist, nimmt der einem das ziemlich übel.«

Luke sah ihn nachdenklich an, die Brauen noch immer zusammengezogen. »Dann... ist das eine besondere Fähigkeit, oder? So wie Jeanies Gehör. Eine Art Superkraft.«

»Abweichung im Gencode.«

»Superkraft.« Luke verschränkte seine Arme.

»Meinetwegen, nenn es so, aber bitte behalte das für dich.« Matt senkte seine Stimme. »Wenn sich das rumspricht, dann bin ich nur noch der Freak. Und jeder will testen, wie viel ich weiß.« Er biss sich auf die Lippe. *Verflucht!* Warum nur hatte er seine Klappe nicht gehalten!

»Ehrensache.« Luke legte seine Hand aufs Herz. »Freak?« Er schüttelte verärgert den Kopf. »Wer sagt denn so was?«

»Die meisten. Anderssein erzeugt Angst. Meine Mutter haben sie als Kind in eine Forschungseinrichtung gesteckt und meinen Urgroßvater haben sie auf einem Jahrmarkt als Kuriosität ausgestellt. Und selbst mein Vater hat uns nicht mehr ertragen.« Er hob die Fäuste und öffnete sie, als ließe er etwas Unsichtbares davonfliegen.

»Puh.« Lukes Kopfschütteln wurde stärker. »Das ist mies.«

»War nicht einfach für ihn mit uns.« Matt winkte ab. Er hatte jetzt keine Lust, über seinen Vater zu reden. »Ich musste meiner Mutter versprechen, dass ich meine Klappe halte. Sonst hätte sie mich nicht hierherziehen lassen.«

»Wie – hierherziehen lassen?« Luke wirkte verwirrt. »Wo ist deine Mutter?«

»In Santa Rosa.«

»Aber …«, fragte Luke, nun vollends verwirrt, »hast du nicht gesagt, dein Vater hat euch verlassen? Bei wem wohnst du dann?«

Matt zögerte. Niemand wusste, dass er von Simon betreut wurde. Niemand wusste, dass er an einer Versuchsreihe im *HIT* teilnahm. Niemand *sollte* das wissen.

»Bist du auch bei einer Tante, wie Jeanie?«

Einfach Ja sagen. Die Steilvorlage annehmen und Luke glatt ins Gesicht lügen. Verhör erledigt. Aber er wollte Luke nicht anlügen. Es fühlte sich falsch an. »Das *HIT* stellt mir ein Appartement zur Verfügung und mein Arzt kümmert sich um mich. Damit Mom keine Krise bekommt.«

»Das *HIT* stellt dir ein …?« Lukes Augen wurden groß. »Warum?«

»Weil mein Erinnerungsvermögen der gängigen Theorie widerspricht, wie unsere Erinnerung abgespeichert wird. Mein Arzt hofft, dass er durch die Arbeit mit mir die Gehirnforschung revolutioniert.« Matt tippte an seine Stirn. »Irgendwas funktioniert hier anders und ich will, dass es zu mehr gut ist als Bestnoten ohne Lernen.«

»Machen die …« Luke schluckte. »… Versuche mit dir?«

»Tests.« Matt lachte. »Schau nicht so entsetzt! Die schnipseln nicht an mir rum! Simon hilft mir, die Erinnerungen so zu organisieren, dass ich sie besser nutzen kann und sie mich nicht fertigmachen.«

»Trotzdem! Du bist doch kein Versuchskaninchen!«, protestierte Luke. »Wie kannst du denen nur vertrauen? Mein Vater redet echt viel Schrott, aber in einem hat er recht: Im Leben ist nichts umsonst und wenn die dir sogar ein Appartement zur Verfügung stellen … Mann! Matt! Wach auf! Die machen das nicht aus Nächstenliebe!«

»Nein, aus wissenschaftlichem Interesse. Es gibt nur 80 bekannte Fälle des hyperthymestischen Syndroms und ich bin der Einzige davon, der auch Eidetiker ist, das heißt episodisches und semantisches Gedächtnis sind betroffen. Das ist einzigartig.«

Matts Bus bog in die Haltebucht ein. Er stieg ein, während Lukes Worte in seinem Kopf hallten. *Versuchskaninchen … vertrauen … im Leben ist nichts umsonst … die machen das nicht aus Nächstenliebe …* Er erinnerte sich an sein Unbehagen, als Simon die Namen der anderen notiert hatte, ohne dass er selbst sie erwähnt hatte. An die mangelnden Nachfragen und gleichzeitig das Drängen darauf, dass alle eine Blutuntersuchung bei ihm machten …

Und wenn Luke recht hatte?

Was, wenn das *HIT* nicht so menschenfreundlich war, wie es sich darstellte?

Wenn er nicht der Wissenschaft diente, sondern einem Institut, das ganz andere, eigene, gefährliche Ziele verfolgte …

4. Mai
Samstag

Develine

Der Schlag kam zu schnell. Der Fuß traf auf Develines Wange und schleuderte ihren Kopf zur Seite.

»Du bist nicht konzentriert.« Ihre Mutter tänzelte locker auf der Stelle, die Deckung perfekt vor dem Körper. »Das ist der dritte Treffer heute. Was ist los mit dir?«

»Roseanne«, keuchte Develine und schnellte mit einer Drehung zur Seite. Sie kickte nach dem Bein ihrer Mutter, trat jedoch ins Leere. Ihre Mutter war bereits in die Luft gesprungen und griff sie erneut an. Develine wich dem Schlag aus, rollte ab und federte in Angriffsposition zurück. »Ich mache mir Sorgen um sie.«

»Schluss für heute.« Schwer atmend legte ihre Mutter die Hände vor dem Körper aneinander und verneigte sich leicht vor Develine. Diese verneigte sich ebenfalls, dann verließ sie die Matte und holte ihre Trinkflaschen, während ihre Mutter die Kellerfenster öffnete.

»Wir gehen jetzt zusammen zu Roseanne und sehen nach, ob sie zurück ist.« Ihre Mutter schlang sich ein Handtuch um den Nacken und nahm ihre Trinkflasche entgegen.

»Es ist gerade mal acht Uhr früh. Am Samstag«, warf Develine ein. »Wenn sie zurück ist, schläft sie noch.«

»Dann wecken wir sie auf.« Ihre Mutter wischte sich

resolut eine blonde Haarsträhne aus dem Gesicht und versuchte sie in den geflochtenen Zopf zurückzustopfen. »Und wenn sie nicht da ist, überlegen wir uns, was wir machen können.«

Den Ersatzschlüssel in der Faust, lief Develine neben ihrer Mutter zu Roseannes Haus. Mit jedem Schritt, den sie sich näherten, nahm das Sorgen-Kribbeln in Develines Magen zu. Was, wenn Roseanne nicht zurück war?

Vor Roseannes Haus lief ihre Mutter zuallererst zum Küchenfenster und sah hinein. Develine stellte sich neben sie. Riss ihre Augen auf. Der Geschirrberg, der sich gestern noch auf dem Abtropftablett gestapelt hatte, war weggeräumt!

»Mom! Sie ist zurück!«, rief sie. »Gestern stand hier noch das Geschirr rum!« Develine rannte zur Tür und läutete. Dass es für ihre Freundin viel zu früh war, interessierte sie keine Sekunde mehr. Sie würde so lange läuten, bis Roseanne ihren Hintern aus dem Bett geschwungen hatte.

Sie hörte das schrille Läuten, allerdings war das auch das Einzige. Kein anderes Geräusch drang zu ihr, kein ungeduldiges *Komm ja schon!*, kein Gepolter auf der Treppe. Das konnte doch nicht sein! *Verdammt!* Roseanne! Das Geschirr wird sich wohl kaum von allcine aufgeräumt haben.

Schließlich riss ihr Geduldsfaden. Develine steckte den Ersatzschlüssel ins Schloss. »Roseanne! He! Ich bin's!«, rief sie, als sie die Tür öffnete und in den Flur trat.

»Und ich«, rief ihre Mutter und trat hinter Develine in den Flur.

Sie liefen die Treppe hoch ins Schlafzimmer.

»Roseanne!«, rief Develine und stoppte abrupt. Das

Schlafzimmer war leer – das Bett fein säuberlich gemacht und der ganze Raum so geschniegelt, als hätte jemand einen Putzwettbewerb veranstaltet. Nicht ein einziges Kleidungsstück lag herum, so ordentlich war dieser Raum nicht einmal gewesen, als Roseanne ihn frisch bezogen hatte. Sie lief ins Badezimmer. Es war derartig blitzblank geputzt, wie sie es noch nie gesehen hatte. Man konnte sich selbst in den Fliesen spiegeln.

Das altbekannte Kribbeln durchzog Develines Magen. Sie lief weiter ins Arbeitszimmer, immer gefolgt von ihrer Mutter. Auch hier: extreme Ordnung. Keine herumliegenden Ordner, keine Papiere am Boden, keine Tüten, kein gar nichts. Selbst der Schreibtisch war völlig leer, nicht einmal ein Kugelschreiber lag auf der Tischplatte.

»So ordentlich habe ich Roseanne nicht in Erinnerung«, sagte ihre Mutter und ging zum Schreibtisch. »War der hier gestern auch schon so blank?«

Develine schüttelte den Kopf. »Hier herrschte das übliche Chaos. Und im Schlafzimmer auch.« Ihr Blick fiel auf das Regal mit den Ordnern. Waren die Lücken dort gestern auch schon dagewesen? Sie versuchte sich zu erinnern, ja, ein paar Lücken hatte es im Regal gegeben, aber so viele? Und was war mit den Ordnern passiert, die gestern noch herumgelegen hatten?

»Roseanne?«, rief ihre Mutter und trat zurück in den Flur. »Bist du hier irgendwo?«

Develine folgte ihr ins Erdgeschoss. Das Kribbeln in ihrem Magen wurde mit jeder Sekunde stärker. Wer immer hier Ordnung gemacht hatte, es war nicht Roseanne gewesen.

Als Nächstes checkte sie die Küche. Sie war so geschleckt

und verlassen wie der Rest des Hauses. Es war verrückt. Auch Wohnzimmer und Toilette waren leer und sauber. Als hätte jemand Roseanne aus dem Haus herausgeputzt. Ihre Brust wurde eng. *Verdammt! Roseanne! In was bist du da reingeraten?*

»Mom?« Sie sah sich um. »Wo bist du?«

»Keller!«, ertönte die Stimme ihrer Mutter gedämpft. Dann kamen eilige Schritte die Treppe nach oben. »Da ist sie auch nicht. Für mich sieht das Haus aus, als hätte sie es hergerichtet, um länger zu verreisen. Kann das sein?«

»Warum sagt sie mir dann nicht Bescheid? Ich habe ihr zig Nachrichten auf dem Anrufbeantworter hinterlassen!« Develine rannte zum Telefon im Flur. Mit zittrigem Finger drückte sie auf den Anrufbeantworter. *Keine einzige Nachricht.* Sie spürte, wie die Angst um Roseanne ihre Kehle verschloss. Sie allein hatte schon mehrere Nachrichten auf Roseannes Anrufbeantworter gesprochen und jetzt waren sie gelöscht. Sie schluckte. Das war nicht gut.

Gar nicht gut.

Jeanie

»*Das* soll ein Geschenk sein?« Mitra schloss den Kofferraum und reichte Jeanie ein schwarz-rotes Brett mit einer riesigen weißen Schleife.

»Ein perfektes Geschenk.« Hoffte Jeanie zumindest. Sie umklammerte das Brett. Ein ungewöhnliches Geschenk, ja, aber sollte sie Develine mit einer Schachtel Pralinen danken oder sonst einem 08/15-typischen-wollte-kurz-Danke-sagen-Artikel? Nein, Develine verdiente etwas, das so ungewöhnlich als Geschenk war wie sie als Mensch. Jetzt musste es ihr nur noch gefallen.

»Hübsch hier.« Mitra zeigte auf ein kleines, blau und rosa angemaltes Häuschen mit Erker und Rosenranken in einem bunten, wild verwachsenen Garten.

Jeanie nickte. Im Vergleich zu den herrschaftlichen Villen in ihrer Straße waren die Häuser hier bescheiden, aber sie mochte die ungewöhnlichen Details.

»Bist du dir sicher wegen des Attests für die Schule? Develine sagt, das könnte dir Schwierigkeiten eintragen.«

Mitra warf ihren dicken, schwarzen Zopf über die Schulter. »Mach dir um mich keine Gedanken, Liebes. *Ich* weiß, was ich tue.«

Jeanie presste die Lippen zusammen. Sie hatte die winzige Nuance in Mitras Worten deutlich wahrgenommen. Die kleine, gegen sie gerichtete Spitze, dass Jeanie wohl nicht so ganz wusste, was sie tat. Dass sie sich auf dem falschen Weg befand und die bevorstehende Operation an ihrem Gehör nicht die Erlösung, sondern der größte Fehler ihres Lebens war. Jeanie drückte ihre Finger in das harte Brett mit der absurd großen Schleife. Vielleicht hatte Mitra recht. Je länger Mitra und Dr. Leigh ihr Hören trainierten, desto mehr sah sie es wie Mitra: als besondere Gabe. Develines Worte kamen ihr in den Sinn. Wie cool Jeanies Gabe sei, wie sehr sie sich auch so eine wünsche. Ihr wurde warm. Develine und Luke… beide hatten sich für sie eingesetzt. Für das Mädchen mit dem Fledermausgehör. Und wenn sie es verlor? Weil sie es sich wegoperieren ließ? Würden Luke und Develine in ihr dann noch immer etwas Besonderes sehen? Die wohlige Wärme verwandelte sich in ein Brennen.

Und wenn nicht?

Aber was sollte sie tun? Die Operation abzusagen war unmöglich! Nach allem, was ihr Vater dafür getan und schon bezahlt hatte. Er würde das niemals erlauben.

»Was ist los?«, fragte Mitra mit ihrem ultrafeinen Gespür für Stimmungen.

»Ach…« Jeanie zuckte die Schultern. Wie sollte sie Mitra erklären, dass alles, was sie sich seit Jahren so sehnlich wünschte, auf einmal wie eine Bedrohung schien? Nur weil plötzlich drei Menschen von ihrer Fähigkeit beeindruckt waren.

»Jeanie?«

Develines Stimme ließ sie aufhorchen. Sie wandte den Kopf und sah sie auf den Stufen eines weiß getünchten Hauses, dessen Vorgarten man noch die akkurate Anlage der

Buchsbäume und Beete ansah. Als hätte jemand jahrelang größten Wert auf peinlich genaue Gartenpflege gelegt und dann von einem auf den anderen Tag nie wieder einen Strich getan. Develine schob den Skizzenblock von ihren Knien unter ihren Arm und schlenderte über den Weg auf sie zu.

Sie trat auf den Bürgersteig. »Was machst du denn hier?« Develines Blick fiel auf das beschleifte Brett in Jeanies Hand. »Ist das …?«

Jeanie hielt ihr das Brett hin. »Für dich«, sagte sie, plötzlich keineswegs mehr davon überzeugt, dass sie ein perfektes Geschenk in der Hand hielt.

Develine nahm es und ein überraschtes Lächeln erhellte ihr Gesicht. »Krass! Ein *DanRoh*! Top!« Sie strahlte Jeanie an. »Mit was hab ich das verdient?«

»Mit deinem Einsatz für meine Nichte.« Mitra streckte Develine die Hand hin. »Ich bin Mitra, freut mich, dich kennenzulernen.«

Develine schüttelte Mitras Hand und obwohl sie dabei mit dem Arm den Skizzenblock *und* das Kampfsport-Brett an ihre Seite presste, wirkte es kein bisschen verkrampft. »Gleichfalls.« Sie deutete mit dem Kinn auf ihr Geschenk. »Wäre echt nicht nötig gewesen, aber …«, sie nickte Jeanie zu, »Hammeridee. Muss man erst mal drauf kommen. Danke.«

Jeanie spürte, wie sie errötete.

»Wollt ihr reinkommen?« Develine setzte sich in Bewegung und ging auf das Nachbarhaus zu. »Ich bring nur meinen Skizzenblock ins Atelier.«

»Wir wollen nicht stören …«, begann Mitra, doch Jeanie unterbrach sie.

»Atelier? Darf ich es mal sehen?« Auf gar keinen Fall

würde sie zulassen, dass Mitra Develines Einladung ausschlug!

»Klar.« Develine ging voran, durchquerte den kleinen, mit wuchernden Büschen übersäten Garten und führte sie zu einer Gartenhütte, die über und über mit Szenen aus einem Marvel-Comic bemalt waren.

»Mein kleines Reich«, sagte Develine und hielt ihnen die Tür auf. In der Hütte war es erstaunlich hell, total chaotisch und unfassbar gemütlich. An den Wänden prangten lebensgroße Abbildungen von Superhelden, die von Dächern sprangen und durch die Lüfte flogen, an der hinteren Wand gab es eine wilde Kampfszene, in der eine Frau mit blauen Haaren die Oberhand hatte. Es war großartig. Jeanie dachte an ihr perfekt gestyltes und im Vergleich zu diesem Raum extrem langweiliges Zimmer.

»Setzt euch.« Develine legte den Skizzenblock auf einen mit Farbe verkleckten Arbeitstisch und zeigte auf ein rotes Sofa mit bunten, plüschigen Kissen. »Tee? Wasser? Ingwerlimonade?«

»Tee.« Mitra setzte sich und studierte die Wandgemälde. »Das hast du gemalt?«

»Mit meinem Dad zusammen.« Develine füllte Wasser in einen Wasserkocher. »Er hat das mit Daisy Blue gemalt.«

»Du bist eine echte Künstlerin«, hauchte Jeanie. Sie konnte ihren Blick nicht von der Kampfszene mit der blauhaarigen Frau wenden.

»Der Künstler ist mein Dad. Er entwirft Zeichentrickserien.«

»Ich bin sehr beeindruckt.« Mitra zeigte auf die Kampfszene, an der auch Jeanies Augen hängen geblieben waren. »So ähnlich stelle ich mir dich vor, als du Jeanie geholfen hast. Drei gegen eine. Und das …«, sie machte eine Pause und nickte, als wolle sie ihren Worten mehr Nachdruck verleihen, »das beeindruckt mich mehr als das großartigste Wandgemälde der Welt. Jeanie hat mir alles erzählt. Du hast in dem Lagerhaus erst Jeanie und Luke in Sicherheit gebracht, bist dann von einem Containerdach gesprungen und hast dich um den anderen Jungen gekümmert, und als ihr weggerannt seid, bist du allein hinter den Verfolgern geblieben, um sie abzulenken.«

Von der Tür ertönte Klatschen. »Klingt ganz nach meiner verrückten Tochter.« In der Tür stand ein großer, schwarzhaariger Mann mit einem sympathischen Lächeln und einer noch sympathischeren Stimme. »Ihre Heldinnentaten hat sie uns bei der Schilderung der Ereignisse mal wieder verschwiegen.« Er löste sich aus dem Türrahmen und ging zur Couch. »Ich bin Darren«, sagte er und reichte erst Mitra und dann Jeanie die Hand. »Der wahrscheinlich stolzeste und zugleich besorgteste Vater der Welt.«

»Dad«, sagte Develine mahnend und Jeanie bemerkte, dass Develine leicht errötet war, »das sind Mitra und Jeanie.«

»Jeanie?« Darren legte den Kopf leicht schief und musterte sie. »Das Mädchen mit den …« Er malte große Ohren seitlich seines Kopfes in die Luft.

»… dem besonderen *Gehör*«, betonte Develine, »nicht Elefantenohren, Dad.«

Darren lachte und hob entschuldigend die Hände hoch. »Natürlich!« Er lief zur Tür zurück und streckte den Kopf in den Garten. »Catherine! Kommst du mal, bitte?«

Kurz darauf trat eine blonde Frau neben ihn. Jeanie erstarrte. War das etwa Develines Mutter? Dr. Knight, die

Cyborgspezialistin aus dem Institut, die mit Dr. Leigh zusammen ihre neue Hörhilfe entwickelt hatte. Einer von fünf Menschen auf dieser Welt, die wussten, dass sie im *HIT* war, um ihr besonderes Gehör loszuwerden. Hoffentlich hatte sie nicht mit Develine darüber gesprochen! Sie würde das niemals verstehen!

»Jeanie! Mitra!« Dr. Knight trat zur Couch und schüttelte Jeanie und Mitra die Hand. »Wie schön, euch zu sehen. Develine hat uns erzählt, was euch passiert ist. Eine unglaubliche Geschichte. Wirklich schrecklich.« Ihr Blick fiel auf Jeanies Schürfwunden, die bereits eine leichte Kruste gebildet hatten und in verschiedenen Rottönen variierten. »Geht es dir gut?«

»Bestens. Danke.« Jeanie berührte sachte die Haare über ihrem Ohr. »Ich komme gut mit der neuen Hilfe zurecht.«

Dr. Knight hob den Daumen und schenkte ihr ein aufmunterndes Lächeln. »Das freut mich!«

»Sogar sehr gut. Es ist eine ganz neue Erfahrung, einfach großartig.« Sie hoffte, dass Dr. Knight die versteckte Nachricht darin begriff. »Mitra und ich versuchen gerade herauszufinden, was in der Zeit passiert ist, die uns fehlt, ob ich etwas gehört habe, das Matt nicht wahrnehmen konnte. Und ich habe mich an etwas erinnert!«

»Echt? Was?« Develine kam mit zwei Teetassen zum Sofa und reichte Jeanie eine.

»Es war genauso, wie Matt erzählt hat. Wir waren wirklich in einem Auto und plötzlich konntest du es nicht mehr steuern und es hat uns nach Loma Mar gebracht.«

»Dann waren wir wirklich dort?« Develine schüttelte verwundert den Kopf. »Komisch, Matt hat gestern angerufen und gesagt, dass er sich wohl getäuscht haben muss, weil wir laut Überwachungskameras gar nicht in der Gegend waren.«

»Das würde erklären, warum ich mich an stark gedämpfte Stadtgeräusche erinnere, obwohl wir alle davon *überzeugt* waren, nach Loma Mar zu fahren«, sagte Jeanie.

»Ich dachte, du hattest auch keine Erinnerungen mehr? Wie Develine«, fragte Darren nach.

Mitra legte den Kopf zur Seite. »Keine bewussten Erinnerungen. Aber wir haben tiefer gegraben. Dort, wo das akustisch Erlebte nicht von anderen Sinneseindrücken verfälscht wird. Wenn Jeanie sagt, sie hat Stadtgeräusche anstelle von Parkgeräuschen gehört, ist das ein wichtiger Hinweis.«

»Der zu dem passt, was Matt sagt«, ergänzte Develine mit gerunzelter Stirn, »aber warum waren wir dann davon überzeugt, nach Loma Mar zu fahren?«

»Ich weiß es nicht.« Jeanie lächelte Develine grimmig an. »Noch nicht. Aber wir finden es heraus. Selbst wenn es bedeutet, dass ich dazu mit dir und Matt zur Polizei muss.«

»Und dein Vater?«, fragte Develine. »Ich dachte, er holt dich dann nach Phoenix?«

»Das tut er mit Sicherheit«, sagte Mitra entsetzt. »Jeanie, bist du dir sicher?«

»Ja«, sagte sie und setzte sich kerzengerade auf. Noch nie war sie sich so sicher gewesen. »Dad ist mein Problem. Ich habe keine Lust mehr, ihn zum Problem meiner Freunde zu machen.«

»Das musst du in diesem Fall auch gar nicht«, mischte Dr. Knight sich ein. »Simon, also Dr. Leigh hat mich gestern gebeten, die Polizei nicht weiter zu involvieren –«

»Und da hast du *zugestimmt?*« Die Überraschung in Develines Stimme war so frappant, dass Jeanie zu ihr schaute.

Tatsächlich starrte Develine ihre Mutter mit gerunzelter Stirn an.

Dr. Knight zuckte die Schultern. »Wir haben lange darüber diskutiert – du, Jeanie, Matt – ihr habt alle eine Verbindung zum *HIT,* und Simon denkt, es wäre nicht gut, wenn wir zu viel Aufmerksamkeit erregen. Nicht für euch und nicht fürs *HIT*.«

»Du meinst, nicht gut für Simon …« Develine stützte ihre Arme in die Hüfte. »Und für uns heißt das jetzt: *Schwamm drüber, ist ja nichts passiert*?«

»Nein, Schatz«, kam Darren seiner Frau zur Hilfe. »Das *HIT* wird sich darum kümmern. Simon erwartet dich heute Mittag zur Blutabnahme und am besten gehst du«, er wandte sich an Jeanie, »auch gleich mit.«

Jeanie sah zu Develine. Die schüttelte verärgert den Kopf, schluckte aber hinunter, was immer sie ihrem Vater antworten wollte. Jeanies Blick schweifte zu Develines Vater, ihrer Mutter, sie beide fühlten sich nicht besonders wohl in ihrer Haut, als täten sie etwas wider besseren Wissens.

Was hatte Develine gemeint mit *nicht gut für Simon*? Was war nicht gut für ihn und was hatte ihre Entführung mit ihm zu tun?

Luke

»Was wollen wir hier, wenn wir eigentlich doch ganz woanders waren?« Luke ging vom Gas und sah sich nach einer Gelegenheit um, wo er am besten wenden könnte. Die Straße war zu schmal für ein Drei-Punkt-Wendemanöver und er würde ganz sicher nicht riskieren, den geliehenen Mustang in den Graben zu setzen. So langsam bereute er sein Angebot, mit Matt die Route nach Loma Mar abzufahren.

»Fahr einfach weiter, nicht schneller als fünfzig«, sagte Matt, ohne seinen Blick vom Seitenfenster zu nehmen. »In knapp einem Kilometer müssen wir von der Straße runter.«

Von der Straße runter? Lukes Blick wanderte über das unbefestigte Gelände links und rechts der Straße. Matt meinte wohl: von der Straße auf eine andere abbiegen.

»Etwas schneller«, mahnte Matt.

Luke beschleunigte. »Wie kannst du wissen, dass wir noch einen Kilometer fahren müssen, wenn wir nie hier gewesen sind?«

»Kompliziert.« Matt klopfte gegen die Scheibe. »Da, der kaputte Baum. Ein Blitzschaden. Wir sind etwa eine Minute, nachdem wir an dem vorbei sind, von der Straße abgebogen.«

»Wir sind also an einer Landmarke eines Ortes vorbeigefahren, an dem wir nie gewesen sind.« Luke passierte den ausgebrannten Baum und schüttelte den Kopf. »Matt, hörst du dir selbst zu? Das ist nicht kompliziert, das ist Unsinn.«

»Jetzt! Stopp! Hier geht es ab!«

Luke trat auf die Bremse, dass die Reifen quietschten und Matt und er nach vorne geschleudert wurden.

»Da«, sagte Matt und zeigte aus dem Fenster.

»Da was?« Luke folgte Matts Finger und suchte nach einer Straße, einer Piste, wenigstens einem Weg, doch da waren nur hohes Gras und Steine. »Ich sehe nichts.«

»Du musst hier abbiegen.«

Luke starrte Matt entgeistert an. »Bist du irre? Ich fahr mit dem Mustang auf keinen Fall ins Gelände! Mein Bruder killt mich.«

Wortlos stieg Matt aus dem Wagen. Er lief ein paar Schritte durch das hohe Gras und ging in die Hocke. Luke folgte ihm und sah, wie Matt die Halme zur Seite strich und den Boden betrachtete.

»Nach was suchst du?«

»Reifenspuren. Zerknicktes Gras. Einen Hinweis, dass wir hier mit dem Auto drübergedonnert sind.«

»Hä? Ich komm echt nicht mehr mit. Ich dachte, wir sind gerade *nicht* hier gewesen«, warf Luke ein.

Matt nickte in Lukes Richtung. »Siehst du den umgestürzten Baum? An dem sind wir vorbeigekommen.«

Luke drehte sich um. Ein borkenloser, sich nach vorne verjüngender Baumstamm lag wie ein Richtungspfeil im Gras.

Matt erhob sich. »Keine Spuren. Komm, wir schauen uns um.«

»Ich versteh das nicht«, sagte Luke, als er neben Matt über das Gras lief. »Wie kann ein Auto keine Spuren hinterlassen?«

»Kann es nicht. Selbst wir hinterlassen Spuren.« Stur marschierte Matt weiter. »Aber es bestätigt, dass wir nie hier gewesen sind.«

»Ich geb auf.« Luke schüttelte entnervt den Kopf. »Du widersprichst dir in einer Tour, merkst du das eigentlich?«

»Ich trage Fakten zusammen. Das ist kein Widerspruch. Nur die Fakten selbst sind widersprüchlich. Erstens«, Matt hob den Daumen, »alle Landschaftsmarker stimmen, aber zweitens«, der Zeigefinger sprang hoch, »die Blüte passt nicht.«

»Passt nicht?«

»Als wir vorgestern hier entlanggefahren sind, hatten die Bäume und Büsche frische, zum Teil noch geschlossene Blüten.« Er breitete den Arm aus, als wollte er Luke die Landschaft vorstellen. »Und jetzt ... Schau selbst.«

Lukes Blick schweifte über die Büsche und Bäume und Wiesen. An manchen waren Blüten zu sehen, weiße, rosafarbige, rote, doch die meisten waren bereits verblüht, teils noch am Busch, teils lagen sie in bräunlich verwelkten Häufchen davor.

»Zwischen unserer Fahrt und dem heutigen Stand der Blüte liegen mindestens zwei Wochen.«

»Aber ...«

»Eben«, bestätigte Matt. »Widersprüchliche Fakten.«

In Lukes Kopf schwirrte es. Das war mehr als nur das, es war einfach nur verrückt.

»Da vorne.« Matt zeigte auf eine hoch aufragende Felsgruppe. »Dort sind wir durchgekommen.« Er verfiel in einen

Laufschritt. Luke überholte ihn und rannte zu der Felsformation. Er streckte die Hand aus, um den Felsen zu berühren, zögerte. Was, wenn sie den Ort gefunden hatten, an dem sie betäubt worden waren? Niemand wusste, wo sie sich gerade aufhielten. Niemand wusste, wo man sie suchen müsste, falls sie erneut geschnappt wurden.

Neben ihm erreichte Matt den Felsen. Auch er streckte die Hand aus. Aber er zögerte nicht. Er berührte ihn.

»Halt, Matt, warte …«

Doch Matt klopfte schon dagegen. Systematisch schritt er die Formation ab, strich mit der einen Hand an dem Stein entlang, klopfte mit der anderen, lauschte. »Solider Fels.«

Luke legte seine Hand ebenfalls darauf. Die Oberfläche war kühl und hart, in kleinen Ritzen hatten sich über die Zeit winzige Kieskrümel und Dreck angesammelt. So anschaulich Matt diesen Teil der Story beschrieben hatte, die Fahrt durch das Gelände, direkt auf den Felsen zu, durch ihn hindurch – hier konnte es nicht gewesen sein. Er betrachtete Matt von der Seite und sah den Zweifel auch in seinem Gesicht, die Falten, die sich in seine Stirn gruben. Falls überhaupt etwas von Matts Story stimmte und nicht alles nur ein wirrer Traum gewesen war.

»Das zahlt wirklich das Institut?« Luke sah sich in Matts Appartement um. Klein, aber edel, allein die verchromte Küchenzeile musste ein Vermögen gekostet haben. Und erst der riesige Flachbildschirm, der Schreibtisch aus Glas und anthrazitfarbigem matten Stahl, und der verspiegelte Wandschrank, der das Zimmer fast doppelt so groß erscheinen ließ.

»Teil des Deals.« Matt ging zum Kühlschrank und öffnete ihn. »Normalerweise wohnen hier Gastwissenschaftler, die nur für ein paar Monate am Institut sind.« Er zog zwei Flaschen Biozitronenlimonade heraus. »Du auch? Oder lieber Ingwer? Oder Wasser?«

»Zitrone.« Luke setzte sich auf einen der Barhocker an dem Küchentresen und nahm die Limoflasche entgegen. »Ist die Putzfrau auch in dem Deal drin?« Lukes Blick verweilte auf den verchromten Oberschränken der Küchenzeile. Nicht ein einziger Fingerabdruck. Entweder Matt benutzte sie nicht, oder sie waren gerade eben poliert worden.

»Hä? Ne, wieso?« Matt prostete ihm zu und trank.

»Dachte nur.« Luke sah sich erneut um. Nichts, absolut rein gar nichts lag einfach so herum, als hätte Matt es benutzt und dann kurzerhand abgelegt. »Lira hätte hier ihre Freude.«

»Weil sie ordentlich ist?« Matt grinste und stellte seine Biozitronenlimonade auf dem Tresen ab. »Ist mir aufgefallen.«

»Ist das so ein Nerd-Ding?«

»Ordnung? Oder, dass wir alle einen Schlag haben?«

»War das ein Fettnäpfchen?«, fragte Luke und zog eine *Sorry-nicht-so-gemeint*-Grimasse. Er musste echt besser auf seine Wortwahl achten.

Matt lachte. »Nein. Und, hey, mach dir wegen gestern keinen Kopf, ich kann sonst mehr ab. Aber du hast schon recht, mein Ordnungswahn hat was mit meinem Syndrom zu tun.« Er drehte gedankenverloren die Limoflasche auf dem Tresen. »Ich weiß, das klingt erst mal verlockend: sich alles merken können, hey, *Wow*, nie wieder lernen… Aber das ist nur eine Seite. Meine Mom hat Zwangsstörungen, die sie einfach nicht in den Griff bekommt und ich …« Er sah auf den Tresen und brach ab, nur die Limoflasche drehte er weiter um ihre Achse.

»Und du?«, fragte Luke und hielt die Flasche fest. Matt sah hoch. »Ich habe meine im Griff … Meistens«, fügte er hinzu. »Und seit ich mit Simon zusammenarbeite, schlafe ich durch und muss vor dem Einschlafen nicht irgendwelche Rituale im Kopf abspielen, um meine schlechten Erinnerungen fernzuhalten. Die kommen nämlich am liebsten dann, wenn man schlafen will.« Er hob die Flasche und nahm einen großen Schluck. Als wolle er die Erinnerung an seine Erinnerungen hinunterspülen.

»Du meinst Dr. Simon Leigh?«, fragte Luke nach und versuchte sein Interesse an Simon nicht zu deutlich werden zu lassen. »Vertraust du ihm?«

»Eigentlich schon …« Matt wuschelte nachdenklich durch sein Haar.

»Eigentlich?«

»Na ja, bisher hatte ich keinen Grund, ihm nicht zu trauen …« Matt nahm einen weiteren Schluck und stellte die leere Flasche mit einem *Klonk* auf dem Tresen ab.

»Aber?«, bohrte Luke nach. *Eigentlich* vertrauen war so gut wie *nicht* vertrauen.

»Seine Reaktion auf unsere Entführung …« Wieder strich Matt nachdenklich durch sein Haar. »Ich habe von Jeanie, Dev und Luke gesprochen und er hat J. Patell, L. O'Giadi und D. Knight aufgeschrieben. Woher wusste er, von wem ich rede? Er hat nicht einmal nachgefragt, ob er mit seiner Annahme richtig liegt. Und –«

Ein synthetischer Klingelton schallte durch das Appartement. Matt ging zur Tür und kam mit Dr. Leigh zurück. In diesem Appartement war er noch größer, als Luke ihn aus dem Institut in Erinnerung hatte.

»Oh, hi, Luke.« Dr. Leigh streckte ihm die Hand hin. Luke blieb nichts anderes übrig, als einzuschlagen. Aus dem Augenwinkel bemerkte er Matts aufmerksamen Blick.

»Hallo«, erwiderte Luke und zog schnell seine Hand zurück.

»Ihr kennt euch?« In Matts Blick sah Luke Verwunderung.

»Flüchtig«, erwiderte Luke.

»Ja, *flüchtig* …« Über Dr. Leighs Gesicht zog sich ein breites Grinsen. »Das trifft es wohl sehr gut.«

Luke spürte, wie Hitze in ihm hochstieg, als er an seine panische Flucht aus Dr. Leighs Behandlungszimmer dachte.

»Ich wollte fragen, ob du weitergekommen bist«, wandte sich Dr. Leigh an Matt. »Hast du Beweise gefunden?«

»Nein.« Matt holte eine dritte Bio-Limonade aus dem Kühlschrank und setzte sich an die Theke zurück. »Der Weg stimmt, aber die Blüte passt nicht und der Fels ist nur ein normaler Fels.«

Im Gegensatz zu Luke schien Dr. Leigh keine weiteren Erklärungen bezüglich des Blütenstands zu brauchen. Und falls doch, ließ er es sich nicht anmerken.

»Abweichungen also.« Dr. Leigh nippte nachdenklich an seiner Limonade. »Kann es sein, dass du mal eine Doku über den Ort gesehen hast?«

»Nein. Sicher nicht.«

»Und was ist mit –«

Matts Handy klingelte. Er warf einen Blick darauf und stand auf. »Meine Mutter, bin gleich zurück.« Damit verschwand er auf den winzigen Balkon und zog die Schiebetür hinter sich zu. Luke sah ihm nach, als Dr. Leigh sich neben ihn stellte.

»Ich bin froh, dich zu sehen«, sagte er.

»Hm«, machte Luke, und verkniff sich ein: *Ich nicht*.

»Dein Vater sagt, du willst nicht ins *HIT* zurück«, fuhr Dr. Leigh fort. »Ich halte das für falsch.«

»Hm.« Luke fühlte sich plötzlich klein. Dr. Leigh überragte ihn trotz des hohen Barhockers, auf dem er selbst saß, um einen guten halben Meter.

»Dein Gendefekt belastet dein Herz. Deine Laufleistung wird sich sehr bald stark verändern, und wenn wir nicht gemeinsam einen Weg finden, wie wir deine Leistungen mit deinem Herzvolumen in Einklang bringen, hat das für dich fatale Folgen.«

Meine Laufleistung wird sich verändern? Was meinte der Arzt? Dass er nicht mehr so lange würde laufen können? Lukes Herz zog sich zusammen.

»Ich habe keinen Gendefekt«, presste er heraus.

»Doch, hast du. Du bist einer von drei Menschen, bei denen diese Anomalie bekannt ist. Der erste starb mit sechsunddreißig, der zweite liegt seit drei Monaten im Koma. Er ist vierundzwanzig. Du *musst* das ernst nehmen.«

Luke stand auf und trat einen Schritt zurück. Doch selbst im Stehen war er deutlich kleiner und schmächtiger als Dr. Leigh.

»Woher wollen Sie wissen, dass wir die gleiche …« Er suchte nach einem Wort, das nicht nach *Defekt* und *krank* klang. »Die gleiche Gabe haben?«

»Der *Defekt* hindert deinen Körper daran, seine Grenzen zu erkennen. Wann hattest du das letzte Mal nach dem Laufen Muskelkater?«

Luke zuckte die Schultern. »Nie.«

Dr. Leigh lächelte wissend. »Du *kannst* keinen Muskelkater bekommen, weil du den erst bekommst, wenn deine Energiereserven aufgebraucht sind und dein Stoffwechsel in den Mitochondrien und Zellmembranen nicht mehr hinterherkommt. Aber du brauchst eben beim Laufen deine Energiereserven nicht auf, sondern kurbelst sie an.«

»Woher wollen Sie das wissen?«, fragte Luke erneut. Er wich einen Schritt zurück. Dr. Leigh konnte nur durch die eine Session am Laufband und das EKG unmöglich diese Kenntnisse über ihn haben! Und das hieß, er musste ihn eingehend untersucht haben, *ohne* dass Luke dies mitbekommen hatte. Zum Beispiel, als er bewusstlos gewesen war. Unwillkürlich trat er noch einen Schritt zurück, stieß dabei an die Wand.

»Ich weiß es einfach, Luke. Und wenn du wieder ins Institut kommst und mit mir zusammenarbeitest, kann ich dir das alles ganz genau erklären.« Dr. Leigh machte einen Schritt auf ihn zu. Luke verkrampfte sich. Er wollte nur noch weg. Aber das konnte er nicht. Nicht mit Matt auf dem Balkon, der Dr. Leigh vertraute. *Eigentlich* vertraute.

Da schob Matt die Balkontür auf. »Mann, manchmal frage ich mich, wer der Erwachsene in unserer Mutter-Sohn-Beziehung ist.« Matt seufzte und steckte das Handy in seine Hosentasche. »Wirklich schlimm, wenn Menschen Fakten einfach nicht akzeptieren können.« Er hielt inne und sah von Luke zu Dr. Leigh. »Ist alles in Ordnung?«

»Ich … ich muss meinem Bruder den Mustang bringen.« Luke drückte sich an Dr. Leigh vorbei und hastete Richtung Wohnungstür. »Wir sehen uns in der Schule!«, rief er noch im Hinausgehen und warf die Tür hinter sich ins Schloss.

Gehetzt rannte er die Treppen hinunter und auf die Straße. Er hatte keinen Defekt. Dr. Leighs Gerede war nichts als ein billiger Trick. Angstmache. Er hatte eine Gabe und Dr. Leigh wollte sie für sich nutzen.

Aber das würde er nicht zulassen.

Niemals.

Develine

Der Zeichenstift flitzte kratzend über das Papier. Develine hielt inne, lupfte ihren platt gesessenen Po von der kalten Granitstufe und blickte über Roseannes Vorgarten. Als könnten die wuchernden Buchsbäume sie bei der Rekonstruktion der geklauten Comics inspirieren.

»Hallo! Develine!«

Erstaunt sah Develine hoch. Am Gartentor stand winkend Serge und lächelte so breit, dass die Zahnlücke schwarz zwischen den weißen Zähnen blitzte.

»Oh, hallo, kommst du zum Arbeiten? Samstags?« Develine erhob sich und ging auf Serge zu.

»Die Pflanzen müssen in die Erde.« Der Gärtner lächelte, weniger breit, zwinkerte ihr dabei aber zu. »Und du?« Er zeigte auf Roseannes Haus. »Wohnt da n' Promi, den du stalkst?«

»Was …?« Develine schüttelte so perplex den Kopf, dass Serge laut auflachte.

»Na, weil du schon wieder hier bist. Und du siehst aus, als wartest du auf jemanden.« Serge starrte auf Roseannes Haus, als könne es ihm Develines Geheimnis verraten.

»Ich warte auf meine Freundin.«

»Seit zwei Tagen?«

»Kann schon mal dauern bei ihr.«

»Hat sie kein Telefon?«

»Geht nicht ran.«

Plötzlich verschwand das Lachen aus Serges Gesicht. »Du machst dir Sorgen.« Es war keine Frage, sondern eine Feststellung. »Ich kenne das«, sagte er mitfühlend. »Man macht dann Dinge, die gar keinen Sinn ergeben, nur weil man denkt, man könnte was verpassen.«

Genau das habe ich!, lag es Develine auf der Zunge. *Ich habe verpasst, als jemand in dem Haus war und alles geputzt hat.*

Serge zeigte auf die Stufen, die Develine als Sitz gedient hatten. »Sieht hart aus.«

»Ist hart.«

»Ich mach dir einen Vorschlag.« Serge zeigte auf Develines Garten. »Von eurer Veranda habe ich den Weg hier im Blick. Ich pass auf, und wenn sich was rührt, hol ich dich.«

»Echt?« Develine strahlte Serge an. »Bist du sicher, dass du mitkriegst, wenn jemand kommt?«

»Den Mann gestern habe ich mitgekriegt.«

»Den Mann …?«, rief Develine aufgeregt. »Du hast jemanden gesehen? Wen? Wie sah er aus? Wann?« Die Fragen schossen geradezu aus ihr heraus.

»Ho, ganz ruhig«, lachte Serge und wich scherzhaft zurück. »Gestern. Ein junger Mann, er kam gegen«, er zog die Stirn kraus, »… gegen halb sechs, du warst gerade ins Haus zurückgegangen.«

»Und wie sah er aus?«

»Blond. Groß. Ende zwanzig würde ich sagen.«

»Irgendwas Besonderes?« Erwartungsvoll sah sie Serge an. Blond, groß, Ende zwanzig, das traf auf Tausende Menschen in San Francisco zu! Wie sollte ihr das weiterhelfen! Serges Augen wanderten nach rechts oben, als versuche er sich besser zu erinnern.

»War er kräftig? Schmal? Sah er irisch aus?«, rief sie ungeduldig. »Ein besonderes Merkmal? Was hatte er an?«

»Also …«, begann Serge langsam, »eher schmal, aber er hat sich bewegt wie ein Mensch, der viel trainiert.«

Develine wusste sofort, was er meinte. Ein Mensch mit hoher Körperspannung. Aufrechter Gang, leichter Schritt, Schultern gerade.

»Und … ja, seine Jacke.« Serge verdrehte die Augen. »Ich dachte noch, wie lächerlich, in San Francisco mit so einer Wild-West-Fransen-Jacke herumzulaufen. Und dann noch in Waldmeistergrün!«

»Eine grüne *Lederjacke mit Fransen*?«, fragte sie nach. Das war in San Francisco tatsächlich eher ungewöhnlich.

»Und grüne Cowboystiefel, gemustert und mit Sporen, vielleicht hing auch was anderes dran, das konnte ich nicht genau erkennen, aber da hing was an den Stiefeln.« Serge blickte sie neugierig an. »Kennst du ihn?«

»Nein. Sagt mir nichts.« Sie drehte sich zur Haustür, als könne diese ihr mehr verraten. Ein junger Mann mit grünem Cowboy-Outfit. Hatte er Roseannes Haus geputzt?

Develine schluckte. So oder so – Roseanne steckte in Schwierigkeiten. Sie war an einer Riesenstory dran gewesen. Nun war sie weg und ein Stadtcowboy mit Vorliebe für Grün putzte ihr Haus klinisch rein.

Das stank. Und zwar nicht nach Reinigungsmittel.

Matt

Der Bus stoppte in der Parkbucht. Matt stieg aus und sah zuerst die quer parkenden Autos am Hang. Er stöhnte. Musste dieses Hackergenie ausgerechnet in einer Straße wohnen, die zu steil war, um ein Auto geradeaus zu parken? Wenn er denn überhaupt noch dort wohnte…

Er stiefelte los, Schritt um Schritt den Hang hinauf, und rief sich die Daten aus Simons Patientenakten ins Gedächtnis. *Frankie Fresno. Synaptisch intuitive Erkennung und Adaption von Codes.* Arztsprech für *Hackergenie*. Der erste Patient, den Simon im *HIT* betreut hatte, inzwischen sah er ihn nur noch alle drei Monate. Die Adresse von Frankie stand so klar vor Matts Augen, als lese er sie gerade eben erst von Simons Computerbildschirm ab, und genauso frisch beschlich Matt wieder das schlechte Gewissen von damals. Er schüttelte es ab.

Blieb zu hoffen, dass Frankie in den letzten vier Monaten und vier Tagen nicht umgezogen war.

Und dass Frankie wirklich ein Hackergenie war.

Und dass er sich darauf einließ, ihm zu helfen, obwohl er ihn nicht kannte.

Und dass er dann auch noch bereit war, eine ganze Reihe von Gesetzen zu brechen und sich ins San Francisco Police-

Department zu hacken, damit Matt die Aufnahmen der Highway-Überwachungskameras von Donnerstag früh einsehen konnte.

Ganz schön viele *Wenns* für den steilen Anstieg. Matt schnaufte. Seit wann war er so unfit?

Er sah hoch. Ein Haus reihte sich ans nächste, vor der Haustür je eine Holzveranda, darunter ein Souterrainraum. Die Häuser getrennt durch akkurat aufgeteilte Gärten, die betonten, wie gleichförmig die Siedlung war. Trotzdem war die Gegend teuer, eigentlich viel zu teuer für jemanden, der laut Simons Stammdateneintrag vor drei Wochen dreiundzwanzig Jahre alt geworden war. Entweder Frankie hatte reiche Eltern oder er verstand es, richtig fette Kohle aus seinem Hackertalent zu schöpfen.

Am letzten Haus angelangt, verschnaufte Matt. Das Haus war ebenso unauffällig wie all die anderen, der Vorgarten weder verwildert noch besonders gepflegt. *Minimalwartungsstatus*, so würde seine Mutter den Zustand bezeichnen. Was ganz sicher nicht auf den Überwachungsstatus zutraf. Matts Blicke flitzten von einer Seite zur andern. Er scannte den Giebel ab, die Bäume, die Wände, den Zaun. Sieben Kameras, drei auffällige, der Rest so versteckt, dass man sie nur sah, wenn man gezielt danach suchte, und ob er tatsächlich alle entdeckt hatte, war zweifelhaft.

In dem Moment ertönte ein *Bzzz*-Geräusch und das Gartentürchen sprang auf. Matt erschrak. Er hatte nicht geläutet, ein Alarm musste Frankie über sein Auftauchen informiert haben.

Zögernd stieß er das Törchen auf und ging über den gepflasterten Weg zur Haustür. Mit einem Mal fühlte er sich unwohl. Was machte er hier? Er wusste nichts von Frankie, außer dass er dreiundzwanzig Jahre alt war, ein Hackergenie und offenbar über verdammt viel Kohle verfügte.

Da öffnete sich auch schon die Haustür und ein Typ erschien im Türrahmen. Blondes, lockiges Haar, im Mundwinkel eine Zigarette. Der Blonde kam über die Veranda und ging die Treppe hinunter, auf Matt zu. Bei jedem Schritt klackten die Sporen an seinen grünen bestickten Cowboystiefeln. Dann stand er vor ihm und Matt sah, dass die Zigarette in seinem Mundwinkel nicht brannte.

»Kann ich dir helfen?«, fragte der Typ.

»Ich … äh …«, stammelte Matt. Er konnte kaum sagen: *Hey, ich hab deine Adresse aus den geheimen Patientenakten meines Arztes und möchte, dass du für mich was tust, auf das mehrere Jahre Gefängnis steht …* »Ich … äh …«

»Kommt das Stammeln von dem hyperthymestischen Syndrom oder hast du auch ein logopädisches Problem?«

»Ich … äh … was?« Matt starrte den Blonden entsetzt an. Woher wusste der von seinem Syndrom?

Der Blonde grinste. »Ich bin Frankie, aber das weißt du sicher. Sonst wärst du nicht hier. Schickt Simon dich?«

Ohne nachzudenken, nickte Matt.

»Na dann …« Der Blonde drehte sich um und ging zum Haus zurück. »Komm rein.«

Matt folgte ihm. Gebannt starrte er auf die grünen Cowboystiefel und war sich plötzlich nicht mehr so sicher, ob er Frankie wirklich in sein Haus folgen sollte. Wie kam der darauf, dass Simon ihn geschickt haben könnte? Hatte Simon von ihm erzählt? Er nickte. Eine andere Erklärung gab es nicht.

Fragte sich nur, welche Rolle Simon in dem Ganzen spielte und warum.

Jeanie

»Ich mag Simon.« Jeanie drehte sich zu Develine im Fond des Wagens. »Er nimmt sich Zeit für mich. Ganz anders als die Ärzte davor. Die haben nur mit meinem Vater geredet. Als ob ich nicht da wäre.«

»Er ist ein Glücksfall«, mischte Mitra sich ein. »Jeanie wäre viel erspart geblieben, wenn sie früher einem Arzt wie Dr. Leigh begegnet wäre.«

Jeanie seufzte. Besser sie stellte sich gar nicht erst vor, wie ihr Leben hätte verlaufen können, wenn sie bereits vor Jahren von Mitra und Dr. Leigh betreut worden wäre.

»Erspart?« In Develines Stimme schwang Neugier mit.

»Ach … na ja, die anderen Ärzte konnten mir nicht so richtig helfen.«

Mitra bremste abrupt bis zum Stillstand. »Stau. Samstags.« Sie schüttelte den Kopf. »Nicht helfen? Sie haben dir eingeredet, dass mit dir was nicht stimmt, anstatt dir zu zeigen, wie du deine Gabe für dich nutzt.«

»Nicht stimmt?« Develines Kopf schoss regelrecht nach vorne.

»Na ja …«, wiegelte Jeanie ab. Genau das hatte sie schließlich selbst auch gerade gedacht.

»Ganz genau. Erst haben sie Jeanie Stöpsel in die Ohren

gesteckt, um ihr Gehör zu dämpfen. Und dann hat dieser Stümper von einem Arzt auch noch die Operation verpfuscht, als er ihr Gehör regulieren wollte.«

»Was?«, rief Develine entsetzt. »Die wollten dir deine Hörkraft nehmen? Oh, Mann, Jeanie, ich würde alles tun, um so eine Gabe zu haben! Daisy Blue hat mein Vater für mich erfunden, damit ich wenigsten im Comic eine Superkraft besitze.«

Jeanie schrumpfte in ihrem Sitz zusammen. *Ich wollte mir auch meine Gabe nehmen. Ich wollte endlich normal sein.* Nein, sie konnte das jetzt nicht sagen.

»Bei der Operation haben sie Jeanies Gleichgewichtssinn durcheinandergebracht«, fuhr Mitra fort und sie klang so wütend wie jedes Mal, wenn das Thema zur Sprache kam. »Sie wusste über Monate nicht mehr, wo oben und unten ist.«

»Du Arme!« Schon spürte Jeanie Develines Hand auf ihrer Schulter. »Zum Glück habt ihr das wieder hingekriegt.«

»Fast ein Jahr Kortison«, schimpfte Mitra. »Zwanzig Kilo hat sie zugenommen und jetzt wird sie wegen ihrer Pfunde gehänselt. Es macht mich *so* wütend.«

»Schon gut«, sagte Jeanie leise, »ich kann mich wieder bewegen und das mit dem Mobbing war davor auch schon. Irgendwas an mir zieht die Mobber eben an.«

»Deine Angst.« Develine zog ihre Hand zurück. »Die riechen, wenn jemand ein leichtes Opfer ist. Aber daran können wir arbeiten.«

Wir. Jeanie lächelte glücklich.

»Am besten fangen wir mit deinen Klamotten an.« Develine holte Papier und einen Stift aus der Tasche, dann kratzte der spitze Stift über das Papier. »Du trägst Lagen, die kaschieren sollen«, erklärte Develine, »und lenkst damit die Aufmerksamkeit genau auf das, was du verstecken willst. Du musst aber unterstreichen, was dich selbst ausmacht.« Sie zwinkerte Jeanie zu. »Meine blauen Haare sind auch nicht angeboren. Das ist mein Ja zu Daisy Blue, der Heldin, die ich nie sein werde.«

»Du bist die viel größere Heldin«, sagte Jeanie. »Und das ganz ohne Superkräfte.«

»Hätte ich nicht besser sagen können«, sagte Mitra. »Was ist hier eigentlich los? Weiß eine von euch, ob es hier eine Sperrung gibt?« Sie sah auf die Uhr. »Wir kommen viel zu spät.«

Jeanie horchte kurz. »Achthundert Meter vor uns ist eine Demo gegen den Ausstieg aus dem Klimaabkommen.« Sie zupfte an ihrem überweiten Pullover. Develine hatte den Nagel auf den Kopf getroffen. Sie wollte kaschieren und sah dadurch noch voluminöser aus. Da reichte Develine ihr eine Zeichnung nach vorne. Mit offenem Mund starrte Jeanie auf die Skizze. Develine war wirklich eine Künstlerin!

»So was solltest du tragen«, erklärte Develine. »Das Schwarz nimmt deine Augen und Haarfarbe auf, das Sonnengelb gibt den Kontrast und weist auf dein freundliches Gemüt hin.« Sie zeigte auf die Fledermausärmel des ansonsten eng anliegend geschnittenen Oberteils. »Die Fledermausärmel stehen als Symbol für deine großartige Gabe und sie lenken ab. Die gelben Einsätze im Oberteil erzeugen eine optische Täuschung und spiegeln eine schlankere Taille vor, falls dir das wichtig ist. Wenn du schon kaschieren willst, dann ordentlich.« Sie hielt inne. »Wobei du das nicht musst. Es ist nur ein Hilfsmittel, bis du dazu stehen kannst, wer du bist.«

»Das ist… einfach nur großartig!« Jeanie konnte ihren Blick nicht mehr von der Zeichnung abwenden, der schwarze Rock in Knielänge, unten leicht ausgestellt, hohe schwarze Stiefel mit Schnallen an der Seite. Niemals hätte sie so ein Outfit für sich ausgewählt. »Aber wo soll ich so etwas herbekommen?«

»Wir nähen es für dich.« Develine nahm den Block zurück. »Gleich morgen, wenn du willst. Ich schreib dir auf, was du besorgen musst.«

»Na endlich«, murmelte Mitra und Jeanie wusste nicht, ob sich die Bemerkung auf die Autoschlange bezog, die sich endlich in Bewegung setzte, oder auf Develines Vorschlag, sich von den Wallekleidern zu lösen. Das Auto ruckelte, dann fuhren sie wieder. Jeanie sah zu Mitra. Die zwinkerte und streckte den Daumen in die Höhe. Jeanie verstand. Ihre Tante war über ihre Freundschaft mit Develine genauso glücklich wie sie selbst.

»Entschuldigen Sie bitte vielmals die Verspätung«, überfiel Mitra Dr. Leigh, kaum dass sie die Tür zu seinem Büro geöffnet hatten. »Stau! Am Samstag! Das ist doch verrückt!«

»Ich hatte mir schon gedacht, dass Sie in der Demo hängen geblieben sind.« Dr. Leigh schüttelte Mitra die Hand und wandte sich an Jeanie. »Hallo, Jeanie, geht es dir gut?«

Jeanie gab ihm die Hand, wie immer wurde sie in seiner Gegenwart leicht nervös. »Danke, ja. Bestens.«

Dann ging er zu Develine und drückte sie kurz. »Ich habe gehört, du machst dir Sorgen um deine Freundin. Hast du schon was Neues gehört?«

»Nein. Die Polizei kann nichts tun. Roseanne ist volljährig und ein aufgeräumtes Haus ist kein Beweis für eine Entführung.« Develine setzte sich auf die Behandlungsliege und rollte ihren Ärmel hoch. »Fangen wir an?« Sie machte eine Faust.

Dr. Leigh tastete ihre Ellenbeuge ab und sprühte ein Desinfektionsmittel darauf. Kurz darauf stach er in die Vene und zapfte drei Röhrchen Blut ab.

»Drei?«, fragte Develine. »Wozu?«

»Als Probe. Falls wir etwas herausfinden, das uns dazu veranlasst, auf andere Marker zu testen.«

Jeanie setzte sich auf die Liege und schob den dünnen Strickpullover über die Ellenbeuge. Dr. Leigh sah kurz auf den Arm und nahm dann den anderen, schob den Ärmel hoch und zapfte das Blut ab. »Es wäre gut, wenn ihr die Ergebnisse der externen Blutprobe zu mir schickt.« Er wandte sich an Mitra. »Es wäre auch besser, wenn ihr nicht mit Dritten über den Vorfall redet. Auch nicht mit dem Labor, das Jeanies Blut untersucht. So wie die Dinge liegen, möchten wir das momentan gerne im Institut belassen.«

Mitra nickte. »Das wäre uns recht. Je weniger Aufmerksamkeit, desto besser. Ich möchte nicht, dass Jeanies Vater nervös wird.« Sie hob entschuldigend die Hand. »Wenn das für Sie vertretbar ist.«

»Kein Problem«, sagte Dr. Leigh und beschriftete Jeanies Blutproben. »Sie sind für alle Belange, die Jeanie betreffen, bevollmächtigt und meine Ansprechpartnerin. Was Sie an Jeanies Eltern weitergeben, ist allein Ihre und Jeanies Sache.«

Jeanie wand sich innerlich. So wie Dr. Leigh das sagte, klang es, als wollten sie ihren Eltern etwas verheimlichen. *Tust du doch auch!*

»Simon?« Develine war zu ihm getreten. Sie nahm ihre Blutröhrchen und las die Beschriftung darauf. »Warum das Interesse des Instituts an dem Fall?«

»Deine Mutter und ich glauben, dass die Angelegenheit derzeit bei uns besser aufgehoben ist.« Dr. Leigh griff nach den Blutröhrchen, doch Develine zog schnell ihre Hand weg.

»Das ist keine Antwort und das weißt du.«

»Die Polizei hat euch nicht geglaubt. Wir schon. Weil wir Technologien kennen, die sich andere nicht einmal vorstellen können. Glaub mir einfach, wir sind besser geeignet, die Sache zu untersuchen.«

Jeanie sah prüfend zu Dr. Leigh. Seine Stimme klang anders als sonst.

Sie passte nicht zu seinen Worten.

Als verberge er etwas.

Matt

An der Türschwelle drehte Frankie sich um. Er bohrte seinen Finger in Matts Brust.

»Regel Nummer 1: Ich stelle Fragen, du antwortest. Regel Nummer 2: Du stellst keine Fragen. Regel Nummer 3: Alles was du hier siehst und hörst, bleibt unter uns, außer ich gebe dir die ausdrückliche Erlaubnis, etwas zu verwenden.« Sein Blick durchbohrte Matt. »Klar?«

»Glasklar«, presste Matt hervor, obwohl ihm bereits zig Fragen auf der Zunge lagen. Woher wusste Frankie, wer er war und dass er ein hyperthymestisches Syndrom hatte?

»Na dann.« Frankie nahm die unangezündete Zigarette aus dem Mundwinkel, zerdrückte sie in einem an der Wand montierten Aschenbecher und betrat das Haus.

Matt verkniff sich einen überraschten Ausruf. Das gesamte Erdgeschoss war zu einem Raum zusammengelegt, der wie eine Luxusspielhölle eingerichtet war. Im Zentrum ein Billardtisch, an einem Ende eine außerordentlich gut bestückte Bar, davor ein großes, zerfleddertes Ledersofa mit Blick auf einen mindestens 70-Zoll-Fernseher. An der anderen Wand dudelte eine Jukebox leise vor sich hin, daneben standen ein *TopGear*-Fahrsimulator mit Rennfahrersitz und Gangschaltung, ein einarmiger Bandit und ein

Flipper. Matt ging zu dem Flipper und berührte ihn ehrfürchtig. »Ein *Scared Stiff* von Bally, Baujahr 1995. Eine Rarität.«

»Du kennst dich aus.« Frankie drückte auf *2 Spieler* und schoss die Kugel ein. Geschickt ballerte er sie durch das Spielfeld. Es blinkte, knallte, klingelte, trötete, seine Punkte kletterten nach oben. Dann reagierte er zu spät, die Kugel rollte ins Aus und Frankie überließ Matt das Feld.

Matt übernahm. Er war plötzlich wieder fünfzehn, der Flipperautomat stand in der Werkstatt seines Großvaters und er testete ihn auf Herz und Nieren. Der beste Flipperautomat, den sein Großvater je restauriert hatte. Das raffinierteste, komplizierteste und gleichzeitig lohnendste Spiel, das je konstruiert wurde.

»*Wo-ho*!« Frankie klatschte in die Hände und zeigte auf Matts Score. Er hatte Frankie um Längen geschlagen. »Verstecktes Talent?«

»Übung.« Matt grinste. »Hab ich was gewonnen?«

»Fünf Minuten meiner Zeit.« Frankie ging zu einem braunen Ledersofa und warf sich drauf.

Matt setzte sich zu ihm und erzählte. Knapp, aber ausführlich genug, um wichtige Details wie Jeanies Hörfähigkeiten unterzubringen, und endete mit der Abweichung seiner Erinnerung von den belegten Fakten.

»Und dass du dich geirrt hast, nervt dich jetzt mehr als die Tatsache, dass du überhaupt entführt wurdest«, sagte Frankie und verdrehte die Augen. »Wo findet Simon euch schräge Vögel nur?« Frankie sah ihn prüfend an. »Du weißt, dass das schräg ist, oder?«

»Vielleicht, aber … wenn ich rausfinde, was wirklich passiert ist, wissen wir auch, wer uns entführt hat«, verteidigte sich Matt. Er räusperte sich. »Ich bräuchte nur Zugriff auf die Verkehrsüberwachungs–«

Schallendes Gelächter unterbrach ihn. »*Nur*?«

Matt wurde heiß. »Für jemanden mit deinen Fähigkeiten ist das ein *nur*… oder täusche ich mich?« Er warf Frankie einen abschätzenden Blick zu, um dessen Eitelkeit herauszufordern.

»Was ist für mich drin?«, fragte Frankie nach kurzem Überlegen.

Matt zeigte auf den Flipper. Es war vollkommen klar, was Frankie daran faszinierte – der *Scared Stiff* war ein echter Gegner, er hatte keinen Code, den Frankie intuitiv erkannte und spielend austrickste. Frankie war auf Level 7, dem Level, das kaum einer knackte, dabei waren die fünf Level danach die besten, die je entwickelt wurden, und jeder, der sich ein bisschen auskannte, wusste das. Frankie musste das ziemlich frustrieren. »Ich zeige dir, wie du Level 7 schaffst.«

»Da gibt es einen Trick?« Frankie schlug auf seinen Oberschenkel. »Verdammte Hacke!« Er stand auf und hielt Matt die Hand hin. »Deal. Dein Cheat gegen einen Blick auf die Verkehrskameras. Komm mit.«

Er ging in den Flur und führte Matt ins Souterrain. Es war hell, die Wände hellgrau verkleidet, der Boden mit breiten Dielen ausgelegt. Es gab nur zwei Türen, Frankie öffnete die erste, dahinter lag ein großer Raum, in dessen Mitte ein riesiger Schreibtisch mit fettem Lederdrehsessel und drei Bildschirmen standen, an den Wänden hingen weitere Bildschirme, vier Stück in verschiedenen Größen, und alle zeigten das gleiche Bild.

»Oh«, entfuhr es Matt, »das bin ich.«

»Korrekt, Sherlock.« Frankie setzte sich auf den Lederdrehsessel. »Biometrische Gesichtserkennung. Sobald meine Kameras dich erfassen, landest du auf meinem Bildschirm.«

Matt betrachtete die Bildschirme näher. Führerscheinzulassung auf dem einen, seine Stammdaten bei der *Gateway High* auf dem nächsten, seine Akte beim *HIT*, Krankenversicherung, Daten der Bibliothek in Santa Rosa, sein Browserverlauf der letzten Woche ... es war erschreckend.

»Wie –«

Wieder legte Frankie den Finger an seinen Mund. »Regel Nummer 2.«

»Keine Fragen«, murmelte Matt.

»Fangen wir an.« Frankie tippte und Matts Bild verschwand von den Bildschirmen. »Kennzeichen des Autos?«

»1EB432.«

Wieder tippte Frankie. Auf dem Bildschirm vor ihm erschien eine Maske. Rechts war ein Foto des Wagens zu sehen, links Daten. Matt überflog sie. Sie passten zu dem Auto, an das er sich erinnerte. Auch der Besitzer passte, die Verleihfirma, deren Aufkleber im Fond pappte. Er checkte den Status. *Verliehen.* »Dann wollen wir doch mal sehen. Ort, Datum, Zeit«, forderte er Matt auf.

Matt ratterte die Daten herunter, Frankie tippte. Kurz darauf baute sich der Bildschirm neu auf, eine Kolonne von oben gefilmter Autos erschien, im Eck sah Matt die Kennung der Verkehrsüberwachung, Datum, Zeit und Ort. Frankie hatte sich tatsächlich in das System eingeschlichen! Als Nächstes gab er das Nummernschild ein, gefolgt von einem Befehl, das Bild verschwamm, wurde wieder klar und plötzlich tauchte der Honda in einem roten Kringel auf.

»Krass.« Tausend Fragen lagen Matt auf der Zunge. Er kniff die Lippen zusammen.

Frankie zoomte an den Honda heran. Das Bild war unscharf, doch Matt glaubte die Personen hinter der Windschutzscheibe zu erkennen.

»Das sind Develine und Luke. Sie saßen vorne.«

»Gut. Dann schauen wir mal, wohin ihr gefahren seid.« Im Schnellvorlauf verfolgten sie die Fahrt des Honda, kamen zu dem Punkt, als sie den Schulbus überholten.

»Langsamer«, sagte Matt, »etwa hier hat Develine die Kontrolle über das Auto verloren.«

Frankie stellte auf normale Geschwindigkeit. Der Honda ließ den Bus hinter sich, er fuhr sichtlich zu schnell, dann war er weg. Übrig blieb nur der rote Kringel, der hektisch blinkte.

»Stopp!«, rief Matt.

Frankie hielt das Bild an. Spulte zurück und spielte die Sequenz in Zeitlupe ab. Fasziniert beobachtete Matt, wie das Auto Zentimeter für Zentimeter verschwand, als radiere es jemand Stück für Stück von der Mitte des Autodachs aus weg.

»Bastard«, knurrte Frankie. »Da ist jemand verdammt clever.«

»Wie… ? Was ist da passiert?«, setzte sich Matt über Regel Nr. 2 hinweg.

»Quantum Stealth.« Frankie schüttelte den Kopf, doch sein Gesichtsausdruck verriet eher Bewunderung als Verärgerung. »Und wie elegant das Metamaterial aktiviert wurde. Das habe ich so noch nie gesehen.«

Matt glaubte sich verhört zu haben. Quantum Stealth! Das war Militärtechnologie! »Du meinst *das Metamaterial*, das Licht so bricht, dass alles dahinter unsichtbar wird? Ich dachte, dergleichen ist noch nicht marktreif.«

»Am Schwarzmarkt schon«, sagte Frankie trocken. Er spulte erneut zurück, zoomte näher heran und ließ die Sequenz in Zeitlupe laufen. »Da«, sagte er und zeigte mit dem Finger auf das unsichtbar werdende Autodach. »Achte auf die Sequenzen und auf das Flimmern.«

Matt nickte. Dort wo das Auto verschwand, blieb ein kaum wahrnehmbares Flimmern in der Luft. Dabei verschwand das Auto in immer gleich großen Abschnitten. Das bedeutete, ihr Auto war bereits mit dem Metamaterial beklebt gewesen, als sie eingestiegen waren. Was sie aber nicht bemerkt hatten, weil es erst aktiviert wurde, nachdem das Auto sich selbstständig gemacht hatte. Was wiederum darauf schließen ließ, dass dieses Auto mit deutlich mehr Technik ausgestattet war, als sie bisher angenommen hatten. Was schließlich erklärte, warum das Auto weg war – sein Besitzer wollte sicherlich nicht, dass ein Polizeitechniker sich genauer damit beschäftigte. »Ein Auto mit Tarnkappe. Abgefahren«, murmelte er.

»Schicke Sache. Fragt sich nur, wie Stealth-Technologie auf das Dach eines *Miet*wagens kommt.« Frankies Finger hämmerten auf die Tastatur ein, Matt verfolgte, wie der Name der Leihwagenfirma in der Browserzeile erschien. Frankie startete die Suchabfrage. Mehrere Links erschienen, doch nur einer traf eindeutig auf die Suchabfrage zu.

Wieder schüttelte Frankie den Kopf. »Ein einziger Link bei einer kommerziellen Firma. Das stinkt.«

Matt nickte. Das stank allerdings. Er hätte sich ohrfeigen können – warum hatte er nicht daran gedacht, mehr über die Leihwagenfirma herauszufinden? Die Homepage des Verleihers erschien auf dem Bildschirm. Einfach und schlicht.

Schon hatte Frankie auf einem anderen Bildschirm eine neue Maske aufgerufen. »Ha! Registriert in Panama. Ich verwette meine Stiefel darauf, dass es eine Briefkastenfirma ist …«

»… und nirgendwo eine echte Adresse hat.«

»Exakt.« Frankie tippte weiter, las den Code, der Zeile für Zeile weiß auf schwarzem Hintergrund erschien. »Profiarbeit. Nicht zu verfolgen, aber wenn ein Polizeibeamter die Nummer des Autos eingibt, erscheint die offizielle Registrierung der Firma. Sogar mit Verleihstatus.« Er pfiff beeindruckt durch die Zähne. »Zumindest können wir jetzt die Gewichtsklasse einschätzen, in der eure Entführer operieren.«

»Militär?«, fragte Matt.

»Nicht unbedingt. Jemand mit Zugriff auf neueste Technologien, Geld, Verbindungen.« Frankie lehnte sich in seinem Sessel zurück. »Ich glaube nicht, dass es eine Lösegeldentführung war. Da ist jemand an euren Fähigkeiten interessiert.«

»Oder an Roseanne«, warf Matt ein. »Es war ihr Leihwagen.«

Frankie nickte. »Möglich. Aber im Zusammenhang mit unserem Deal nicht relevant.« Er drehte sich wieder zu dem Computer und traktierte die Tastatur. »Du wolltest Bilder von Überwachungskameras. Sehen wir uns die Gegend bei O'Deary näher an. Auf dem Gelände gibt es keine Kameras, aber in der Nähe gibt es Straßenkameras.«

Kurz darauf erschienen zwei Straßen auf dem Bildschirm.

»Wann seid ihr dort aufgewacht?«

»Gegen zwei Uhr.«

»Dann nehmen wir als Zeitraum zwischen elf und zwei.«

Frankie gab Datum und Uhrzeit ein. Das Bild verschwand, baute sich neu auf. Im unteren Eck liefen Datums- und Zeitangaben. Er stellte auf Schnellvorlauf. Immer wieder erschienen Autos, die Frankie heranzoomte und überprüfte. Zumeist saßen ein oder zwei Personen in den Autos, aber keiner von ihnen vier, und es waren zu kleine Wagen, als dass man sie alle in einem der Kofferräume hätte transportieren können. Gegen eins erschien ein weißer Sprinter. Er verschwand aus dem Sichtfeld der Kamera und tauchte etwa zwanzig Minuten später wieder auf. Frankie stoppte und zoomte auf den Fahrer. Er war nicht zu erkennen, eine Baseballmütze tief ins Gesicht gezogen. Frankie zoomte auf das Nummernschild und notierte es. Dann wechselte er zu einem anderen Bildschirm und gab dessen Kennung ein.

Sekunden später blinkte ein rotes Warnsignal: *Nummer nicht erkannt.*

Frankie schlug mit der flachen Hand auf die Schreibtischplatte. »Gotcha. Ich wette, ihr wart in dem Sprinter drin.«

Matt starrte auf die rot blinkende Mitteilung: *Nummer nicht erkannt.* Auto mit Tarnkappe, Briefkastenfirma, falsches Nummernschild.

Da gab sich jemand verdammt viel Mühe, unter dem Radar zu fliegen.

5. Mai
Sonntag

Develine

Develine hob den Fuß vom Pedal. Das Rattern der Nähmaschine verstummte, sie durchtrennte den Faden und hielt das Oberteil in die Luft.

»Jetzt bin ich gespannt.«

Etwas verunsichert nahm Jeanie das schwarze Top in Empfang. Sie beäugte die Fledermausärmel und die sonnengelben Einsätze. »Du meinst wirklich, ich kann so etwas tragen?«

»Probier es an.« Develine zeigte auf einen mit einem großen, grellen *BANG!* bemalten Paravent im hinteren Eck des Ateliers. »Da kannst du dich umziehen.«

Jeanie verschwand dahinter und kam keine Minute später wieder hervor. Das Top stand ihr noch besser, als Develine erhofft hatte.

»Und?«, fragte Jeanie.

»Knaller.« Develine nahm ihr Handy. »Lächeln!« Noch bevor Jeanie reagieren konnte, schoss sie ein Foto. »Und?«

Jeanie starrte auf das Foto. Ungläubig, als begreife sie nicht, was sie da sah. Dann breitete sich ein Strahlen auf ihrem Gesicht aus, so glücklich, dass Develine unwillkürlich lächelte. Mission geglückt. Mit ein bisschen Hilfe würde Jeanie aus der Opferecke heraustreten und erkennen, was sie war: eine geborene Superheldin. »Wahnsinn! Können wir… kannst du auch den Rock noch umnähen?«

»Klar. Das ist ruck, zuck gemacht.« Develine grabschte das Maßband vom Arbeitstisch, froh, dass Jeanie offenbar Feuer gefangen hatte. »Ich muss nur Maß nehmen.«

Sie vermaß Hüfte und Oberschenkellänge und notierte sich die Zahlen auf einem beschmierten Blatt. Dann griff sie nach Jeanies Rock und begann, die Naht aufzutrennen. »Wie funktioniert das eigentlich mit deinem Supergehör? Ist das nicht totales Chaos in deinem Kopf, wenn du jedes Geräusch so intensiv wahrnimmst?«

»Früher schon.« Jeanie lehnte sich an die Tischkante. »Deshalb war ich die Außenseiterin. Ich habe so viel gehört, dass ich nicht unterscheiden konnte, was mir galt.« Sie seufzte. »Und dann sind die, denen du nicht antwortest, beleidigt und halten dich für arrogant oder blöde. Das wurde erst mit den Geräten besser, die mein Gehör auf normale Frequenzen runtergeregelt haben. Aber wenn zu viele Menschen in einem Raum waren, konnte ich nicht mehr zuordnen, wer was gesagt hat.«

»Und heute brauchst du die nicht mehr?« Develine sah von der Naht hoch und bemerkte die Veränderung in Jeanies Gesicht. Das Leuchten in ihren Augen, die Mundwinkel, die zufrieden nach oben zeigten.

»Nur, wenn ich müde bin und mich nicht mehr fokussieren kann oder mal eine Hörpause brauche, aber dann schalte ich alle Geräusche aus.« Sie nestelte an ihrem linken Ohr und präsentierte Develine ein fingerkuppengroßes Gerät. »Das hat Simon zusammen mit deiner Mutter für mich entwickelt. Es arbeitet viel feiner als mein altes. Aber ich lasse es inzwischen meistens ausgeschaltet, weil Mitra mir beigebracht hat, wie ich Seitengeräusche ausblenden und mich auf das Wesentliche konzentrieren kann. Früher wäre das unmöglich gewesen.«

Develine nickte verstehend. So wie sie Mitra einschätzte, hatte sie Jeanie beigebracht, sich zu sammeln, in sich zu ruhen und aus dieser Kraft ihr Gehör gezielt zu steuern. »Konntest du dich früher nicht fokussieren?«

»Doch, aber dann konnte ich mich nicht mehr unterhalten.« Jeanie lächelte traurig. »Ich habe in den Pausen oft selektives Hören geübt. Das ist wie … wenn du ein Wimmelbild hast und dann immer näher auf ein einziges Detail zoomst, bis du in all dem Chaos nur noch das siehst. Meistens habe ich mich irgendwo abseits hingesetzt und Unterhaltungen ein- und ausgeblendet.«

»Dann warst du ziemlich einsam, oder?«

»Schon.« Jeanie seufzte abermals. »Das kommt wohl zwangsläufig, wenn man alle Gemeinheiten, die über einen erzählt werden, mitanhören muss.«

Eine Woge der Wut schwappte in Develine hoch. Hastig beugte sie sich wieder über die Naht. Sie wollte nicht, dass Jeanie ihr anmerkte, wie wütend ihre Erzählung sie machte. Warum, verdammt, konnten Menschen andere nicht einfach so akzeptieren, wie sie waren? Sie drosch die Nadel in den dicken Stoff. Ab jetzt würde Jeanie keine Gemeinheiten mehr erdulden müssen. Nicht solange *sie* in der Nähe war.

»Soll ich dir beim Auftrennen helfen?«, fragte Jeanie.

»Nein, gleich fertig.« Develine hoffte, dass ihre Wut nicht durchklang – was unwahrscheinlich war, bei den feinen Nuancen, die Jeanie heraushören konnte. »Kannst du hören, was gerade in unserem Haus los ist?«, lenkte sie ab.

Jeanie lauschte kurz, lachte dann und summte die Melodie

von Jingle Bells. »Dein Vater singt im Mai Weihnachtslieder!«

»Dann arbeitet er gerade an einer Weihnachtsepisode.« Develine hob den Kopf und lauschte. Sie hörte rein gar nichts. »Und was hörst du noch?«

»Bei euch oder woanders?«

»Im Nachbarhaus.« Develine zeigte zur linken Wand. »Da, wo du mich gestern getroffen hast.«

»Das Haus deiner Freundin, in deren Auto wir unterwegs waren?«

Develine nickte. »Sehr wahrscheinlich ist sie nicht da.«

Jeanie wandte ihren Kopf nach links und starrte auf die Wand, schloss dann die Augen. »Doch …«

Develine sprang hoch. »Was ist da?«, fragte sie aufgeregt.

»Ich weiß nicht, eine Stimme, sie klingt irgendwie seltsam.«

»Was sagt sie?«

»Sie schimpft, dass ihr Futter weg ist.« Jeanie runzelte die Stirn. »Welcher Mensch sagt denn *Futter* zu seinem Essen?«

»Futter?« Develine warf den Rock auf die Arbeitsplatte. »Komm mit!« Sie riss die oberste Schublade auf und angelte Roseannes Hausschlüssel zwischen losen Stiften heraus.

Mit drei Schritten war sie bei der Tür und wartete auf Jeanie. Gemeinsam liefen sie zu Roseannes Haus, Develine voran, Jeanie hinterher. An Roseannes Tür angekommen, läutete Develine und sperrte gleichzeitig die Tür auf.

»Roseanne?« Sie lief in den Flur. »Bist du da?«

Hinter ihr betrat Jeanie das Haus. »Küche«, keuchte sie atemlos und zeigte auf die halb offene Tür.

»Roseanne?«, rief Develine verärgert und stieß die Küchentür ganz auf. »Wo bist du?«

In der Küche machte sie abrupt halt. Über die Arbeitsplatte marschierte eine Katze. Schwarz, bis auf eine Pfote, die so weiß war, als wäre sie mit Mehl bestäubt worden. »Wie kommt denn eine Katze hier rein?« Develine machte einen vorsichtigen Schritt auf die Katze zu und wandte sich gleichzeitig an Jeanie. »Kannst du lokalisieren, wo die Person ist, die du vorhin gehört hast?«

»Ich bin hier«, kam es von der Arbeitsfläche.

Develine sah zur Küchentheke. Die Katze starrte sie neugierig an.

»Hallo! Hier!«, rief die Stimme ungeduldig.

Develine streckte ihre Hand aus und tastete die Luft ab. Sie begann zu begreifen. Darum ging es also. Das war die Riesensache.

»Roseanne? Ich hab es kapiert. Du hast verbotenes Metamaterial geklaut und dir eine Tarnkappe gebastelt. Komm schon, zeig dich.« Sie machte einen Schritt nach vorne und tastete nach rechts und links. Die Augen der Katze folgten ihr bei jeder Bewegung.

Da sprang die Katze von der Arbeitsfläche und umstrich ihre Beine. »Ich bin hier.«

Develine blieb stocksteif stehen. Das war … war das … hatte die Katze eben … ?

Da kniete Jeanie schon neben der Katze und strich ihr über den Kopf. »Du kannst sprechen?«

»Ich bin Leila.« Die Katze setzte sich auf die Hinterpfoten und ließ sich von Jeanie den Kopf kraulen.

Fassungslos starrte Develine auf die Katze. *Leila.* Das war der Name, den Roseanne gerufen hatte, als sie ihr vor drei Tagen diese *unglaubliche Sache* zeigen wollte, die ihr *Durchbruch* sein würde.

Was immer dieses sprechende Fellknäuel wirklich war – es gehörte nicht Roseanne, es gehörte nicht in dieses Haus, und es war mit Sicherheit der Grund, warum sie in Roseannes Auto entführt worden waren und Roseanne verschwunden war.

Develine schluckte.

Die Katze schnurrte, als hätte sie keine Ahnung, dass allein das Wissen um ihre Existenz so gefährlich war wie Dynamit.

Matt

Eine sprechende Katze. Das klang nicht nur verrückt, das war verrückt. Matt drückte den Klingelknopf. Keine Sekunde später riss Develine die Tür auf und zerrte ihn ins Haus.

»Ist Roseanne zurück?«, fragte er, als Develine hinter ihm hastig die Haustür schloss.

»Nein, aber die Sache, die sie mir am Donnerstag zeigen wollte.«

Sie packte ihn am Arm und zog ihn mit sich in eine Küche, deren peinliche Sauberkeit nicht zu dem penetranten Geruch nach Thunfisch passte. Am Boden hockte Jeanie und kraulte eine schwarze Katze.

»Hi, Matt«, sagte sie, ohne von dem Tier hochzusehen.

»Was ist *Matt*?«, fragte eine Stimme, die ihn fatal an die Navigations-CD im Auto seiner Mutter erinnerte.

»Matt ist unser Freund. Ein Mensch«, sagte Jeanie. »Er ist gekommen, um dir Hallo zu sagen.«

»Hallo, Matt. Freund und Mensch.« Die Katze drehte sich auf den Rücken und sah ihn neugierig an.

»Ha… Hallo«, stotterte Matt. Das konnte nicht sein. Eine Katze hatte überhaupt nicht die physische Voraussetzung, um Worte zu formen. Es musste eine Roboterkatze der neuesten Generation sein. Er kniete sich neben Jeanie und strich über das Fell der Katze. Es war weich und warm und er spürte ihren Herzschlag. »Das ist echt verrückt.«

»Das ist echt verrückt«, wiederholte Leila. »Was ist *verrückt*?«

»Was?« Matt sah Hilfe suchend von Jeanie zu Develine.

»Du musst ihr erklären, was *verrückt* ist«, erklärte Jeanie. »Immer wenn sie ein Wort nicht kennt, fragt sie nach.«

Matt erhob sich. Er hatte genug gehört. »Kommst du mal mit?«, bat er Develine und nickte Richtung Flur.

Im Flur zog er die Küchentür zu und senkte seine Stimme. »Das ist eine Sensation. Ein Quantensprung in der Entwicklung künstlicher Intelligenz.«

»Es ist eine Katastrophe.« Develine hatte ihre Stimme ebenfalls gesenkt. »Ich weiß von meiner Mutter, dass die Ethikkommission im *HIT* genau so ein Projekt abgelehnt hat. Allerdings war es eine heftige Diskussion und eine knappe Abstimmung. Zuerst sollten Tiere mit künstlicher Intelligenz gesteuert werden, dann geistig behinderte Menschen. Die Befürworter haben darin eine echte Chance gesehen.«

Matt schauderte. Wenn Menschen über künstliche Intelligenz gesteuert werden könnten, würde derjenige, der diese Technik besaß, faktisch über diese Menschen herrschen.

»Meine Mutter hat es so erschreckt, dass sie damit zum Gouverneur ist«, flüsterte Develine. »Sie meinte, solche Eingriffe in die Persönlichkeitsrechte von Lebewesen muss der Staat kontrollieren. Dergleichen darf nicht an einer letzten Stimme in einer Ethikkommission hängen. Jetzt wird ein Gesetz vorbereitet und Mom hat sich damit im

Institut einige Feinde gemacht, ein Kollege hat sogar gekündigt.«

Matt rieb über sein Kinn. Langsam ergab alles Sinn. »Und jemand anders ist derweil in die Forschung eingestiegen und nutzt die Zeit, in der es noch keine Regulierung gibt, um Fakten zu schaffen.«

»Ich glaube, Roseanne hat das herausgefunden und die Katze als Beweis sichergestellt«, fuhr Develine so leise fort, als befürchte sie, abgehört zu werden. »Das ist genau ihr Stil, deswegen hat sie immer Ärger. Sie hat gesagt, es sei ihr Durchbruch, also wollte sie damit an die Öffentlichkeit. Und jetzt ist sie weg und ihr Haus wurde von oben bis unten grundgereinigt.«

Matt nickte. Es passte zusammen. Illegale Tarnkappentechnologie, künstliche Intelligenz der neuesten Generation – was hatte ihr Gegner noch zu bieten? »Glaubst du, der Besitzer der Katze hat herausgefunden, wo sie ist, und stattdessen Roseanne mitgenommen, als sie die Katze nicht finden konnten?«

»Möglich. Kann aber auch sein, dass Roseanne untergetaucht ist und die Katze einen Chip hat. Und wenn der jetzt anschlägt, bekommen wir gleich Gesellschaft.« Develine sah besorgt zur Haustür.

Matt schluckte und linste ebenfalls zur Tür. »Wäre sie dann nicht schon längst eingefangen?«

»Wer weiß, wo sie die letzten zwei Tage gewesen ist und wie der Sender funktioniert«, sagte Develine, die Tür im Blick. »Wenn der Chip nur bei einem Lernvorgang mit einem Server kommuniziert, kann die letzten Tage Funkstille geherrscht haben.«

Matt verstand. Hatte Jeanies Kommunikation mit der

Katze diese Funkstille gerade beendet, war es nur eine Frage der Zeit, bis der Besitzer des Tieres herausfand, wo sie steckte und ein Überfallkommando losschickte, um sie sich zurückzuholen.

»Ich weiß nicht, was wir tun sollen«, sagte Develine. »Mit der Katze zur Polizei? Oder sie als Pfand behalten, falls Roseanne von den Besitzern entführt wurde? Dann könnten wir sie gegen Roseanne austauschen.«

»Und wie willst du mit ihnen in Kontakt treten?«

Die Küchentür öffnete sich einen Spalt, dann erschien Jeanie im Flur. »Sie werden mit uns in Kontakt treten. Entführer wissen immer, wie sie die Menschen erreichen, von denen sie etwas wollen.«

Matt sah sie verblüfft an, schaltete dann – natürlich hatte Jeanie jeden Ton ihrer geflüsterten Unterhaltung mitbekommen!

»Seit ich zwölf bin, muss ich jedes Jahr ein Kidnapping-Survival-Training absolvieren«, erklärte Jeanie und zuckte fast schon entschuldigend die Schultern. »Mein Vater ist da… na ja… eigen. Jedenfalls weiß ich ziemlich gut, auf was man achten muss.«

Da schrillte es neben ihnen.

Matt zuckte zusammen, Develine ebenso. *Telefon.* Sie sahen sich an und er wusste, sie dachten das Gleiche: *Roseannes Entführer.*

Zögernd griff er zum Telefon, als Jeanie ihm zuvorkam. Sie riss den Hörer von der Station und aktivierte den Lautsprecher.

»Ja, bitte?«, sagte sie laut und so fordernd, wie er sie noch nie hatte sprechen hören.

»Mrs Blumberg? Officer Wendel von Polizeistation 9.

Das Fahrzeug, das Sie als gestohlen gemeldet haben, wurde aufgefunden und ist jetzt im Depot. Kostet Sie allerdings eine Kleinigkeit …«

Das Auto!! Matt stellte sich vor Jeanie und nickte aufgeregt. Sie mussten es unbedingt haben! Er hielt inne, sein Nicken verebbte. Oder tappten sie gerade in eine Falle? Ein ungutes Gefühl beschlich ihn, während Jeanie neben ihm Aktenzeichen und Adresse notierte.

Das Timing – kaum fanden sie die Katze, meldete sich die Polizei wegen des Autos. Nein, ihre Gegner waren viel zu professionell, um ein Auto voller belastendem Material in ihre Hände gelangen zu lassen …

Jeanie

Das Taxi hielt vor einem umzäunten Gelände von der Größe eines Fußballfeldes, vollgepfropft mit Tausenden von Autos. »Wie sollen wir hier den Wagen finden?«, fragte Jeanie und hielt dem Fahrer einen Fünfzigdollarschein hin.

»*Das* ist nicht das Problem.« Matt stopfte sich eine Nuss in den Mund und stieg aus. Nervös sah er sich um.

Jeanie warf ihm einen verwunderten Blick zu. Es war doch er gewesen, der zu Beginn unbedingt das Auto auslösen wollte. Und dann plötzlich nicht mehr, als Develine darauf bestanden hatte.

Sie stieg ebenfalls aus und wurde von einem Windstoß empfangen, der ihr die Haare vors Gesicht wirbelte. Sie wischte sie zur Seite. »Machst du dir gerade um uns Sorgen oder um Develine?«

»Ich mache mir keine Sorgen.«

Jeanie hob die Brauen. Natürlich machte er sich Sorgen. Seine Stimme sagte genau das.

»Na gut«, gab er widerwillig zu. »Ich mache mir Sorgen. Das sind Superprofis, die uns da verschleppt haben, und wir… wir sind nur… Schüler!«

»Wir sind Schüler mit Superfähigkeiten«, sagte Jeanie und wunderte sich über ihre Worte. Als hätte Develine sie ihr eingeflüstert. »Und wenn einer von uns sich selbst verteidigen kann, dann ja wohl Develine.«

Sie dachte an Develine, allein mit der Katze in ihrem Atelier. Nicht ganz allein, laut Develine, ihr Schwert war ja auch da… Jeanies Kehle schnürte sich zu. Sie machte sich auch Sorgen. Um Develine, denn wenn eine von ihnen gerade ein Ziel war, dann doch sie!

Matt ging zu dem Tor und drückte auf die Klingel. Es surrte.

»Ja?«

»Matt Holland. Ich soll das Auto für Roseanne Blumberg abholen. Aktenzeichen SF45GH/1EB432.«

Wieder surrte es. »Kommen Sie zum Pförtnerhaus.« Dann ertönte ein Summen, ein Klicken und das Tor sprang auf.

Ihr Blick wanderte über das im Sonnenlicht schimmernde Meer an Autos. Wie sollten sie hier den Leihwagen wiederfinden?

Am Pförtnerhaus öffnete Matt die Tür und ließ Jeanie den Vortritt.

»Aktenzeichen?«, begrüßte sie der Pförtner anstelle einer Begrüßung. Er trug eine verblichene, beigebraune Uniform, im Mundwinkel hing ein abgekauter Zahnstocher.

Matt leierte das Aktenzeichen herunter.

Der Mann gab es in seinen Computer ein, der ebenso alt wirkte wie die Uniform des Mannes. »Ah. Parken in einer Feuerwehrzufahrt… und auch noch den Schlüssel drin vergessen, sauber.« Er verzog den Mund zu einem schiefen Grinsen. »Teures Späßchen das. 384 Dollar. Dann kriegen Se die Karre wieder.«

Jeanie reichte ihm ihre Kreditkarte.

Der Mann zog sie durch das Lesegerät, wartete, bis Jeanie ihre Geheimnummer eingetippt hatte, und händigte ihr dann die Schlüssel aus. »Reihe 7, Platz 745.«

Zügig schritten sie die Reihen geparkter Autos ab, bis sie schließlich vor einem grauen Honda standen.

»Das ist also das Auto, mit dem wir gefahren sind.« Jeanie betrachtete es unschlüssig.

»Ja. Laut Nummernschild.« Matt fuhr mit der Hand über das Autodach, schüttelte dann den Kopf, als fühle er sich enttäuscht und bestätigt zugleich. »Alles weg. Schade, war aber wohl nicht anders zu erwarten.«

Er entriegelte die Türen und setzte sich hinter das Steuer.

Jeanie blieb neben dem Auto stehen. Sie dachte an Matts Erzählung von der Entführung. Wie das Auto sich selbstständig gemacht hatte, wie die Fenster und Türen plötzlich verriegelt, der Empfang gestört waren. Sie griff sich an die Brust. Sie wurde immer enger, ihr Atem immer flacher.

»Was ist?«, rief Matt ungeduldig. »Komm, steig ein.«

»Und … wenn es wieder …«

»Wird es nicht«, sagte Matt. »Du hast das mit dem Metamaterial mitbekommen?«

»Die Tarnkappentechnologie«, sagte Jeanie.

»Auf dem Dach ist keine Folie zu spüren. Ich denke, dass die Technologie entfernt wurde, mit der sie das Auto fernsteuern konnten.«

»Sicher?«

»Ziemlich. Aber pass auf, wir öffnen die Fenster, und wenn sie plötzlich von selbst wieder hochgehen, ist das wie ein Frühwarnsystem.« Er stieg aus und holte den Verbandskasten aus dem Kofferraum. »Damit blockieren wir das Fenster, dann kann es sich nicht schließen und wir sind nicht abgeschirmt.

Surrend öffneten sie die Fenster – bis auf eines. Matt drückte den Schalter. Hoch – runter – hoch – runter. Das Fenster hing nach der Hälfte. Jeanie konzentrierte sich auf das Surren des Fensterhebers, schob es zur Seite und lauschte auf das Geräusch, das dieses Surren begleitete. »Mach noch mal«, forderte sie Matt auf.

Hoch – runter – *krscht*.

Ein Bild erschien vor Jeanies Augen. Eine Folie oder ein Film, der sich zusammenschob, zerknüllte, zum Hindernis wurde. »Da hängt was. Es klingt wie eine Folie.«

»Folie?« Plötzlich ging ein Strahlen über Matts Gesicht. »Jeanie! Wenn du damit recht hast, dann … dann sind wir gerade einen riesigen Schritt weitergekommen!«

»Welchen Schritt?«

»Ich glaube, was du da hörst, ist ein Stück Folie, mit dem das Auto für die Entführung präpariert wurde.«

»Wie die Tarnkappenfolie …«

»Ganz genau. Nur dass dieses Stück aus Versehen nicht entfernt wurde. Und ich glaube, ich weiß jetzt, warum ich mich an etwas erinnere, was nicht gewesen sein kann.« Matt startete den Motor. »Weil das, was wir gesehen haben, nicht real war.«

»Kannst du das etwas genauer erklären?« Jeanie schnallte sich an, während Matt bereits viel zu schnell auf das Tor zufuhr. Der Wind fuhr kühl durch das Auto und zerzauste ihre Haare.

»Du kennst den Wandbildschirm in Simons Behandlungszimmer?«, fragte Matt.

»Die hauchdünne Leinwand, auf die Dr. Leigh Ergebnisse projiziert?« Natürlich kannte sie die! Er zeigte ihr alle Ergebnisse auf dieser Leinwand.

»Ja und nein.« Matt bremste und passierte langsam das Tor, das wie von Geisterhand zur Seite fuhr. »Er präsentiert dort Ergebnisse, aber er *projiziert* sie nicht. Dazu bräuchte er einen Beamer, aber in seinem Büro ist keiner.«

Jeanie nickte nachdenklich. »Stimmt. Ich hätte das Rauschen hören müssen, aber da war keins.«

»Exakt.« Matt drückte das Gaspedal durch. »Weil das *HIT* mit Technologien arbeitet, von denen wir nicht einmal ahnen, dass es sie gibt.«

Jeanie lehnte sich im Sitz zurück. Sie erinnerte sich an die Nuance in Dr. Leighs Stimme, als er erklärte, warum das *HIT* einen privaten Ermittler anheuern wollte. *Weil wir Technologien kennen, die sich andere nicht einmal vorstellen können.* Er hatte nicht gelogen, aber es war auch nicht die ganze Wahrheit gewesen. Was also hatte Dr. Leigh verschwiegen? Wusste er von der Katze? Wusste er sogar, wer hinter deren Entwicklung steckte? Vielleicht ein ehemaliger Kollege? Oder sogar jemand, der noch immer im *HIT* arbeitete, aber zu der Fraktion gehörte, die *für* ein Projekt mit künstlicher Intelligenz gewesen war? Sie schluckte.

Möglicherweise Dr. Simon Leigh selbst?

Luke

Luke hielt den abgelaufenen Besucherausweis des *HIT* an den Barcodeleser des Drehkreuzes. Es piepte, blinkte dann grün. Hastig schob Luke den Balken des Drehkreuzes zur Seite und trat in die Eingangshalle des *HIT*. *Danke, Lira, du bist die Beste!* Sie war wirklich ein Genie. Auch wenn sie der Meinung war, dass die Manipulation seines Besucherausweises nur eine Aufwärmübung für die Ausführung seiner zweiten Bitte gewesen war.

Mit schnellen Schritten durchquerte er die menschenleere Eingangshalle des *HIT*, stieg die Treppe hoch und eilte den Flur entlang. Vor Dr. Leighs Behandlungszimmer stoppte er und zog sein Handy aus der Jeanstasche. Er atmete tief ein, dann öffnete er Liras App und hielt das Handy an den Codeleser unter der Türklinke. *Komm, Lira, zeig was du draufhast!* Ihm brach der Schweiß aus. Endlose Zahlenkombinationen rasten über das Display, endlich blinkte es grün und die Tür sprang auf.

Luke sah sich um und schlüpfte hastig in das Zimmer. Nun musste er nur noch die Akte finden, in der Dr. Leigh Informationen über ihn gesammelt hatte. Der Mann wusste zu viel über ihn – über seine Kraft, seine Ausdauer, dass er keinen Muskelkater bekam – viel mehr als sich das durch ein

EKG im *HIT* erklären ließe. Also kamen die Infos von woanders und er würde herausfinden, von woher, und dann würde er Dr. Leigh richtig einheizen.

Am Schreibtisch sah Luke die dort liegenden Unterlagen durch. Abschriften von Symposien, medizinische Fachzeitschriften, Artikel, in denen Absätze blau, grün und gelb markiert waren, einen Prospekt für ein Hotel in New York, einen Notizblock mit unleserlichen Hieroglyphen. Aber keine Notizen zu ihm, keine Patientenakte. Er zog an den Schubladen, einer nach der anderen. Abgesperrt.

Sein Blick wanderte durch das Zimmer. Ein Stahlschrank, ein Aktenschrank. Er rüttelte an den Laden des Aktenschranks, an dem Schloss des Stahlschranks. Verschlossen. Dieser Raum war die reinste Sicherheitshochburg! Zimmer verschlossen. Schubladen verschlossen. Schränke verschlossen. Was verbarg Dr. Leigh ?

Luke rüttelte erneut an dem Aktenschrank. Er könnte versuchen ihn aufzubrechen. *Bist du verrückt? Schlimm genug, dass du hier eingebrochen bist. Hau einfach ab und sei froh, dass dich keiner erwischt hat.*

Unschlüssig ging er zurück zum Schreibtisch. Was hatte er sich gedacht? Dass die Schränke mit den Patientenakten offen herumstanden? Ja, genau so hätte es sein sollen: dass er nur in Dr. Leighs Büro einbrechen musste und dort seine Unterlagen ordentlich abgelegt in einem unversperrten Schrank lagen. *Verdammt!*

In dem Moment wurde die Tür aufgerissen. Dr. Leigh stürmte herein, begleitet von zwei Wachleuten.

»Luke!«, rief er überrascht. »Was zum Teufel machst du in meinem Büro!«

Die beiden Wachleute kamen drohend näher. »Hände

über den Kopf.«, herrschte der eine ihn an. »Ganz langsam.«

Luke hob wie befohlen die Hände hoch. In seinem Kopf raste es. *Scheiße! Und jetzt? Was jetzt? Du bist am Arsch!*

»Eindringling in Dr. Leighs Büro gestellt«, sprach der andere in sein Funkgerät. »Übergeben ihn an die Polizei.«

Luke wurde schlecht. *Das war's. Zukunft ade.*

»Jetzt mal langsam«, sagte Dr. Leigh scharf. »Luke ist mein Patient. Ich habe ihm gesagt, ich bin Tag und Nacht für ihn da. Wahrscheinlich ist er hier, weil er meine Hilfe braucht.« Er sah Luke eindringlich an. »Ist das nicht so, Luke?«

Luke nickte benommen, ohne wirklich zu begreifen, was Dr. Leigh damit bezweckte.

»Nimm die Hände runter und setz dich«, Dr. Leigh wies auf den Besucherstuhl, »dann reden wir in Ruhe.« Er wandte sich an die Wachleute. »Jim, Alistair, danke, ihr könnt gehen.«

Wie durch einen Schleier sah Luke den Wachleuten nach. Warum log Dr. Leigh so offensichtlich, um ihm aus der Patsche zu helfen? Die Tür schloss sich hinter den beiden Wachleuten. Dr. Leigh ging um den Tisch herum und setzte sich auf seinen Bürostuhl.

»Also, Luke«, sagte er und stützte sich mit den Ellenbogen an der Tischkante auf. »Schieß los. Was hast du in meinem Büro gesucht?«

»Meine Akten«, brach es aus Luke hervor. »Sie wissen Dinge über mich, die Sie nicht wissen dürften!«

»Ist das so?« Dr. Leigh lächelte. Er drückte seinen Zeigefinger auf den Fingerabdruckscanner. Ein *Bling* ertönte.

»Ja.« Luke verschränkte die Arme vor der Brust. »Ich habe hier ein EKG gemacht. Sonst nichts.«

»Das ist leider korrekt.« Dr. Leigh hantierte mit der Maus, klickte und scrollte. »Dann wollen wir mal. Am besten drehst du dich zur Wand.«

Luke drehte sich um. Dort, wo Dr. Leigh das letzte Mal sein EKG an die Wand geworfen hatte, erschien nun eine Maske. Sein Name, sein Bild, seine Daten. Luke fiel das Emblem oberhalb der Textmaske auf. *Nationale Gesundheitsbehörde.* Darunter: *Verschlusssache. Sicherheitsfreigabenstufe VI.*

Lukes Mund klappte auf. Eine Geheimakte der Nationalen Gesundheitsbehörde?

»Erkennst du dich?«

Luke nickte. *Falscher Film.*

»Du bist auf dem Radar der nationalen Gesundheitsbehörde, seit du vier Jahre alt bist.« Dr. Leigh scrollte nach unten. Luke versuchte den Einträgen zu folgen, die seine Akte füllten. Untersuchungen, Blutbilder, Arztbesuche, seine sportlichen Errungenschaften, seine schulischen Leistungen, Fotos von ihm aus jeder Altersphase. Als hätte jemand sein Leben dokumentiert. »Du hast eine extrem seltene Genabweichung. Das ist es, was dich zum Ausnahmesportler macht. Eine Mutation.« Dr. Leigh machte eine Pause und sah Luke ruhig an. »Das, was du bislang kannst, ist erst der Anfang. Du wirst noch viel schneller und stärker werden und dein Körper wird darauf reagieren. Es gibt drei bekannte Fälle und wir wollen verstehen, was die Mutation auslöst und wie man sie kontrollieren kann. Wir wollen mit dir zusammenarbeiten.«

Luke starrte auf die an die Wand geworfenen Informationen. Ohne seine Einwilligung durften sie diese Informationen nicht sammeln. Aber – was erwartete er von einem

Arzt, der wegen eines Menschenversuchs seinen Job verloren hatte? »Sie dürften das gar nicht haben!«, stieß er hervor. »Das ist illegal! Ich habe dem nicht zugestimmt.«

»Nein, hast du nicht«, bestätigte Dr. Leigh. »Aber dein Vater. Er hat von Anfang an mit der Gesundheitsbehörde und später auch mit uns kooperiert. Er hat dich pünktlich zu jeder Kontrolluntersuchung bei deinem Hausarzt gebracht und die Behörde regelmäßig mit Updates zu deinen Leistungen und deinem Training versorgt.«

»Mein … Va … Vater?«, stotterte Luke. Sein Vater hatte gewusst, dass er eine Genmutation hatte? Dass er genetisch *fehl*gebildet war? Er hatte das all die ganzen Jahre gewusst?

»Dein Vater.« Dr. Leigh schloss die elektronische Akte. »Er hat für seine Kooperation eine angemessene Vergütung bekommen, nun steht diese natürlich dir zu. Du bist ja inzwischen volljährig.«

In Luke schwärte es. Unbändige Wut quoll in ihm hoch, verstopfte seine Brust, seine Kehle, seinen Verstand. Sein Vater hatte ihn als Vierjährigen an die Wissenschaft verkauft. Er hatte Geld dafür bekommen, dass die ihn studieren konnten. Er hatte ihn all die Jahre angelogen. Sogar noch, als seine Genmutation lebensbedrohlich wurde. Luke hörte sich selbst atmen. Flach und viel zu schnell, er spürte, wie sein Hals enger und enger, sein Magen flau wurde. Dr. Leigh kam näher, näher, näher, sein Gesicht riesengroß direkt vor seiner Nase.

Dann wurde es schwarz vor seinen Augen.

Develine

Ohne Vorwarnung wurde der Bildschirm schwarz.

Develine setzte sich auf dem Sofa ganz gerade hin und tippte genervt das Tablet an. Das war jetzt das zweite Mal in zehn Minuten und verdammt störend, wenn man sich auf etwas konzentrierte, das man kaum verstand, und nebenbei auch noch auf Geräusche achten musste.

Sie rief die Abhandlungen über Quantentechnologie erneut auf, als Leila den Beobachtungsposten auf ihrem Arbeitstisch aufgab und mit einem Satz zu ihr auf das Sofa sprang. Neugierig schnupperte sie an den Salzbrezeln.

»Nicht für dich.« Develine schob die Schüssel zur Seite.

Leila stolzierte weiter zu Develine, kletterte auf ihren Schoß und rollte sich ein. Automatisch begann Develine Leila zu streicheln, während ihre Augen sich wieder auf den Text hefteten. So langsam erschloss sich ihr die Funktionsweise des Interferenzchips für selbstständiges Lernen bei Systemen künstlicher Intelligenz. Unglaublich, was hinter dieser Technik steckte. Ihre Hand fuhr über das weiche Fell der Katze. Irgendwo in ihrem Kopf musste ein Chip sitzen. Neueste Technologie, aber, wenn sie dem letzten Artikel richtig gefolgt war, bislang noch instabil. Was immer das für die arme Katze bedeuten mochte.

Sie startete eine Suchanfrage nach Herstellerfirmen von Interferenzchips für künstliche Intelligenz. Eine Reihe an Links erschien. Zügig klickte sie diese durch und checkte, ob eine der Firmen dabei war, die Roseanne in letzter Zeit ins Visier genommen hatte. Sie schüttelte langsam den Kopf, als sie den letzten Link schloss. Keine Verbindung. Zumindest sah sie keine. Gut möglich, dass Roseanne mit der Interferenzstory ein ganz neues Umfeld betreten hatte. Sie tippte *Sprachassistenten, neueste Generation* in die Suchleiste ein. Wieder erschien eine Liste an Links, diesmal jedoch deutlich länger. Sie überflog die Vorschautexte, als der Bildschirm erneut schwarz wurde.

»Oh Mann!« Sie tippte auf das Tablet, doch diesmal kam nicht die Linkliste zurück, sondern rote Farbe floss in dicken, ungleichmäßigen Tropfen über den schwarzen Bildschirm.

Wieder und wieder drückte Develine auf den Home-Button. *Verdammt!* Was war das?

Das Rot floss weiter über den Bildschirm. Fette Schlieren, die sich wie Schlangen durch das Schwarz schlängelten. Sie hielt die Luft an, spürte, wie Angst in ihr hochkroch. Das war nicht normal. Da veränderten sich die Schlieren, sie wurden dünner, wandelten sich in einen Schriftzug.

`Wir haben deine Freundin.`

Develine unterdrückte einen Aufschrei. Roseanne! Schon verwischte die Schrift, baute sich erneut auf.

`Du hast etwas, das uns gehört.`

Develine schnappte nach Luft. Unter ihren Fingern spürte sie das weiche Fell der Katze. Ihr Pfand für Roseanne. Sie legte die Hand fester auf das Tier. Wenn nur Jeanie jetzt hier wäre! Sie hielt den Blick gebannt auf die Schrift gerichtet. Die Schrift verwischte, kam zurück.

```
Keine Videos von dem Objekt.

Platziere Objekt in Honda und stelle Honda
vor Roseannes Haus ab.
Keine Polizei, kein Wort, sonst…
```

Die Schrift zog sich auseinander und wieder zusammen und verschmolz zu einem Ball. Es knallte, der Ball zerbarst so real in tausend Teile, als explodiere das Tablet. Develine schrie auf, schleuderte das Gerät von sich und sprang gleichzeitig hoch.

Leila landete mit einem Fauchen auf dem Boden und raste Richtung Tür – gerade als diese sich öffnete.

Jeanie stürmte in den Raum. »Develine! Was ist lo–« Leila rannte zwischen ihre Beine, sie stolperte und fiel mit einem Schmerzensschrei zu Boden.

Entsetzt sah Develine, wie die Katze panisch aus dem Atelier flitzte.

»Leila!«, brüllte Develine und stürzte hinterher. »Leila! Komm zurück.« Sie rannte, so schnell sie konnte, durch den Garten, hinaus auf die Straße, den Gehweg entlang. Sie durften sie nicht verlieren! Nicht jetzt!

Da schlüpfte Leila durch einen Zaun in einen fremden Garten. Develine stoppte. Es war sinnlos. Niemals würde sie eine flüchtende Katze einholen können.

Mist. Mist. Mist.

Atemlos hockte sie sich auf den Bürgersteig. Sie hatte nur eine Aufgabe gehabt: auf die Katze aufpassen, während Jeanie und Matt das Auto holten.

Sie hatte es versaut.

Ausgerechnet in dem Moment, als die Entführer ihre Forderung gestellt hatten. Wie sollten sie jetzt Roseanne auslösen? *Verdammt!* Sie schlug krachend gegen den Zaun.

»Entschuldige«, Jeanie ging neben ihr in die Hocke, »das ist meine Schuld. Ich hätte klopfen müssen und fragen, ob ich die Tür aufmachen darf. Aber ich habe einen Knall und dich schreien gehört. Ich dachte, du brauchst Hilfe.«

»Du kannst nichts dafür.« Develine stand auf und zog Jeanie mit hoch. »Leila hatte sich erschreckt, weil ich mich erschreckt habe. Die Entführer haben sich gemeldet.«

Auf dem Rückweg zum Atelier erzählte Develine von der Forderung der Entführer. »Wo ist eigentlich Matt? Und wo ist das Auto?«

»Matt ist damit zu einem Freund gefahren. Er glaubt, er weiß jetzt, warum er sich an etwas erinnert, das nicht sein kann.« Jeanie umfasste Develines Arm und stoppte. »Lass uns Leila suchen. Jetzt sofort. Bevor sie noch weiter wegrennt.«

»Wie willst du das denn machen? Die sprintet von Baum zu Baum und Garten zu Garten …«

»Und ich habe Leckerlies besorgt. Damit locken wir sie an, wenn sie in der Nähe ist.« Jeanie zog zwei blaue Alutütchen aus der Tasche. »Eins für dich und eins für mich, jeder nimmt eine andere Richtung.«

Unschlüssig sah Develine auf die eingeschweißten Katzenleckerlies. Leckerlies als letzte Hoffnung für Roseanne.

Gut, dass sie das nicht wusste.

Jeanie

»Leila! Ksks, ksks, Leckerlie!« Jeanie schnalzte mit der Zunge und schüttelte die Tüte mit dem Katzenfutter. Dann stand sie ganz still und lauschte. Sie scannte das Rascheln in Bäumen, das Kratzen von Krallen, das aufgeregte Zwitschern von Vögeln.

Langsam bewegte sie sich nach Norden. Sie folgte einer Katze. Dessen war sie sich sicher. Aber war es Leila? Ihr Handy vibrierte. Sie checkte das Display.

Luke!

»Hallo?«

»Jeanie?« Luke klang so aufgewühlt, als wäre etwas Schreckliches passiert.

»Was ist los?«, fragte sie und spürte, wie Angst in ihr hochstieg. »Wo bist du?«

»Kann ich mit dir reden?«

»Natürlich!« Sie blieb stehen und legte die Hand auf ihre Brust.

»Jetzt gleich? Wo bist du?«

»Ich suche Leila –«

»Wer ist Leila?«

»Eine Katze. Hat was mit … du weißt schon, der Entführung zu tun. Wir müssen sie unbedingt finden.«

»Und wo? Ich kann euch helfen.« Schon veränderte sich Lukes Tonfall. Das Aufgewühlte trat in den Hintergrund, der altbekannte Luke kam zum Vorschein.

»In der Nähe von Develines Atelier. Warte, ich schicke dir einen Link, dann kannst du mein und Develines Handy orten und wir deines.« Sie rief den Trackerlink auf, über den Develine und sie sich auf der Karte verfolgten, und schickte ihn an Luke. »Einfach installieren und auf *o.k.* drücken.« Sie hörte, wie er den Link erhielt, abrief, installierte.

»Ha!«, rief er ins Telefon. »Ich sehe dich! Bin gleich bei dir. Zehn Minuten.«

Jeanie legte auf und checkte ebenfalls ihr Handy. Nun sah sie auch Luke. Er war etwa sieben Kilometer von ihr und einen guten Kilometer vom *HIT* entfernt, und bis dorthin hatten sie gestern mit dem Auto über zwanzig Minuten gebraucht.

Wieder klingelte es. Diesmal Develine.

»Hast du sie?«, fragte Jeanie anstelle eines Hallos.

»Nein«, antwortete Develine, »aber Luke ist plötzlich auf meiner Karte.«

»Er kommt uns helfen.« Auf dem Bildschirm verfolgte Jeanie, wie Luke sich kontinuierlich näherte.

»Super.« Sie hörte, wie Develine mit der Futtertüte raschelte. »Dann treffen wir uns später. Treffpunkt Atelier in dreißig Minuten oder sobald wir die Katze gefunden haben.«

Wir finden sie. Jeanie scannte erneut die Gegend. *Katze. Krallen. Pirschen. Vögel. Katzenpfoten im Gras. Katzenpfoten auf Asphalt.* Sie schälte die Geräuschkulisse wie eine Zwiebel, Lage für Lage, bis nur noch die gewünschten Töne übrig blieben. Sie schloss die Augen. Konzentrierte sich. Und korrigierte ihre Richtung gen Nordosten. Wenn die Katze, die sie gerade hörte, Leila war, war sie gar nicht so weit weg.

Zügig schritt sie voran, als ihr Schritte auffielen, die zu fast einhundert Prozent mit ihren eigenen verschmolzen. Seltsam. Das schafften kaum die Paare, die im Gleichschritt liefen. Sie verlangsamte ihr Tempo. Erhöhte es. Blieb stehen, ging weiter. Blieb wieder stehen. Sofort verstummten auch die Schritte, immer im gleichen Abstand, etwa zwanzig Meter hinter ihr. »Leila! Futter!«, rief sie und sah sich dabei vorsichtig um.

Passanten hasteten, schlenderten, marschierten über den Gehsteig, niemand schien auch nur das geringste Interesse an ihr zu haben. Langsam ging sie weiter, voller Angst lauschte sie den Schritten, die so gespenstisch im Gleichtakt liefen.

Da sprang plötzlich Leila vor ihre Füße. »Futter?«

»Leila!«, rief Jeanie erleichtert, ging in die Hocke und hielt Leila die Leckerlies hin. Gierig schleckte das Tier die Katzenkuchen von ihrer Handfläche und sah sie erwartungsvoll an. Jeanie packte Leila und hob sie hoch. »Zu Hause gibt es mehr. Viel mehr. Eine ganze Packung und dann noch eine, wenn du so viel Hunger hast.«

»Ich habe viel Hunger.«

»Zu Hause.« Jeanie zückte ihr Handy und tippte mit einer Hand die Nachricht: »Gotcha.« Sie schickte sie an Develine. Prompt kam ein hochgestreckter Daumen zurück.

Zügig machte Jeanie sich auf den Rückweg. Schon nach wenigen Metern hörte sie wieder die Schritte. Jemand hing an ihr wie ein Schatten und der Abstand wurde kleiner. Ihre Brust wurde eng. Mit Leila im Arm konnte sie unmöglich rennen. Sie brauchte Hilfe. Sie sah auf ihr Handy.

Luke! Er war nur noch ein paar hundert Meter entfernt. Sie tippte auf Rückruf. Er hob sofort ab.

»Bin gleich bei dir!«

»Luke«, rief sie panisch, doch mit einem Mal war die Verbindung unterbrochen. Stattdessen leuchtete eine Nachricht auf.

Auf dich ist eine Waffe gerichtet.
Dreh dich nicht um.
Lass die Katze nicht los.
Folge den Anweisungen.

Luke

»Jeanie! Jeanie! Sag was!«

Luke presste sein Handy ans Ohr. Tuten. Er sah auf das Display. Jeanie bewegte sich von ihm weg und wurde dabei immer schneller.

Er rannte weiter. Ihre Stimme hatte verängstigt geklungen. Als riefe sie um Hilfe. Er rannte wie verrückt, noch eine Ecke, dann war er auf derselben Straße.

Er sah sie sofort. Etwa hundert Meter entfernt, der hoppelnde Laufschritt war unverkennbar. Sie lief direkt auf einen weißen Sprinter zu. Warum das denn?

»Jeanie!«, brüllte er. »Bleib stehen!«

Doch das tat sie nicht, dafür legte ein Mann schräg hinter ihr an Tempo zu. Er erreichte Jeanie, packte sie an der Schulter und schob sie die letzten Meter auf den Sprinter zu.

»Jeanie!« Luke rannte wie noch nie. Er holte auf, schnell und doch viel zu langsam. Er sah, wie der Mann Jeanie in den Sprinter schubste, hinter ihr hineinsprang und die Türe zuschob.

Noch zwanzig Meter.

Da fuhr der Wagen los. Die Reifen quietschten, der Motor heulte auf und schon raste der Transporter die Straße entlang.

Luke rannte.

Er würde ihn einholen. Er konnte es schaffen. Er musste es schaffen. Schon bald würde das Auto sein Tempo verringern müssen. Eine Ampel. Eine Kreuzung. Doch es beschleunigte noch, bretterte auf die Kreuzung und dic rote Ampel zu. Dort bremste es, doch hielt nicht an, sondern tastete sich in die Kreuzung hinein und fuhr dann wieder mit Vollgas weiter.

Verdammt! Wo war nur der Verkehr!

Sein Abstand zum Sprinter vergrößerte sich.

Lass sie nicht davonfahren!

Luke holte alles aus sich heraus, seine Beine flogen regelrecht über die Straße, er hörte Passanten, die ihm: *Pass auf!* und: *Was war das denn?* hinterherriefen. Doch er rannte weiter, über die Kreuzung, sah ein Auto, wollte ausweichen, zu spät. Er sprang, segelte durch die Luft, das schrille Hupen schmerzte in seinen Ohren. Dann berührte er wieder den harten Asphalt, der Aufprall schoss schmerzhaft durch seine Beine, die Wucht schleuderte ihn nach vorne. Er fing sich mit den Händen ab und richtete sich wieder auf. Lief weiter, beschleunigte, rannte und bemerkte, dass der weiße Sprinter verschwunden war. Er rannte weiter, erreichte die nächste Kreuzung, stoppte, schaute nach links, nach rechts. Er war weg. Panik legte sich wie eine Eisenkralle um sein Herz.

Er hatte sie verloren.

Der Sprinter musste abgebogen sein, genau als er durch die Luft gesegelt war – nur wohin?

Der Tracker! Luke entriegelte das Handy und sah auf die Karte. Auf den Punkt, der Develine darstellte.

Jeanie war verschwunden.

Einfach von seiner Karte radiert. Er starrte auf den Bildschirm, schüttelte ihn, als könne er Jeanies Tracker damit reaktivieren. Doch nur Develine bewegte sich auf ihn zu.

Dann verschwamm der Punkt. Die Karte. Das Handy. Die Straße. Er hörte, wie das Handy läutete, spürte, wie seine Knie weich und schwach wurden, dann spürte und hörte er nichts mehr.

Develine

Was war nur los? Develine vergrößerte die Karte auf ihrem Handy. Verkleinerte sie. Wohin nur war Jeanies Punkt plötzlich verschwunden? Und warum sauste Lukes Punkt mit einem Mal wie irre über die Karte?

Er musste in einem Auto sitzen, so schnell konnte kein Mensch rennen. Develine ging schneller, fiel in einen Dauerlauf, den Blick auf ihr Display gerichtet. Sie lief immer schneller, doch der Abstand zu Luke vergrößerte sich mit jedem Schritt. Und von Jeanie noch immer keine Spur.

Verdammt! Jeanie hatte Leila gefunden. Nun war ihr Tracker aus und Luke bewegte sich schneller als ein Auto. Das konnte kein Zufall sein!

Bitte. Lass Jeanie nichts passiert sein!

Sie hätten sich nicht trennen dürfen! Nicht nach all dem, was in den letzten Tagen bereits geschehen war. Sie sah, wie Luke weiterhin über die Karte sauste. In die falsche Richtung, weg von ihrem Atelier.

Im Laufen brachte sie das Handy vor ihren Mund. »Luke anrufen«, keuchte Develine hinein und hoffte, dass die Spracherkennung den Befehl entschlüsseln konnte. Tatsächlich läutete es, doch Luke hob nicht ab. Aber er war stehen geblieben. Immerhin.

Wieder brachte sie ihr Handy auf Gesichtshöhe. »Jeanie anrufen«, keuchte sie dieses Mal. Es tutete, dann teilte ihr eine unverbindliche Stimme mit, dass derzeit eine Verbindung nicht möglich sei.

Sie rannte weiter, wenigstens verringerte sich nun der Abstand zwischen ihr und Luke mit jedem zurückgelegten Meter. Endlich erreichte sie die Straße, in der er stehen geblieben war. Schon von Weitem sah Develine die Menschentraube und hörte die Sirene eines Krankenwagens. Etwas war passiert. Etwas Schlimmes.

Sie rannte weiter, bis sie die Menschenmenge erreichte. Keuchend kämpfte sie sich durch.

Da war Luke.

Leblos lag er am Boden, neben ihm eine Frau im Alter ihrer Mutter, die seinen Puls fühlte.

Develine kniete sich neben ihn. »Luke?«, keuchte sie. Vorsichtig berührte sie seine Wange. »Kannst ... du ... mich hören?«

»Er ist bewusstlos.« Die Frau blickte von Lukes Handgelenk auf. »Ein Freund von dir?«

Develine nickte. Sie versuchte ihre Atmung unter Kontrolle zu bekommen.

»Der Krankenwagen ist schon unterwegs.« Wie um die Worte der Frau zu bestätigen, bog er gerade um die Ecke. Die Sirene war nun so laut, dass Develine ihre Ohren zuhielt. Der Krankenwagen stoppte und zwei Sanitäter stiegen aus. Der eine ging neben Luke auf die Knie und fühlte den Puls an seinem Hals. Die Frau erklärte ihm kurz, was sie bisher getan hatte, doch die Worte erreichten Develine kaum.

Sie nahm das Handy und rief ihre Mutter an. Nach dem dritten Läuten meldete sie sich.

»Develine, wo bist du?«, sagte sie besorgt. »Das Atelier steht offen und du bist weg, das geht doch nicht! Du musst uns doch Bescheid –«

»Mom«, unterbrach sie ihre Mutter, »du musst sofort herkommen.« Sie linste zum Straßenschild und nannte ihrer Mutter die Adresse. »Jeanie ist verschwunden und Luke ist zusammengeklappt.«

»Luke?«

»Luke O'Giadi.« Sie beobachtete, wie der Sanitäter Luke den Zugang für einen Tropf legte. »Mom, du musst mich zu dem Krankenhaus fahren, in das sie Luke bringen werden.«

»Luke O'Giadi?« Die Stimme ihrer Mutter klang plötzlich alarmiert. »Ganz sicher?«

»Natürlich bin ich mir sicher! Er ist ein Freund von mir!«

»Develine, jetzt hör mir genau zu.« Develine horchte auf. Diese Dringlichkeit kannte sie bei ihrer Mutter nur, wenn etwas lichterloh brannte. »Ich bin in fünf Minuten bei dir. Und bis dahin verhinderst du, dass sie Luke wegbringen oder ihm irgendeine Medikation geben. Hast du das verstanden?«

»*Was?* Mom?« Tuten. Konsterniert sah Develine auf das Handy. Wie stellte sich ihre Mutter das vor?

Der zweite Sanitäter kam mit einem Beutel voll klarer Flüssigkeit aus dem Rettungswagen und reichte dem ersten einen Schlauch.

»Halt!«, rief Develine. »Warten Sie! Das ist mein Freund und er ist allergisch.«

Die Hand des Sanitäters zuckte zurück. »Gegen was?«

»Alles«, sagte Develine. Ihr Blick fiel auf den Beutel mit

der Flüssigkeit. Kochsalzlösung. »Ganz besonders Natriumchlorid«, fügte sie schnell hinzu und hoffte, dass ihre Mutter einen verdammt guten Grund dafür hatte, Luke die Hilfe zu verweigern, die er gerade so nötig brauchte.

Matt

»Und?« Matt schaute neugierig über Frankies Schulter. »Was sagst du?«

»Das Gleiche wie gestern. Ihr habt es mit einem verdammt mächtigen Gegner zu tun.« Frankie schaltete den Laserscanner aus und hob den geglätteten Folienrest hoch, den sie aus der hinteren Türverkleidung von Roseannes Mietwagen geborgen hatten. »Displayfolie der neuesten Generation. Die kann man nicht kaufen, man kann sie sich nur *besorgen*.«

»Könnte uns damit eine vollkommen andere Landschaft vorprojiziert worden sein, als jene, die wir tatsächlich durchfahren haben?«

»Damit kann euch alles vorprojiziert worden sein.« Frankie ging zu einem verchromten Schrank und sperrte die Tür auf. Mit nur einem Griff zog er ein flaches kopfkissengroßes Paket heraus und legte es vorsichtig auf dem niedrigen Couchtisch ab, der die kleine Sitzecke vom technikdominierten Rest des Raumes trennte. Frankie öffnete das Paket, streifte weiße Stoffhandschuhe über und entnahm ihm eine durchsichtige, etwa fünf Millimeter dicke Folie, die auf den ersten Blick dem zusammengeschobenen Folienrest aus dem Auto ähnelte.

»Ist das die gleiche Folie?«

»Gleiche Bauweise.« Frankie trug die Folie zum Fenster und befestigte sie mit Magnethaltern auf den Innen- und Außenseiten. Matt nickte. Seine Theorie wurde immer plausibler – ohne die Magnethalter als Referenzpunkte war es fast unmöglich, die Folie auf dem Fenster zu erkennen.

Frankie ging zurück an den Schreibtisch und hackte auf die Tastatur ein. Mit einem Mal erschien mitten im frühlingshaft blühenden Garten eine verrauchte Bar.

»Krass«, murmelte Matt. »Wie funktioniert das?«

»Über eine Art Airplay.« Frankie tippte, aus der Bar wurde ein Aquarium, ein Canyon, dann erschien Frankies Garten wieder hinter der gesamten Fensterfläche. »Wenn du einen Film von deinem Laptop ohne Kabelverbindung auf dem Fernseher abspielst, funktioniert das ganz genauso. Du brauchst einen Sender und einen Empfänger und in diesem Fall ist der Empfänger die Folie und der Sender war oder ist noch im Auto.«

Frankie erhob sich und schlenderte zum Fenster. In aller Ruhe nahm er die Folie wieder ab und verpackte sie sorgfältig in dem Karton.

»Dann ist es also möglich, dass während der Fahrt die Folie aktiviert und uns eine virtuelle Welt vorgespiegelt wurde, während wir in einer vollkommen anderen Gegend unterwegs waren.«

»Absolut. Wenn alle Fenster mit der Folie beklebt waren, ein Kinderspiel.«

»Waren sie, glaube ich, jedenfalls hat das Ultraviolettlicht von dir auf jedem Fenster Reste von Lösungsmitteln angezeigt. Jetzt macht auch das seltsame Stop-and-go auf der leeren Landstraße einen Sinn. Wir sind dort nie entlanggefahren.« Matt schüttelte dennoch den Kopf. »Aber was ist mit den Geräuschen, die normal von draußen reinkommen? Hupen, Autos, Musik … Hält so eine Folie die ab?«

»Absolut nicht«, sagte Frankie und verstaute die Folie im Schrank. »Aber Geräuschunterdrückung ist heute so einfach wie Nudeln kochen. Und du kannst die Hilfsmittel alle legal kaufen.«

»Mit was würdest du arbeiten?«

»Schallwellenwandler.« Die Antwort kam so prompt, dass Matt erst gar nicht nach einer zweiten Lösungsmöglichkeit fragte.

»Du sendest Gegenwellen aus, die Schallwellen treffen aufeinander und neutralisieren sich. Funktioniert in jedem High-End-Kopfhörer mit Geräuschunterdrückung.« Frankie sah auf die Uhr, als wäre Matts Zeit inzwischen abgelaufen. »Noch eine letzte Frage?«

»Also«, rekapitulierte Matt, »sie haben die Folie aktiviert und den Schallwellenwandler eingeschaltet. Aber wie konnten sie ein Auto ohne Fahrkameras autonom fahren lassen?«

»Wer sagt, dass keine da sind?« Frankie winkte ihn mit sich. Sie verließen das Souterrain, traten durch die Hintertür in den Garten und von dort in die ebenfalls mit Technik vollgestopfte Garage. Das Auto stand noch über der Werkstattgrube, die Innenverkleidung lag neben der Tür, der Motordeckel war nach oben gestemmt. Frankie zog seine knallgrüne Fransenjacke aus und hängte sie sorgfältig an einen Wandhaken. Dann ging er zur vorderen Stoßstange und schob seine Hand darunter. Kurz darauf schnappte es und die Stoßstange löste sich von der einen Seite. Er wiederholte es auf der anderen Seite, dann oben und legte die Verkleidung auf den Boden. Nun leuchtete er mit einer Taschenlampe den Stahlrahmen ab. »Da haben wir's.«

Matt stellte sich neben ihn und folgte dem gebündelten Lichtstrahl der Lampe. In dem schwarzen Stahlrahmen befanden sich in gleichmäßigen Abständen vier Minikameras.

»Das erste Set an Kameras. Schaltest du auf autonomes Fahren ein, öffnen sich die kleinen Luken in der Stoßstange und die Kamera tritt in Aktion.«

Frankie nahm die Stoßstange und klickte sie wieder in ihre Verankerung. Als Nächstes inspizierte er den Seitenspiegel. »Und hier.« Er setzte sich hinters Steuer und tastete den Rückspiegel ab. »Und auf der Rückseite des Spiegels… wir können weitersuchen, können uns die Zeit aber auch sparen. Das Auto kann für autonomes Fahren genutzt werden.«

Frankie stieg wieder aus. »Bevor das Auto die Kontrolle übernommen hat… ist dir da irgendetwas aufgefallen? Eine Fehlermeldung?«

Matt durchforstete seine Erinnerung. Eine Meldung des Bordcomputers im unteren Bereich des Navigationsbildschirms erschien vor seinen Augen. »Das Spritzwasserlevel war zu niedrig.«

»Clever, clever.« Frankie steckte seinen Kopf in den Motorraum. »Alter Trick. *Volumenshifting*. Du nimmst etwas raus, ersetzt es durch etwas Kleineres und schaffst Platz für ein zusätzliches Gerät. Der Spritzwassertank wäre auch meine Wahl, wenn ich hier Platz für ein Steuerungsmodul schaffen müsste.« Frankies Kopf tauchte wieder aus dem Motorraum auf. »Wir können jetzt minutiös jeder möglichen Kabelverbindung nachspüren, die gelegt und entfernt wurde, aber ich sage dir so schon mal: Dieses Auto wurde manipuliert und ich bin mir sicher, dass hier ein Steuerungsmodul saß, das die Extras wie den Schallwellenwandler und die Folie und die Funkstörung gesteuert hat.« Er löste die Halterung der Motorhaube und ließ sie krachend zuschlagen.

Mit einem Mal durchströmte Matt ein Gefühl der Erleichterung. Seine Erinnerung hatte ihn nicht im Stich gelassen. Er war nur mit großem Aufwand getäuscht worden – und der Täuschung auf die Schliche gekommen.

Damit konnte er leben.

Jeanie

Sie zitterte. Arme, Beine, ihr ganzer Körper, als hätte sie keine Kontrolle mehr über ihn. Der Wagen machte einen Schlenker, sie knallte nach rechts, gegen etwas Hartes, Eckiges. Der Schmerz fuhr durch ihren Arm, in ihre Hüfte, ihre Schulter. Sie konnte nicht erkennen, gegen was sie bei jeder Kurve flog. Es war zu dunkel, sie konnte überhaupt nichts erkennen.

Jeanie wusste nur: sie war hier mit der Katze und dem Mann, der sie in den Wagen gestoßen hatte.

Sie lauschte nach den Atemzügen des Mannes. Wo war er? Kam er näher?

Aber es waren zu viele Geräusche um sie herum. Sie vereinten sich zu einem schrillen Tonknäuel, der ihren Kopf blockierte.

Stopp!

Lektion 1!

Erinnere dich an Lektion 1!

Jeanie kauerte sich tiefer in die Ecke der Ladefläche. *Lektion eins.*

Atme. Beruhige dich. Atme. Beruhige dich. Atme.

Sie verschränkte ihre zitternden Arme und presste sie an die Brust, den Rücken rund, den Kopf nach vorne gebeugt.

Atme.

Durch die Nase ein.

Tief in den Bauch.

Durch den Mund aus.

Endlich verlangsamte sich die Fahrt. Jeanie rieb über ihren schmerzenden Arm, die Schulter, die Hüfte, und versuchte zu hören, wo sie waren.

Autos, ein Café, eine Bar, eine Ampel. Fußgänger.

Mit einem Mal blitzte eine Taschenlampe auf. Der Mann richtete sie auf Jeanie. Der Strahl blendete sie so sehr, dass sie ihre Augen schloss.

»Wo ist die Katze?« Die Stimme des Mannes, der sie in den Wagen geschubst hatte, war hart.

»Sie ist von meinem Arm gesprungen, als der Wagen so schnell um die Kurve gebogen ist.« Vorsichtig blinzelte Jeanie in das grelle Licht.

Der Strahl der Lampe bewegte sich, aber nie so, dass sie erkennen konnte, wer die Lampe hielt. Der Mann wusste, was er tat.

Sie atmete ein.

Das ist gut. Wenn er sich nicht zeigt, ist das gut. Das verdoppelt die Chancen, zu überleben.

Sie atmete aus.

»Scheißvieh«, schimpfte der Mann. »So ein Geschiss wegen einer dämlichen Katze.«

Sie atmete ein. Tief in den Bauch. Konzentrierte sich auf die Katze. Langsam verstummten alle Geräusche, bis auf das leise Tapsen der Samtpfoten.

Die Katze bewegte sich in ihre Richtung, vorsichtig, als verstehe sie, dass der Mann kein Fan von ihr war. *Schlaue Katze.*

Der Lichtstrahl bewegte sich in die Ecke, aus der die Katze gerade gekommen war, und wanderte weiter.

»Versteck dich, Leila«, hauchte Jeanie.

Die Taschenlampe glitt erneut über die Ladefläche und erwischte die Katze. Jeanie sah, wie das Weiß ihrer Pfote aufleuchtete, dann das grüne Funkeln ihrer Katzenaugen. Leila fauchte und machte einen Buckel.

»Ha! Hab dich«, triumphierte der Mann.

Die Katze sprang auf Jeanies Schoß. Instinktiv legte Jeanie ihre Hand auf Leilas Fell. Es war warm und weich.

Es beruhigte.

Da traf der Strahl der Taschenlampe sie genau im Gesicht. Jeanie kniff verängstigt ihre Augen zusammen.

»Was weißt du über dieses Vieh?«, schnauzte der Mann sie an.

»Es kann reden.« Jeanie richtete sich so weit auf, wie sie in ihrer kauernden Situation konnte.

Lektion 2: Zeige niemals deine Angst.

Atme.

Lektion 3: Verhalte dich nicht arrogant.

Lektion 4: Baue eine Beziehung auf.

Atme.

Zeige ihm, dass du ein echter Mensch bist.

»Hrmpf.« Der Mann schaltete die Lampe aus, als wäre es ihm nun egal, ob die Katze bei ihm oder bei ihr war. Es war wohl auch egal, sie konnte so oder so nicht aus dem Sprinter fliehen, und auf ihrem Schoß war die Katze weniger anstrengend für den Mann als auf seinem eigenen. Mechanisch strich Jeanie über das Fell.

Eine Bodenwelle warf sie erneut um. Die Katze sprang von ihrem Schoß, maunzte und stupste Jeanie an.

Jeanie stöhnte. Diesmal hatte es ihren Kopf erwischt. Sie tastete ihn ab.

Kein Blut. Gut.

Sie richtete sich auf. Wenn sie nur wüsste, wohin sie fuhren. Sie lauschte auf die Umgebungsgeräusche. Sie waren noch immer in der Stadt. Autos, Motorräder, Ampeln, breite Straße, hohe Gebäude. Aber wo?

Da wurde der Wagen langsamer. Er bog im Schritttempo ab, rumpelte über eine Schwelle und fuhr dann steil nach unten. Die Umgebungsgeräusche wurden schlagartig leiser, die Motorgeräusche lauter, als würden Wände ein Echo erzeugen.

Eine Tiefgarage.

Öffentlich oder privat?

Jeanie wartete auf Geräusche von Menschen, die einen Kassenautomaten bedienten, zu ihrem Auto gingen, Einkäufe einluden. Doch sie hörte nur das Rauschen von Wasserleitungen. Das Gurgeln einer Klimaanlage.

Wieder überkam sie ein unkontrollierbares Zittern. Sie vergaß zu atmen.

Sie war allein.

Auf sich gestellt.

Was würden sie mit ihr anstellen?

Du darfst sein Gesicht nicht sehen!

Die Reifen quietschten auf dem glatten Garagenboden, sie wurde nach links geschleudert, während das Auto um eine nicht aufhörende Kurve kreiste. Immer tiefer. Stockwerk um Stockwerk.

Du musst dich mit ihm anfreunden! Deine Zeit läuft ab!

Jeanie nahm all ihren Mut zusammen und sprach ihren schweigsamen Reisegefährten in der Dunkelheit an: »Sie haben die Katze. Lassen Sie mich gehen. Ich werde sicher nicht darüber reden.«

Aus seiner Ecke war nur ein Grunzen zu vernehmen. Sie stützte sich mit einer Hand an der Wand des Wagens ab. Wie lange dauerte diese Kurve noch?

»Ich meine«, fuhr sie fort und hoffte, dass der Mann das Zittern in ihrer Stimme nicht hörte. »Wer würde mir das schon glauben… Eine Katze, die spricht! Ich würde in der Klapse landen, und da war ich fast schon mal. Weil ich oben und unten nicht mehr unterscheiden konnte, das war ganz schön übel.«

Endlich verließ der Sprinter die Kurvenlage und fuhr geradeaus weiter. Dann stoppte er. Die Fahrertür wurde geöffnet und geschlossen, Schritte kamen an die Seitentür. Es klopfte.

»Warte. Katze nicht gesichert«, rief der Mann. »So, Mädchen«, wandte er sich an Jeanie.

»Jeanie«, sagte sie schnell. Der Entführer musste sie als Menschen wahrnehmen. »Ich heiße Jeanie und bin siebzehn Jahre alt.«

»Gib mir einfach die Katze«, schnauzte er sie an und richtete den Strahl der Lampe so auf sie, dass sie die Augen zukneifen musste. Er ging auf Jeanie zu, die Lampe weiterhin auf ihre Augen gerichtet. Selbst durch die geschlossenen Lider nahm sie das grelle Licht noch wahr.

»Tut mir leid, Leila.« Sie hob Leila hoch und hielt sie auf Armeslänge von sich weg. Die Katze fauchte, fuhr ihre Krallen aus und tatzte nach dem Mann.

Er fluchte, packte sie jedoch und drehte sich dann zur Seitentür. »Jetzt.«

Die Tür rollte scheppernd zur Seite und ließ genug künstliches Licht in den Laderaum, dass Jeanie blinzeln musste.

Der Mann stieg aus.

Jeanie sah gebannt zur Tür. Das Zittern übermannte sie erneut. Sie spürte, wie ihre Knie weich wurden und ihr Magen rebellierte.

Und sie? Was passierte nun mit ihr? Warum ließen sie sic im Wagen? Um sie darin zurückzubringen? Aber genauso gut hätte man sie dann längst irgendwo aussetzen können. Würde sie jetzt als lästige Zeugin beseitigt werden? Ihre Kehle schnürte sich zusammen.

Keine Panik.

Atmen.

Das Zittern ihrer Beine wurde schlimmer.

Jeanie hörte, wie sich der unfreundliche Mann mit der Katze entfernte. Sie hörte das Atmen des Fahrers, der tippte auf einem Handy und steckte es dann in eine Tasche. Nun leuchtete er in den Laderaum und klopfte mit etwas, das sich wie ein Brecheisen anhörte, auf den Boden.

Er schwang sich zu ihr in den Laderaum und richtete den Strahl der Lampe genau auf sie. »Na, dann wollen wir mal, Mädchen, oder dachtest du, wir lassen dich nach all dem einfach so laufen?«

Jeanie zog ihre Beine so fest an sich, wie sie konnte. Sie machte ihren Rücken rund, vergrub ihr Gesicht zwischen den Knien und presste die Hände auf die Ohren.

Was immer als Nächstes passierte, wollte sie nicht wissen.

Luke

Die Stimmen umschwirrten seinen Kopf, mal leiser, mal lauter, als bewegten sie sich von ihm weg und wieder auf ihn zu. *Etwas Schlimmes ist passiert.* Unruhe erfasste ihn, er öffnete die Augen, schloss sie jedoch sogleich wieder unter dem grellen Licht direkt über ihm.

»Er wacht auf!«, rief eine Stimme, die viel zu laut in seinem Kopf widerhallte. Luke verzog schmerzlich das Gesicht. Durch die geschlossenen Lider spürte er, wie jemand das Licht über ihm löschte. Vorsichtig blinzelte er. Develines Gesicht erschien riesengroß vor seinen Augen.

»Luke!«

»Sprich leise«, sagte eine ruhige Frauenstimme. Develines Gesicht entfernte sich, dafür beugte sich nun eine Frau mit blonden, schulterlangen Haaren über ihn. »Luke«, sagte sie sanft, »kannst du mich hören?«

Er nickte, zu müde, um zu sprechen. *Etwas Schlimmes ist passiert.* Seine Hände krallten sich in das Bettlaken. *Was?*

»Du bist umgekippt und wir haben dich ins *HIT* bringen lassen.« Er spürte ihre Hand auf seiner Stirn. Kühl und weich und leicht. Dann zog die Frau sie wieder weg. »Ich bin Dr. Knight, Develines Mutter, ich leite hier eine der Abteilungen und bei mir ist Dr. Leigh. Du hast ihn bereits kennengelernt.«

Wieder nickte Luke. *Was ist passiert?*

»Hier können wir besser auf deine speziellen Bedürfnisse eingehen«, erklärte Develines Mutter. Ihre sanfte Stimme wirkte wie eine Beruhigungstablette, doch die Stimme in seinem Kopf wurde immer lauter. *Etwas Schlimmes ist passiert!*

»Dr. Leigh ist auf Fälle wie dich spezialisiert«, fuhr sie fort. »Er leidet selbst unter einer Genanomalie, *Riesenwuchs,* wie man nur schwer übersehen kann.«

Da schob sich Dr. Leighs hünenhafte Statur neben Develines Mutter. »Na Luke, so schnell sieht man sich wieder.« Er schnippte mit dem Finger gegen einen Beutel, dessen Flüssigkeit durch eine Kanüle direkt in Lukes Venen lief. »Deine Mutation ist kurz davor, die nächste Stufe zu erreichen. Dir läuft die Zeit davon, Luke, lass dir helfen.«

»Was ist passiert?«, versuchte Luke zu fragen, doch nur ein Krächzen kam aus seiner Kehle.

»Dr. Leigh ist deine beste Chance«, sagte Dr. Knight. »Er ist der weltweit renommierteste Experte für Genanomalien.«

»Er soll fürs *HIT* Superhelden basteln«, witzelte Develine, doch ihre Augen lachten nicht mit. »Dr. Simon Frankenstein. Ich habe mich schon zur Optimierung angemeldet.«

»Develine!«, sagte ihre Mutter streng. »Das ist nicht witzig.«

Dr. Leigh grinste. »Irgendwie schon. Dabei hätte ich ja eher die Statur von Frankensteins Monster.« Das Grinsen verschwand. »Es geht nicht um Superhelden. Es geht darum, dass wir mit unserer Forschung schreckliche Krankheiten heilen können. Und wie wir der Evolution so auf die Sprünge helfen, dass wir als Spezies weiterhin überleben können. Wenn wir dem Fortschritt panisch hinterherlaufen …«

Etwas in Lukes Kopf machte Klick. *Panisch hinterherlaufen … hinterherlaufen …* Mit einem Ruck setzte er sich auf. Er öffnete den Mund. *Jetzt komm schon!*

»Was ist?«, fragte Develine.

»Jeanie!«, brach es endlich aus ihm heraus. »Wo ist sie?«

»Mitra hat sie eingesammelt.« Develine scrollte auf ihrem Handy. »Jeanie hat die Katze wieder verloren und dann kam schon Mitra. Offenbar sind ihre Eltern überraschend zu Besuch gekommen.«

Er schüttelte den Kopf. *Nein! Nein! Das stimmte nicht.* Stechende Schmerzen jagten durch seine Schläfen. Er presste die Hände dagegen. *Hinterherlaufen …* Plötzlich schossen die Bilder in seinen Kopf. Jeanie, wie sie in den Sprinter gestoßen wurde, wie er dem Auto hinterherrannte …

»Sie wurde entführt!« Er versuchte aufzustehen, doch Dr. Leigh schob ihn sanft, aber bestimmt auf die Liege zurück.

»Ganz langsam. Du stehst erst auf, wenn das durchgelaufen und dein Kreislauf stabil ist.« Sein Gesichtsausdruck war ernst. »Wie kommst du darauf, dass Jeanie entführt wurde?«

»Ich habe es gesehen!«

»*Was* hast du gesehen?« Dr. Knight beugte sich dicht zu ihm.

»Sie wurde in einen weißen Sprinter gestoßen.«

»Dann …« Develine wurde kreidebleich. »Dann warst du so schnell, weil du dem Sprinter *hinterhergerannt* bist?«

»Hast du denn mit Jeanie gesprochen?«, fragte ihre Mutter sie.

»Nein, sie hat mir nur eine Nachricht geschickt und sich tausend Mal entschuldigt, dass sie uns im Stich lässt und sich meldet, sobald ihre Eltern wieder weg sind.« Develine zeigte ihrer Mutter die Nachricht. »Sie klang so nach Jeanie, dass ich mir nichts dabei gedacht habe.«

»Sie hat geschrieben, dass ihre Eltern sie besuchen?« Develines Mutter war ebenfalls eine Nuance blasser geworden. »Das war eine versteckte Nachricht an uns. Ihre Eltern sind bis Mitte Mai auf einem Segeltörn im Mittelmeer. Ruf Jeanie an.«

Schon tippte Develine auf ihr Handy. Gebannt sahen alle zu ihr, doch sie schüttelte kurz darauf enttäuscht den Kopf. »Nicht erreichbar.«

»Verdammt«, murmelte Dr. Leigh.

»Nehmen Sie das Ding da weg. Sonst mache ich es selbst.« Luke hielt Dr. Leigh seinen Arm hin. Er würde ganz sicher nicht hier liegen bleiben, während Jeanie sich in den Händen eines Entführers befand.

Sein Magen zog sich zusammen.

Jeanie!

Er sah sie in dem Sprinter. Mit dem Mann, der sie hineingestoßen hatte. Ausgeliefert.

Er würgte.

»Eine Schüssel!«, rief Dr. Knight, Sekunden später hielt sie ihm eine Spukschüssel unter die Nase.

Er würgte. Spuckte. Außer Galle war nichts da, was er von sich geben konnte, doch er musste immer weiterwürgen.

Jeanie.

Sie hatte *ihn* angerufen.

Weil sie Angst hatte.

Weil sie auf seinen Schutz gehofft hatte.

Da spürte er Dr. Leighs Hand auf seinem Arm. »Jeanie ist stärker, als du denkst«, sagte er leise. »Wir werden sie finden und bis dahin wird sie durchhalten.«

»Woher wollen Sie das wissen?«, keuchte Luke.

»Weil ich Jeanie kenne. Und du dir nicht vorstellen kannst, welche Kraft und Willensstärke es braucht, um eine Gabe wie Jeanies so zu beherrschen, wie sie es inzwischen tut.«

Luke sah hoch. Fordernd streckte er Dr. Leigh den Arm hin, an dem der Tropf hing. »Mag sein«, sagte er. »Aber *Sie* können sich *meine* Kraft nicht vorstellen. Eine Freundin braucht Hilfe und ich werde nicht ruhen, bis ich sie gefunden habe.«

Der Sicherheitsbeamte blockierte die Gartenpforte. Bevor Luke reagieren konnte, zog Dr. Leigh die Passierkarten für Develine, Luke und sich selbst heraus. »Wir sind Zeugen«, sagte er und reichte sie dem Beamten.

Er prüfte sie, nickte und ließ sie passieren. Luke betrat das erste Mal Jeanies Garten. *Ohne sie.* Er ballte die Faust und drängte die Übelkeit zurück, die erneut in ihm hochstieg. Im Haus brannten alle Lichter, obwohl es erst früher Abend war. Durch die Fenster sah er das geschäftige Treiben der Beamten, die dort ihre mobile Einsatzzentrale aufbauten. Standardprozedur bei Entführungen, hatte der Polizist auf der Wache erklärt, um dort zu sein, wo Entführer sich meldeten.

Mitten auf der Zufahrt blieb Develine stehen und stellte sich ihm in den Weg. Sie wartete, bis Dr. Leigh ein paar Schritte weiter entfernt war, dann reckte sie sich zu ihm hoch und flüsterte: »Wir müssen uns absprechen, was wir der Polizei erzählen.«

»Alles natürlich«, sagte er konsterniert. »Es geht um Jeanie!«

»Natürlich, aber…«, sie sah sich kurz um, dann flüsterte sie, »gehört zu *alles* auch, dass deine Schwester sich in Nationalpark-Kameras eingehackt hat und Matt jemanden dazu angestiftet hat, Straßenkameras des SFPD auszuspionieren?«

»Äh… Mist.« Zwischen ihnen und den geschulten Polizeibeamten lagen nur wenige Meter. Develine hatte absolut recht. Sie mussten abstimmen, was sie sagen *mussten*, um der Polizei alles Wichtige für ihre Suche nach Jeanie zu liefern, und was sie nicht sagen *durften*, um Lira und Matt zu schützen.

»Ich schlage vor, wir erzählen alles, was vorgefallen ist, aber lassen unsere eigenen Ermittlungen weg. Was meinst du? Kriegen wir das hin, ohne uns zu verheddern?«

»Keine Ahnung.« Luke tänzelte nervös von einem Bein aufs andere. »Wenn die uns in die Mangel nehmen, wird es eng.«

An der Haustür wartete bereits Jeanies Tante. Sie schloss erst Develine, dann Luke in die Arme. »Es ist so schrecklich.« Mitras Augen waren feucht. »Danke, dass ihr gekommen seid.«

»Das ist doch selbstverständlich.«

Mitra führte sie in ein riesiges Wohn-Esszimmer. Alles war weiß oder aus edlem Holz, die Sessel, Sofas, der Teppich, die Vorhänge, die Schränke. Nur an den Wänden hingen riesenhafte, farbenfrohe Bilder, und überall im Raum verteilt waren Kunstgegenstände. Auf dem Esstisch standen Laptops und technische Geräte, vier der zwölf eleganten Lederschwinger waren bereits belegt.

Eine Frau mit einem dunkelbraunen Pferdeschwanz und

einem blauen Hosenanzug stand auf und kam auf sie zu. Sie reichte Develine und Luke die Hand. »Ich bin Agent Pamela Reid. Ich leite die Ermittlungen. Ihr seid die Freunde, die Jeanie zuletzt gesehen haben?«

»Ich habe sie etwa zwanzig Minuten vor der Entführung gesehen«, sagte Develine, bevor Luke antworten konnte. »Luke hat die Entführung beobachtet, aber nur von Weitem.«

Die Frau wandte sich an Luke. »Gut. Dann fangen wir mit dir an.« Sie winkte ihn an den Tisch und deutete auf einen Stuhl neben ihrem. Luke setzte sich.

»Dann erzähl mal.«

Luke erzählte. Wie Jeanie ihn angerufen hatte und die Verbindung abbrach, wie er zu ihr gerannt war und gesehen hatte, wie sie in den Sprinter gestoßen wurde, wie er die Verfolgung aufgenommen und sie schließlich verloren hatte.

»Und du bist dir ganz sicher, es war Jeanie?« Pamela Reid musterte ihn kritisch. »Es war ziemlich weit weg und du konntest sie nur von hinten sehen.«

»Sie ist gelaufen.«

»Macht es das nicht noch schwerer, um sie sicher zu identifizieren?«

»Sie hoppelt, wenn sie läuft. Aber nur links.« Jeanies Bild schob sich vor sein inneres Auge. Wie sie neben ihm vor O'Dearys Schlägern geflüchtet war. »Ich kenne sonst niemanden, der so läuft.«

Pamela Reid zog eine Braue hoch, kommentierte es jedoch nicht weiter. Sie schob ihm ein Tablet zu und tippte auf eine Karte. »Kannst du genau einzeichnen, wo sie in den Sprinter gestoßen wurde und bis wo du ihn verfolgt hast?« Sie reichte ihm einen minenlosen Stift. »Bitte damit. Ach, Nummernschild hast du nicht zufällig gesehen?«

»*8* und *7* waren die letzten Zahlen, mehr konnte ich im Laufen nicht erkennen.« Luke setzte den Stift an und versah die Karte mit einem Kreuz an der Stelle, wo Jeanie in dem Sprinter verschwunden war. Dann zog er eine Linie entlang der Strecke, die er dem Wagen nachgejagt war. Das zweite Kreuz setzte er dort, wo er erst den Sprinter und dann das Bewusstsein verloren hatte.

»Fertig?«, fragte Pamela Reid und nahm das Tablet zu sich. Sie winkte einen jungen Mann mit blonden Stoppelhaaren zu sich und reichte ihm das Tablet. »Ich will alles an Bildmaterial, was du bekommen kannst.« Dann wandte sie sich wieder an Luke. »Wie lange kennst du Jeanie schon?«

»Vom Sehen seit ein paar Monaten, aber so richtig erst seit Donnerstag.«

»Seit Donnerstag?«, hakte Detective Reid nach. »War an dem Donnerstag etwas Besonderes?«

»Wir wurden auf dem Weg ins *Amen Research Center* entführt.«

»Ihr … *was?*« Detective Reids Augen wurden groß. »Sag das noch mal.«

»Wir wurden entführt, als wir auf dem Weg ins *Amen Research Center* waren.«

»Das glaube ich jetzt nicht!« Ihre Hand schlug krachend auf den Tisch. »Alan! Warum zum Teufel weiß ich nichts von der Entführung am Donnerstag?«

Ein Mitvierziger mit Halbglatze und Übergewicht wackelte auf sie zu, sein Gesicht ein einziges Fragezeichen. »Weil ich davon auch nichts weiß.«

»Hey, Leute!«, rief der Blonde. »Ich habe Bilder! Das ist … komplett irre.«

Luke sprang gleichzeitig mit Detective Reid auf und eilte

mit ihr und Alan zu dem Blonden. Auf drei Bildschirmen liefen Bilder. Der Blonde spulte zurück.

Gleich das erste Bild zeigte Jeanie. Wie sie auf den Sprinter zulief, wie der Mann sie hineinstieß.

Luke fasste sich an die Kehle.

Dann fuhr der Sprinter los. An manchen Stellen verschwand er aus dem Bild, dann erschien er wieder.

»Jetzt guckt hierher«, sagte der Blonde und zeigte auf einen zweiten Bildschirm. »Das ist abgefahren.« Luke sah sich selbst. Wie er die Straße entlangrannte, schneller, als er je gerannt war, schneller als die Autos, die er überholte, schneller, als er je einen Menschen hatte rennen sehen. Auf dem Bildschirm erschien die Kreuzung, ein Auto näherte sich von links, er rannte ungebremst in die Kreuzung und sprang über das ankommende Auto einfach hinweg.

Plötzlich wurde er sich bewusst, dass drei Paar Augen auf ihn gerichtet waren. Er sah die Neugier in ihren Gesichtern, aber vor allem Misstrauen. Und ... Angst.

Wie zufällig strich Alan sein Sakko zurück und legte seine Hand an den Knauf seiner Waffe, den Blick fest auf Luke gerichtet. Luke wich einen Schritt zurück, spürte, wie sein Körper unruhig wurde. Der Blonde spulte die letzte Sequenz zurück und ließ sie erneut laufen. »Er hat 68 km/h drauf, bevor er über das Auto segelt«, sagte Stoppelkopf. »Außerirdisch. Entweder mit unserem Zeugen stimmt was nicht, oder die Kamera ist kaputt.«

In dem Moment trat Dr. Leigh neben Luke.

»Ihre Kamera ist intakt«, sagte Dr. Leigh und zog eine Akte aus seiner Ledertasche. »Und mein Patient auch.« Er stippte mit dem Finger auf das Wort *Verschlusssache* auf dem Deckel. »Klären Sie die Sicherheitsfreigabe mit Ihrem

Chef ab. Das Video darf nicht an die Öffentlichkeit, und alles, was Sie heute über und von meinen Patienten Luke O'Giadi, Jeanie Patell und Matt Holland hören, lesen oder sehen, bleibt in diesem Raum.«

»Stopp!«, rief Pamela Reid. »Haben Sie gerade *Patienten* gesagt?«

Dr. Leigh zog eine zweite und dritte Akte hervor. Auch hier stand groß *Verschlusssache* auf den Deckeln. »Habe ich. Ich stehe Ihnen für Fragen im Rahmen meiner ärztlichen Schweigepflicht zur Verfügung.«

Detective Reid nahm die Akten entgegen und warf einen kurzen Blick darauf. »Matt Holland, ist das der Junge, der bei ihr war, als sie ihre Kreditkarte mit 384 Dollar belastet hat? Sollte er nicht schon hier sein?«

Dr. Leigh sah auf die Uhr. »Seit drei Minuten. Bis er kommt, kann Develine«, Dr. Leigh drehte sich um und winkte sie zu sich, »Ihnen etwas zu der Entführung am Donnerstag erzählen. Sie war diejenige, die bei der Polizei Anzeige erstattet hat.« Sein Mund wurde spitz. »Zumindest hat sie es versucht.«

Luke zog sich zurück. Die Worte des Blonden hallten in seinem Kopf nach.... *mit dem Zeugen stimmt was nicht… außerirdisch…* Er spürte die Nervosität, die ihn in letzter Zeit immer häufiger erfasste, dieses Kribbeln in seinen Beinen, seinem Bauch, seinen Armen, das ihn so unbeherrscht machte, dass er es nur in den Griff bekam, wenn er rannte.

Wenn er also genau das tat, was ihn laut Dr. Leigh umbringen würde.

Matt

»Das wär's dann fürs Erste.« Detective Reid klappte den Notizblock zu, auf dem sie Matts Aussage stichpunktartig notiert hatte, und schob ihren Stuhl zurück. »Es wäre gut, wenn du noch dableibst, bis wir bestimmte Eckpunkte deiner Aussage überprüft haben.«

Matt erhob sich und hielt sich unauffällig am Stuhl fest. Ihm war immer noch flau im Magen. Man hatte Jeanie entführt, während er bei Frankie war. Das hätte nie passieren dürfen. Er hätte sie mitnehmen sollen. Oder bei ihr bleiben. Er zog eine Tüte Paranüsse aus der Jackentasche und steckte sich zwei in den Mund. *Nicht die Nerven verlieren.*

Langsam kaute er die Nüsse und marschierte durch das riesige Wohnzimmer. Neben Mitra, Simon und Detective Reid waren vier Personen in dem Raum, alle saßen hochkonzentriert vor ihren Laptops am Esstisch. Von der Seite sah er, wie Simon sich aus einem Gespräch mit Mitra löste und zu ihm eilte.

»Matt«, sagte er leise. »Können wir kurz reden?«

»Hier?«

Simon schob ihn zu einer gläsernen Flügeltür. »Irgendwo, wo es etwas ruhiger ist.« Er führte ihn durch einen breiten Flur und eine offene Treppe hinunter ins Souterrain in einen

Yogaraum mit Matten, Buddha-Statuen und orangefarbenen und gelben Wänden.

Simon schloss die Tür hinter ihm. »Bist du okay?«, fragte er und legte den Kopf schief. »Du siehst immer noch blass aus.«

Matt zog eine pinkfarbene Matte an die Wand, legte sich darauf und lehnte die Beine senkrecht an die Wand. Sogleich spürte er, wie das Blut in seinen Kopf strömte, wie sein Atem ruhiger, seine Gedanken geordneter wurden. Simon ließ sich ihm gegenüber im Schneidersitz nieder.

»Ich brauche deine Hilfe«, sagte Simon ernst, »und ich entschuldige mich jetzt schon, dass ich dich überhaupt darum bitte.«

Matt schloss die Augen. *Nicht gut.* Wenn Simon ihn abseits der Polizei um etwas bat, hatte er etwas zu verheimlichen. Weil er mehr wusste, als er bisher zugegeben hatte. Oder weil er involviert war.

»Ich kenne einen jungen Mann, der… hm…« Simon suchte offensichtlich nach einem passenden Wort, »besondere Fähigkeiten hat.«

Matt öffnete die Augen. *Das* hatte er nicht erwartet. »Ein Patient von dir?«, presste er hervor.

»Das darf ich nicht sagen, das weißt du.« Simon schüttelte den Kopf. »Nein, vergiss es.«

»Ich kann nichts vergessen, das weißt du.«

»Wohl wahr«, Simon lächelte. »Gut. Ich hatte Detective Reid gebeten, diesen jungen Mann ins Team zu holen, sie sperrt sich, da er, sagen wir, etwas speziell ist und bei Detective Reid wohl einen unvorteilhaften Eindruck hinterlassen hat.«

In Matts Kopf formte sich ein klares Bild. *Frankie Fresno.*

Es konnte nur um ihn gehen. Ihm wurde heiß. Wusste Simon, dass er über Frankie Bescheid wusste? Er zog die Beine an und setzte sich auf. Das flaue Gefühl im Magen war vollständig verschwunden.

»Nun würde ich diesen jungen Mann selbst ins Boot holen, das war ohnehin geplant und morgen hätte ich ihm einen Auftrag erteilt, aber nun hat Detective Reid es mir offiziell verboten, F… ähm, also ihn in den Fall zu involvieren. Würde ich das nun tun, wäre es Behinderung der Ermittlungen und damit strafbar.« Simons Brauen zogen sich zornig zusammen. »Aber Jeanie verdient, dass die besten Leute nach ihr suchen, und er *ist der Beste.«*

»Und was hat das mit mir zu tun?«, fragte Matt so beiläufig wie möglich, während er in Simons Gesichtsausdruck zu erkennen versuchte, ob er mit Frankie über ihn geredet hatte oder nicht.

»Ich möchte, dass du ihn aufsuchst und überredest, bei der Suche nach Jeanie zu helfen. *Dir* hat es niemand verboten und du bist der Einzige, der sich an die erste Entführung und jedes noch so kleine Detail erinnern kann.«

Matt musterte ihn. Simon hatte offensichtlich keine Ahnung, dass er schon Kontakt zu Frankie hatte. »Ich bin mir sicher, Frankie wird uns helfen.«

Simon starrte ihn mit offenem Mund an. »*Frankie*? Woher weißt du …?«

»Ich kenne Frankie«, sagte Matt. »Das war einfacher als Promiraten.«

»Dann …« Simon löste mit einem erleichterten Lächeln den Schneidersitz und streckte die Beine aus. »Noch eine Bitte. Es geht um Luke. Er hat erst vor Kurzem erfahren, dass sein Sporttalent mehr ist als nur Talent. Es … geht ihm nicht gut.« Simon wand sich und Matt verstand. Er durfte nicht mehr sagen. Aber es war vollkommen klar, dass er von einer Genanomalie sprach. *Natürlich!* Matt verdrehte innerlich die Augen. Lukes Blackouts, seine Siege, die Leichtigkeit, mit der er mit Jeanie auf dem Rücken vor den Verfolgern davongerannt war… Und jetzt wurde ihm auch klar, warum Simon sofort wusste, von wem er gesprochen hatte, als Luke ihm von der Entführung erzählt hatte. »Ich glaube, er braucht jetzt einen Freund, der weiß, wie es sich anfühlt, anders zu sein.«

»Luke ist mein Freund«, sagte Matt, »ich werde –«

Weiter kam er nicht. Plötzlich wurde die Tür aufgerissen und Develine stürzte in den Raum. »Sie haben den Sprinter gefunden!«

Matt und Simon sprangen gleichzeitig hoch und rannten ihr ins Wohnzimmer nach. Luke stand stocksteif hinter Pamela Reid und starrte auf den Bildschirm ihres Laptops. Matt stellte sich zu ihm. Auf dem Bildschirm lief der Live-Stream des Einsatzteams.

Ein leerer Parkplatz vor einem verlassenen Einkaufszentrum. Matt hielt den Atem an, sein ganzer Körper war angespannt.

Fast leerer Parkplatz. Bis auf den weißen Sprinter.

Fünf Polizisten näherten sich, dann machte einer ein Zeichen.

»Geräusche im Innenraum«, meldete der Einsatzleiter.

Detective Reid wandte sich Luke zu. »Erkennst du das Auto?«

Luke nickte. Detective Reid drückte den Knopf ihres Funkgeräts. »Gesuchte Person vermutlich im Zielobjekt. Zugriff.«

Der Einsatzleiter winkte die anderen auf ihre Positionen. Sie umstellten das Fahrzeug, der Einsatzleiter riss die Tür des Laderaums auf. Heftiger schwarzer Rauch quoll aus dem Inneren, es knallte, eine Stichflamme schoss aus der Tür. Die Beamten warfen sich zur Seite, es krachte, der Sprinter wurde ein Stück in die Luft geschleudert, die Scheiben barsten – und dann stand das Auto in hellen Flammen.

»Jeanie!«, schrie Mitra auf und schlug ihre Hände vor den Mund.

Matt griff sich an die Kehle. *Nein. Jeanie war nicht da drin. Nein. Sie war nicht da drin.*

Luke drehte sich abrupt um und rannte hinaus. Matt sah ihm nach. Luke glaubte, dass Jeanie gerade eben in die Luft gesprengt worden war.

Alle in diesem Raum glaubten das. Detective Reid, die fassungslos auf den Bildschirm starrte, Simon, der plötzlich neben Mitra stand und seine riesigen Arme um sie schlang, der blonde Beamte mit dem Stoppelkopf, der nach Luft japste.

Sie alle glaubten, dass Jeanie tot war, weil sie es gerade selbst mit angesehen hatten.

In Matts Kopf überschlugen sich die Bilder. Er stöhnte und schloss die Augen. Es durfte einfach nicht wahr sein!

Er wollte nicht glauben, dass Jeanie nicht mehr lebte.

Nicht, bis endgültig bewiesen war, dass Jeanie in diesem Transporter gesteckt hatte – denn was eben passiert war, ergab keinen Sinn. Nachdenklich strich er sich durchs Haar. Sie hatten es mit Meistern der Täuschung zu tun.

Was hatten sie wirklich gesehen? Die Explosion eines Fahrzeugs, aus dem Geräusche gekommen waren. Wenn es aber nur eine Täuschung gewesen war, um davon abzulenken, dass Jeanie noch lebte? Weil Jeanie viel zu wertvoll war, um sie zu töten, und ihre Spur verwischt werden sollte?

Weil die Entführer Zeit gewinnen wollten?

Vielleicht irrte er sich, vielleicht war Jeanie wirklich in dem Sprinter gewesen, aber solange auch nur der geringste Zweifel daran bestand, würde er die Suche nach ihr nicht aufgeben.

Er würde nicht zwei Mal den gleichen Fehler machen.

Das tat er nie.

»Wird das jetzt zur Gewohnheit?« Frankie stand im Eingang seines Hauses, die Arme vor der Brust verschränkt wie ein missgelaunter Türsteher. »Es ist viertel vor acht.«

»Sie haben Jeanie.« Matt stellte seinen Fuß in die Tür. »Ich kann dich anheuern. Ihr Vater ist reich.«

»Bin ich auch«, erwiderte Frankie vollkommen unbeeindruckt. »Falls es dir noch nicht aufgefallen ist. Das Spielzeug da drinnen ist ein paar Kröten wert.«

»Frankie«, flehte Matt. »Jeanie ist meine Freundin. Ich habe gerade zugeschaut, wie der Wagen, in dem sie entführt wurde, in die Luft geflogen ist, und ich glaube, es ist ein neues Täuschungsmanöver, damit die Bullen nicht weitersuchen. Bitte hilf uns.«

Frankie seufzte, trat dann zur Seite. »Komm rein.«

In weniger als fünf Minuten erzählte Matt Frankie alles Nötige von der entlaufenen Katze, der Entführung und der Explosion.

»Und du bist sicher, Jeanies Entführer haben zuvor die Katze als Pfand für Roseanne gefordert?«, fragte Frankie nachdenklich.

»Sagt Develine. Ich war nicht dabei.«

Frankie ließ sich auf das Sofa plumpsen und seufzte tief. »Warum entführen sie dann Jeanie? Wenn sie nur die Katze wollen?«

»Ich weiß es nicht«, sagte Matt und setzte sich ebenfalls. Frankies Frage war absolut berechtigt.

»Haben sie denn ein Lebenszeichen von Roseanne geschickt?«, fragte Frankie.

»Nein.«

»Es gibt also keinen Beweis dafür, dass Roseanne entführt wurde«, stellte Frankie fest. »Es wurde eine Behauptung aufgestellt und eine Forderung gesetzt.«

»Na ja«, warf Matt ein, »sie ist verschwunden, ihr Haus wurde plötzlich grundgereinigt und diese seltsame Katze war dort, spricht das nicht dafür, dass sie Roseanne entführt haben?«

»Je nach Sichtweise«, sagte Frankie. »Stell dir vor, du bist Roseanne. Du eignest dir ein hochbrisantes Forschungsobjekt an und fliegst auf – und diese Katze mit dem integrierten KI-Chip ist ein hochbrisantes Objekt.«

Matt runzelte die Stirn. Frankie hatte vorhin keine Details zu der Katze erfragt, doch jetzt redete er, als wisse er ziemlich gut über sie Bescheid. »Hast du etwa schon früher von der Geschichte gehört?«

Frankie zögerte. »Sagen wir – ich bin gut vernetzt, mir kommen Dinge zu Ohren, die nicht über die normale Tratschpipeline angespült werden. Besonders, wenn es sich um sehr ungewöhnliche Dinge handelt.« Er zeigte mahnend mit dem Finger auf Matt. »Aber das war eben eine Ausnahme, du weißt…«

Matt nickte. »Regel Nummer 2, keine Fragen.«

»Also, nehmen wir an, Roseanne klaut die Katze und fliegt auf, zum Beispiel, weil das Tier einen Chip trägt, der Peilsignale aussendet«, nahm Frankie den Faden wieder auf. »Nehmen wir weiter an, jemand hat Roseanne gewarnt – was würdest du an ihrer Stelle tun?«

»Untertauchen«, sagte Matt, ohne weiter zu überlegen.

»Weise Entscheidung.« Frankie lächelte. »Mit Diebesgut zur Polizei ist nie der Burner, die Katze mit einem Entschuldigungsbrief an der Pforte abgeben scheint ebenfalls nur bedingt empfehlenswert, nachdem man zu tief in möglicherweise illegalen Machenschaften gebuddelt hat. Vor allem, wenn die Besitzer keinen Spaß verstehen.«

»Du glaubst also, Roseanne ist untergetaucht und die Forderung, Katze gegen Roseanne, war nur ein Bluff.«

»Es spricht auf jeden Fall einiges dafür: Die Katze war noch oder schon wieder in Roseannes Haus – warum Roseanne ohne die Katze entführen? Wenn sie nur die Katze wollen – warum nehmen sie dann auch Jeanie mit? Und warum ist Roseanne nicht wieder zurückgekommen, nachdem sie die Katze sichergestellt haben?«

Matt nickte. »Aber hätte Roseanne sich nicht bei Develine gemeldet, wenn sie gar nicht entführt wurde? Sie muss sich doch denken, dass ihre Freundin sich sonst Sorgen macht.«

Frankie neigte den Kopf und sah ihn an als hätte er gerade die Relativitätstheorie infrage gestellt. »Die elementarste Grundregel des Untertauchens ist was?«

Absolute Funkstille! *Natürlich. Wie dumm!* Ganz besonders gegenüber jenen Menschen, bei denen am ehesten eine Kontaktaufnahme vermutet würde. Matt fuhr sich nachdenklich durchs Haar. Roseanne könnte also untergetaucht sein. Und selbst wenn Frankie sich täuschte – eine Tatsache blieb bestehen: Die Entführer hatten sich die Katze *und* Jeanie geschnappt und Roseanne war *nicht* zurückgekommen. Was ihre Gegner als Verhandlungspartner sehr unzuverlässig und schwer kalkulierbar machte. Mit einem Mal fühlte Matt sich müde. Jagte er einer Hoffnung hinterher, die nur ein Hirngespinst war? Weil er auf keinen Fall akzeptieren konnte, dass Jeanie nicht mehr lebte?

»Und was willst du jetzt von mir?«, fragte Frankie.

»Hilf mir, den Ort zu finden, an dem sie uns am Donnerstag ausgeknockt haben. Falls Jeanie noch lebt, glaube ich, dass sie dort hingebracht wurde.«

Frankie schüttelte den Kopf. »Wie das? Ich bin kein verdammter Hellseher.«

»Aber ich bin so was Ähnliches.« Matt zeigte auf den Fahrsimulator. »Hat der aktuelle Karten?«

»Jetzt bin ich ja mal gespannt.« Frankie erhob sich und ging zu dem Simulator. Er schaltete ihn ein und überließ Matt den Platz.

Matt schwang sich hinter das Steuer, rief sich die genauen Daten, als der Honda von der Überwachungskamera verschwand, ins Gedächtnis, und stellte den Startpunkt des Simulators entsprechend ein.

»Du willst Geschwindigkeit, Richtung und Zeit aus dem Gedächtnis miteinander korrelieren?« Frankie sah zweifelnd zu Matt. »Das klappt nie.«

»Wetten?« Es musste klappen! Genau das war seine Stärke – sein fotografisches Gedächtnis gekoppelt mit der exakten Erinnerung an jede Sekunde seines Lebens. Matt holte sich den Moment ins Gedächtnis zurück, als Develine johlend an dem Bus vorbeigezogen war, zoomte auf Lenkrad und Armaturenbrett des Honda und blendete alles andere aus. Er sah es genau vor sich. Geschwindigkeit. Uhrzeit. Richtung. Konzentriert übertrug er seine Erinnerungen auf den Simulator, bremste, gab Gas, lenkte.

Nach vierundzwanzig Minuten stoppte er. Schweiß lief ihm über die Stirn, als er aus dem Fahrsimulator stieg und sich zu Frankie auf das Sofa setzte. »Und?«

»Du bist viermal über eine Verkehrsinsel, hast drei Ampeln gerammt, zwei Alleepappeln gestreift und etwa ein Drittel der Strecke auf der Gegenfahrbahn zurückgelegt, erinnere mich bei Gelegenheit daran, dir niemals mein Auto zu leihen.«

»Wo bin ich rausgekommen?«, fragte Matt ungeduldig.

Frankie drehte seinen Laptop zu Matt. »An einem sehr interessanten Ort.«

Matt studierte den Kartenausschnitt auf Frankies Bildschirm. Ein Häuserblock, gespickt mit nummerierten Kreuzen, Sternen und Kreisen in verschiedenen Farben. Frankie verwies auf die Legende am Rand, wo hinter jeder Markierung und Nummer ein Name stand. Genauer gesagt ein Firmenname. Einige waren Matt bekannt, Cafés, Restaurants, Start-ups, Anwaltskanzleien, andere sagten ihm nichts.

Frankie zoomte auf ein mit einem Stern markiertes Gebäude. Und klickte darauf. Sogleich ploppte ein Fenster mit sehr klein geschriebenem Inhalt auf. »Schon mal von *BluePrint Ltd* gehört?«

Matt schüttelte den Kopf und beugte sich vor, um das Kästchen lesen zu können. »Was ist daran interessant?«, fragte er stirnrunzelnd. »Die Firma vertreibt medizinische Hilfsprodukte. Rollatoren. Bettschüsseln. Und –«

»Und ist ein Ableger von *Fu2Co.*« Frankie zog triumphierend die Brauen hoch. »Klingelt's?«

Matt öffnete den Mund. *Fu2Co.* In seinem Kopf sammelte

sich ein Wust an Informationen zu der Firma mit dem spinnenartigen Netzwerk an Beteiligungen in nahezu allen Branchen und zu seinem erfolgreichen Gründer. Der war für seinen hervorragenden Geschäftssinn bekannt und sein visionäres Denken – ebenso wie für seinen skrupellosen Machttrieb, seinen Einfluss bis in oberste Regierungsebenen, sein Heer von Anwälten. Das manipulierte Auto, die Katze – dahinter stand jemand mit Zugang zu neuester Technologie. Geld. Macht – und Visionen. All das hatte *Fu2Co*.

»Wolltest du was sagen?« Frankie stupste ihn an. »Oder wartest du drauf, dass was Nahrhaftes in deinen Mund fällt?«

»Ich …« Matt schloss den Mund. Er musste Frankie seine Gedanken nicht erst mitteilen, der dachte offenbar ohnehin das Gleiche, sonst hätte er die Verbindung zu *Fu2Co* nicht hergestellt. »Und wenn ich mich irre?«

»Tust du nicht.« Frankie tippte und sprach weiter. »Während du mit dem Fahrsimulator Geisterfahrer gespielt hast, habe ich sinnvolle Arbeit geleistet und mich in die Steuerung des Autos gehackt, das du eigentlich gar nicht fahren dürftest und doch hier vor die Tür gestellt hast. Und siehe da …« Er drehte den Laptop zu Matt. »Das ist die Adresse, die am Donnerstag um 9 Uhr 39 angesteuert wurde.«

Matt sah auf die Adresse, zurück zu Frankie. Wieder klappte sein Mund auf. Frankie hatte einfach nur das System hacken müssen und ihn ließ er sich in dem Fahrsimulator vollkommen verausgaben?

»Du hast nicht wirklich gedacht, dass ich dir deinen Erinnerungszauber unkontrolliert abnehme, oder?« Frankie grinste.

»Warum hast du mich das dann machen lassen?«, fragte

Matt und versuchte erst gar nicht, seine Wut zu verstecken. Kapierte Frankie nicht, dass dies absolut kein Spiel war? Es ging um Jeanies Leben! Sie hatten keine Zeit zu verlieren!

»Ganz ruhig, Einstein.« Frankie haute erneut in die Tasten. »Ich bin erst auf die Idee gekommen, als du schon die Ampeln gerammt hast. Und es war keine sichere Bank. Die Originaldaten wurden gelöscht und sie zu rekonstruieren war nicht ganz einfach, sprich, außer mir hätte das keiner hinbekommen.«

»Gut«, sagte Matt versöhnlich, »und wie weiter?«

»Rein und Freundin rausholen oder, falls sie gar nicht dort ist, rein und ohne Freundin raus und ordentlich Ärger absahnen.« Frankie klickte, kurz darauf hörte Matt, wie im Souterrain ein Drucker losratterte. Frankie legte den Laptop ab und verschwand. Kurz darauf kam er mit einem halben Meter Endlospapier zurück und reichte es Matt. »Der Gebäudeplan von *BluePrint*. Frag nicht, woher ich den habe. Frag dich lieber, warum eine Vertriebsfirma, die Medizinprodukte einer anderen *Fu2Co*-Tochterfirma verkauft, einen Keller mit zwei getrennten Untergeschossen unterhält, die von den Anschlüssen her Laborstandard haben.« Frankie nahm einen grünen Marker und malte mehrere Kringel auf den Ausdruck. »Hier sind die Kameras im Außenbereich. Für das Sicherheitssystem drinnen gibt es keine Pläne.«

Matt nahm den Ausdruck entgegen. »Aber es gibt eines«, sagte er, halb als Frage.

»Da kannst du deinen Arsch drauf verwetten.« Frankie ging voraus zur Tür. »Aber ein bisschen Arbeit sollt ihr ja auch noch machen.«

»Kannst du nicht … mitkommen?«, fragte Matt. All die Entschlossenheit, mit der er vor weniger als einer Stunde hier aufgetaucht war, zerrann. Wie sollten sie ohne Frankie und sein Arsenal an technischen Hilfsmitteln in das Gebäude eindringen, unbemerkt Jeanie finden und sie dort wieder rausholen? Wahrscheinlich aus einem Keller, der ein oder mehrere Labore enthielt und gesichert war wie Fort Knox.

Frankie zog spöttisch die Augenbrauen hoch. »Habe ich 'ne Bullenuniform an?«

»Nein, tut mir leid, es war nur …« Matt suchte nach Worten.

»Du meinst, mit mir habt ihr eine bessere Chance. Garantiert. Aber wir wissen nicht einmal, ob deine Freundin überhaupt dort ist, und wenn sie mich erwischen, habe ich ungleich größere Schwierigkeiten als ihr.« Frankie zog eine Karte aus der Brusttasche. »Ruf an, wenn du ein echtes Problem hast.« Er zog die Karte noch mal zurück. »*Echtes* Problem, klar?«

Matt nahm die Karte und nickte.

Es war nicht das, was er sich erhofft hatte, aber es war besser als nichts.

Develine

Zitternd setzte Develine sich auf ihr Bett und rief Matts Nachricht erneut auf.

> Ich glaube, Jeanie lebt und wird in dem Gebäude der Firma BluePrint Ltd, Ableger von Fu2Co festgehalten. Melde mich. Matt.

Jeanie lebt?

Develines Hände zitterten so sehr, dass ihr das Handy entglitt. Was meinte er damit?

Er hatte doch neben ihr gestanden, als der Sprinter in die Luft geflogen war!

Drehte Matt gerade durch?

Sie klaubte das Handy von der Bettdecke und las die Nachricht erneut.

Er war verrückt.

Die Polizei hatte die Zelte bei Mitra abgebrochen. Es war keine Entführung mehr. Es war jetzt eine Mordermittlung. Sie hatten inzwischen eine verbrannte Leiche geborgen. Nicht identifiziert, das würde dauern, aber … wie kam Matt darauf, dass es nicht Jeanie sein könnte?

Er hatte das Gleiche gesehen wie sie.

Jeanie war tot!

Tränen rannen über Develines Gesicht. Sie spürte den Kloß in ihrer Kehle. Es war so ungerecht. Warum ausgerechnet Jeanie?

Wieder betrachtete sie die Nachricht. Sie las sich, als wolle Matt mit ihr etwas ungeschehen machen, das nie hätte passieren dürfen.

BluePrint Ltd?

Sie hatte noch nie davon gehört.

Fu2Co dagegen… egal in welchem Zusammenhang, das waren schlechte Neuigkeiten.

Die Firma der Zukunft. Die Firma, die Roseanne für den Selbstmord ihres Vaters verantwortlich machte und mit der Leidenschaft einer Rächerin verfolgte. Wegen der sie ihren Job als Journalistin, ihr Ansehen und vielleicht sogar ihre Vernunft verloren hatte

Fu2Co. Selbst wenn Matts Bemerkung über Jeanie keinen Sinn ergab – die über *Fu2Co* tat es sehr wohl. Das Auto, in dem sie entführt worden waren, hätte Roseanne fahren sollen. Es war Roseannes Haus gewesen, in dem sie Leila gefunden hatten. Es war Roseanne, die gegen die Katze hätte eingetauscht werden sollen.

Warum aber nur hatten sie Jeanie entführt?

Wegen der Katze? Weil Jeanie sie im Arm gehalten hatte und deshalb eine Mitwisserin war?

Und wenn die gleichen Leute nun sie selbst beobachtet hatten und genau wussten, dass Matt und sie ebenfalls über Leila Bescheid wussten? Waren sie dann die nächsten?

»Hier bist du!« Ihr Vater trat in ihr Zimmer.

Develine wischte mit dem Ärmel die Tränen weg. »Gibt's was Neues?«

Ihr Vater setzte sich neben sie. »Luke ist unten. Ich glaube, er braucht jemanden, mit dem er über Jeanie reden kann.«

»Oh.« Develine sprang vom Bett. »Er ist vorhin weggerannt.«

»Ich habe den Eindruck, dass er kurz davor ist, das gleich wieder zu tun. Mom stopft ihn gerade mit gesättigten Fettsäuren und Kohlehydraten voll.«

Develine hob ihren Pullover vom Boden auf und warf ihn sich über die Schultern.

»Develine?« Ihr Vater trat zu ihr und nahm sie in den Arm. »Pass bitte auf dich auf, du bist das Wichtigste in unserem Leben.«

»Mach ich, Dad.«

»Versprichst du mir das? Keine Dummheiten?«

Develine legte die Hand ans Herz. »Ich mache nichts, was ich nicht mit eurer Erziehung in Einklang bringen kann.«

Ihr Vater warf ihr einen verwirrten Blick zu.

»Ich pass auf mich auf, Dad, versprochen.« Sie küsste ihn auf die Wange und lief die Treppe nach unten. In der Küche stieß sie auf Luke. Ihr Vater hatte nicht übertrieben. Mom mästete ihn gerade.

»Luke«, sagte Develine und setzte sich ihm gegenüber. Schon spürte sie wieder die Tränen in sich aufsteigen. Sie streckte ihren Arm über den Tisch und griff nach seiner Hand.

»Matt hat mir geschrieben«, sagte Luke leise.

»Mir auch«

»Glaubst du … Denkst du …« Luke sah sie an, in seinen Augen lagen Hoffnung und Unglauben.

»Ich weiß es nicht«, antwortete sie ehrlich. Die Hoffnung

in Lukes Augen erlosch. »Aber ich weiß, dass Matt das nicht behaupten würde, wenn er nicht absolut überzeugt wäre.«

»Dann … meinst du, es wäre möglich?« Wieder regte sich ein Hoffnungsschimmer in Lukes Augen. »Was sollen wir tun? Sollen wir Detective Reid informieren? Sie könnte das Gebäude stürmen lassen.«

»Nur, wenn Matt mit absolut stichfesten Beweisen zurückkommt. Man stürmt nicht einfach so ein Gebäude und ganz sicher nicht ein *Fu2Co*-Gebäude.« Ihr Handy surrte. Sie checkte die Nachricht. Von Matt. »Er ist in zehn Minuten hier.«

Develine legte das Handy vor sich auf den Tisch. Nervös angelte sie sich eine Banane von dem Obstteller, den Mom vor Luke deponiert hatte. Sie wusste, was Matt sie in ein paar Minuten fragen würde.

War sie dazu bereit?

Jeanie

Langsam glitt Jeanie an der Wand entlang zu Boden. Ihr Arm pochte dort, wo der Mann sie gepackt hatte. Sie strich darüber, umfasste dann ihre Beine und zog sie näher an den Körper, machte sich rund und klein. Sie spürte die Beine an ihrer Brust, die Arme an ihren Schienbeinen, die kaum verheilten Schürfwunden an ihren Knien.

Sie war allein.

Ihre Angst brach wieder hervor und breitete sich von der Brust sternförmig aus, kribbelte durch ihren ganzen Körper. Jeanie spürte, wie sie erstarrte, wie ihre Sinne sich schärften. Sie drehte den Kopf, versuchte in der Dunkelheit etwas auszumachen. Es gab keine Fenster, die Tür war aus Stahl und fest verschlossen, die Wände aus Beton. Keine Fluchtmöglichkeit weit und breit. Mit geschlossenen Augen sog sie die Geräusche um sich herum auf. Sie driftete aus ihrem Gefängnis hinaus, wanderte von Raum zu Raum, von Stockwerk zu Stockwerk.

Sonntagsruhe lag wie eine Fleecedecke über dem Gebäude. Jeanie schlüpfte hinein in die vermeintliche Stille und folgte dem Surren, Gurgeln, Rauschen, Knacken, das erzählte, wo ein Rohr verengt war, ein Brett zu sehr unter Spannung stand, ein Ventilator gereinigt werden musste, ein … sie erschrak. Dieser Mann, der sie hier eingeschlossen hatte, fuhr drei Stockwerke über ihr im Lift. Die Aufzugtüren öffneten sich. Angespannt verfolgte Jeanie die Schritte des Entführers. Sie glaubte zumindest, dass es seine Schritte waren. Neun Schritte nach links, stopp. Seine Hand bewegte sich zwischen Stoff, ein Schlüssel klimperte, fuhr in ein Schloss, drehte sich. Eine Tür öffnete sich, er ging hinein, durchquerte den Raum, sieben Schritte, und setzte sich auf einen Stuhl mit hydraulischer Federung. Alle Bewegungen waren so routiniert – er kannte sich hier aus, vielleicht war er gerade in seinem eigenen Büro.

Stille? Jeanie hob den Kopf. *Da!* Ein Wählton. Er telefonierte. Sie konzentrierte sich auf das Gespräch.

»Paket gesichert.«

Jeanie schauderte. Sie hatte sich nicht geirrt. Es war der Mann. Sie erkannte die Stimme. Er hatte sie aus dem Lieferwagen hierhergebracht.

»Gesichert?« Die Stimme am anderen Ende der Leitung war heiser und aufgebracht. »Gesichert????«

»Das Viech ist zurück, Chef«, sagte ihr Entführer ruhig. »Die Lage ist wieder unter Kontrolle.«

»Nichts ist unter Kontrolle!«, brüllte der Chef. »Erst verschleppst du die falschen Personen und jetzt haben diese Teenager auch noch die Katze gesehen. Und als Ober-GAU sitzt jetzt eine dieser verdammten Gören in meinem Keller, während die anderen mit der Polizei reden, weil du zu dämlich warst, die Sache unter Kontrolle zu bringen!«

»Chef«, sagte der andere bestimmt, »hab ich irgendwann schon mal etwas, das *ihr* verbockt habt, nicht wieder unter Kontrolle bekommen?«

»Kriegst ja auch genug Kohle dafür«, knurrte der Chef,

ein wenig ruhiger. »Was ist dein Plan? Wie willst du das Leck stopfen?«

Jeanie schluckte. Sie war *das Leck*. Und was immer ihr Entführer jetzt sagte, betraf ihr Schicksal.

»Die Kleine wird heute Nacht noch ruhiggestellt.«

»Volles Programm?«

Jeanies Magen zog sich zusammen. *Volles Programm?*

»Und ein wenig mehr …« Das Lachen des Entführers ging Jeanie durch jede Nervenzelle. Sie spürte, wie ihre Härchen sich aufstellten. »Meine Leute sind schon an den anderen beiden dran. Matt Holland und die blauhaarige Möchtegern-Ninja. Der farbige Typ hat nichts gesehen.«

Ein entsetzter Laut entwich ihrer Kehle. *Matt! Develine!*

»Und wenn sie schon gequatscht haben?«

»Über eine Katze, die redet?«

Jeanie sah seine abfällige Geste förmlich vor sich.

»Chef, mal ehrlich … Ohne Beweise machen die sich doch nur lächerlich. Wer glaubt ihnen das schon, wenn erst die Lösegeldforderung für ihre reiche Freundin kommt? Es geht nicht darum, dass sie ihre Klappe halten, sondern dass sie aufhören herumzuschnüffeln.«

Besänftigtes Brummen kroch durch die Leitung.

»Chef«, legte der Entführer nach, die Stimme wieder selbstsicher, »in zwei Stunden kommen Dr. Sanders und der Wachdienst, morgen früh ist die Sache erledigt.«

»Und die andere? Die Blonde? Kontrollieren wir sie inzwischen? Was ist der Status?«

Jeanie runzelte die Stirn. *Welche Blonde?*

»Roseanne Blumberg?« Der Entführer lachte, doch diesmal klang sein Lachen gekünstelt. »Alles unter Kontrolle.«

»Rufen Sie mich morgen früh an, wenn die Angelegenheit aus der Welt ist.«

»Wird gemacht.« Er legte auf. Jeanie hörte etwas knallen, dann die Rollen eines Stuhls hart über den Boden rattern.

Zitternd kauerte sie sich noch mehr zusammen.

Zwei Stunden.

Und dann?

Matt

»Es war eine Inszenierung. Ich bin mir sicher. Wie unser angeblicher Trip nach Loma Mar«, schloss Matt die Kurzversion des Besuchs bei Frankie ab. Erwartungsvoll sah er zu Luke und Develine. Sie *mussten* ihm glauben!

»Hmmm…« Luke lehnte sich nach vorne. Develines rotes Sofa knarzte altersschwach, was Luke jedoch nicht zu merken schien. Seinem konzentrierten Blick nach suchte er noch den Sinn in Matts Erläuterungen.

»Tarnkappentechnik, Virtual-Reality-Folie, Schallwellenwandler, autonom fahrendes Auto… abgedreht, aber alles möglich«, sagte Develine und stand von ihrem Drehstuhl auf. »Die Technik gibt das her. Aber, vergiss für einen Moment den Donnerstag. Warum sollten sie Jeanies Tod vortäuschen wollen?«

»Weil sie viel zu wertvoll ist.« Matt zeigte auf die Marvelszene an der Wand. »Und damit meine ich nicht, dass ihr Vater Multimillionär ist, sondern dass sie ein Supertalent hat.«

»Und ein Supertalent passt in das Beuteschema von jemandem, der künstliche Intelligenz in Lebewesen einpflanzt«, sagte Develine nickend.

»Absolut!« Matt klatschte in die Hände. Develine hatte

es begriffen. »Und *darum* der ganze Zirkus. Eine Explosion vor einem Polizeieinsatzkommando, eine verbrannte Leiche … Hätten sie Jeanie einfach loswerden wollen, hätte es zig einfachere Möglichkeiten gegeben. Das war ein Ablenkungsmanöver.«

Nun nickte auch Luke. »Das mit dem *einfacher loswerden* leuchtet mir ein«, sagte er lebhafter. »Ich habe mich schon die ganze Zeit gefragt, warum der Sprinter erst in die Luft geflogen ist, als der Polizist die Tür geöffnet hat. Wenn ich eine Leiche entsorgen müsste, dann würde ich den Wagen in die Luft jagen, *bevor* die Bullen kommen.«

»Ganz genau«, stimmte Matt zu. »Wenn ich meine Spuren verwischen will, schon, aber wenn ich jemanden täuschen will, dann inszeniere ich ein Spektakel, das schockt und dadurch von meinem wahren Plan ablenkt. Die erste Lektion jedes Illusionisten. *Ablenkung.*«

Luke stand nun ebenfalls auf. »Du glaubst also, dass Jeanie lebt und irgendwo festgehalten wird.«

»Ja. Und ich glaube, dass sie zu *BluePrint* gebracht wurde.« Matt grabschte die Rolle mit den Gebäudeplänen von Develines Schreibtisch und schwenkte sie in der Luft. »Das ist unsere beste Chance, Jeanie zu finden. Und auch unsere einzige.«

Luke schluckte. »Du willst in ein Gebäude einbrechen, von dem du *glaubst*, dass Jeanie dort gefangen gehalten werden *könnte.*«

»Korrekt«, sagte Matt, doch plötzlich war er sich nicht mehr so sicher, ob es wirklich eine gute Idee war, seine Freunde dazu zu bringen, in ein Firmengebäude einzubrechen. Was, wenn er sich *irrte* und sie alle in üble Schwierigkeiten brachte?

Luke schlug seine Faust in die Hand. »Ich bin dabei.«

Develine hob bremsend die Hände. »Langsam, Jungs.« Sie wandte sich an Matt. »Und du bist sicher, dass wir dorthin gebracht wurden?«

»Ja, Frankie hat es bestätigt. Wir beide können nicht derart falsch liegen«, sagte Matt und fügte schnell hinzu: »Aber ich habe keine Garantie, dass *Jeanie dorthin* gebracht wurde. Ich vermute es nur.«

Develine seufzte. »Du bist total verrückt, weißt du das?«

»Ich glaube, eher verzweifelt.« Matt stand auf. Develine hatte recht. Es war verrückt. Aber was war die Alternative? Nichts tun? Abwarten, was die Obduktion brachte? Und dann, wenn er recht hatte, wie würden sie sich mit dem Wissen fühlen, dass sie eine Chance gehabt hätten, aber nicht genutzt hatten? »Habt ihr eine bessere Idee?«

»Detective Reid von deiner Theorie erzählen?«, schlug Luke vor.

»Ja«, stimmte Develine ihm zu. »Warum sagst du ihr nicht, was du weißt?«

»Habe ich schon.«

»Und?«

»Sie denkt, ich verkrafte Jeanies Tod nicht und zimmere mir eine Version zurecht, mit der ich leben kann.« Matt seufzte. »Ich glaube, sie wird mich erst dann ernst nehmen, wenn der Zahnabgleich bestätigt, dass die Leiche nicht Jeanie ist.«

Develine verengte die Augen, als denke sie intensiv nach. »Euch ist klar, mit wem wir uns anlegen? *Fu2Co* ist kein Hinterhofladen, bei dem man mal schnell einbricht und 'ne Flasche Fusel klaut.«

»Ist es«, erwiderte Matt und fühlte sich mit einem Mal

furchtbar müde. »Aber Detective Reid ist genauso an Gesetze gebunden wie wir. Selbst wenn wir sie gemeinsam doch noch überzeugen könnten – sie braucht einen Durchsuchungsbefehl.«

»Und den bekommt sie nicht, solange Jeanies angebliche Leiche in der Rechtsmedizin liegt«, ergänzte Luke.

Develine schloss die Augen und legte ihre Fingerspitzen an die Stirn. Dann sah sie ihm direkt in die Augen. »Dein Wikipedia-Syndromdings hat dich noch nie im Stich gelassen?«

»Nein«, sagte er. »Noch nie. Das ist der Witz an dem Syndrom.«

»Du weißt, was du da vorhast?«

Er nickte. Schluckte.

Da nahm Develine seine Hände. Er spürte ihre Energie, spürte wie müde er war, wie ihre Energie auf ihn überschwappte und ihn mit neuer Kraft erfüllte. »Wir machen es.«

Luke legte seine Hände auf Develines und Matts Schultern. »Vielleicht irrst du dich. Vielleicht irrst du dich auch nicht, und trotzdem haben sie Jeanie woanders hingebracht. Wir wissen es nicht, solange wir nicht hingehen und nachsehen. Solange es den geringsten Hoffnungsschimmer gibt, lassen wir Jeanie nicht im Stich. Mehr gibt es nicht zu sagen.«

Matt nickte stumm. Luke hatte recht, mehr gab es nicht zu sagen.

Einer für alle, alle für einen.

So funktionierte das unter Freunden.

Luke

Das Licht in der zweiten Etage erlosch, nun lagen alle Stockwerke im Dunkeln. Luke wartete, doch die zwei Männer und die Frau kamen nicht heraus, als habe das dunkle Gebäude sie verschluckt.

Nur von außen wurde es von Flutlicht beleuchtet. Ein dreistöckiger, blau verklinkerter Bau mit viel Glas, daneben ein kleiner Parkplatz, auf dem bis vor einer Viertelstunde nur ein schwarzer SUV gestanden hatte. Nun standen dort drei weitere Autos. Eines mit deutlich lesbarem Logo einer Security Firma, ein weißer Mercedes und ein kleiner, zerbeulter Nissan, der zwischen den großen Limousinen deplatziert wirkte. Luke stupste Develine an. »Ich glaube, Matt ist auf der richtigen Spur. Das ist doch total verdächtig – um halb elf abends am Sonntag kommen plötzlich Mitarbeiter in die Firma? Und warum rückt ein Wachdienst mitten in der Nacht an und bleibt dann? Die müssten normalerweise eine Runde drehen und weiter zum nächsten Gebäude.«

Develine legte ihren Finger an den Mund. »Leise«, flüsterte sie, »die Wachleute kommen gerade wieder raus. Vielleicht fahren sie ja weiter.«

Luke richtete seine Aufmerksamkeit auf die beiden Männer, die in etwa 20 Meter Entfernung vor dem Eingang stehen blieben und dann in entgegengesetzter Richtung um das Gebäude gingen. Das sah nicht nach *weiter zum nächsten Kunden* aus. Sie patrouillierten.

»Interessant.« Mehr sagte Develine nicht, aber Luke erkannte an ihrer angespannten Körperhaltung, dass sie sich auf eine Konfrontation vorbereitete.

Von der Seite kam Matt auf sie zu. Er duckte sich ebenfalls in den Schutz des schwarzen SUVs.

»Also«, sagte er leise. »Soweit ich das überblicke, sind in dem Gebäude drei Personen. Der Mann und die Frau, die in der letzten halben Stunde angekommen sind, und ein Mann, der die beiden in Empfang genommen hat.« Er zeigte nach oben. »Die drei waren jetzt zwanzig Minuten in einem Büro im zweiten Stock und soweit ich das von der Körpersprache her deute, war da eine hitzige Diskussion im Gang.«

»Sie haben sich gestritten?«, fragte Develine.

»Würde ich sagen.« Matt nickte. »Und dann sind sie runter bis ins Erdgeschoss gegangen, dort den Gang entlang und durch eine Tür, mehr konnte ich nicht sehen. Aber ich glaube, sie wollten ins Untergeschoss.«

»In den Keller?«, fragte Luke alarmiert. Sonntagnacht. Das allein war verdächtig genug. Aber Sonntagnacht in den Keller zu verschwinden mit zwei nächtlichen Besuchern, deren Parkberechtigungsscheine in den Autos sie als Firmenmitarbeiter auswiesen – das war mehr als verdächtig. Das war eine klare Ansage: Etwas sollte in aller Heimlichkeit und ungestört erledigt werden.

»Keller, eh«, flüsterte Develine, aber Luke hörte, wie ihre Stimme vor Wut bebte. »*Jeanie* wird entführt und an dem Ort, an den *uns* der Honda entführt hat, findet ein konspiratives Mitternachtskellertreffen statt?« Sie ballte die Fäuste. »Worauf warten wir noch?«

»Ja, worauf?«, wiederholte Luke, spürte jedoch, wie ihm bei dem Gedanken, in das Gebäude einzudringen, der Schweiß ausbrach.

»Auf mein Kommando.« Matt zog den Gebäudeplan hervor, den sie bereits bei Develine studiert hatten. Er legte seinen Finger auf den Eingangsbereich und fuhr damit über den Plan, am Empfang vorbei, dem offenen Treppenhaus, den Toiletten und stoppte bei den Aufzügen. »Hier ist die Tür, durch die alle drei verschwunden sind. Da müssen wir durch.«

»Und dann?«, fragte Luke, seinen Blick auf den Plan gerichtet. »Was, wenn sie abgesperrt ist?«

»Dann müssen wir sie öffnen.« Matt strubbelte sich mit der Hand über den Hinterkopf.

»Wie?«, fragte Develine.

»Das hängt davon ab, wie sie verschlossen ist.«

»Wir improvisieren also«, stellte Develine fest.

»Wirklich? Einfach rein und dann weitersehen?« Schweiß perlte von Lukes Stirn. Das konnte nur schieflaufen!

»Nur Dev und ich.« Matt zauberte einen Stressball aus dem Ärmel. »Wir müssen die Wachleute aus dem Gebäude locken und die Tür mit dem Ball daran hindern, zuzufallen, bevor wir uns reinschleichen können.« Er hielt Develine den Knautschball hin. »Als Kung-Fu-Meisterin dürfte das für dich kein Problem sein.«

»Kindergarten.« Develine warf den Ball in die Luft, spreizte Zeige- und Mittelfinger und fing ihn in dem *V* zwischen den Fingern auf.

»Gut.« Matt wandte sich an Luke. »Und du lenkst die

Wachleute ab.« Matt zeigte auf ein kleines Häuschen neben dem Firmengebäude. »Da sind Mülltonnen drin. Geht dorthin, mach ordentlich Lärm und dann renn weg und halt so die Wachmänner von uns fern.«

»Ich mache… *was*?«, entfuhr es Luke. »Was, wenn die Knarren haben?«

»Pssst!« Matt legte den Finger auf den Mund. »Dann lässt du dich schnappen und tust so, als wärst du bloß ein besoffener Partygänger, der sich verlaufen hat.«

Luke spürte Develines Hand auf seinem Arm. »Wenn du willst, übernehme ich den Part. Ich bin ein Mädchen und –«

»…*weiß*. Da sitzt der Zeigefinger nicht so locker am Abzug«, vollendete Luke ihren Satz. Er fuhr mit dem Ärmel über seine Stirn. Sollte er mit Develine tauschen? Sie war fit, sie konnte kämpfen… Nein, sie war die Einzige von ihnen, die mit *einem* Wurf den Ball so platzieren konnte, dass die Tür offen blieb. Jeder tat das, was er am besten konnte, und seine Stärke war Laufen. »Ich bin schneller. Und sie werden nicht auf einen schießen, der wegrennt…«

Luke spürte Develines kritischen Blick, mehr als dass er ihn sah. »Los jetzt«, sagte er, bevor sie widersprechen konnte, und zeigte auf die Wachleute, die gerade von ihrer Tour um das Gelände zurückkamen. »Oder wollt ihr die ganze Nacht hier rumdiskutieren?«

»Gut«, sagte Matt leise. »Du gehst bei den Mülltonnen in Stellung, Dev und ich verstecken uns bei den Pflanzen am Eingang. Dann machst du Lärm und wenn sie rausgehen und nachsehen, schlüpfen Dev und ich rein.« Er streckte den Arm nach hinten und gab ihnen ein Zeichen, zu warten.

Luke beobachtete, wie die Wachleute das Gebäude betraten, ein älterer und ein jüngerer, schweigend liefen sie nebeneinander her. Wie würden sie auf ihn reagieren? Würden sie schießen? Die Männer verschwanden aus dem Sichtbereich, nur die Kegel ihrer Taschenlampen irrten durch den Eingangsbereich, dann den Gang entlang.

»Jetzt«, zischte Matt und winkte wie ein General, der seine Truppe in die Schlacht befiehlt.

Geduckt rannten sie los. Vor dem Gebäude teilten sie sich auf, Matt und Develine liefen zu den mannsgroßen Topfpflanzen, Luke selbst bog rechts ab und lief zu dem Häuschen mit den Mülltonnen an der Seite des Gebäudes. Er öffnete es und blickte angestrengt ins Dunkel. Langsam bildeten sich die Konturen der Tonnen heraus. Mit einem Satz stand er davor.

Er holte Luft.

Für Jeanie.

Er griff nach dem Deckel der ersten Tonne. Das Eisen war kalt unter seinen Fingern, der Mechanismus schwergängig. Er drückte dagegen, schob ihn halb auf und knallte ihn mit voller Wucht wieder herunter.

Der Lärm war ohrenbetäubend.

Adrenalin schoss durch Luke wie Lava. Kurz lauschte er, dann schob er den Deckel erneut hoch und ließ ihn wieder zukrachen.

Einmal noch.

Das blecherne Krachen des Deckels dröhnte in seinen Ohren. Es wanderte wie ein Zittern durch seinen Körper und verwandelte seine Beine in Gelee. Er klammerte sich an der Tonne fest.

Sie verschwamm vor seinen Augen und verschmolz mit der Nacht und den Stimmen, die sich unaufhaltsam näherten.

Matt

Matts Herz raste, als er die Tür aufdrückte. Er hob den Knautschball hoch, den Develine in die zufallende Tür geworfen hatte, und steckte ihn ein.

»Mach schon«, drängte Develine und zwängte sich an ihm vorbei. »Wir müssen durch die nächste Tür sein, bevor die Wachen zurück sind.«

Sie lief voraus, ohne Taschenlampe, nur im matten Licht der Außenbeleuchtung, vorbei am leeren Empfang, dem Treppenhaus, den Toiletten. An der Tür, hinter der die zwei Männer mit der Frau verschwunden waren, stoppte sie. Das Licht der Außenbeleuchtung gab kaum noch Konturen frei, die Tür war nicht mehr als ein schwarzer Fleck inmitten von grauen Schattierungen. Hektisch strich Matt über das Schwarz. Es war eine Stahltür. Seine Hand glitt Richtung Klinke, ein runder Knauf, kein Schloss. Er trat einen Schritt zur Seite und schaltete die Minitaschenlampe an.

»Verdammt«, fluchte Develine neben ihm. Ihre Hand fuhr ebenfalls über das Stahlblatt. »Kein Schloss.« Sie stemmte sich seitlich gegen die Tür, den Blick auf den Türrahmen gerichtet. »Das ist verstärkter Stahl. Den kickt nicht mal Bruce Lee auf. Was zur Hölle verstecken die dahinter?«

»Keine Ahnung.« Matt leuchtete die Tür ab. Auf Schulterhöhe erkannte er ein Keypad. »Verdammter Mist«, murmelte er und zog sein Handy hervor. Hastig wählte er Frankies Nummer und stellte auf Video.

»Junior, Moment«, meldete sich Frankie. Matt sah den Fahrsimulator und Frankies Kinn und T-Shirt. »Ich teste gerade deine Methode. Allerdings habe ich meine Fahrt gefilmt. Ich bin -«

»Frankie!«, unterbrach ihn Matt drängend. »Ich habe ein *echtes* Problem!«

Frankie hob das Handy an sein Gesicht und stieg aus dem Simulator. »Lass mich raten. Du stehst vor einer verschlossenen Tür.«

»Keypad-Schloss in der Wand«, präzisierte Matt, als Develine fragend die Brauen hob.

Frankie, formte Matt lautlos mit den Lippen und hielt die Kamera auf das Schloss.

»Hmm. Geh mal näher ran, ich brauche die Marke.« Matt hielt die Kamera näher an das Keypad. Frankie beugte sich mit dem Kopf so tief über sein Handy, dass nur noch sein Auge auf dem Display zu sehen war. »Hab's.« Frankies Auge entfernte sich, dann war nur noch seine Jacke im Blickfeld. Matt hörte ihn tippen, dann piepte sein Handy.

»Ich hab dir einen Link geschickt, öffne ihn und klicke auf *Annehmen*«, sagte Frankie.

Hastig klickte Matt zwei Mal, eine Meldung erschien. XMF4587GKL möchte Kontrolle über Ihr Gerät erhalten. Darunter zwei Optionen. Ablehnen. Zustimmen.

Matt klickte auf *Zustimmen*. Das Display wurde schwarz, dann rasten endlose Ziffernfolgen über den Bildschirm.

»Lässt er gerade einen Dekodierer über dein Handy laufen?« Develine schüttelte ungläubig den Kopf.

Der Ziffernsalat auf dem Handy verschwand und eine 9-stellige Zahlen- und Buchstabenkombination erschien. »Sieht so aus.« Gespannt tippte Matt die Kombination in das Keypad ein. *Bitte!*

Eine grüne Lampe leuchtete auf, es machte *klick*, dann öffnete sich die Tür einen Spalt.

Erleichtert stieß Matt sie ganz auf und trat in den hell erleuchteten Gang dahinter.

Develine folgte ihm. »Hat dein Kumpel noch mehr solche Tricks auf Lager?«

»Ohne ihn und seine Tricks wären wir gar nicht erst hier.« Matt schaltete zurück auf *Facetime*. »Wir sind drin.«

Frankie erschien auf dem Display. »Ich weiß. Lasst euch nicht erwischen.«

»Danke«, sagte Develine und sah über Matts Schulter. *»Was…?«*

Dann war das Display wieder schwarz. Frankie hatte aufgelegt.

»*Das* ist Frankie?«, fragte sie. Matt horchte auf. In ihrer Stimme schwang Panik mit – warum? Hinter ihr fiel die Tür mit einem leisen *klick* zurück ins Schloss. »Das ist der Typ, den unser Gärtner in Roseannes Haus gesehen hat!«

»Was für ein Gärtner?«, fragte Matt verständnislos.

»Unser Gärtner hat einen Mann vor Roseannes Haus gesehen und, verdammt, Matt, das war dieser Typ!«

»Woher willst du das wissen?«

»Er hat ihn als Westernfreak beschrieben. Blond, mit auffälliger Fransenjacke und Cowboystiefeln.«

»Es gibt doch nicht nur eine Fransenjacke auf der Welt…«, sagte Matt, doch in ihm brodelten bereits Zweifel hoch.

»Matt! Das *kann* kein Zufall sein!« Develine drehte sich auf dem Absatz um und zog an dem Türknauf. Doch die Tür rührte sich nicht. »Der Code!«

Matt tippte den 9-stelligen Code ein. Error erschien auf dem Display. Es durchlief ihn siedend heiß. Das durfte nicht wahr sein!

»Versuch's noch mal!«

Mit zittrigem Finger tippte Matt die Kombination erneut ein. Doch er wusste bereits vor der Errormeldung, dass es keinen Sinn hatte. Der Code, den er eingegeben hatte, war korrekt – um die Tür von außen zu öffnen. »Der Ausgangscode ist ein anderer als der Eingangscode«, murmelte Matt. Er hätte sich ohrfeigen können. Ein langer Code zum Reingehen, ein kurzer zum Rausgehen – er wusste doch, dass es oft so praktiziert wurde!

»Können wir den knacken?«

»Nicht ohne Frankies Hilfe. Gleich wissen wir, ob er Freund oder Feind ist.« Matt wählte Frankies Nummer. Sein Herz pochte in seinen Ohren, während das Telefon stumm blieb. Nicht einmal ein Tuten. Er sah aufs Display. Kein Netz. Er streckte seine Hand aus und bat Develine: »Gib mir dein Handy, bitte.«

Sie reichte es ihm. Ein Blick genügte. Kein Netz. Er stöhnte auf.

Die Wände in dem zehn Quadratmeter großen Raum waren aus unverputztem Beton und somit hermetisch abgeriegelt. Kein Signal. Keine Fenster. Keine Türen außer der verstärkten Stahltür, durch die sie gekommen waren. Die einzige Öffnung war eine Treppe – abwärts, in den Keller.

Sie saßen in der Falle.

Jeanie

Sie war gelähmt vor Angst. Die breiten Ledergurte drückten ihre Schultern, Arme und Beine auf die harte Matratze. Sie spürte das saubere, gestärkte Laken, roch den sterilen Duft.

Was machen die mit mir? Was ist das für ein Raum? Er sah aus wie ein Behandlungsraum, die Liege, der Monitor, die verchromten Schränke … Jeanie drehte den Kopf. Japste erschrocken. Was hatten sie mit dem OP-Besteck vor?

»Pssst.« Eine Frau in grünem Kittel kam an die Liege und legte beruhigend ihre Hand auf Jeanies fixierten Arm. »Keine Angst. Es tut nicht weh.«

Jeanie schüttelte panisch den Kopf. *Nein!* Was hatten sie vor? »Lassen Sie mich gehen! Bitte!« Sie bäumte sich gegen die Fesseln auf.

»Schschsch.« Die Frau lächelte sie an.

»Bitte!«, rief Jeanie. »Mein Vater gibt Ihnen Geld. Sie müssen das nicht tun! Bitte!«

Die Frau wandte sich ab. Jeanie folgte ihr mit den Augen. »Bitte«, sagte sie erneut und versuchte ihre Stimme fest klingen zu lassen. »Ich heiße Jeanie. Ich bin siebzehn und komme aus Phoenix.« Sie sah, wie die Frau eine Spritze aufzog und damit zu ihr zurückkam. Ihre Lippen waren zusammengepresst, ihre Augen fest auf den Boden gerichtet.

Wortlos stellte sich die Frau neben ihre Liege und schob Jeanies Haare über dem Ohr zur Seite. Jeanie lag wie erstarrt. Sie spürte Finger auf der Haut hinter ihrem Ohr, etwas Feuchtes, Kaltes, dann einen Stich. Sie zuckte zusammen.

»War doch nicht schlimm, oder?«, sagte die Frau und zog die Spritze wieder zurück. *Doch, es ist schlimm! Dass ich hier bin, ist schlimm! Dass ihr etwas mit mir vorhabt und nicht sagt, was, ist schlimm!!* Die Sätze brannten Jeanie auf der Zunge, doch sie blieb stumm, sie spürte nur die Tränen, die ihr über die Wangen liefen.

Die Frau wischte schnell über Jeanies Gesicht. »Gleich geschafft«, murmelte sie leise, dann wandte sie sich abrupt ab und verließ den Raum.

Jeanie folgte ihren Schritten erst auf den Flur, dann die zwölf Schritte nach rechts, als sie gedämpfte Stimmen vernahm.

»... Technik ist noch nicht so weit«, sagte der Mann, der sich ihr vorhin als Dr. Sanders vorgestellt hatte, als wäre es überhaupt kein Problem, dass sie seinen Namen kenne. Im Hintergrund nahm sie gleichmäßige, ebenfalls gedämpfte Geräusche wahr: Tropfen und Piepen.

»Bei der Katze hat es geklappt.« Es war die Stimme ihres Entführers.

»Hören Sie mir eigentlich zu?!«, donnerte die Stimme des Arztes. »Ein Mensch ist keine Katze! Schauen Sie sich die junge Frau an! Da!« Etwas Raschelte. »Schauen Sie hin! Die Folgen sind nicht abzusehen! Das ist unverantwortlich!«

Die junge Frau? Jeanie stockte der Atem. Welches junge Frau? Etwa... Roseanne? War sie dort? In dem gleichen Raum wie die beiden Männer? Mit einem Mal sah Jeanie vor sich, was das gedämpfte Tropfen und Piepen verursachte: ein Tropf, daneben ein Monitor, der die Herztöne überwachte. Roseannes Herztöne?

»Das ist Fortschritt. Und Fortschritt fordert Opfer.«

Ihr Körper begann zu zittern. Ja, und sie würde das nächste Opfer sein!

»Und wenn ich mich weigere?«, fragte der Arzt. »Ich habe einen Eid geleistet, Menschen nicht zu schaden. Ich verliere meine Zulassung.«

Höhnisches Lachen erklang. »Ach, kommen Sie, Sanders, der Zug ist schon lange abgefahren. Sie wissen, dass Sie keine Wahl haben. Obwohl … haben Sie schon …«, die Stimme ihres Entführers wurde zynisch, »die Wahl zwischen Wohlstand und Ansehen oder Ruin und Gefängnis.«

Plötzlich hörte sie eine andere Stimme. Eine bekannte Stimme! »Mann, Scheiße, ich weiß doch auch, dass wir in der Falle hocken!« *Matt!* Ungläubig hob Jeanie den Kopf. *Matt!!! Wo bist du? Wer ist bei dir?*

»Zeig mal den Plan.«

Develine! Jeanie bäumte sich gegen ihre Fesseln auf. Matt und Develine waren hier!

»Ganz schön viele Räume da unten«, murmelte Develine. »Ich wünschte, ich wäre Jeanie. Sie könnte uns jetzt genau sagen, in welchem Raum jemand ist.«

Könnte ich! Jeanie zerrte an den Fesseln. *Ich wünschte, ich wäre bei euch!*

Wieder Rascheln. Dann Matt: »Ich denke das hier … hier …. hier … hier … und hier können wir ausklammern. Sieht nach Lagerraum, Technik und Heizung aus.«

»Und was ist das?«

Rascheln. »Eine Mauer?« Matts Stimme war eine Nuance

nach oben gerutscht. »Dann … warte …« Wieder Rascheln. »Es sind zwei Keller! Zwei Zugänge, keine Verbindung.«

Da hörte Jeanie das Rauschen eines Funkgeräts.

»Boss!«

Ihr Entführer meldete sich, die Stimme ungehalten. »Was?«

»Wir haben hier einen. Der hat bei den Mülltonnen Randale gemacht und ist uns dann vor die Füße gekippt. Sagt, er ist betrunken, aber ich rieche keinen Alkohol.«

»Wie sieht er aus?«

»Groß, zwischen 18 und 20 Jahre, schwarz –«, kam es unterbrochen durch das Knacken des Funkgeräts.

Jeanie schloss die Augen. Das war Luke! Das konnte nur Luke sein!

»Schwarz?«

»Na, dunkle Hautfarbe -«

»Ich weiß, was *schwarz* bedeutet«, herrschte ihr Entführer den Wachmann an. »Wie heißt er?«

»Hat er nicht gesagt. Warte …«

Jeanie hörte ein kurzes Gerangel, ein Reißen. Dann wieder Knacken. »Boss, der Spaßvogel heißt Luke O'Giadi.«

»Sieh an …«

»Was sollen wir tun? Ihn der Polizei übergeben?«

»Nein, bringt ihn zu mir und dann vergesst ihr, dass ihr ihn je gesehen habt. Und … checkt, ob noch jemand da ist. Ein Mädchen und ein Junge, das Mädchen hat blaue Haare. Alle zu mir.«

Jeanie schrie leise auf.

Nein!

Sie würden alle auf einer OP-Liege enden!

Develine

Auf der zweiten Stufe blieb Develine noch mal stehen. Ab hier war sie – die Kämpferin – zuständig. Sie legte ihre Hände an die zwei Holz-Tonfas, die kampfbereit in ihrem Gürtel steckten, prüfte, dass die kurzen Schlagstöcke nicht zu fest und nicht zu locker saßen, und drehte sich zu Matt. »Ab jetzt habe ich das Kommando«, flüsterte sie. »Du bleibst *hinter* mir.«

»Die ganze Zeit?«

»Jede verdammte Sekunde.« Sie bohrte ihren Blick in seinen und hoffte, dass er ihre Anweisung so todernst nahm, wie sie gemeint war. Im wahrsten Sinne des Wortes. »Hast du das verstanden?«

Erst als er nickte, ging Develine auf Zehenspitzen weiter. Am ersten Absatz blieb sie erneut stehen. Angespannt lauschte sie auf Geräusche von unten, sah um die Ecke und winkte dann Matt mit sich. Am Ende der Treppe stoppte sie. Der Flur lag leer vor ihnen, beleuchtet mit länglichen Neonröhren, von denen eine unregelmäßig flackerte. Es gab nichts, nicht einmal einen Schrank, hinter dem sie sich verstecken konnten, nur dunkelgraue Türen zu beiden Seiten.

Hinter einer von ihnen lauerte ihr Gegner. Aber hinter welcher?

Wenn nur Jeanie bei ihnen wäre!

Sie hörte Schritte. Intuitiv schnellte ihr Arm nach hinten und drückte Matt neben sich in den Türrahmen. Die Klinke bohrte sich schmerzhaft in ihren Rücken, als sich zehn Meter vor ihr eine Tür öffnete. Eine Frau in grünem Kittel trat über den Flur und klopfte gegenüber an.

»Ja!«, blaffte jemand.

Die Frau zögerte, öffnete dann die Tür. »Ich wäre so weit, Dr. Sanders. Das Mädchen ist sediert und vorbereitet.«

Develine erschrak. Sediert? Vorbereitet? Was hatten sie mit Jeanie vor?

Eine zweite Stimme ertönte. Sie kam ihr eigenartig bekannt vor. Develine neigte ihren Kopf nach vorne. »Planänderung. Ich hole gleich einen zweiten Patienten ab. Der kommt heute auch noch dran.«

»Oh …« Die Frau klang ehrlich überrascht. »Dann … Aber wo soll ich den hinlegen?«

»Denken Sie sich was aus!«

Fieberhaft versuchte Develine die Stimme zuzuordnen. Sie hatte sie schon mal gehört. Ganz sicher. Aber wo? Und wer war der zweite Patient, den er gleich abholte? Ihr wurde heiß vor Schreck.

Luke?

Hatten sie ihn erwischt?

Die Frau ging über den Flur und verschwand in einem weiteren Raum auf der gegenüberliegenden Seite. Develine regte sich. Erst jetzt merkte sie, dass sie noch immer Matt neben sich in den Türrahmen drückte. Sie nahm ihren Arm zurück, als das Rauschen eines Funkgeräts erklang.

»Ja?«

»Boss, sind jetzt im Gebäude.«

»Bin gleich da.« Schritte näherten sich. *Verdammt!* Wenn

der Mann nach oben wollte, musste er genau an ihnen vorbei. Instinktiv griff sie nach der Klinke in ihrem Rücken und drückte sie herunter. Die Tür öffnete sich. Sie stolperte mit Matt rückwärts in den stockdunklen Raum und schloss leise die Tür hinter ihnen.

»Oh Mann«, flüsterte Matt, »denkst du das Gleiche wie ich?«

»Was?«

»Dass die Luke haben.«

Sie nickte. Es wurde immer schlimmer. Sie legte ihr Ohr an die Tür.

»... war das nicht abgemacht.« Die Stimme des Arztes schwoll an. »Ich werde das mit dem Boss klären, das hat Konsequenzen, verlassen Sie sich darauf!« Schritte, dann knallte eine Tür.

Develine spürte, wie Matt an ihrem Arm zupfte, und wandte den Kopf.

Stumm leuchtete er mit der Taschenlampe durch den Raum. Der Lichtkegel erfasste Kartons, Unmengen von Kartons in allen Größen. Es war ein Lagerraum, nicht ungewöhnlich. Doch Matt tippte sie an und hielt seine Lampe auf einen rot-schwarzen Aufkleber: *Explosiv!* Daneben ein Piktogramm für Feuer. Sie überflog die Stapel, mindestens zwei hatten einen Explosiv-Hinweis. Es konnte alles Mögliche darin sein – Gasflaschen, Stickoxid, Sauerstoff, Sprengstoff... Matt hob einen der Kartons hoch, dann schüttelte er den Kopf, nahm einen zweiten, dritten, öffnete ihn und leuchtete hinein.

»Leer!«, flüsterte er und stellte den leeren Karton zurück. »Was macht eine Medizintechnikfirma mit kartonweise explosiven Materialien?«

»Mit Sicherheit nichts Gutes.« Develine legte den Kopf zurück an die Tür. Schritte hasteten vorbei und die Treppe hoch. »Raus hier.«

Vorsichtig lugte sie auf den Gang. Sie sah sich um, hörte, wie oben die Stahltür geöffnet wurde, und huschte in den Flur. Dort zeigte sie zur dritten Tür. »Aus dem Raum kam die Frau, ich glaube, Jeanie ist da drin.«

Mit wenigen lautlosen Schritten glitt sie zur Tür. Sie bedeutete Matt, zu warten, und drückte langsam die Klinke herunter. Behutsam schob sie die Tür auf, zunächst nur wenige Millimeter, dann weiter, bis der Spalt groß genug war, um hineinsehen zu können. Die Frau in dem grünen Kittel stand bei einer Liege, ein Mann mit Kittel auf der anderen Seite davon. Develine stockte der Atem.

Dort lag Jeanie!

Die Frau reichte dem Mann ein Instrument, er wog es eine Sekunde in der Hand, als überlege er, was zu tun sei, dann setzte er es hinter Jeanies Ohr an.

Sie hatte genug gesehen.

Develine riss einen Tonfa aus ihrem Gürtel, stieß die Tür komplett auf und schleuderte im gleichen Moment den Schlagstock nach dem Mann. Überrascht sah der Arzt hoch – zu spät – der Holzstab traf ihn mitten auf der Stirn. Der Arzt ächzte. Das Skalpell fiel klirrend zu Boden, seine Knie knickten ein, er verhedderte sich dabei in dem Schlauch von Jeanies Tropf und riss den Zugang aus ihrem Arm.

»Hilfe!«, schrie die Frau, die Augen vor Angst weit aufgerissen. Mit zwei Sätzen war Develine bei ihr und verpasste ihr einen gezielten Schlag. Die Frau gab ein gurgelndes Geräusch von sich, dann sackte sie lautlos zusammen. Develine fing sie auf und ließ sie zu Boden gleiten.

»Hast du sie umgebracht?«, presste Matt neben ihr heraus.

»Unsinn. In zehn Minuten wacht sie wieder auf. Aber mach das nicht nach. Das ist gefährlich.«

»Und der Arzt?«

»Der schläft ein bisschen länger.« Sie beugte sich über Jeanie und fühlte ihren Puls. Er war langsam, aber regelmäßig. Sie musste betäubt worden sein. »Mach schon, wir müssen Jeanie rausbringen, bevor der andere zurück ist.«

»Und wohin?«, fragte Matt und lief zur linken Seite der Liege. Mit fliegenden Händen machte er sich an den Ledergurten zu schaffen. Erst die Füße, dann die Hände. »Es gibt nur einen Ausgang, vergessen?«

Develine löste die Lederfesseln von Jeanies Händen und schob einen Arm unter ihren Körper. »Wir bringen sie in einen anderen Raum und dann bereiten wir dem Obermacker einen schönen Überraschungsempfang, wenn er mit Luke zurückkommt.«

»Falsch gedacht«, sagte da eine schneidende Stimme.

Develine fuhr herum. Mit einem Schlag wusste sie, woher sie die Stimme kannte.

In der Tür stand Serge.

Der freundliche Gärtner.

Ganz und gar nicht freundlich. Sein Blick fiel auf die reglose Frau am Boden. Den Arzt, über dem der Tropf baumelte.

Sein Gesicht verzerrte sich vor Wut.

»Ich hab es so dick. Wie kann ein dämlicher Haufen Loser so viel Ärger machen?« Er hob seine Hand.

Es klickte und Develine sah die Waffe, deren Lauf direkt auf ihr Herz zielte.

Luke

Durch den Schlitz versuchte Luke zu sehen, was sich hinter der Stahltür verbarg. Er erhaschte einen Blick auf eine hellgraue Betonwand. Sofort verstärkte der Wachmann den Druck auf seinen Arm. Der Schmerz schoss in Lukes Schulter. Stöhnend richtete er sich auf.

»Keine Dummheiten, verstanden?«, sagte der Ältere, lockerte aber den Griff etwas.

»Mensch, Ken«, sagte der Jüngere, »mir gefällt das nicht. Du kannst den Jungen nicht einfach hierbehalten, das ist illegal.«

Überrascht betrachtete Luke den Jüngeren genauer. Die blonden Haare waren straff zurückgebürstet, die Uniform gebügelt, die Stiefel blitzblank geputzt. Auf der Jacke prangte ein Namensschild: *Steve Dalbert*. Von ihm hätte Luke sich solche Bedenken nicht erwartet.

»Schnauze.« Ken blitzte den Jüngeren wütend an. »Erzähl mir nicht, was hier legal ist. Der Kerl hat auf Privatbesitz Randale gemacht. *Das* ist illegal.«

»Und unser Job ist es, ihn aufzuhalten und der Polizei zu übergeben«, sagte der Jüngere bestimmt. »Aber nicht einem durchgeknallten Typen, der irgendwas Suspektes in seinem Kellerbunker treibt.«

»Woher willst du wissen, dass da was suspekt ist?«

»Ich weiß es!«, rief Luke und zeigte mit dem Kopf auf die Tür. »Er hält dort eine Freundin von uns fest.«

»Hoho!« Der Alte erhöhte wieder den Druck auf seinen Arm. »Eben warst du noch betrunken und wusstest nicht mal, wo du bist … du lügst doch, wenn du das Maul aufmachst!«

Der Jüngere musterte Luke skeptisch. »Und das weißt du woher?«

»Ich habe es gesehen.«

»Und warum hast du dann nicht die Polizei informiert?«

»Haben wir. Aber wir hatten keine Beweise, dass sie hier festgehalten wird.«

»Und da machst du einen auf Held und durchwühlst die Mülltonnen …« Ken verzog spöttisch den Mund. »Was hast du da gesucht? Einen Bekennerbrief?«

»Es war ein Ablenkungsmanöver.« Luke drehte seinen Oberkörper mehr zu Ken, um den Druck auf seine Schulter zu mildern. »Damit meine Freunde in das Gebäude konnten.«

Wieder erhöhte Ken den Druck. Luke ächzte. »Da sind *noch mehr* von deiner Sorte?«

»Ja … ahhh.« Luke krümmte sich unter den Schmerzen, als Ken seinen Arm immer weiter auf den Rücken drehte.

»Ken, verdammt, hör auf!« Steve machte einen Schritt auf seinen Kollegen zu. »Ich glaube dem Jungen.«

»Weil du ein Grünschnabel bist.«

»Nein, weil hier was faul ist.« Steve schüttelte verärgert den Kopf. »Stahltür, neunstelliger Code, wir dürfen keinen Schritt hinter die Tür setzen, obwohl es da unten eben ordentlich gekracht hat, sollen ihm aber den Jungen übergeben und dann vergessen, dass wir ihn je gesehen haben? Mensch, Ken, wenn das für dich nicht stinkt, dann bist du entweder dumm oder du steckst mit diesem Serge unter einer Decke.«

»Pass auf, was du sagst«, knurrte Ken. »Kommt neu rein und denkt, er weiß, wie der Hase läuft… Verdammter Anfänger. Du hinterfragst keine Kundenanweisungen, kapiert?«

Luke wand sich, der Druck auf seine Schulter war unerträglich.

»Sag du mir nicht, was ich zu tun habe, du bist nicht –«

Ein Knall übertönte den Rest seines Satzes.

Luke erstarrte. Ein Schuss! »Dev!«, brüllte er. »Matt! Jeanie!«

»Es reicht! Ich geh da jetzt runter!« Steve stieß die Stahltür auf, wollte den Gang betreten, da ließ Ken Lukes Arm los und stürzte sich auf seinen Kollegen. Er riss ihn an seiner Jacke zurück, so heftig, dass Steve strauchelte.

»Lass mich los, du Idiot!«, brüllte Steve und schlug wild um sich.

Ohne nachzudenken, rannte Luke an den beiden vorbei, durch die Stahltür, in den dahinterliegenden Raum.

»Bleib hier! Das ist zu gefährl–« Steves Ruf ging in dem Zuknallen der Tür unter. Luke hörte, wie an der Tür gerüttelt wurde, hörte gedämpftes Fluchen. Er sah sich um.

Es gab nur einen Weg – nach unten.

Matt

»Dev!« Matt kniete sich neben Develine. Er packte ihr Handgelenk, fühlte nach ihrem Puls, doch seine Finger zitterten zu sehr, um etwas zu spüren. In seinem Kopf liefen die letzten Sekunden in Endlosschleife, die Stichflamme aus der Pistolenmündung, Develines Schrei, ihr Blick, als sie zu Boden sackte.

Warum war sie nicht stehen geblieben, als Serge es gesagt hatte? Was hatte sie sich nur gedacht? Dass sie gegen seine Kugeln resistent war? Dass sie ihnen ausweichen konnte, wie ein Kung-Fu-Held in einem Actionfilm?

Er beugte sich über sie.

»Dev«, flüsterte er. »Dev! Bitte! Dev!« Tränen strömten aus seinen Augen und bildeten einen warmen Film auf seinen Wangen. »Ich … du bist … Bitte! Ich will dich nicht verlieren.«

»Das müsstest du auch nicht, wenn ihr nicht so penetrant eure Nasen in Angelegenheiten stecken würdet, die euch nichts angehen.« Serge kickte die Tür ins Schloss und sah sich in dem Raum um. »So eine Sauerei. Jetzt hilft nur noch Plan C.« Er spreizte seine Finger auf. *»Kawoum.«*

Die Härchen an Matts Armen stellten sich auf. *Kawoum* war unmissverständlich, Plan C bedeutete sicher, keine Spuren zu hinterlassen, davon zeugten die leeren Kartons im Lagerraum. Was immer an explosivem Material dort gelagert worden war – Serge hatte es unter Garantie so verwendet, dass er damit alles, was sich in diesem Keller befand, in Asche verwandeln konnte.

Er musste ihn davon abhalten. Er musste Zeit gewinnen. Er brauchte einen Plan D!

Serges Augen wurden schmal. »Warum wusstest du eigentlich als Einziger von dem Auto? Ihr vier habt genau die gleiche Behandlung bekommen, drei Erinnerungen wurden gelöscht, aber deine nicht.«

Matt stand auf. Bekam er gerade eine Chance? Serge sah aus, als würde ihn das tatsächlich interessieren. Er musste das nutzen, um Zeit zu schinden – bis Hilfe kam – oder ihm ein Plan D einfiel. »Ich bin der einzige Mensch auf der Welt, der gleichzeitig Eidetiker ist und ein hyperthymestisches Syndrom hat.« Er räusperte sich. »Ich vergesse nichts. Nie. Nicht mal, wenn Sie meine Erinnerung manipulieren.«

Serge schürzte die Lippen und musterte ihn neugierig. »Der Einzige auf der Welt?«

»Der einzig bekannte Fall«, sagte Matt. »Das *HIT* erforscht meine Fähigkeit –«

»Das *HIT*…« Serge machte eine abfällige Bewegung. »Die checken doch nicht mal, wenn ihnen Gold auf dem Silbertablett angeboten wird.«

»Vielleicht«, sagte Matt vorsichtig, er hatte zwar Serges Aufmerksamkeit, doch Serge hatte noch nicht angebissen, »aber in meinem Fall lassen sie sich die Zusammenarbeit mit mir ganz schön was kosten…«

Serges Augen wurden wieder schmal.

»Was war der Kilometerstand in dem Auto, das euch in den Park gebracht hat?«

»Es hat uns nicht in den Park gebracht, sondern hierher, und der Kilometerstand war 3256, als wir an der Schule losgefahren sind.«

Serge nickte beifällig. »Nicht schlecht. Wie hast du herausgefunden, wo das Auto hingefahren ist?«

»Ich habe die Fahrt simuliert. Geschwindigkeit, Richtungswechsel …«

»Aus dem Gedächtnis?« Serge starrte ihn mit offenem Mund an.

»Woraus sonst?« Der Schweiß lief Matt über den Rücken. Serge war kurz davor, anzubeißen. Nur, was dann?

Würde er ihn seinem Auftraggeber anbieten? Oder meistbietend als Forschungsobjekt verkaufen? Und was war mit Jeanie? Sie musste mit! Und Develine? Vielleicht konnte sie noch gerettet werden!

Serge senkte die Pistole. »Interessant …«

»Aber das ist nichts gegen Jeanie.« Matt zeigte auf seine reglose Freundin. »Hätte sie nicht trotz des Schallwellenwandlers die Stadtgeräusche gehört, wäre ich nie auf Ihren Trick gekommen.«

»Sie hat …«

»Ja«, fuhr Matt hastig fort, »sie hat ein einzigartiges Gehör. Besser als eine Fledermaus. Sie ist auch im *HIT* in Behandlung. Sie …« Er suchte nach einem unschlagbaren Argument, ihr Leben zu verschonen. »Sie versprechen sich durch sie einen Durchbruch bei Militäreinsätzen.« Sein Hemd klebte ihm am Rücken. Wenn Serge wegen der Militäreinsätze nachfragte, wäre er geliefert.

»Fledermaus, ey?«

»Besser.« Matt nickte. »Sie hört über Kilometer und kann dabei Automarken am Motorgeräusch unterscheiden.«

Serge warf einen skeptischen Blick auf Jeanie. Matt folgte seinem Blick, sah wie die Finger von Jeanies linker Hand sich rührten.

»Dieses Mädchen?« Serge sah wieder zu ihm.

»Die neue Geheimwaffe der Nachrichtendienste.« Matt schielte zu Jeanie. Sie hatte die Hand leicht angehoben und zeigte mit dem Finger zur Tür. Wollte sie ihm gerade signalisieren, dass jemand vor der Tür war? Aber wer, Freund oder Feind?

Serge schob seine Unterlippe zur Seite, als wägte er Jeanies und seinen Nutzen gegen die Gefahr ab, sie am Leben zu lassen.

»Wie wird Ihr Auftraggeber reagieren, wenn er erfährt, *wen* Sie da in die Luft gesprengt haben?« Matt hielt inne. »Das haben Sie doch vor, den Laden hier hochzujagen?«

»Kontrolliertes Exitfeuer.« Serge griff in die Hosentasche und zog ein kleines, autoschlüsselgroßes, schwarzes Kästchen heraus. »Ein Klick und … *Kawoum!* Siebenundsechzig perfekt platzierte Minisprengsätze zerstören alle Spuren, aber nicht das Gebäude.«

»Kawoum«, wiederholte Matt stupide. Serge hatte nicht angebissen. Er zog seinen Plan C durch. Perfekt inszeniert mit Sprengsätzen aus den leeren Kartons im Lagerraum.

Ihm fiel nichts mehr ein, was er Serge noch sagen könnte.

»Gut.« Serge hob die Waffe und winkte damit in Jeanies Richtung. »Dann wollen wir mal sehen, was ihr so wert seid. Zeit für den Abflug. Nimm deine Freundin und komm mit.«

Er hatte angebissen! »Und Develine? Sie kann –«

»Zu spät. Du hast drei Sekunden.« Serge winkte mit der Pistole zu Jeanie. »Für die da.«

Fieberhaft sah Matt zu Jeanie. Sie konnten Develine nicht einfach hier zurücklassen! Jeanie hatte etwas gehört. Jemand war vor der Tür? Hilfe?

Matt stieg über den bewusstlosen Arzt und ging zur Liege. Hastig schob er seinen Arm unter Jeanies Schulter. »Jeanie«, flüsterte er kaum hörbar, »wenn Hilfe kommt, dann heb deine Schulter.« Sogleich spürte er, wie das Gewicht auf seinem Arm leichter wurde.

»Geht das etwas schneller?« Serge kam zu seiner Seite der Liege.

Matt hievte Jeanie hoch, es ging leichter als erwartet. Matt begriff, dass sie unauffällig mitarbeitete, plötzlich war ihr Kopf neben seinem Ohr. »Luke«, flüsterte sie. »Develine.«

Matts Brustkorb wurde so eng, dass er nicht atmen konnte. *Develine.* Jeanie wusste noch nicht, dass Develine ihnen nicht mehr helfen konnte und all ihre Hoffnung auf Luke lag: darauf, dass er Hilfe geholt hatte.

»Hopp! Hoch jetzt!« Serge schubste Jeanies Beine unsanft von der Liege. Matt hievte Jeanie hoch und schleifte sie Richtung Tür. »Falsche Richtung.«

Matt stoppte. Er spürte, wie Jeanie ihr Gewicht von seinem Arm auf ihre Füße verlagerte. Ohne sie aus den Augen zu lassen, trat Serge zur Seite und tastete über die Rückseite eines Rohres. Es machte *klick*, dann fuhr eine Schrankwand zur Seite und legte eine Stahltür frei.

Ein geheimer Zugang!

Sofort breitete sich der Kellerplan vor Matts innerem Auge aus. Der Zugang war nicht eingezeichnet, aber Matt wusste sofort, dass dies ein Übergang zu dem anderen Keller sein musste.

»Vorwärts. Schneller.« Serge presste den harten Lauf seiner Waffe in Matts Rippen. »Sonst überlege ich es mir anders.«

»Und was ist mit dem Arzt? Und der Frau?«

»Man muss wissen, wann es Zeit ist, Ballast abzuwerfen.« Serge sah zu dem reglosen Arzt. »Der Arzt trägt nun die Konsequenzen, die er mir angedroht hat.«

Plötzlich schwang die Tür auf.

»Stopp«, brüllte Luke und stürmte in den Raum. »Es ist vorbei. Die Polizei ist auf dem Weg.«

Serge reagierte sofort. Er stieß Matt hart von sich. Matt spürte den Schlag, wankte und versuchte das Gleichgewicht zu halten, doch Jeanies Gewicht zog ihn zu Boden.

»Luke! Waffe!«, brüllte er im Fallen, doch Luke lief weiter. Serge zielte.

Déjà-vu.

Mit einem Aufschrei rappelte Matt sich hoch, um Serge in den Arm zu fallen. Zu spät. Der Schuss brannte bereits in seinen Ohren, als etwas über ihn hinwegwirbelte.

Er drehte den Kopf. *Was…. Wie?* Jeanie war weg! Schon wirbelte erneut etwas durch den Raum. Serge schoss.

Da tauchte der Kopf der Frau in dem OP Kittel auf. »Was …«

Serge richtete seine Pistole auf sie.

Jetzt!

Matt rammte Serge in die Seite. Der Mann stolperte, wieder knallte ein Schuss, gefolgt von einem metallischen Geräusch.

Erneut stürzte Matt sich auf Serge, doch diesmal sah der es kommen und richtete die Pistole auf ihn.

»Verreck doch!«, brüllte Serge und drückte ab.

Matt spürte einen Schlag, er flog zur Seite, mindestens zwei Meter, und landete neben dem Arzt am Boden. Verwirrt stemmte er sich auf die Knie. Er war nicht getroffen – was also hatte ihn gerade aus der Schussbahn der Kugel gestoßen? Er drehte sich um, suchte nach dem Grund für seine Rettung und sah noch, wie Serge in der Öffnung zu dem zweiten Keller verschwand. Die Stahltür schloss sich hinter ihm. Wieder ertönte ein Schuss, Funken stoben von dem Rohr, in dem der Schließmechanismus integriert war, dann war die Öffnung wieder geschlossen.

Matt hörte das Schlagen einer Autotür, dann das Quietschen von Reifen.

Serge haute ab! Erleichtert stieß er die Luft aus.

Sie hatten es geschafft!

In dem Moment sah er das schwarze, autoschlüsselgroße Plastikkästchen.

Auf Knien krabbelte er hinüber und griff danach. In einem Display liefen Zahlen. Rückwärts. Matt würgte.

Serge hatte Plan C aktiviert.

Sie hatten es nicht geschafft.

Und sie hatten weniger als fünf Minuten, diesen Keller zu verlassen.

Luke

Luke kniete sich neben Develine auf den Boden.

Leichenblass lag sie da. Sein Herzschlag setzte aus – atmete sie? War er zu spät gekommen, um auch sie zu retten?

»Weg!« Mit einem Mal kniete eine Frau in grünem Kittel neben ihm. Sie riss Develines Jacke auf.

»*Keflar*?«, sagte die Frau erstaunt und öffnete mit einem lauten Ratsch den Klettverschluss. »Wer seid ihr?« Sie hob Develines Kopf an, griff in ihren Kittel und hielt Develine ein Fläschchen unter die Nase. Beißender Geruch stieg in Lukes Nase

Keflar? Develine trug eine schusssichere Weste!

Die Frau bewegte das Riechfläschchen unter Develines Nase hin und her. Schließlich zuckten Develines Lippen, ihre Nasenflügel. Lukes Kehle wurde eng – Erleichterung stieg in ihm auf wie Kohlensäure, als Develine hustete. Mühsam setzte sie sich auf und legte ihre Hand auf die Brust. »Scheiße, tut das weh.«

»Keflar?« Plötzlich kniete Matt auf der anderen Seite. Er schlang seine Arme um Develine und presste sie an sich. Luke sah, wie Matts Augen feucht wurden. »Ich liebe Keflar!«

»Au …«, sagte Develine erstickt.

Sofort ließ Matt sie los.

Vorsichtig tastete Develine ihre Rippen ab. »Stichfeste Kampfweste. Mann, eine Kugel ist echt was anderes als ein Schwerthieb.«

Matt sprang hoch und zog Develine mit sich. »In drei Minuten fliegt der Keller in die Luft, wir müssen sofort raus.«

Luke starrte ihn entsetzt an. »Was? Wieso … in die Luft?«

»Ein kontrolliertes Exitfeuer mit siebenundsechzig Minisprengsätzen. Das Problem ist nicht das Feuer, das Problem sind Gase und Rauch.«

Matts Worte explodierten in Lukes Kopf. War alles umsonst gewesen? »Die Tür oben ist zu. Wir kommen hier nicht raus.«

»Doch! Müssen wir! Wir geben jetzt nicht auf!!« Matt sah sich um. »Wo ist Jeanie?«

»Ich habe sie in den Flur gebracht.«

»Du hast …« Matt starrte ihn an. »Dann hast du mich aus der Schusslinie gestoßen? Wie?«

»Ich … keine Ahnung.« Luke verzog entschuldigend den Mund. Er hatte wirklich keine Ahnung, warum er plötzlich so schnell laufen konnte, dass es sich wie Fliegen anfühlte.

Da tauchte Jeanie im Türrahmen auf. Sie hielt sich mit beiden Händen am Rahmen fest, auch ihr Gesicht totenbleich. »Die Zeit tickt.«

Luke half Develine hoch. »Wir müssen die Treppe rauf. Bevor hier unten Sprengsätze hochgehen.«

Er stützte Develine, doch sie machte sich los. »Geht schon, danke. Hilf lieber Jeanie.«

»Dr. Sanders!«, rief da die Frau aus und lief um die Liege herum. Matt folgte, zerrte gemeinsam mit ihr an dem Mann.

Wir schaffen es nicht.

Bevor er den Gedanken zu Ende gedacht hatte, stand Luke neben Matt, half Dr. Sanders auf die Beine und schnellte zurück zu Jeanie, die sich noch immer am Türrahmen festhielt.

»Raus jetzt!« Luke umfasste Jeanie, spürte, wie sie wegknickte, und presste sie fest gegen seine Seite.

Da knallte es.

Luke wandte sich um. Die Tür des Unterschranks, vor dem Matt und er eben noch gestanden hatten, flog auf, eine Stichflamme schoss heraus. Die Frau schrie auf.

»Los! Wir müssen die Tür hinter uns schließen!« Develine war bereits im Gang und winkte sie zu sich. Hastig folgte er ihr, Jeanie fest in seinem Arm und vergewisserte sich, dass Matt ihm mit den beiden Fremden folgte. Wieder knallte es. Einmal. Zehn Mal, gleichzeitig, überall – es war ein Feuerwerk an Explosionen.

Doch plötzlich wand Jeanie sich aus seinem Arm und rüttelte an einer Tür.

»Jeanie!« Luke packte ihre Hand. »Wir müssen hier raus!«

Rauch drang bereits unter den Türen hervor, dünne, stinkende Schwaden, die durch den Gang zogen, direkt auf sie zu.

»Da drin ist Roseanne«, keuchte Jeanie.

Mit einem Satz war Develine bei ihnen. »Weg«, schrie sie und wirbelte schon durch die Luft. Die Tür flog auf. Beißender Qualm quoll in den Flur. Er brannte in Augen und Nase. Luke schob Jeanie Richtung Treppe. »Geh nach oben, schnell!« Den Arm vor Nase und Mund gepresst, die Augen tränend, folgte er Develine.

»Ich …«, Develine hustete, »sehe nichts!«

»Seid still!«, rief Jeanie. Luke fuhr herum. Was machte sie

noch hier unten? »Develine, geh geradeaus … jetzt stopp, ein Schritt nach links. Noch einen …«

Es schepperte. »Ein Bett!« Develine hustete. »Das ist Roseanne! Wir müssen sie rausholen!«

Luke lief los, genau auf Develines Stimme zu. Der Rauch war so beißend, dass er die Augen zu Schlitzen zusammenkniff und den Atem anhielt.

»Luke, sie hängt an einer Maschine!« Jeanie hustete nun ebenfalls. »Ihr müsst die mitnehmen. Rechts vom Bett.«

Luke spürte die Hitze, die sich immer mehr in dem Raum ausbreitete, und hörte das Prasseln und Zischen, das aggressiver geworden war, seit sie die Tür geöffnet hatten. Er packte den Kasten, er war nicht sehr schwer, aber er hing an einem Kabel, das sich anfühlte wie ein Stromkabel. Er riss daran, spürte, wie es nachgab. Sofort ertönte ein lautes Warnsignal.

»Ignorier es«, stieß Develine hervor. »Es läuft mit Akku weiter. Los!« Schon bewegte sich das Bett. Er blieb dicht am Kopfende, schob mit einer Hand das Bett, trug mit der anderen die Maschine.

»Geradeaus«, rief Jeanie. »Weiter … jetzt etwas nach rechts.«

Dann waren sie an der Tür und im Flur. Luke atmete gierig die Luft ein. Er merkte erst jetzt, dass er die ganze Zeit über den Atem angehalten hatte. Was passierte nur gerade mit seinem Körper? Wie konnte er so schnell sein, so lange die Luft anhalten? Develine warf die Tür hinter sich zu, doch sie ließ sich nicht mehr verschließen. Der Rauch zog erbarmungslos durch den Schlitz in den Flur.

Sie mussten weiter!

Neben ihm hatte Jeanie den nächsten Hustenanfall. »Kannst du die Treppe hoch?«, fragte Luke besorgt.

Sie nickte und wandte sich mit einem letzten Blick auf Roseanne zur Treppe, die Matt gerade herunterstürmte.

»Was ist mit ihr?«, fragte er außer Atem.

Jetzt erst betrachtete Luke Roseanne. Reglos lag sie auf der Liege, das bleiche Gesicht umrahmt von kurzen blonden Haaren, Nase und Mund mit einer Atemmaske bedeckt, deren Schlauch aus dem Gerät in seiner Hand kam.

Matt berührte Roseannes Arm. »Ich glaube, sie ist in einem künstlichen Koma. Wir müssen sie mitsamt dem Gerät und dem Tropf mitnehmen, sonst könnte das Aufwachen ihren Kreislauf und die Organe überfordern. Aber schnell!«

Er nahm Luke das Beatmungsgerät ab, Luke hob sie vom Bett. Links vor ihm war Develine mit dem Tropf, links hinter ihm Matt.

Sie bewegten sich auf die Treppe zu, arbeiteten sich gemeinsam nach oben. Niemand sagte ein Wort, jeder konzentrierte sich auf seine Aufgabe.

Ein perfekt eingespieltes Team.

Endlich erreichten sie den kleinen Vorraum zum Hauptgebäude.

Die Frau im OP-Kittel hämmerte gegen die Tür, der Arzt saß gegen die Betonwand gelehnt davor. Luke legte Roseanne behutsam auf dem Boden ab.

Besorgt sah er die Treppe hinunter. Die ersten Rauchschwaden krochen bereits herauf, die Luft wurde heißer. Und sie konnten nichts dagegen tun.

Mit zwei Schritten war er neben Jeanie. »Bist du okay?«

Sie nickte und sah ihn an, die Augen gerötet und noch tränend vom Rauch. »Ihr seid wegen mir hierhergekommen.« Sie lächelte und gleichzeitig rannen Tränen über ihre

Wangen. Doch diesmal nicht vom Rauch, da war Luke sich sicher. »Und jetzt seid ihr in Gefahr.«

Er legte den Arm um sie. »Wir wussten, auf was wir uns einlassen.« Er senkte seine Stimme. »Wir dachten, du bist tot. Es … war … schrecklich!« Plötzlich waren wieder die Bilder des explodierenden Sprinters in seinem Kopf. Er schauderte und drückte Jeanie gleichzeitig fester an sich. Er konnte nicht anders. Es war, als müsse er sie halten, damit er selbst endlich Halt fand.

Eine merkwürdige Ruhe überkam ihn und er war sich sicher, dass sie von Jeanie ausstrahlte. Dem Mädchen, bei dem er sich so wohlfühlte wie bei niemandem sonst. Er presste seine Lippen auf ihr Haar, ganz zart, und wünschte, er könnte ihr sagen und zeigen, was sie ihm bedeutete.

Jeanie versteifte sich. Luke hob schuldbewusst seine Lippen von ihrem Kopf – hatte er gerade eine Grenze überschritten?

»Sie kommen!«

»Wer kommt?« Matt hob den Kopf.

»Dr. Leigh!« Jeanie lauschte. »Und … Polizei. Ein Krankenwagen. Sie kommen in unsere Richtung.«

»Ist Simon allein?«, fragte Matt angespannt.

»Nein, jemand ist bei ihm. Er hat Stiefel an. Sie klackern. Wie Sporen.«

»Frankie ist bei ihm!«, rief Matt.

»Frankie!«, rief Develine.

»Wer ist das?« Luke überlegte fieberhaft, ob er den Namen schon mal gehört hatte.

»Matts Spionfreund.« Develine lachte. »Er kann die Tür öffnen! Wir kommen hier raus! Freu…« Der Rest des Wortes ging in einem Hustenanfall unter.

»Ein Steve lässt sie gerade ins Gebäude.« Jeanie lauschte. »Er führt sie zu der Tür.«

Steve! Dann hatte er sich doch noch gegen Ken durchgesetzt und die Polizei gerufen. *Guter Mann.* Luke spürte, wie Jeanie sich zaghaft an ihn lehnte. »Wir kommen hier raus«, sagte sie.

Lukes Herz hüpfte vor Freude. Er schlang beide Arme um sie, spürte, wie sie ihre Arme um seine Hüften legte, so schüchtern, als täte sie dies das erste Mal. »Jeanie…« Sie sah zu ihm hoch und in ihren wunderschönen Augen sah er, dass er nicht weiterreden musste.

Sie gehörten zusammen.

Sie wusste es genauso wie er.

8. Mai
Mittwoch

Matt

Die Monitore neben Roseannes Bett piepten gleichmäßig. Matt sah auf die Linien und Zahlen: *Herztöne, Sauerstoffsättigung, Puls* – alles im grünen Bereich, Roseanne war wieder stabil.

Matt stellte sich hinter Develine und sah ihr über die Schulter. Ihr Zeichenstift schien keine Sekunde stillzustehen, die Bilder, die als lebendige Szenen aus der Mine flossen, erzählten detailgetreu ihrer aller Geschichte. Er erkannte sich selbst und Jeanie und Serge und Dr. Sanders.

Develines Zeichenstift verharrte. Matt hob schuldbewusst den Kopf. »Stört es dich, wenn ich dir über die Schulter schaue?«

Develine wandte sich zu ihm. »Seltsamerweise stört es mich bei dir nicht.« Sie zeigte auf eine Szene: Serge mit der Waffe auf ihr Herz zielend, sie auf ihn zugehend. »Hier fehlen mir ein paar Minuten. Die Kugel hat mich echt ausgeknockt. Was ist dann passiert?«

Matt schauderte. Er erinnerte sich an jede Sekunde. Die Panik, als der Schuss ertönte, Develine zusammenbrach und er sich über sie beugte und … Er schluckte. Als ihm zum ersten Mal bewusst wurde, wie viel Develine ihm bedeutete. Wie sehr sie ihm fehlen würde. »Ich bin zu dir hin, habe mich über dich gebeugt und ich dachte, du bist…« Matt verstummte, das Wort *tot* brachte er nicht über die Lippen. Hatte Develine eingeplant, dass auf sie geschossen werden könnte? Ihre Worte kamen ihm in den Sinn: *Ab jetzt habe ich das Kommando. Du bleibst* hinter *mir. Jede verdammte Sekunde.*

Ja, sie hatte damit gerechnet. Matt schüttelte den Kopf. Sie war mutig, ja, aber das war jenseits von mutig, das war kamikazeverrückt.

Es klopfte, dann steckte Simon seinen Kopf zur Tür herein. »Wir treffen uns im *HIT*. Ich kann euch mitnehmen.«

Simon öffnete die Tür zu seinem Behandlungszimmer und ließ sie in den Raum vorgehen.

»Oh! Frankie!«, rief Matt aus.

»Hi, Frankie.« Develine setzte sich mit Schwung neben ihn auf die Behandlungsliege und schnipste die Fransen seiner Jacke an. »Nerven die nicht mit der Zeit?«

»Mich nicht.« Er wedelte damit vor Develines Gesicht rum. »Andere schon.«

Sie lachten beide. Matt verspürte einen leichten Stich. *Develine und Frankie.* Sie spielten beide in einer anderen Liga als er.

Der Liga der Unerreichbaren.

»Matt, hey, hier ist noch Platz.« Develine klopfte auf den Platz neben sich. Er setzte sich zu ihr.

»Kommen Luke und Jeanie auch?«, fragte Simon.

»Jeanie hat noch eine Arbeitsgruppe und Luke wollte auf sie warten.«

»Dann fangen wir schon mal an.« Simon setzte sich an

seinen Schreibtisch. »Was Roseanne entdeckt hat und was sie leider momentan sehr krank macht, ist eine bahnbrechend neue Technologie.« Er tippte auf seiner Tastatur und auf der Wand erschien die schematische Abbildung eines Gehirns. »Ins Nervensystem injizierte Nanopartikel heften sich an die Synapsen«, in der Abbildung leuchteten unzählige Punkte rot auf, »und beeinflussen die Arbeit des Gehirns.«

»Die Nanopartikel selbst?«, fragte Develine. »Wie?«

»Stell sie dir als Teile eines Ganzen vor, die darauf programmiert sind, zusammenzuarbeiten. Sie werden von außen gesteuert und leiten Impulse weiter, die das Denken und Handeln beeinflussen.«

»Wurde so das Sprachzentrum der Katze manipuliert?« Develine schüttelte nachdenklich den Kopf. »Aber wie konnte sie Worte artikulieren?«

»Laut Dr. Sanders wurde der Katze ein Stimmwandler eingesetzt, der die Gedanken mit Hilfe künstlicher Intelligenz in Sprache übersetzt hat.«

»Deshalb klang sie wie ein Navi«, sagte Matt.

Simon schaltete den Wandbildschirm aus. »Roseanne wurden die Nanos eingeschossen, aber sie haben bei ihr epileptische Anfälle ausgelöst. Sie ist der erste Mensch, bei dem die Nanos getestet wurden, und wir wissen nicht, wie wir den Prozess rückgängig machen können.«

»Verdammt.« Frankie fummelte eine Packung Zigaretten aus der Tasche. »Ich dachte wirklich, sie sei untergetaucht.«

»Du kennst sie?« Matt zog die Brauen zusammen. Warum hatte Frankie ihm das nicht gesagt, als er ihn auf Roseanne angesprochen hatte?

»Ja, über Simon. Ich habe ihr geholfen, die Sicherheitssysteme von *Fu2Co* zu überwinden, damit sie die Katze klauen kann, und ich habe sie gewarnt, als ich gemerkt habe, dass sie den Ortungschip der Katze zu spät gestört hat.«

»Warum hast du nichts gesagt?«

Indigniert hob Frankie eine Braue. »Sie ist eine Kundin! Regel Nummer –«

»... zwei«, vollendete Matt. *»Keine Fragen.«*

»Ganz genau. Das ist kein Nerd-Ding, sondern zum Schutz der Menschen, mit denen ich arbeite. Ich hatte ihr geraten, eine Zeit lang unterzutauchen. Übrigens an dem Morgen, als ihr entführt wurdet.« Er flippte die Zigarette durch seine Finger. »Am Freitag bin ich sogar bei ihr vorbeigefahren, um zu checken, ob alles in Ordnung ist.«

»Dann ...« Develine sah aus, als ginge ihr gerade ein Licht auf. »Dann hast du Matt deshalb geholfen? Nicht seinet- oder unseretwegen, sondern weil dir klar war, dass unser Erlebnis mit Roseanne zu tun hatte?«

Natürlich. Wie naiv von ihm, anzunehmen, dass Frankie für eine Flipperwette Verkehrskameras gehackt hatte ... Wie hatte er nur so blöd sein können!

»Ertappt.« Frankie zuckte entschuldigend die Schultern. »Ich wollte wissen, ob Roseanne in Schwierigkeiten ist oder ob sie wirklich untergetaucht ist. Es war so was von geschleckt in ihrer Wohnung, als hätte sie vorgehabt, 'ne ganze Weile wegzubleiben.«

»Nur, dass nicht Roseanne, sondern Serge dort geputzt hat«, erklärte Develine.

»Sieht so aus.« Frankie zuckte entschuldigend die Achseln. »Ich dachte, sie sei untergetaucht wie abgesprochen. Mit ihrem Analog-Fimmel ist Roseanne ein echter Hackeralbtraum.«

»Apropos Serge«, sagte Simon, »die Fahndung läuft auf Hochtouren. Dr. Sanders ist äußerst gesprächig, er hat einen Deal rausgeschlagen, um seine Strafe zu mildern. Schlecht für Serge und den Chef von *BluePrint* – der übrigens jede Beteiligung von *Fu2Co* bestreitet.«

Ein Frosch quakte plötzlich durch den Raum. Frankie zog sein Handy heraus. Er las, klickte, seine Stirn legte sich in immer mehr Falten.

»Na so was …«, sagte er schließlich und senkte das Handy. »Irgendjemand bietet auf einem sehr exklusiven Marktplatz im Darknet gerade ein Mädchen mit einem Supergehör an.«

Matt japste. *Jeanie!*

»Und …«, fuhr Frankie fort, »… einen Jungen mit einem Superhirn. Kann es sein, dass Serge über eure besonderen Talente informiert ist?«

Matt nickte und spürte, wie er errötete. Er selbst hatte Jeanie und sich als ultimative Testobjekte angepriesen. Entweder er war sehr überzeugend gewesen oder Serge brauchte dringend einen anderen Exitplan.

Develine nahm Frankies Handy. Sie las, scrollte und reichte es dann an Matt weiter. Er überflog den Text. Es war das, was er Serge über Jeanie und sich selbst erzählt hatte. Serge hatte gut zugehört.

Develine griff nach seiner Hand. »Und was bedeutet das jetzt für Matt und Jeanie?«

Matt wusste, was es bedeutete. Das, wovor seine Mutter ihn sein ganzes Leben lang gewarnt hatte. Sein Magen krampfte sich zusammen.

Wenn sie erst wissen, was du wirklich kannst, kommt jemand und sperrt dich weg. So wie deinen Großvater. So wie mich.

Luke

Luke lief über die Ziellinie und drückte auf die Stoppuhr.

Drei Sekunden.

Für hundert Meter.

Das war … schnell.

Scheißschnell.

Drei Mal so schnell wie der schnellste Sprinter der Welt.

Er steckte die Stoppuhr weg.

Das also meinte Simon mit der *nächsten Stufe* der Mutation. Dass er deutlich schneller wurde. Aber auch deutlich gefährdeter. Wenn er es nicht in den Griff bekam.

Aber das würde er. Mit Simons Hilfe.

Luke setzte die Wasserflasche an und trank sie auf ex aus.

Sein Vater würde Augen machen – aber er würde es ihm nicht erzählen. Der konnte froh sein, wenn er überhaupt je wieder mit ihm sprach. Wie hatte sein Vater ihn und die ganze Familie all die Jahre so belügen können? Nur damit er nichts von dem Geld abgeben musste, das er für Lukes Teilnahme an der Studie bekommen hatte!

Sein Handy surrte. Er sah darauf.

Wir machen früher Schluss. Ich warte im Foyer auf dich.

XXX Jeanie

Luke angelte seinen Rucksack und die Trainingsjacke vom Boden und lief los. *Werden wir ja sehen, wer schneller ist…*

Kurz vor dem Klassenraum bremste er auf leichtes Joggingtempo herunter. Genau rechtzeitig. Die Tür öffnete sich und die ersten Mitglieder der Arbeitsgruppe verließen den Raum.

»Oh, Luke…« Alexa blieb erstaunt vor ihm stehen. »Was machst du denn hier?«

»Ich warte auf eine Freundin.«

Sie runzelte die Stirn, versuchte sich offenbar vorzustellen, wen aus der Gruppe er meinen könnte.

Da kam Jeanie in den Flur. Ein strahlendes Lächeln auf den Lippen – bis sie Alexa neben ihm erblickte. Unsicher sah sie von ihm zu Alexa, als wisse sie nicht, wie sie sich vor Alexa ihm gegenüber verhalten sollte. Aber Luke wusste es.

Er schritt an Alexa vorbei und küsste Jeanie zur Begrüßung auf den Mund. Es war ein kurzer Kuss, aber er würde reichen, um seinen Beziehungsstatus im *Gateway-High*-Klatschkanal auf *bereits vergeben* zu ändern.

Aus den Augenwinkeln sah er, wie Alexas Gesichtsausdruck von ungläubig zu fassungslos wechselte, dann stürmte sie davon.

»Dann wäre das auch geklärt.« Luke legte seinen Arm um Jeanies Schulter. »Und? Wie war dein Tag?«

»Seit genau diesem Moment ist er großartig.« Jeanie schmiegte sich an seine Seite und schlang ihm den Arm um die Hüfte. Ganz selbstverständlich. Luke lächelte. Wie schnell sich Dinge verändern können.

»Und bei dir? Was ist jetzt mit deinem Vater? Hat er sich dafür entschuldigt, dass er dich angelogen hat?«

Luke lachte rau. »Mein Vater? Entschuldigen? Nicht in diesem Leben.«

»Und was jetzt?«

»Ich bin zu meinem Onkel gezogen.«

»Oh! Luke!« Jeanie blieb stehen und sah ihn betroffen an. »So schlimm?«

»Dad wird nie lernen, dass er mit uns nicht so umgehen kann, wenn wir ihm immer alles durchgehen lassen.« Sein Magen begann zu ziehen. All die Lügen! *Premiumgene.* Alles Mist!

»Wir sollen ins *HIT*. Simon hat Neuigkeiten für uns.« Er öffnete die Tür und hielt sie für Jeanie auf. Arm in Arm verließen sie das Schulgelände. Im Hof standen eine Handvoll Schüler bei den Fahrrädern und lachten miteinander. Luke erwartete Kommentare über ihn und Jeanie, doch sie blieben aus. Als wäre es vollkommen normal, dass er mit Jeanie im Arm über den Hof marschierte.

So normal, wie es sich anfühlte – obwohl es überhaupt nicht normal war! Es war unglaublich und aufregend.

Sie verließen den Schulhof und gingen eine ruhige Seitenstraße entlang, als Jeanie aufhorchte. Luke blieb stehen. »Ist etwas?«

»Hörst du das Sirren auch?«

Luke lauschte. Er hörte das Rauschen des Verkehrs von der Hauptstraße, Hupen, das Zuschlagen eines Fensters über ihnen. Aber kein Sirren. »Nö.«

»Hmm.« Jeanie sah besorgt zum Himmel. »Klingt wie eine Drohne.«

Luke sah sich um. Eine Drohne? Ein ungutes Gefühl erfasste ihn. »Ich hoffe, Simons Neuigkeiten bedeuten, dass sie Serge gefasst haben.«

Ein Schauder überlief Jeanie. »Das hoffe ich auch.« Plötzlich erstarrte sie. »Sie haben ihn nicht gefasst«, flüsterte sie, »er ist hier. Ich höre seine Schritte.«

»Wo?«

»Vor uns!«

Nun hörte auch Luke Serges Schritte. Und das Sirren der Drohne.

Aber er sah Serge nicht.

Dann stoppten die Schritte. »Ich habe eine Pistole auf euch gerichtet. Mach hier nicht einen auf Helden.«

Die Stimme schien aus dem Nichts zu kommen. Luke kniff die Augen zu Schlitzen zusammen. Er musste Serge doch sehen können! Da entdeckte er die Mündung einer Waffe. Sie schien einfach in der Luft zu schweben. Er schaute genauer hin, erkannte ein Flimmern rund um die Waffe herum, als schwebe dort etwas Transparentes in der Luft.

»Die Kleine kommt jetzt mit. Wenn du kein Theater machst, dann lass ich dich vielleicht am Leben.«

»Niemals!« Luke breitete die Arme aus, um zu verhindern, dass Jeanie sich nach vorne drängte. Sein Herz klopfte ihm bis zum Hals. Serge hatte schon einmal auf ihn geschossen. Er würde es wieder tun, aber diesmal waren sie in der Öffentlichkeit. Ein Schuss würde zu viel Aufmerksamkeit erwecken. Das würde Serge nicht riskieren, solange kein Fluchtfahrzeug in der Nähe war.

Serge stöhnte. »Wie kann man nur so nervig sein? Zum letzten Mal: aus dem Weg.«

In dem Moment schoss die Drohne auf sie zu. Luke sah,

wie die Pistolenmündung sich nach oben bewegte, und rannte los. Direkt in das Flimmern, rammte etwas gleichzeitig Hartes und Weiches, hörte Serge überrascht aufschreien und spürte, wie er fiel, hörte das Scheppern der Pistole auf dem Boden. Er warf sich auf ihn und zerrte blindlings an allem, was er fassen konnte. Es ratschte, dann kam Serges Gesicht zum Vorschein – im gleichen Moment, als Serges unsichtbare Faust ihn traf. Lukes Kopf schleuderte zurück, und noch bevor er den nächsten Schlag vorausahnen konnte, traf ihn bereits die nächste Faust.

»Jeanie lauf!«

»Nein.« Jeanie stand in drei Meter Abstand und zielte auf Serges Kopf, seinem einzigen sichtbaren Körperteil.

»Ich höre Polizeisirenen. Sie bewegen sich mit hoher Geschwindigkeit auf uns zu. Wir bringen das jetzt zu Ende.« Sie entsicherte die Waffe. »Sir, ich kann Ihnen zu hundert Prozent garantieren, dass ich Ihre Flucht durch einen gezielten Schuss verhindern werde. Und falls Sie glauben, die Tarndecke schütze Sie: ich höre, wo Sie sind. Ich höre Ihren Herzschlag und das Blut, das durch Ihren Körper fließt.«

Luke starrte sie verblüfft an.

Die Pistole in ihren Händen zitterte leicht, doch Jeanie sah unverwandt auf Serge, die Lippen schmal und der Gesichtsausdruck so entschlossen, dass er keine Sekunde daran zweifelte, dass sie abdrücken würde.

Develine

So viele Menschen waren schon lange nicht mehr in ihrem Atelier gewesen. Besser gesagt, noch nie. Luke, Jeanie und Matt hatten sich auf das Sofa gequetscht, wobei vor allem Luke und Jeanie aneinanderklebten, Simon saß auf ihrem Drehstuhl und Frankie stand breitbeinig zwischen Sofa und Arbeitstisch. Develine holte zwei schreiend bunt überzogene Stoffhocker aus der Materialecke, schob einen zu Frankie und setzte sich auf den anderen.

»Die Drohne kam von dir?« Luke wandte sich an Frankie. »Wir schulden dir was, Kumpel. Danke.«

»Immer gerne. Nachdem Jeanie und Matt als Ware auf dieser illegalen Umschlagbörse angeboten wurden, haben wir eine Spionagedrohne losgeschickt, die Jeanies Handy trackt und mir Bilddaten übermittelt.« Frankie ließ sich auf den Stoffhocker plumpsen. »Verbrecher jagen ist ein Hobby von mir.«

»Schon etwas mehr, oder?« Simon streckte seine langen Beine aus und zwinkerte. »Wenn man als Privatdetektiv neben Versicherungsunternehmen und Privatleuten auch das *FBI* und die *NSA* berät, dann würde ich das schon als *mindestens halbprofessionell* bezeichnen.«

»Du berätst *FBI* und *NSA*?« Matts Hand klatschte gegen

seine Stirn. »Ich war so blind! Es hätte mir gleich auffallen müssen, das man als Normalo nicht an so eine Ausrüstung kommt!«

»Normalo?« Frankie hob belustigt die Augenbrauen. »Meiner Ansicht nach ist kein einziger Normalo in dem Raum hier.« Er zeigte auf Simon. »Da haben wir den Guru unter den Genforschern«, der Finger wanderte weiter zu Jeanie: »Miss Superohr«, zu Luke: »Mister Speedo«, zu Matt: »Mister Superhirn, wenn er auch manchmal ziemlich auf der Leitung sitzt«, und schließlich zu Develine. »Und Daisy Blue, der blaue Engel von San Francisco.«

Develine zuckte zusammen. So sah Frankie sie? Als Superheldin? Das war ... Hitze stieg in ihr hoch. Das war ... *Wow*, aber auch irgendwie peinlich. Schließlich hatte *sie* keine echte Superkraft.

»Und wie geht es nun weiter?«, wechselte sie schnell das Thema. »Kriegen wir die Hintermänner jetzt dran?«

»Je nachdem, wie kooperativ sich Serge zeigt.« Frankie zuckte die Schultern. »Aber unwahrscheinlich. Zumindest seid ihr jetzt erst mal aus der Schusslinie.«

»Irgendwie unbefriedigend.« Develine stellte ein Tablett mit Gläsern und Wasser auf den Boden. »Die Handlanger landen im Gefängnis und die Drahtzieher machen einfach weiter mit dem Projekt. Halt unter einem anderen Deckmantel.«

»Willkommen in der Realität.« Frankie griff nach einem Glas und schenkte sich ein. »Andererseits ...« Er zwinkerte. »Jetzt wo eine Horde genetisch abnormer Möchtegern-Detektive auf ihren Spuren ist ... Wer weiß?«

»Du zwinkerst zwar, der Tonlage nach meinst du das aber ziemlich ernst.« Jeanie löste sich aus Lukes Arm und richtete sich auf. »Willst du uns gerade dazu überreden, an dem Fall dranzubleiben?«

»Vielleicht.« Frankie sah von einem zum anderen. »Wenn ich so euren Einsatz die letzten Tage Revue passieren lasse, habe ich nicht den Eindruck, dass viel Überzeugungsarbeit nötig war, um euch zum Ermitteln zu bewegen. Wenn man eine besondere Gabe hat, warum soll man sie dann nicht sinnvoll nutzen? Schaut euch Roseanne an, was sie ins Rollen gebracht hat – ohne Gabe und ganz allein. Ihr seid zu viert. Und was für eine Kombi!«

»Frankie«, sagte Simon warnend und schüttelte den Kopf. »Ich glaube nicht, dass das eine gute Idee ist.«

Develine schaute zu Matt. Er starrte Frankie mit vorgeschobenem Kinn an. Sie sah Lukes gerunzelte Stirn, Jeanies schief gelegten Kopf. Keiner von ihnen hatte Frankies Worte einfach belächelt. Weil sie darüber nachdachten, ob es eine gute Idee wäre?

Und sie? Dachte sie darüber nach, ob es eine gute Idee wäre? Sie schüttelte den Kopf. Es war keine *gute* Idee, sie war *großartig*!

»Leute!«, rief sie. »Überlegt mal! Was wir alles gemeinsam tun könnten! Das wäre genial!«

»Wir sind ein gutes Team«, gab Luke zu.

»Ein sehr gutes Team«, bestätigte Jeanie. »Wir könnten Menschen in Not helfen.«

»Wir könnten etwas verändern«, sagte Matt. »Was bringen uns unsere Gaben, wenn wir sie nicht nutzen?«

»Meine Rede!« Develine sprang auf. Aus den Augenwinkeln sah sie das Grinsen auf Frankies Gesicht. »Wir gründen eine … keine Ahnung, Task Force oder Gruppe oder einen Club …«

»Den Club der Spinner«, warf Simon trocken ein. »Wie wäre es, wenn ihr erst mal die Schule beendet, bevor ihr Verbrecher jagt?«

»Den Club der Gen…, Gen…« Luke brach ab. »Laut Simon habe ich keine Premiumgene, sondern einen *Genfehler*. Also: Club der Genfehlergeschädigten.« Er grinste. »Wenn das nicht gefährlich klingt.«

»Du meinst, *bescheuert*, du Genie.« Frankie lachte. »Apropos Premiumgene – die kannst du demnächst in jedem Labor für deine Sprösslinge kaufen.«

Develine zog ihre Lippe ein.

Premium. Gene. Investigativ.

Ein Wort formte sich in ihrem Kopf.

Ingenium.

»Ingenium«, sagte sie feierlich. »Vergiss den Club. Wir nennen uns Ingenium.«

»In-gen-ium«, wiederholte Matt und nickte zufrieden. »Das bedeutet *Talent, Begabung.*«

»Ingenium.« Jeanie wiederholte das Wort, als würde sie es singen. »Es klingt wunderschön.«

»Und was soll das sein?«, fragte Luke zweifelnd.

»Wir. Auch wenn meine Gene normal sind.« Develine lachte glücklich. Sie würden die besten Abenteuer zusammen erleben.

»Ohne Ausnahme keine Regel. Wir sind Ingenium.«

DANK

Zunächst, liebe Leserinnen und Leser, vielen Dank für das Lesen dieses Buches!

Ich hoffe, es hat spannende Stunden geliefert und Lust auf mehr gemacht!

Damit meine vier Helden sich überhaupt bei euch vorstellen konnten, haben im Hintergrund viele Menschen die Fäden gezogen, und dafür bedanke ich mich.

Ganz besonders bei:

- den Mitarbeiterinnen und Mitarbeitern des cbj Verlags, insbesondere meiner überragend freundlichen und geduldigen Lektorin Martina Patzer; der immer nach neuen Ideen jagenden Andrea Wolf aus der Presseabteilung und der unermüdlichen Verena Otto. Und natürlich: dem eifrigen Vertriebsteam!

- meiner großartigen Agentin, Birgit Arteaga

- meinen treuen und auch neuen Testleserinnen und Plotdiskutantinnen, die mir in den verschiedenen Stadien der Entstehung des Buches ihre Zeit geschenkt haben: Irene Weindl, Bärbel Siebold, Gerda Leisch, Johanna Leisch, Astrid Purkert und Charlotte Habersack – vielen Dank! Eure Kommentare, Anregungen und Kritik waren wie immer sehr, sehr wichtig!

- den Buchhändlern und Buchhändlerinnen, die *Ingenium* an die Leserschaft vermitteln

- meinem Mann Michael, der stoisch die absurden Arbeitszeiten und panikartigen Aufbrüche in Klausur mitträgt und immer wieder aufs Neue seine hervorragende *Unverrückbarer-Fels-in-der-Brandung*-Qualität unter Beweis stellt.

Janet Clark

DEATHLINE

KANN DIE LIEBE DAS SCHICKSAL BESIEGEN?

Josie hat sich schon immer gewünscht, dass ihr Leben einmal große Gefühle und spannende Wendungen für sie bereithält. Als sie sich im Jahr nach ihrem 16. Geburtstag in die langen Ferien stürzt und den faszinierenden Ray kennenlernt, beginnt ein Sommer, der ihr Schicksal bestimmen wird. Denn ihre große Liebe trägt ein düsteres Geheimnis mit sich herum, das Josies Welt in große Gefahr bringen könnte. Und so muss Josie sich entscheiden. Auch wenn der Preis dafür vielleicht ihre Liebe ist ...

Ewig Dein
Band 1, 400 Seiten,
ISBN 978-3-570-31209-4

Ewig Wir
Band 2, 400 Seiten,
ISBN 978-3-570-31262-9

cbt

www.cbj-verlag.de

30366_2